런던 아이에서 앨런 튜링까지

이렇게 재미있는 영국이라면

Exciting Decoding of British Cultural Codes

런던 아이에서 앨런 튜링까지

이렇게
재미있는
영국이라면

박종성 지음

From London Eye to Alan Turing

프롤로그

이 책은 영국인의 의식의 지향점, 문화의 원형질, 영국적인 가치를 탐색하는 책이다. 약 20여 년 전에 영국 문화에 관한 에세이 『더 낮게 더 느리게 더 부드럽게』(2001)를 출판했다. 영국 유학 직후에 낸 이 책은 당시로서는 비교적 푸릇푸릇하고 진보적인 생각을 담아냈다. 책 제목은 올림픽 정신의 구호인 '르까프Le CAF'(더 빨리 더 높이 더 힘차게)를 패러디한 것이었다. 영국 문화의 특징을 요약하는 동시에 한국 문화의 병폐(빨리빨리, 경쟁주의, 권위주의 문화 등)를 꿰뚫는 제목이었다. 정년을 몇 년 앞둔 시점에 지난 40여 년간의 영국 문화에 관한 필자의 지식과 관찰과 통찰을 한데 묶었다. 이 과정에서 2003년부터 20년 넘게 운영한 홈페이지 마인드업www.mindup.net에 수록된 일부 자료를 갱신해 활용했다.

영국 문화에 관한 책을 구상하던 중 고 이어령 교수의 『축소지향의 일본인』(1982)을 떠올렸다. 의식주 관점에서 일본과 한국의 문화를 명료하게 분석한 제목이 머릿속에 각인되었다. 그는 일본의 기모노, 스시, 다다미를 한국의 한복, 고봉밥, 평수 큰 집과 비교했다. 그러면서도 한국의 넉넉함을 호의적으로 평가했다. 이어령 교수는 "일본은 확대 지향적이었을 때 언제나 패배했다"라고 언급하면서 임진왜란과 태평양 전쟁의 패배를 예로 들었다. 이 지점에서 필자는 영국과 일본의 유사점과 차이점에 대해 곰곰이 생각해보았다. 두 나라는 대륙과 떨어진 섬이며, 해군이 주력군인 공통점을 지닌다. 하지만 차이점도 있다. 즉, 축소 지향적 일본과는 달리 영국은 확대 지향적이다. 영국은 산업 혁명, 해상권 제패, 식민지 건설, 자본주의 경제 체제 도입, 영어와 영문학 확산, 의회 민주주의 제도 보급을 통해 제국帝國을 세웠다. 이어령 교수가 일본 문화의 정수를 간파했던 방식으로 필자도 영국 문화의 핵심을 파악하고 싶었다. 이를 위해 런던 아이London Eye와 앨런 튜링Alan Turing, 1912~1954 같은 영국 문화의 다양한 상징 코드들을 재미있고 깊이 있게 해독하는 방식을 택했다.

현재 영국은 연속적으로 중대한 위기를 맞으며 쪼그라들었다. 역사의 변곡점을 이룬 몇 가지 중대한 사건으로는 브렉시트Brexit 완결(유럽 연합 EU 공식 탈퇴), 여왕 ER II 서거, 인도계 리시 수낵Rishi Sunak의 총리 임명을 꼽을 수 있다. 영국은 찬란한 고립을 원했고, 온 국민의 정신적 지주였던 여왕을 잃었으며, 유색인 총리를 맞이하는 급격한 변화를 겪었다. 2000년 전 유럽의 변방이었던 영국은 한때 문명의 꽃을 피웠으나 이제는 노쇠한 국가로 전락한 기시감이 든다. 그렇지만 영국의 치국술治國術, statecraft, 진취적 사고, 상업 혼, 그리고 창조적 교육 등은 여전히 고찰 대상이다. 필자는 외부자의 시각과 탈식민주의 시각에서 영국을 비판적으로 고찰한다.

오늘날 우리는 영어와 영국 문화의 영향권 내에 놓여 있다. ≪비비시 월드 뉴스BBC World News≫가 날마다 지구촌 소식을 실시간으로 보도한다. 영국의 문학과 음반과 영화, 그리고 상품이 우리의 일상생활에 스며들고 있다. 필자는 영국인의 국익 추구와 장사 수완을 비판하는 동시에 영국인의 품격과 느림(여가)을 예찬한다. 일상과 역사 속에서 풍부한 사례를 제시해 영국 문화의 특징을 톺아본다.

이 책의 개요를 쉽게 파악할 수 있도록 각 장의 핵심 내용을 간단히 소개하겠다. 1장에서는 섬島을 키워드로 잡았다. 영국은 바다로 둘러싸여 유럽 대륙에서 떨어진 섬나라이다. 일조량이 적고 비바람이 잦다. 바닷길을 통해 식민지를 건설하고, 상품 판매 시장을 개척하고, 분쟁 지역에 개입해 국익을 증대하며, 영어와 민주주의를 전파했다. 이런 점에서 영국을 확장 지향적 국가로 정의할 수 있다. 지리적·기후적 요인이 영국인들의 기질과 사고에 끼친 영향을 고찰한다. 안전 결벽증과 차茶 문화를 예로 제시한다.

2장의 키워드는 선船이다. 영국은 해양 국가로서 해군이 주력군이다. 영국은 일찍부터 바닷길을 통해 전 세계와 연결될 필요를 절실하게 느꼈다. 즉, 해양적 사고를 했다. 반면에 몽골 제국은 말馬을 이용해 내륙을 지배했다. 즉, 내륙적 사고를 했다. 영국은 선박 제조술과 항해술, 지도 제작술과 화포 제조술의 혁신을 통해 해상권을 제패했다. 예를 들면, 철함鐵艦 발명 덕분에 중국과 아편 전쟁the Opium War(1840~1842)에서 승리했다. 오늘날 구축함과 항공 모함을 분쟁 지역에 파견해 자국의 이익을 지킨다. 영국은 범선帆船에서 증기선蒸氣船을 거처 핵核 추진 항공 모함에 이르는 기술의 혁신을 꾸준히 이루어왔다.

3장의 키워드는 광廣이다. 영국은 방대한 제국을 건설했다. 그 비결을 알아본다. 섬나라 영국은 장거리 항해가 가능한 선박을 보유한 덕분에 제국을 건설할 수 있었다. 더구나 영국은 세계의 전략적 요충지를 손안에 넣는 치밀한 치국술을 발휘했다. 지중해 입구인 지브롤터Gibraltar, 인도로 가는 중요한 길목인 수에즈Suez 운하, 아시아의 관문인 싱가포르Singapore, 장거리 선박들의 중간 기착지인 남아프리카 최남단 희망봉과 아르헨티나 최남단 포클랜드Falkland 군도를 자국의 통제하에 두었거나 두고 있다. 하지만 제2차 세계대전 후 미국이 새로운 제국으로 부상했다. 현재 일대일로一帶一路, One Belt One Road 정책을 추진하는 중국과, 아시아에서 대만을 보호하고 중국을 견제하는 미국이 있고, 자위대의 역할을 확대하는 일본은 말하자면 세계로 나가는 길을 확보하기 위해 전력투구한다.

4장의 키워드는 창創으로 잡았다. 영국의 창조성創造性을 언어와 문화에서 찾아본다. 제국의 건설을 통해 영국은 영어와 영문학, 기독교와 민주주의를 전파하고, 자원을 약탈하고 시장을 확보할 수 있었다. 오늘날 영어는 국제 공용어이자 시장의 기본 언어다. 영어가 사라지지 않는 한 영국의 영향력은 줄어들지 않을 것이다. 영어 문해력과 구사력이 생존 수단이 되었다. 그리고 영국은 자타가 인정하는 문화 콘텐츠 강국이다.

5장, 6장, 7장은 영국적 가치를 논의한다. 과학과 기술의 발명 능력과 문화와 예술의 창조 능력이 어디서 오는가를 탐색한다. 이 질문에 답하기 위해 5장은 휴休를 키워드로 잡아 '슬로 라이프스타일slow lifestyle'을 조명한다. 한국의 빨리빨리 문화와 대조되는 지점이다. 영국인의 의식주와 스포츠, 그리고 정원 문화 속에 스며든 느림과 여가, 고독과 사색의 문화가 어떻게 창의적 산물을 낳는지 짚어본다.

6장의 키워드는 격格, 곧 품격品格이다. 행동 규범, 복장 규정, 언어의 품격 등을 논한다. 중세의 기사도는 19세기에 신사도로 발전되었고, 킹스맨(기사)은 정보 요원 007로 변신했다. 그리고 후원 제도와 기부 문화는 이타성의 발현이다. 선한 영향력을 행사하는 품성이 약탈적 제국주의 혹은 광란적 자본주의와 공존할 수 있는 비결이 무엇일까를 알아본다.

7장의 키워드는 다多, 곧 다양성이다. 영국의 성장 동력은 다양성을 존중하는 문화에서 생겨난다. 영국은 제국 경영을 통해 다양한 민족과 인종, 언어와 종교와 문화를 흡수했다. 예를 들어, 영어의 어휘가 풍부한 이유도 로마의 침공, 노르만 정복, 식민지 건설, 이민자 유입에 따른 결과다. 고립된 섬나라가 문명의 꽃을 피울 수 있는 비결은 폐쇄성이 아니라 개방성에 있었다. 이 글을 쓸 당시 영국 총리는 인도계 힌두교도 리시 수낵이고, 런던London 시장은 파키스탄계 무슬림 사디크 칸Sadiq Khan이다.

이제 한 가지 질문이 남는다. '브렉시트'(영국의 유럽 연합 탈퇴), 즉 찬란한 고립을 선택한 영국이 전 세계를 무대로 '위대한' 영국을 재건하는 것이 가능할까. 의회 민주주의의 산실인 영국이 데이비드 캐머런David Cameron과 보리스 존슨Boris Johnson 같은 '포퓰리즘populism'(대중 영합주의) 지도자들 탓에 졸지에 위기를 맞았다. 문명의 퇴행을 우려하는 목소리가 들린다. 영국이 회복 탄력성을 지닐 수 있을까. 이 책은 2000년에 걸친 영국의 과거와 현재, 성취와 한계, 자부심과 절망, 문명의 흥망성쇠를 다룬다.

이렇게 재미있는 영국이라면

차례

1장 | 섬 島

고립에서 세계로 향하는 확대 지향적 국가

섬나라 영국

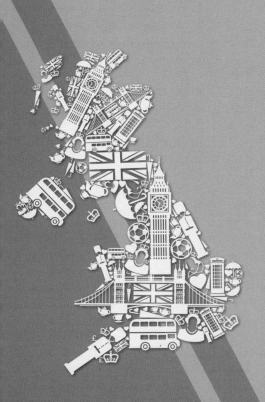

영국은 바다로 둘러싸인 섬나라이자 해양 국가다. 윌리엄 셰익스피어 William Shakespeare, 1564~1616가 성城의 해자垓字, moat로 부른 영국해협이 천연의 방어막을 제공했다. 유럽의 전쟁으로부터 비교적 안전했고, 국왕은 상비군을 유지할 필요가 없었다. 더구나 의회 민주주의와 산업 혁명의 본고장이었다. 19세기 영국의 지배에 의한 평화를 '팍스 브리타니아Pax Britannica(1815~1914)'(브리타니아여 지배하라)라고 불렀다. 유럽 변방인 영국이 약 3억 5000만 명의 신민을 거느린 제국empire을 건설한 토대는 해군력과 경제력이었다. 치국술 덕분에 한때 '쿨 브리타니아Cool Britannia', 즉 잘나가는 영국이었다. 하지만 두 차례 세계대전을 치르면 국력이 약해졌고, 새로운 대국Great Power 미국이 등장했다. 현재 영국은 현재 세계 4위 경제 대국이다. 코미디언 미스터 빈Mr Bean이 사랑하는 영국산 소형 자동차, 미니MINI의 차량 번호판 하단에는 "미니를 괴롭히거나 놀리지 마세요Please do not annoy or tease the MINI"라는, 문구를 새겼다. 섬나라 영국을 만만하게 볼 수 없다.

영국은 한반도 크기의 1.2배다. 종교는 국교인 성공회 신자가 43%를 차지한다. 2023년 기준으로 영국의 인구는 약 6800만 명이다. 이 중 백인 87%, 아시아계 7%, 흑인 3%를 차지한다. 2020년 기준 외국계 영국인이 약 14%로 920만 명 정도다. 영국에는 다양한 인종적 스펙트럼이 존재한다. 출신 국가별로 보면 인도(약 84만 7000명), 폴란드(약 74만 6000명), 파키스탄(약 51만 9000명), 루마니아(약 37만 명), 아일랜드(약 36만 4000명)순이다. 근래 전 세계 불법 이민자들과 난민들이 일명 '브리티시 드림'을 찾아 영국행을 감행한다. 난민 유입은 2018년 300여 명에서 2022년 4만 5000여 명으로 급증했다. 극우 세력의 압박을 받은 보수당 정부는 빗장을 굳게 잠그는 추세다.

영국의 국호는 UKUnited Kingdom이다. 네 개의 부족(잉글랜드, 스코틀랜드, 웨일스, 북아일랜드)으로 구성된 통합 왕국이다. GBGreat Britain는 북아일랜드를 제외한 영국 본토를 의미한다. 그런데 유니언 잭Union Jack 국기에는 존재감이 약한 웨일스의 상징인 '붉은 용'이 없다. 잉글랜드의 국화는 장미, 스코틀랜드의 국화는 엉겅퀴, 웨일스의 국화는 수선화, 북아일랜드의 국화는 샘록shamrock이다. 2023년 5월 6일 찰스 3세Charles III 대관식 엠블럼은 흰색 천에 푸른색 왕관과 빨간색 꽃들을 새겼다. 통합 왕국을 상징하듯, 장미와 엉겅퀴, 수선화와 샘록을 넣었다. 디자이너 조니 아이브 경Sir Jony Ive KBE이 제작했다.

영국은 입헌 군주제를 택하고 있다. 그런데 엄밀히 말해 이건 틀린 말이다. 헌법이 없고, 군주는 실질적 권력을 지니지 않는다. 국왕HM, His Majesty과 총리PM, Prime Minister가 있다. 의회가 왕권을 제한한다. 말하자면, "군주는 군림하되 통치하지 않는다A sovereign reigns but does not rule". 여기에는 왕권을 제한하고 의회 권한을 강화한 역사의 변곡점이 있다. 첫째, 1215년 존 왕John, 1167~1216이 국민의 권리와 자유를 인정하는(즉, 왕권을 제약하는) 대헌장(마그나 카르타Magna Carta)을 제정했다. 둘째, 1689년 권리 장전Bill of Rights을 제정했다(1688년에 피를 흘리지 않은 명예혁명이 일어났다). 이 법률은 의회의 승인 없는 국왕의 입법권과 과세 승인권 등을 제한했다. 이보다 앞선 1649년에 올리버 크롬웰Oliver Cromwell, 1485~1540이 이끄는 의회군은 찰스 1세1600~1649를 처형한 후 11년 동안 공화정을 수립했다[the commonwealth(1649~1660) 또는 (왕위) 공위 기간the interregnum]. 하지만 이 청교도 혁명은 독재 정치로서, 국민의 환영을 받지 못했다. 1660년 왕정복고the Restoration가 이루어졌다. 이처럼 영국은 왕권과 의회 간 균형을 이루었다. 이런 정치적 안정 속에서 산업 혁명을 일으키고 자본주의 경제 체제를 만들었다. 이처럼 "영국은 의회 민주주의와 자본주의를 만든 나라다"(김규원, 2003: 61). 하지만 오늘날 민주주의를 위협하는 '포퓰리즘populism'(대중 영합주의)과 유럽 통합에서 이탈을 의미하는 브렉시트Brexit로 인해 현재 영국은 성장 동력을 상실한 채 위기를 맞고 있다. 역사의 부침浮沈을 확인할 수 있다.

오늘날 군주제를 반대하는 사람들은 'Not My King'이라는 피켓 시위를 한다(영국인의 약 60%가 군주제를 찬성한다). 이들은 신민subject이 아닌 시민citizen이 되기를 원한다. 납세자들은 왕실을 위해 연간 3500만 파운드(약 752억 원)를 낸다. 윈저Windsor 가문도 아서Arthur 왕국처럼 여러 스캔들을 일으켜 국민의 신망과 존경을 받지 못한다. 1997년 8월 31일 다이애나 왕세자비Diana, 1961~1997가 파리Paris 지하도에서 교통사고로 사망했다. 현재 국왕 찰스 3세는 지금의 배우자 카밀라 파커 볼스Camilla Parker Bowles와 불륜을 저질렀다. 고 여왕의 둘째 아들 앤드루Andrew는 미성년자 성폭행으로 기소된 제프리 엡스타인Jeffrey Ebstein, 1953~2019과의 연루 혐의로 작위와 전하Royal Highness 호칭을 박탈당했다. 그리고 2022년 9월 8일 엘리자베스 2세 여왕Elizabeth II, 1926~2022(1952~2022년 재임)이 서거했다. 윈저가의 몰락을 볼 수 있다.

영국의 의회는 상원과 하원 양원제로 운영된다. 상원은 귀족Lords, 그리고 하원은 평민Commons으로 각각 구성된다. 상원의 지혜와 하원의 열정을 모두 활용한다. 영국은 성문법이 아닌 판례법을 따른다. 현재 영국은 유럽 연합EU에서 탈퇴해 독자 행보를 보인다. 과거 프랑스의 드골 Charles de Gaulle, 1890~1970 대통령은 영국을 미국과 손잡은 일명 '트로이 목마'로 여겼다.

1 날씨와 기후

영국은 북위 49°에서 61° 사이의 중위도(북극권 기준선은 북위 66.3°)에 걸쳐 있는 유럽의 서해안에 위치하는 섬나라다. 런던London은 북위 52° 정도에 있으니, 서울보다 15° 이상 북쪽에 있다. 북극 전선의 제트 기류가 지나가는 길목에 위치하는 영국은 기압이 자주 변하면서 날씨가 변덕스럽다. 1년 중 200일 이상 비가 내려 일조량이 절대적으로 부족하다. '겨울 우울증winter blues' 혹은 크리스마스와 새해 휴가철이 끝나는 시기인 '1월 우울증January blues'이라는 용어가 생겨났다. 최근에 제트 기류가 헐거워 축 처지는 기상 이변으로 '황색경보amber warning'를 자주 발령한다. 길이 336km 템스Thames강이 흐르는 런던에는 짙은 안개가 자주 끼고, 스코틀랜드 에든버러Edinburgh에는 하르Haar(차가운 해무海霧)가 자주 낀다. 모든 사람이 날씨 측정기를 휴대한다고 말할 정도로 날씨에 민감하다.

형편없는 날씨 탓에 영국에서는 야외 활동이 어렵다. 카페테라스 설치가 어렵다. 영국에서는 이탈리아의 '광장Piazza' 문화와 프랑스의 길거리 카페 문화가 번성할 수가 없었다. 베네치아Venezia의 상인과 시민, 그리고 귀족 들은 산마르코San Marco 광장의 카페 플로리안Caffè Florian에서 각종 정보와 뉴스를 주고받았다. 사르트르Jean Paul Sartre, 1905~1980와 보부아르Simone de Beauvoir, 1908~1986는 파리의 길거리 카페 '레 되 마고Les Deux Magots'에서 문학과 철학을 논했다. 한편 영국에서는 실내 커피 하우스가 대화와 토론의 민주적 공간으로서 역할을 했다(박종성, 2003.9: 25). 조앤 롤링Joanne Rowling은 에든버러의 실내 카페 엘리펀트 하우스The Elephant House(21 George IV Bridge Street)에서 '해리 포터Harry Porter' 시리즈를 썼다(2021년 8월에 옆집 제과점 화재로 심각한 피해를 보아 2024년 여름에 다시 문을 열 예정이다).

그러면 영국의 변덕스러운 날씨와 기후는 영국인의 몸과 마음에 어떤 영향을 끼쳤으며, 예술가에게는 어떤 영감을 불어넣었을까. 최근 기상 이변으로 인한 홍수와 폭서와 폭설 때문에 영국이 몸살을 앓는다. 향후 해수면이 상승할 가능성도 크다. 지구 온난화 탓으로 극 소용돌이에 이상이 발생해 헐거워진 제트 기류가 한파를 막아주지 못하는 일이 서유럽에서도 자주 발생한다(영국에서는 시베리아 극강 한파를 '동쪽에서 온 야수the beast from the east'로 부른다).

지구상의 모든 생명체는 날씨와 기후의 영향을 받는다. 인간의 마음과 몸과 생각도 그렇다. 춥고 습한 날씨는 영국에 모직물 산업과 차茶 문화와 견고한 석조 건축 문화를 일구었다. 흥미롭게도 영국의 교회 첨탑과 시계탑 꼭대기에는 '풍향계weather-cock'('변덕스럽다'는 뜻)를 설치했다. 수탉이 깃털을 뽐내며 풍향계의 맨 위에서 굽어보고 있다. 수탉은 바람의 방향을 일러주는 하늘의 전령이다. 바람개비는 풍향에 민감한 섬나라 사람에게 실용적인 고안물이다.

여기서 금빛 풍향계를 교회 첨탑에 세운 이유가 궁금하다. 먼저 풍향계는 시선을 끄는 미적 장식품으로서 기능을 한다. 다음으로 풍향계는 종교적 의미를 지닌다. 전설에 따르면 9세기에 교황 니콜라스Nicolas가 모든 교회에 수탉이 달린 풍향계를 설치하라고 칙령을 내렸다고 한다. 수탉은 "그리스도를 부정했다가 회개한 것"을 일깨우는 상징물이다(해리스, 2018: 83). 베드로는 두 번이나 예수를 부정했으나 새벽에 수탉의 소리를 듣고 예수를 인정하며 회개의 눈물을 흘렸다. 이처럼 신앙(종교)과 기상학(과학)이 절묘하게 만난다. 신이 지상에 보내는 신호가 곧 날씨가 된다. 엘리자베스 1세Queen Elizabeth I, 1533~1603(1558~1603년 재임) 때 영국이 스페인 무적함대를 격파한 비결을 일명 '프로테스탄트(신교)의 바람' 덕분으로 묘사한다(일본의 경솔하고 무모한 가미카제Kamikaze를 신풍神風으로 부른다). 많은 사람이 프로테스탄트의 바람을 "종교 개혁 전체에 대한 신의 승인"이라고 반겼다(해리스, 2018: 171). 둘 다 전쟁에 종교를 가미한 해석, 즉 망상이다.

작가들의 묘사를 통해 본 영국 사계절의 특징을 일별해 보자. 14세기 제프리 초서Geoffrey Chaucer, 1342?~1400는 『캔터베리 이야기The Canterbury Tales』 (1392)의 「프롤로그」에서 생동하는 절기인 봄을 "상쾌한 숨결을 머금은 서풍이/ 모든 잡목 숲과 연한 새싹에 기운을 불어넣을 때"로 묘사한다. 순례철인 4월에는 서풍zephyr(그리스 신 제피로스Zephyros에서 왔음)이 모든 숲과 들판에 기운을 넣는다. 19세기 초반 윌리엄 워즈워스William Wordsworth, 1770~1850는 「수선화」(실제 제목은 「나는 구름 한 점처럼 외로이 떠돌았노라I wandered lonely as a cloud」)에서 수선화가 주는 기쁨을 이렇게 노래한다 — "지금도 가끔 소파에 누워/ 마음이 공허하거나 울적할 때면/ 그 수선화들은 영적인 비전과 눈을 스친다./ 그것은 고독의 희열이다./ 그러면 내 가슴은 기쁨으로 가득 차/ 수선화들과 함께 춤을 춘다"(Arp, 1997: 343에서 재인용). '블리스bliss'(내면의 희열)를 느끼는 시인처럼, 긴 겨울을 빠져나오면 미소 짓는 노란 수선화를 보면 울적함이 사라진다. 수선화는 일명 '봄의 전령'이다.

이번에는 영국의 여름을 어떻게 노래했는지를 살펴보자. 16세기에 셰익스피어는 소네트 18번, 「내 그대를 여름날에 비유할 수 있을까?Shall I compare thee to a summer's day?」(1609)에서 "여름보다 더 온화한"(Arp, 1997: 331에서 재인용)이라는 표현을 사용했다. 영국에서 일조량이 많은 여름은 멋진 절기다. 소네트의 제목은 "여름보다 더 아름답고 부드러운 그대"라는 뜻이다. 옥스퍼드 대학University of Oxford에서 J. R. R. 톨킨J. R. R. Tolkein, 1892~1973의 강의를 들은 졸업생은 톨킨 교수의 문체와 표현을 사용해 그의 성품을 이렇게 회상했다 ─ "여름처럼 온화한, 봄처럼 싱그러운, 가을처럼 원숙한, 겨울처럼 차가운kind as Summer, fresh as Spring, mellow as Autumn, cool as Winter" 교수님! 이 정도면 스승에 대한 최고의 찬사다. 여기서도 "여름처럼 온화한"이라는 표현이 등장한다. 여기서 kind는 온화한mild 혹은 알맞은temperate과 동의어다. 영국의 여름은 폭서가 기승을 부리는 무더운 한국의 여름과는 사뭇 다르다. 문화적 차이를 알아야 시의 의미를 제대로 파악할 수 있다.

그럼 영국의 가을은 어떤가. 존 키츠John Keats, 1795~1821는 「가을에 부치는 시Ode to Autumn」(1820)에서 가을을 "안개와 무르익은 결실의 계절"(Arp, 1997: 59에서 재인용)로 간결하게 표현했다. 여기서 결실은 가을과 가을의 "절친한 친구"(59)인 태양이 공모해 만들어낸 풍요다. 즉, 키츠는 태양의 감미로운 키스를 받아 열매를 맺고 사과가 "속까지 익는"(60) 자연의 순환 과정을 지켜보았다.

상쾌한 바람fresh air을 갈망하고 예찬했던 작가는 단연 에밀리 브론테

Emily Brontë, 1818~1848다. 소설 『폭풍의 언덕Wuthering Heights』(1847)은 요크셔Yorkshire '무어Moor'(광야) 들판의 사계절 변화를 생동감 있게 포착한다. 무어 지역은 사질 토양으로 물이 잘 빠져 건조한 곳이다. 이 때문에 수목이 거의 자라지 못하고 대신 자색 관목인 히스heath가 무성하다. 이 소설은 차가운 북풍이 세차게 불어오고, 종달새가 노래하며, 녹음이 우거지고, 낙엽이 지는 자연의 순환 과정을 보여준다. 주인공 히스클리프Heathcliff는 절벽에 위태롭게 핀 야생초野生草를 의미한다. 이곳의 거친 자연 풍광은 제인 오스틴Jane Austen, 1775~1817 소설에 등장하는 우아한 응접실 장면과는 확연히 대조된다. 샬럿 브론테Charlotte Brontë, 1816~1855가 제인 오스틴의 소설을 좋아하지 않았던 것은 너무나도 당연하다.

겨울을 노래한 작가는 T. S. 엘리엇T. S. Eliot, 1888~1965이다. T. S. 엘리엇은 『황무지The Waste Land』(1922)에서 런던 브리지London Bridge의 울적한 분위기를 다음처럼 묘사했다 — "비현실적인 도시,/ 겨울 새벽 갈색 안개 속으로/ 한 무리의 사람이 런던 브리지 위로 바삐 움직였다./ 너무 많이./ 죽음이 그처럼 많은 사람을 파멸시켰으리라고 생각지도 못했다"(Abrams, 2001: 2620에서 재인용). 엘리엇은 '갈색 안개brown fog'라는 표현을 썼는데 이건 사실적인 표현이다. 갈색은 석탄을 태울 때 발생하는 이산화황(노랑과 검정)과 태양(빨강)의 결합 색이다. 즉, 햇빛이 스모그smog를 관통할 때 만들어지는 초콜릿색이다. 스모그는 난방용 값싼 석탄에서 뿜어 나온 연기가 짙은 안개와 결합해 생긴 현상이다. 출근하는 사람들이 마치 사자死者처럼 단테Dante Alighieri, 1265~1321 지옥의 문으로 향한다. 성당의 타종 소리도 구원에 자신이 없는 듯 생기를 잃었다.

템스강 런던의 짙은 안개는 의류 브랜드, '런던 포그LONDON FOG'로 이어졌다. 인상주의 화가 모네Claude Monet, 1840~1926는 시간의 변화와는 무관하게 "런던의 짙은 대기를 사랑했다"(해리스, 2018: 553). 안개가 자욱한 날 템스강 고딕 건물인 웨스트민스터Westminster 의사당과 시계탑을 거니는 검은 복장의 사람들은 마치 유령 같다. 검은 복장은 슬픔의 언어가 된다. 여기에 검정 택시와 우산을 추가하면 우울증적인 영국의 모습이 완성된다.

안전 결벽증

섬나라 영국은 흔히 떠 있는 배에 비유된다. 배가 뒤집힐까 걱정을 하다 보니 영국인들은 늘 안전을 중시한다. 그래서 위기에 처했을 때 호들갑을 떨거나 동요하지 않는다. 배가 기울거나 뒤집힐 수 있을 테니까. 영국의 초등학교 체육에서 가장 중점을 두는 종목도 바로 수영이다. 섬나라에서 살아남기 위해서다.

안전을 중요하게 여기는 문화는 곧 그 사회의 품격을 드러낸다. 영국은 늘 '경우의 수'에 대비해 안전책을 선제적으로 마련한다. 건물에 미닫이문을 설치한 것은 유리창 밖으로 뛰어내리지 못하도록 취한 안전 조치이다. 주방에 소화기와 방화용 모포fire blanket를 갖춘다. 붐비는 시장터나 사거리에는 졸음운전이나 과속으로 인한 교통사고를 방지하기 위해 철제 보호주柱, 볼라드bollard를 일정한 간격으로 박았다. 런던의 이층 버스는 정원을 초과하지 않는다. 횡단보도에 오렌지 점멸등이 설치되어 있다. 어린아이의 등하교 시 건널목에 주부 교통 정리원이 멈춤stop을 새긴 막대lollipop를 들고 있다. 그래서 이들을 '롤리팝 레이디Lollipop Lady'라고 부른다. 그리고 자전거를 타는 사람들은 안전모를 쓰고 야광 띠를 어깨에 두르거나 야광 밴드를 발목에 찬다(박종성, 2014: 160).

일광 문화

여름철이면 런던의 공원 녹지에 일광욕日光浴을 즐기는 일명 '인간 태양 전지'가 즐비하다. 영국인은 자신 몸을 태양에 맡기는 솔라리제이션solarization을 통해 겨울철 '계절성 정서 장애seasonal affective disorder'를 예방한다. 해가 밝게 비치는 날이면 행복 지수가 올라가기 때문에 영국인들은 일광 문화에 집착한다.

먼 옛날 런던은 습지이자 진흙 벨트였다. 영국 출신 배우 찰리 채플린 Charlie Chaplin, 1889~1977은 세계에서 최고의 의사 여섯 명 중 1위로 '햇빛'을 꼽았다(2위 휴식, 3위 운동, 4위 다이어트, 5위 자존감, 6위 친구들). 그리고 영국에서 가장 '핫'한 신문은 ≪더선The Sun≫이다. 로고도 빨간 바탕색에 흰 글씨. 작가 D. H. 로런스D. H. Lawrence, 1885~1930는 "천천히 물속에 잠기는 잿빛 회색 관棺, ash-grey coffin slowly submerging"(Lawrence, 1988: 347), 잉글랜드를 떠나서 이탈리아와 멕시코의 태양신을 찾아 지구촌을 떠돌았다. 로런스의 소설은 영국에서 "일광 문화를 촉진하는 데에도 도움을 주었다"(해리스, 2018: 599).

그래서일까. 서인도 제도에서 온 이민자들이 영국에 도착해서 거쳐야 하는 통과 의례가 바로 형편없는 날씨에 적응하는 일이다. 이들에게 영국의 겨울은 '야수 같은 계절'이다. 이들에게 7월은 따뜻함이 다시 돌아오는 달이다. 요크셔 출신의 영국 화가 데이비드 호크니David Hockney는 1964년 회색이 기준인 영국, 특히 습하고 볼품없는 고향을 떠나 태양 빛이 가득한 캘리포니아California로 건너가 명랑한 색감을 화폭에 담았다. 〈텀벙A Bigger Splash〉(1967)은 미국의 밝고 강렬한 수영장의 분위기를 잘 보여준다. 반면에 〈늦은 봄 길Late Spring Tunnel〉(2006)은 칙칙한 영국 시골길의 모습을 보여준다.

날씨 관련 속담

섬나라 영국의 날씨와 관련된 속담을 알아보자. "바다가 잔잔하면 노련한 선원이 될 수 없다A smooth sea never made a skillful mariner." 바다와 선원이 언급된다. Mariner는 선박의 운항과 관리에 대한 전문 지식과 기술을 지닌 사람을 의미한다. 일반적으로 선원을 일컫는 sailor, seaman과는 다른 단어를 사용했다. 다음으로 두운을 사용해 소리음을 살렸다smooth sea … skillful/ made … mariner.

또 다른 속담은 "텅 빈 배가 가장 큰 소음을 낸다Empty vessels make the

most noise"이다. 여기서 vessel은 boat보다 큰 배를 의미한다. "빈 수레가 요란하다"와 같은 뜻이다. 영어에서는 수레가 배로 바뀌었다. 이 의미에 가까운 사자성어는 허장성세虛張聲勢인데, 헛되이 목소리의 기세만 높인다는 뜻이다.

여기서 잠시 유럽의 국기가 대개 삼색三色 디자인인 이유를 알아보자. 삼색기가 널리 퍼진 이유 중 하나는, 바다에서 어느 편, 어느 국가인지, 시각적으로 구별하기 위한 기능적 용도 때문이다. 대항해 시대에 해상 강국 네덜란드의 삼색기(빨강, 하양, 파랑의 가로 줄무늬) 영향이 컸다. '플래그십flagship'(기함旗艦)은 함대의 군함 가운데 사령관이 탄 깃발을 단 배다. 그래서 '대표적인 것' 혹은 '가장 중요한'이라는 의미를 지닌다. 한편 동양과 아시아로 오면 삼색기 대신 곡선 위주의 둥근 디자인이다. 붉은 태양을 상징하는 일본 국기는 단순하고 강렬하며 눈에 띈다.

그리고 "작은 구멍이 큰 배를 가라앉힌다A small leak will sink a great ship"는 속담도 바다와 배와 연관된다. 배가 침몰하지 않도록 매사에 준비하라는 뜻이다(small/sink/ship에 두운 s를 살렸다). 이처럼 안전 근육을 단련시킨다.

이번에는 일조량과 구름과 관련된 속담을 살펴보자. "햇볕이 날 때 건초를 말리라Make hay while the sun shines"는 볕이 내리쬐는 결정적 시기나 기회를 잡으라는 뜻이다. 다음으로 "모든 구름에는 은빛 라인이 있다 Every cloud has a silver lining"는 맑은 하늘을 기대하기 어려운 절망적 상황에도 희망이 있다는 의미다. 변덕스러운 날씨를 잘 표현한 속담으로는 "7시 전에 비, 11시 전에 화창Rain before seven, fine before eleven"이 있다(rain/fine/seven/eleven에 n 각운을 살렸다). 영어 속담이 날씨와 지리와 연관되어 있으며, 말소리의 아름다움을 살리고 있음을 알 수 있다.

상류층이 사용하는 영어, 즉 '포시 잉글리시Posh English'(귀족 영어)에 관해 알아보자. 포시란 호텔이나 선박 등이 호화롭거나 복장 등이 우아하다는 뜻이라고 한다. 포시 잉글리시를 하려면 "입을 거의 움직이지 않고 아주 낮은 톤으로 말해야 한다"(조민진, 2019: 119). 모음을 생략하고 자음만 강하게 발음하려면 윗입술을 거의 움직이지 말아야 한다. 그래야 근엄하게 보이기 때문이다. 여기서 '윗입술을 떨지 말라stiff upper lip'는 표현이 나왔다. 이것이 "영국 상류층이 아이를 키울 때 입이 닳도록 하는 말 중 하나다"(전원경, 2008: 190). 이것은 피에르 부르디외Pierre Bourdieu, 1930~2002가 말하는 지배 계급의 '구별 짓기distinction' 전략에 해당한다.

본래 포시는 항해 때 선실 배정에 사용하는 Port Out, Starboard Home 의 축약어이다. "좌현 출항, 우현 귀항"이라는 뜻이다. 인도로 가는 장거리 항해 시 신흥 부르주아가 돈을 더 내고 그늘진 쪽을 선택한 데서 유래했다. 출항 시 선실을 좌현 쪽에, 귀향 때 우현 쪽에 각각 배정했다. 돈이 있으면 젠체한다.

2 무채색 런던의 상징색은 빨강

런던의 잦은 가랑비와 짙은 안개는 사람들을 우수에 젖게 한다. 대지는 습하고, 공기는 우중충하고, 빗줄기는 흩뿌린다. 런던의 연인들은 비가 내리는 날 혹은 안개가 자욱한 날 고요히 흐르는 템스강을 바라보며 밀어를 나눈다. 차분하고 정적인 모습이다. 『카탈로니아 찬가Homage to Catalonia』(1938)에서 조지 오웰George Orwell, 1903~1950은 "영국의 모든 것이 깊고 깊은 잠을 자고 있다All sleeping the deep, deep sleep of England"라고 적절하게 표현했다(Orwell, 1988: 221). 런던은 세계에서 '가장 고요한' 도시 중 하나다.

런던행 비행기가 히스로Heathrow 공항에 착륙 준비를 할 때 좁다란 창을 통해 밖을 보면 끝없이 펼쳐진 양털 구름 위로 태양이 찬란히 빛난다. 그런데 비행기가 두툼한 구름층을 뚫고 내려오면 이내 비가 내리는 우중충한 세상이 불쑥 나타난다. 이런 형편없는 날씨 속에서 하루 이틀도 아니고 평생 살 자신이 없다. 그래서 우스갯소리로 영국의 국가적 프로젝트는 초대형 풍차나 진공청소기를 발명해 구름층을 제거하는 것이 되어야 한다고 말하는 사람도 있다. 이게 불가능하니 눈을 나라 밖으로 돌려 일조량이 많은 곳을 찾아 나선 것이 아닐까 하고 나름 상상해 본다.

무채색 도시 런던의 상징색은 빨강이다. 이층 버스, 전화박스, 우체통, 근위병 재킷, 지하철 로고 라운델Roundel의 테두리, 유니언 잭은 모두 빨강이다. 그렇다고 영국이 '빨갱이'가 사는 공산 국가는 아니다. 눈에 잘 띄는 빨강은 정신을 번쩍 들게 한다. 졸음이나 비활성화 상태에서 사람을 깨우는 특별한 힘을 지닌다. 우중충한 날씨에는 가시성이 좋은 빨강이 제격이다. 전화박스와 우체통은 모두 눈에 잘 띄는 빨간색이다. 1906년 창당한 영국 노동당의 상징도 붉은 장미다(붉은 장미는 인간에 대한 존경을 상징한다). 그리고 유니언 잭을 새긴 장식품인 우산과 방석과 재킷까지 등장했다. 잉글랜드 축구팀 열성팬들은 얼굴에 분을 칠하고 붉은 십자가를 새긴다. 영국 항공BA 비행기의 꼬리에도 자부심의 상징인 유니언 잭을 달았다. 단순하게 디자인했다.

이층 버스

런던의 명물인 이층 버스는 더블데커Double-Decker 혹은 루트 마스터 Routemaster로 불린다. 운전석이 오른쪽에 있으며, 운전석 뒤에는 보호용 유리창 칸막이가 설치되어 있다. '아무 데서나 타고 내릴 수 있어hop-on, hop-off' 편리하다. 이층 버스는 1954년 처음 등장해 한때 2700대가 런던 도로를 누볐다. 하지만 이층 버스의 빨간색은 옛 소련의 국기 색에서도 볼 수 있듯이 사회주의 이념을 상징한다. 정서적으로 좌파에 속하는 버스 노조가 빨강을 선택하면서 전통으로 자리를 잡았다. 대기 오염을 이유로 구형 이층 버스는 일부 관광 노선을 제외하고 2005년에 마지막으로 운행했다. 2012년부터는 신형 이층 버스NB4L, new bus for London를 도입했다. 건축가 토머스 헤더윅Thomas Heatherwick이 디자인했다. 구형 이층 버스를 교체한 이유로는 장애인이 타기 어려운 점, 차장의 인건비를 감당하기 어려운 점, 그리고 친환경 차량 도입이 필요한 점을 꼽을 수 있다. 사디크 칸 런던 시장은 2030년까지 배출 가스가 없는 전기 수소 구동 버스를 도입할 예정이다.

블랙캡

오스틴 로버Austen Rover 회사에서 제작한 런던의 택시 블랙캡Black Cab 은 덩치가 커 중후한 멋을 지닌다. 검은색은 정중함과 무게감을 지닌다. 탑승객들의 외투, 양복, 중절모, 우산이 모두 검은색이라 칙칙하다. 시인 테드 휴즈Ted Hughes, 1930~1998는 "(런던의) 모든 자동차는 영구차 같지"라고 낮은 소리로 읊조린다〔『생일 편지Birthday Letters』(1998), 「해변가The Beach」(Hughes, 1998: 154)〕. 차량 번호판은 노랑 바탕에 검정 글씨로 잘 띈다. 일반 택시인 미니 캡에 비해 지붕이 높고 공간이 넓다. 모자가 천장에 닿지 않도록 고안되었다. 더구나 검은색은 매연이 달라붙어도 표 나지 않아서 실용적이다.

과거 런던의 블랙캡 운전사는 런던의 구석구석from A to Z을 파악하고 있었다(자동차 이름 아토스ATOZ를 여기서 착안했다). 택시 운전사는 해마hippocampus(뇌에서 새로 경험하거나 학습한 것을 기억하는 저장소)가 발달했다고 한다. 하지만 내비게이션이 보편화된 디지털 시대에 블랙캡 운전사의 기억력이 현저히 떨어졌다. 블랙캡의 특징을 알아보자. 첫째, 요금의 10%를 팁으로 주는 것이 예의다. 둘째, 어디서든 유턴U-turn을 할 수 있다. 쓸데없이 빙빙 돌면서 요금 미터기를 올라가게 하지 않는다. 셋째, 운전사는 대부분 런던의 토박이들로서 '코크니 잉글리시Cockney English'(런던 노동자, 서민 들이 쓰는 방언)를 구사한다. 넷째, 운전사와 승객 사이에 유리창 칸막이를 설치해 잡담을 금지하고 운전에 집중하도록 했다.

런던 포그

런던 시내 가판대에서는 기념엽서를 판다. 온통 회색 바탕에 LONDON FOG라는 글자만 새겼다. 돈 주고 사기가 아까울 정도이다. 템스강이 도심을 관통하는 런던에는 안개가 자주 낀다. 지척을 구분할 수 없을 정도로 짙게 끼고, 바람이 부는 날이면 안개가 꿈틀거리며 움직인다. 포그fog는 짙은 안개를, 그리고 미스트mist는 엷은 안개를 의미한다. 안개가 심할 때는 며칠 동안 지속된다. 말 그대로 오리무중이다. 시계가 없으면 시간과 밤낮을 구분하기 어렵다. 안개 탓에 시인 T. S. 엘리엇은 런던을 "비현실적 도시"라고 표현했다. 명탐정 셜록 홈즈Sherlock Holmes는 안개 낀 영국 날씨를 "마치 우유를 쏟아부은 것 같다"라고 말했다. 의식을 한 점으로 모아주는 빅벤Big Ben(공식 명칭은 엘리자베스 타워)의 타종 소리가 없다면 런던은 마치 정지된 시간 속에서 유령들이 사는 도시 같다(박종성, 2008: 61).

빅벤

런던의 대표적 랜드마크인 빅벤은 높이 약 96m(315피트) 시계탑이다. 15분마다 울리는 종소리가 런던 전역에 울려 퍼진다. 시침 2.9m, 분침 4.2m의 시곗바늘이 움직이는 소리는 런던의 숨소리에 비견된다. 2012년에 여왕 즉위 60주년을 맞이해 '엘리자베스 타워'라는 공식 명칭을 갖게 되었다. 빅벤Big Ben을 두운과 글자 수를 맞춰 발음하기에 편하고 기억하기도 쉽다(볼보volvo 자동차, 아디다스adidas 운동복도 알파벳이 거의 좌우 대칭이다). 여기서 big은 시계탑의 규모가 큰 것이 아니라, 1859년에 시계탑을 설계한 벤저민 홀Sir Benjamin Hall, 1802~1867의 약칭이다. 빅벤은 뚱보big 벤Ben의 작품이다.

시계탑은 영국인의 규칙성과 정확성을 잘 반영한다. 가즈오 이시구로 Kazuo Ishiguro의 소설 『남아 있는 나날The Remains of the Day』(1989)에서 집사장 스티븐스Stevens는 양복 조끼에 줄 시계를 넣고 다니며 자신의 일정을 빈틈없이 소화한다. 심지어는 줄자를 들고 만찬장 테이블 위 술잔 위치까지 측정한다. 말수도 적다. 너무나도 영국적인 인물이다.

또한, 런던은 '그리니치 표준시GMT, Greenwich Mean Time'의 고향이다. 영국은 의회와 더불어 천문대 보유국이다. 런던의 그리니치 천문대에는 지구 경도 측정에 기준이 되는 선, 즉 본초 자오선the first prime meridian이 지난다. 표준 시간대를 설정해 지역 간 위치와 거리 측정이 가능해졌고, 항해하는 배에서는 현재 위치를 파악할 수 있게 되었다. 이처럼 시간과 분리된 영국을 상상하기 어렵다.

런던 아이

런던 아이London Eye는 런던 템스 강변 국회 의사당 건너편 산책로 사우스뱅크South Bank에 세워진 135m '회전 관람차Ferris wheel', 일명 '밀레니엄 휠'이다. A자 철제 프레임에 32개의 캡슐이 눈알처럼 달려 있다. 32개의 캡슐은 런던의 32개 행정구Borough를 상징한다. 2000년 3월에 밀레니엄을 기념하는 프로젝트의 하나로 건축 회사 마크스 바필드Marks Barfield가 건축했다. 후원사는 영국 항공이었다.

이 회전 기구를 타고 오르면 런던을 한눈에 볼 수 있다. 날씨가 좋은 날은 약 40km 떨어진 윈저성까지 내다볼 수 있다. 기구가 한 바퀴를 도는 데 30분이 걸리고, 캡슐 하나에 25명씩 탈 수 있어 시간당 1600명을 수용할 수 있다. 연간 350만 명에서 400만 명이 이곳을 찾는다. 입장료가 비싼데도 탑승자들이 많아 황금알을 낳는 회전 기계가 되었다. 우스갯소리로 런던 아이가 돈을 찍어내는 조폐국造幣局이 되었다고도 한다. 향후 177m 높이의 원통형 브리티시 텔레콤 타워the BT tower도 전망 좋은 레스토랑으로 용도를 변경할 계획이다. 1965년 전파 신호 송출탑으로 개장한 이래 맞이하는 산뜻한 변화다.

런던탑

영국은 오랜 역사와 전통의 나라다. 유럽 대륙이 전쟁에 휘말릴 때 섬나라 영국은 화를 면했다. 그 결과 고성古城과 저택과 문화재를 보존할 수 있었다. 런던탑Tower of London은 난공불락 요새로 남아 있다(본래 하얀 탑white tower으로 불렸다. 1670년대 정복왕 윌리엄William이 흰 화강암으로 지어 붙여진 이름이다). 반역죄를 지은 귀족들의 감옥인 런던탑은 성 밖으로 둘러 판 못, 즉 해자로 둘러쌓아 외부인의 접근을 차단한다. 유일한 연결 통로는 해자에 걸친 도개교跳開橋, drawbridge다. 성벽에 십자(+) 틈을 만들어 화살로 외부의 침입을 막는다. '비프이터Beefeater'(소고기로 급여를 받았기에 붙여진 이름)로 불리는 수문장守門將도 있다. 런던탑은 내구성이 뛰어난 귀족 감옥이다.

왕실 근위병의 빨간 재킷과 곰 털모자

런던 트래펄가Trafalgar 광장 앞에 멋진 애드미럴티 아치Admiralty Arch가 있다. 애드미럴티는 해군성 옆에 딸린 아치형 문門이다. 에드워드 7세 Edward VII, 1841~1910가 1910년 재임 10년을 맞이해 시민들에게 감사의 뜻으로 빅토리아 여왕Victoria, 1819~1901에게 헌정한 문으로 1912년 완공되었다. 이 문을 통해 들어가면 버킹엄Buckingham 궁전에 이르는 길이 1km의 '더몰the Mall'이 나온다. 국가 행사 시 길 좌우로 유니언 잭이 내걸린다. 마치 레드 카펫처럼 붉은색 아스팔트로 포장되어 있다.

입구에 테러 방지용 육중한 철제 방어벽이 설치되어 있다. 경호용 경찰 오토바이가 요란한 소리를 내며 질주하는 일도 다반사이다. 분위기가 좀 살벌하다. 아치문에 들어서면 왼쪽에 평화가 깃든 세인트제임스St James's 공원이 있다. 이곳은 런던 중심부 속 녹지이자 허파다. 공원 옆 호스 가즈Horse Guards 광장에서 근위대 교대식이 이뤄진다.

1660년에 설립된 근위대는 군주들을 섬기고 보호해 왔다. 근위대는 버킹엄 궁전을 지키고 왕실의 의전 행사를 수행한다. 근위대는 기마대와 군악대, 보병대 등으로 구성된다. 2022년 평균 급여는 약 2만 400파운드(3200만 원)였다. 근위병의 평균 키는 약 6피트(183cm)다. 후에 키 제한이 5피트 10인치(178cm)로 낮아졌다(전통적으로 비좁은 배에서 활동하는 해군 수병은 키가 작고 몸집도 왜소하다). 근위병은 키가 크고 외모가 준수해야 한다.

그런데 부동자세로 밥벌이하는 근위병 직업은 쉽지 않다. 근위병은 1851년부터 검은 베어스킨bearskin 모자를 착용하기 시작했다. 모자의 높이는 46cm이고 무게는 0.7kg이다. 근위병의 목에 힘을 잔뜩 들어갈 수밖에 없다. 캐나다산 북극곰의 털을 사용한 모자는 시각적으로 돋보인다. 하지만 이 때문에 동물 보호주의자들이 비판한다. 예를 들면, 2024년 1월 10일 영국 유명 배우 겸 작가인 스티븐 프라이Stephen Fry는 "모자 한 개에 적어도 곰 한 마리가 들어간다"라고 주장하며 흑곰 모피를 쓰지 말자고 호소했다. 시대가 변했으니 왕실 혹은 국방부도 변할 때가 되었다.

불볕더위에 근위병은 극한 직업이다. 연병장에서 근위병이 일자로 쓰러지는 안쓰러운 일도 벌어진다. 폭서에 모자를 착용하면 내부 온도가 27도에 달한다고 한다. 2시간 동안 보초 근무를 하고 4시간 동안 휴식을 취한다. 이는 혈액 순환을 돕기 위해서이다. 어쩌면 세상에서 지루한 직업 중 하나가 근위병이다. 근위병의 취미는 벽돌의 수를 세는 것이라는 말이 나올 정도다. 영국은 모자의 나라라고 불러도 모자람이 없다. 신사의 중절모자, 숙녀의 패션 모자, 판사의 양털 모자, 근위병의 곰 털모자에 이르기까지 모두가 머리 보호에 매진한다.

근위병의 상의 재킷 혹은 튜닉tunic은 화려한 빨강이다. 모자와 하의 바지와 구두는 모두 검정이다. 근위병은 입을 굳게 다물어 표정이 근엄하다. 모자의 끈이 턱 밑이 아니라 입술 밑에 있다. 머리가 보병 공격의 첫 번째 표적이 되기에 모자가 벗겨지지 않도록 하기 위해서이다. 긴 모자도 머리를 보호하는 데 한몫한다. 벨트와 견장과 장갑은 흰색이고, 단추는 황동색, 외투는 회색이다. 나폴레옹Napoléon 전쟁 당시 웰링턴Arthur Wellesley Wellington, 1769~1852 장군이 지휘하는 영국군이 빼앗은 프랑스 보병의 군복이 빨강이어서 근위병이 입게 된 것이다.

3 런던의 도시 계획

런던은 템스강을 따라 발전한 멋진 도시다. 템스강 하구를 따라 런던 중심부까지 배가 오간다. 약 2000년 전에 로마군은 배로 뱀의 형상을 닮은 강굽이를 따라 런던에 이르렀다. 서기 약 92년부터 런던 항구에서 상업을 했고, 1700년경부터 런던은 세계 최고의 항구였다. 이 수로水路를 따라 올라가면 해수 역류 방지용 수로 벽water barrier이 있다. 런던 도심에는 임뱅크먼트embankment(수위 상승이나 침식 방지용 제방 둑)를 만들었다. 수로 벽을 지나면 유속이 느려지는 U자형 만곡부 '아일 오브 독스Isle of Dogs'(개들이 득실거리는 섬이라는 뜻으로 과거 사냥터였음)에 이른다. 강 건너편이 그리니치. 헨리 8세Henry VIII, 1491~1547는 배를 타고 이곳 동쪽의 그리니치 궁에서 서쪽 햄프턴 코트Hampton Court 궁까지 왕래했다. 1884년 도개교와 현수교의 결합 형태인 타워 브리지Tower Bridge를 개통했다. 큰 배가 다리 밑으로 지나갈 수 있도록 1분 사이에 다리의 양쪽이 위로 들리게 설계했다.

템스강 동쪽에 폐쇄형 항구인 독dock을 건설했다. 하지만 화물을 운송하는 컨테이너의 등장과 상품의 현지 제조가 일반화되면서 도클랜드Docklands는 사양길로 접어들었다. 그러자 런던시가 이곳을 도시 재생 프로젝트의 일환으로 대규모 상업 지역으로 개발했다. 대처Margaret Thatcher, 1925~2013 총리가 30년이 걸릴 일을 3년 만에 해냈다. 도클랜드의 카나리 워프Canary Wharf는 8만 명이 일하는 금융의 허브, 일명 '대영 금융 제국'으로 부상했다. JP모건JP Morgan, HSBC 본사, 씨티은행Citibank 등 국제적인 금융 회사가 밀집해 있다. 이로써 비좁은 금융가 시티 오브 런던City of London의 반경이 확 넓어졌다. 미래 지향적 결정이었다.

그렇다면 런던과 외곽을 어떻게 체계적으로 계획하고 개발했을까. 무엇보다도 도로와 수로와 철도를 건설한 후 항로, 즉 하늘길을 여는 일이 중요했다. 런던과 그 외곽에는 여섯 개의 공항이 있다 ─ 런던 서쪽W에 히스로LHR, 동쪽E에 시티City, LCY가, 런던 근교 남쪽S에 개트윅Gatwick, LGW, 북동쪽NE에 스탠스테드Stansted, STN, 북쪽N에 루턴Luton, LTN, 동쪽E 에식스Essex의 사우스엔드Southend, SEN가 있다. 이 중에서 히스로 공항이 런던의 주요 관문이고, 개트윅 공항이 두 번째로 크다. 시티 공항은 도심에서 접근성이 좋아 유럽 출장 시 이용하기에는 제격이다. 루턴 공항에는 주로 저가 항공사가 취항했다. 이처럼 런던을 중심으로 항공기가 오갈 수 있도록 하늘길을 열었다.

전통적으로 영국은 해군이 주력군이라서 배와 뱃길을 주요하게 여겼다. 박지향의 지적대로, "해군 없이 영제국은 존재할 수 없었다"(2018: 152). 하지만 제2차 세계대전 때 독일군의 대규모 공습으로 약 4만 3000명이 사망하면서 영국은 공군력을 강화하기 시작했다. 한편 은밀하게 움직이는 배인 잠수함 운용은 신사답지 못한 것으로 여겼다. 그 결과 독일의 중형 잠수함 U보트 침투 작전에 고전했다.

드넓은 평지 런던과 그 주변에는 수많은 공원, 그린벨트, 호수, 정원, 경작지가 즐비하다. 본래 그린벨트는 전염병 확산을 막기 위해 지정되었다. 런던 도심의 교통이 원활하도록 여러 개의 길이 방사상으로 모이는 곳에는 서커스circus(원형 교차로)를 만들었다. 예를 들면, 피커딜리 서커스 Piccadilly Circus와 옥스퍼드 서커스Oxford Circus는 서커스(곡마단)를 보러 가는 곳이 아니라 원형 교차로가 있는 번잡한 곳이라는 뜻이다. 몸의 혈관에 비교되는 교통망을 통해 차량이 원활하게 운행할 수 있게끔 했다. 영국은 도로, 철도, 뱃길, 하늘길을 잘 만들었다.

템스강 스카이라인
런던은 미학적 건축물 군집소다. 매력적인 문화 도시 런던에서 꼭 가야 할 곳이 사우스뱅크 산책로다. 산책로를 따라 내려가면 워털루 브리지Waterloo Bridge를 만나고, 로열 페스티벌 홀Royal Festival Hall과 국립극장NT, National Theatre을 지나며, 셰익스피어가 활동했던 '글로브 극장The Globe Theatre'(지붕이 없어 하늘이 보이고 자연 빛이 들어오는 원형 모양의 야외극장)에 이른다. 워털루 브리지에서 런던의 멋진 스카이라인을 한눈에 볼 수 있다. 런던은 노먼 포스터Norman Foster의 전시장이라는 말이 있다. 그는 조약돌(혹은 유리 달걀) 모양의 런던 시청사London City Hall(2002), 부챗살 천장을 지닌 영국박물관The British Museum 신관 홀The Great Court(2002), 스위스 르 빌딩Swiss Re Building(2004)을 설계했다. 스위스 르 빌딩은 180m 높이의 보험회사 건물로 '거킨the Gherkin'(절인 오이지)으로 불린다. 보는 이에 따라서 '총알' 혹은 남자 '생식기' 모양으로 보이는 이색적인 건물이다.

2013년 2월에 공식 개장한 '더 샤드the Shard'(유리 파편shard of glass 혹은 치즈 조각 모양의 건물)는 런던에서 가장 높은 건물이다. 높이 309.6m의 하늘을 찌르는 유리 마천루다. 72층의 삼각형 뾰족 탑 모양이다. 건물 전망대의 광고 문구는 "Make them feel on the top of the world"(세상 꼭대기에 오른 엄청난 행복감을 느끼게 해주자는 뜻)이다. 도심 속 세계의 최고봉 에베레스트Everest산임을 자랑한다. 이제는 최고층 유리 건물 더 샤드가 세인트 폴St Paul 대성당을 압도한다. 하지만 육중한 석조 건물에 비하면 유리 건물은 왠지 영혼이 없어 보인다. 그리고 이런 신축 고층 건물이 템스 강변 과거 화력 발전소의 높다란 굴뚝 기둥과 공존한다. 스카이라인이 런던 역사의 흐름과 시간의 두께를 잘 보여준다.

런던의 스카이라인은 아름답다. 조명 덕분에 야경도 환상적이다. '워키토키Walkie Talkie'(휴대용 무선 송수신기) 모양의 이색적 빌딩이 눈에 들어온다. 높이 160m 37층 가분수 모양이다. 생김새가 위로 갈수록 부피가 커지는 실용성을 반영한 건축물이다. 우루과이 출신의 건축가 라파엘 비뇰리Rafael Viñoly, 1944~2023가 설계했다(그는 1999년 가운데 층이 뻥 뚫린 디자인의 서울 종로타워를 설계했다). 전망이 좋은 위층에 비싼 임대료를 책정할 수 있고 공간을 더 확보할 수 있다. 그런데 2015년 영국 잡지, ≪빌딩 디자인Building Design≫은 이 건물을 최악의 건물로 꼽았다. 건물의 미관과 실용성이 어울리지 않는다는 뜻이다. 설상가상으로 이 유리 건물이 볼록렌즈 역할을 해 그 앞에 주차된 차가 녹아버리는 문제를 일으켰다.

런던의 스카이라인을 구성했던 것으로는 원통형 브리티시 텔레콤 타워, 시티 오브 런던에서 가장 높은 183m 높이의 내셔널 웨스트민스터 은행NatWest Bank(현재 명칭은 런던 타워 42London Tower 42), 로이드 뱅크Lloyds Banks, 세인트폴 성당 등이 있다. 로이드 뱅크는 건물의 내부 설비를 밖에서 보이게 한 일명 '누드 빌딩'이다. 차가운 금속 재질인 스테인리스강을 사용했다. 높이 111m의 돔 양식의 장엄한 세인트폴 성당은 도시를 지배한다. 밀레니엄 브리지Millennium Bridge가 성당과 높다란 굴뚝을 지닌 테이트 모던 갤러리를 연결한다.

저 멀리 도클랜드에는 피라미드 지붕 모양의 반듯하게 솟아오른 카나리 워프 타워가 있다. 캐나다 스퀘어Canada Square는 50층(235m), 42층(200m) 건물 등으로 이루어졌다. 이집트 사막도 아닌 방치된 부둣가에 고층 건물을 지은 것이다. 이처럼 영국은 2000년 전 늪지 혹은 진흙 벨트였던 곳에 위대한 건축물들을 세웠다. 고층 빌딩이 즐비한 도클랜드는 템스강의 맨해튼Manhattan으로 면모 중이다.

서쪽 리치먼드Richmond에서 동쪽 그리니치로 템스강이 흐른다. 하구로 갈수록 강폭이 넓어지면서 바다와 만난다. 간조와 만조의 차이가 7m에 이른다. 비행기에서 내려다보면 강줄기가 꼭 뱀의 형상을 닮았다. 템스강은 로마인들의 진입을 유혹했고, 영국인들의 해외 진출을 도왔다. 제국 건설 시대에 수많은 배들이 템스강을 떠나 전 세계로 나가 금은보화를 싣고 들어왔다. "영국 제국 건설은 종교적 신념보다 상업적 성격이 강했다"(박지향, 2018: 258)는 지적은 타당하다. 아일 오브 독스에서 강줄기가 크게 둥글게 돌면서 유속이 느려진다. 이곳 맞은편이 천문대가 있는 그리니치다. 도클랜드 경전철DLR, Docklands Light Railway이 뱅크역과 그리니치역을 연결한다.

히스로 공항의 활주로 디자인

런던의 관문인 히스로 공항LHR의 활주로는 바람이 부는 방향으로 항공기가 이륙과 착륙을 할 수 있도록 설계되었다. 활주로는 정삼각형 두 개를 결합한 육각형hexagram(✡) 모양이다. 이 육각형 별은 일명 '다비드 별star of David'로 불리는데 이스라엘의 국기에도 새겨져 있다. 히스로 공항 공항은 1분 만에 항공기가 이륙과 착륙을 할 정도로 전 세계에서 분주한 공항 중 한 곳이다. 90여 개 항공사가 전 세계 200여 개 도시를 운행한다. 연간 6800만여 명의 승객이 이 공항을 이용한다. 이처럼 해양 국가가 하늘길도 활짝 열었다.

지명 히스로Heathrow는 자색 관목인 히스heath 꽃 들판에 집들이 줄지어in a row 선 곳이라는 뜻에서 유래했다. 뉴욕New York의 JFK 공항, 파리의 샤를 드골 공항, 이탈리아의 마르코 폴로Marco Polo 공항 이름에 비하면 히스로라는 이름은 소박하고 전원적이다. 1946년 런던 서쪽 미들섹스Middlesex주 작은 마을에 있던 군용 비행장이 민간 여객 공항으로 바뀌면서, 1966년 히스로 공항으로 불리게 되었다. 소설 『폭풍의 언덕』 속 주인공 히스클리프와 히스로 공항, 햄스테드 히스Hampsted Heath 공원은 영국에서 히스와 '헤더heather 꽃이 일상생활 속에 깊게 스며 있음을 말해준다.

4 그리스와 로마의 건축 양식

피커딜리 서커스

서구 문명의 2대 원류는 헬레니즘Hellenism과 헤브라이즘Hebraism이다. 헬레니즘은 그리스의 사상, 문화, 정신, 예술을, 그리고 헤브라이즘은 고대 유대교와 기독교의 전통을 의미한다. 런던의 가장 붐비는 곳에는 그리스 신화에 등장하는 사랑의 신이 자리한다. 런던의 일상생활 속 헬레니즘과 헤브라이즘의 흔적을 살펴보자.

피커딜리 서커스는 서커스 공연장이 아니라 원형 회전 교차로다. "피커딜리 서커스 같다It's like Piccadilly Circus"는 표현은 '굉장히 혼잡하다'라는 뜻이다. 이곳을 지나가는 유동 인구가 연간 6000만 명에 이른다고 한다. 이곳의 명물은 에로스Eros 청동상이다. 사랑의 감정에 설레는 연인의 만남의 장소로는 제격이다. 이 복잡한 곳에 에로스 청동상을 세운 이유는 무엇일까. 에로스는 사랑과 미美의 여신인 아프로디테Aphrodite(로마 신화의 베누스Venus에 해당)의 아들이다. 연애의 신, 에로스는 로마 신화에 등장하는 큐피드Cupid다. 눈이 먼 큐피드가 쏜 황금 화살이 가슴에 박히면 사랑이 시작된다.

박애주의자인 제7대 섀프츠베리Shaftesbury, 1801~1885 백작이 1893년 본래 분수대 자리였던 곳에 에로스 청동상을 세웠다. 본래 명칭은 섀프츠베리 백작 추모 분수대Shaftesbury Memorial Fountain였다. 사랑과 자선의 마음을 일깨우기 위해 일명, '자선의 천사상'을 세웠다. 이곳에서 레스터Leicester 광장 쪽으로 조금 이동하면 '히포드럼The Hippodrome'(고대 그리스·로마의 말·전차戰車 따위의 경주장) 건물이 있다. 과거 이곳은 버라이어티 쇼 극장이었으나 지금은 카지노로 바뀌었다. 근처 영화관 오데옹Odéon은 고대 그리스와 로마의 음악당을 의미한다.

런던 서쪽에 있는 로열 앨버트 홀Royal Albert Hall은 서기 80년에 완공된 로마의 원형 경기장(지름 188m, 수용 규모 5272명)을 본떠 만든 콘서트홀이다. 장엄함과 숭고미를 자아내는 런던의 랜드마크 중 하나다. 영국의 변덕스러운 날씨를 고려해 비와 바람을 막을 수 있도록 지붕을 올렸다. 따뜻한 느낌을 주는 붉은색 벽돌로 지었고, 정교한 '프리즈frieze'(그림이나 조각으로 장식된 건축물의 외면이나 내면) 장식을 했다. 빅토리아 여왕은 1861년 42세 나이에 장티푸스로 사망한 남편, 앨버트 공을 추모하기 위해 이 건물을 짓기 시작해 4년의 공사 끝에 1871년 완공했다. 애틋한 사랑이 장엄한 건축물을 낳았다. 한편 에든버러 칼튼 힐Calton Hill에는 그리스 신전을 본뜬 아름다운 건축물이 있는데, 이 모조 신전이 도시를 굽어본다.

영국박물관

1759년 1월 15일 개관한 영국박물관은 그리스 건축의 질서와 균형을 잘 반영한다. 블룸스베리Bloomsbury 평지에 자리한 영국박물관은 그리스 파르테논Parthenon(그리스어로 '미혼 여성'을 뜻함) 신전을 본뜬 건물이다. 길이 11m의 석조 기둥 46개와 정면의 삼각형 페디먼트(박공널)가 인상적이다. 석조 기둥의 상단은 두 개의 커다란 나선형 장식이 달린 이오니아 Ionia 양식이다. 페디먼트 왼쪽에는 신본주의를, 오른쪽에는 인본주의를 상징하는 여신 뮤즈Muse 상을 새겼다.

영국산 자동차 롤스로이스Rolls-Royce는 파르테논 신전의 모습을 본뜬 라디에이터 그릴과 마스코트인 '환희의 여신Spirit of Ecstasy'을 바탕으로 디자인했다. 롤스로이스는 신神이 된 최고급 차車 제작을 추구한다. '비타협적 완벽함uncompromising perfection', 즉 장인 정신을 추구한다. '비스포크bespoke'(맞춤형 제작) 방식으로 제작 기간만 10개월이 걸린다. 롤스로이스는 초고액 자산가들이 타는 일명 '달리는 별장'이다. 하지만 왕실 의전 차량인 롤스로이스사는 1998년 BMW에 매각되었다.

UCL 본관

런던 가워 스트리트Gower Street에 런던 대학University of London의 모체인 유니버시티 칼리지 런던UCL, University College London의 본관이 있다. UCL 정문에 들어서면 열 개의 거대한 대리석 기둥이 지붕을 떠받들고 둥근 돔을 지닌 멋진 건물이 눈에 들어온다. 파르테논 신전을 연상시키는 웅장한 석조 건축물이다. 나뭇잎을 새긴 화려한 코린트Corinth 양식이다. 캠퍼스 곳곳에 벤치가 있고 화단이 조성되어 있다. 건물 계단 아래에는 제

1차 세계대전 때 복무 중 목숨을 잃은 대학생들과 의대생들을 추모하는 문구가 새겨져 있다. 마치 산 자와 죽은 자가 섞여 함께 존재하는 신전과도 같다.

5 영국의 흥망성쇠

로마의 브리튼 정복

기원전 264~146년에 걸쳐 로마는 지중해의 지배권을 둘러싸고 카르타고Carthago와 세 차례의 포에니Poeni('페니키아인의'를 의미함) 전쟁을 벌였다. 이후 로마군은 견고한 배를 타고 지중해를 거쳐 템스강으로 들어왔다. 뱃길인 수로가 중요했던 시절이었다. 블랙프라이어스 브리지Black-friars Bridge 옆에 있는 30m 길이의 퀸하이트 모자이크Queenhithe Mosaic는 기원전 55년부터 서기 2012년까지 영국의 역사를 한눈에 보여주는 명소다(여기서 퀸은 헨리 1세1068~1135의 부인인 마틸다Matilda, 1080~1118를, 그리고 하이트는 선착장이라는 뜻이다).

기원전 55년과 54년 로마의 속주 총독인 율리우스 카이사르Julius Caesar, BC 100~44가 로마에서 브리튼에 원정을 왔다(아일랜드는 로마가 정복하지 못한 유일한 나라다). 클라우디우스 황제Claudius, BC 10~AD 54는 서기 43년에 역사가 타키투스Tacitus, 56?~120?의 말대로 "지구의 맨 끝 미지의 신비로운 땅", 브리튼을 정복했다.

브리타니아는 로마인들이 지금의 잉글랜드와 웨일스 지역에 붙인 이름이다. 켈트Celt 원주민을 브리튼인Britons으로 부른다. 당시 스코틀랜드는 칼레도니아Caledonia로 불렀다. 그런데 브리튼을 지칭하는 가장 오래된 이름인 앨비언Albion(라틴어 희다Albus에서 파생됨)은 남부 도버Dover 해안의 백악질 절벽을 의미하는 말이었다.

로마군은 원주민인 켈트족을 몰아낸 후 약 400년간 브리튼을 지배했다. 이 시기를 로만 브리튼Roman Britain(43~410) 시대라고 부른다. 랭커스터Lancaster와 윈체스터Winchester 지명에서 caster와 chester는 군영지를 의미하는 라틴어 castra에서 유래했다. 또한, 당시 로마군이 착용한 헬멧의 '크레스트crest'(닭의 붉은 볏 머리 장식을 지닌 관모冠毛)는 군인의 계급이나 지위를 표시했다.

당시 이케니Iceni족(현재 이스트 앵글리아East Anglia 지역)의 여왕 부디카Boudicca('승리'를 의미함)는 로마 대군주의 잔인한 통치에 맞서 봉기를 일으켰다. 부디카는 로마군 7만 명을 죽였으나 상황이 불리해지자 독을 마시고 목숨을 끊었다(파먼, 2007: 20). 결국 43년에 로마의 클라우디우스 황제는 브리튼을 완전한 속국으로 만들었다. 그녀를 기념하는 청동상이 국회 의사당 맞은편 선창가 계단에 있다. 자유를 향해 물결치는 부디카의 숭고한 열망은 자유 민주주의 정신과 맞닿아 있다.

로마군은 브리튼에서 도로를 만들고 법령 체계를 만들었다. 론디니움Londinium에 망루barbican를 세웠다. 당시 런던(켈트어로 Lyndyn)은 거대한 습지였다. 칼로 무장한 로마군은 122년부터 130년 사이에 군대와 보급품을 이동하기 위해 삽으로 도로를 건설했다. 로마 군단은 단순한 군인이 아니라 엔지니어이기도 했다. 하드리아누스 황제Hadrianus, 76~138는 120km 길이의 하드리아누스 방벽을 쌓아 몸에 문신을 지닌 픽트Pict족을 산악 지형인 북으로 밀어냈다.

로마군은 추위를 녹이고자 바스Bath에 온천장을 만들었다. 서머싯Somerset의 유서 깊은 온천 도시, 바스에는 로마의 흔적이 많이 남아 있다. 18세기에 존 우드John Wood, 1728~1782는 직경 97m의 원형 교차로를 디자인했다. 조지George 왕조(1714~1790)풍의 3층 대형 공동 주택 30채가 서커스를 둥글게 에워싼다. 이렇게 그는 영국에 작은 로마를 만들었다. 바스는 영국에서 가장 아름다운 도시 중 하나다. 로마군은 410년경 철수했다. 당시 로마 정국이 혼란스러웠기 때문이다. 476년 서로마 제국이 멸망했다.

아서왕의 등장

서기 410년경 로마군이 철수해 생긴 힘의 공백을 앵글로색슨Anglo-Saxon족이 메꾸며 지배 세력으로 등장한다. 앵글로색슨족이 영국 남부에 정착한 것은 600년경이다. 켈트족은 브리튼섬에 들어온 모든 게르만Geruman 정복자(주트Jute족, 색슨족, 앵글Angle족)를 모두 색슨족으로 불렀다(박영배, 2001: 89). 당시 영국은 여러 소왕국으로 분열되어 있었다. 색슨족은 켈트족을 몰아냈다.

6세기경 켈트족의 지도자인 아서왕이 등장해 색슨족과 맞서 싸웠다. 그는 브리튼 왕족 혈통의 켈트인으로 카멜롯Camelot(정의와 사랑과 명예가 지켜지는 이상적 사회) 지역 출신이었다. 그는 모두 열두 번의 전투에서 대승을 거두었다. 10세기 후반의 『웨일스 연대기Annales Cambriae』에 따르면, 그는 바든 전투Battle of Badon에서 홀로 적군 960명을 쓰러뜨리고 승리했다. 그는 쇠사슬 갑옷chain mail을 착용하고 명검 엑스칼리버Excalibur를 휘두르며 맹활약을 했다. 하지만 537년 캄란 전투Battle of Camlan에서 사생아 아들 모드레드Mordred 또는 Modred에 맞서 싸우다가 머리에 치명상을 입는다. 그는 아발론Avalon(전설적인 극락도)으로 옮겨진다. 1150년 헨리 2세1133~1189의 명령에 따라 글래스턴베리Glastonbury 수도원에 묻힌 무덤을 열어 아서왕의 무덤임을 확인했다.

앵글로색슨족 왕들

597년 켄트Kent 왕국의 에셀베르히트(에셀버트Ethelbert) 왕이 기독교로 개종해 색슨족의 교회를 세웠다. 그는 영국의 최초의 기독교 왕이다. 9세기경 앨프레드 대왕Alfred, 849~899이 색슨 왕국을 건설했다. 엄밀한 의미에서 아서왕과 앨프레드 대왕은 서로 다른 종족이다. 영국은 종족의 기원을 켈트족과 색슨족 중 어느 쪽에 두어야 할지 정체성에 대해 깊은 고민에 빠진다. 영국 민족의 기원을 특정하기 어렵다는 뜻이다. 앵글로색슨 왕국이 있던 곳은 잉글랜드 남부 지역의 에식스, 웨식스Wessex, 서식스Sussex였다. 에식스는 동쪽, 웨식스는 서쪽, 서식스는 남쪽 지역을 각각 의미한다. -식스-sex는 색슨족Saxons 정착지와 관련이 있다.

소설 『파묻힌 거인』 속 아서왕

가즈오 이시구로의 『파묻힌 거인The Buried Giant』(2015)은 537년 캄란 전투에서 아서왕이 사망한 직후를 배경으로 브리튼족과 색슨족 간의 전쟁과 학살을 다룬 알레고리 소설이다. 아서왕의 조카 가웨인 경Sir Gawain이 등장한다. 이시구로는 상상력을 발휘해 6세기경 삶, 즉 기록이 없는 역사의 공백기를 재구성했다. 『파묻힌 거인』은 8세기 무렵 최초의 서사시 「베어울프Beowulf」보다 앞선 시기를 다루며 브리튼 본토를 배경으로 삼는다는 점에서도 주목할 필요가 있다. 베어울프는 원고향인 덴마크에서 533년에 왕으로 등극해 50년간 통치했다. 하지만 화룡火龍과 결투에서 치명상을 입어 죽는다. 「베어울프」는 고대 게르만족의 생활상과 사회상을 보여주는 귀중한 작품이다. 흥미롭게도 이시구로는 색슨족을 집단 학살한 아서왕을 성군聖君이 아닌 전제주의자로 제시한다. 『파묻힌 거인』과 「베어울프」는 고대 브리튼의 모습을 이해하는 데 좋은 길잡이가 되어준다.

노르만 정복

로마인Romans은 도로를, 앵글로색슨족은 언어(영어)를, 그리고 노르만족Normans(북방인을 의미하는 Northmen은 프랑스어로 Norman이 되고, 이들이 차지한 땅은 노르망디Normandie가 된다)은 성城을 남겼다는 말이 있다. 노르만족은 10세기경 북프랑스 등에 침입한 스칸디나비아 출신의 북유럽 게르만 종족이다. 데인Dane족이 영국해협에 면한 프랑스 북서부의 노르망디 지역에 정착했다. 정복왕 윌리엄(윌리엄 1세1028?~1087)이 침입해 1066년 10월 14일 헤이스팅스Hastings 전투에서 해럴드 2세Harold II, 1022~1066를 물리친다. 그는 12월 25일 웨스트민스터 사원에서 잉글랜드의 왕으로 즉위했다. 이후 노르만족은 약 300년 동안 잉글랜드를 지배했다.

노르만족은 아서왕의 신화를 전유해 통치 기반을 강화했다. 즉, 노르만 군주를 아서왕으로, 프랑스 기사들을 아서왕의 군주로 대체했다. 이때 노팅엄Nottingham 출신의 앵글로색슨족 로빈 후드Robin Hood가 노르만족 정복자에 저항했다. 사람들은 자영농인 그를 '민중의 아서People's Arthur'로 불렀다.

노르만 정복으로 프랑스어와 문화가 유입되었다. 상류층은 프랑스어를 사용했다. 성을 포함한 건축 양식도 영향을 받았다. 예를 들면 정복자 윌리엄은 1068년에 에이번Avan강에 요새, 즉 워릭Warwick성을 지었다. 켄트주에 있는 로체스터Rochester성은 12세기에 자연석을 이용해 지은 대표적인 노르만 양식의 성이다. 지배층이 농민의 반란과 적의 공격을 막기 위해 성을 쌓았다.

윌리엄 캑스턴의 인쇄술 도입

1485년 윌리엄 캑스턴William Caxton, 약 1422~1491이 독일에서 이동식 인쇄술을 도입해 성경과 기사 문학을 인쇄해 널리 보급했다. 이에 따라 전례가 없는 획기적인 변화가 일어났다. 많은 사람이 저렴한 가격에 책을 살 수 있었다. 성경뿐만 아니라 재미있는 읽을거리인 기사 문학(예를 들면, 『아서왕의 죽음Le Morte d'Arthur』)의 생산과 보급이 빠르게 이루어졌다. 기독교 복음을 전파하고, 대중의 문해력이 증진하는 결과로 이어졌다. 또한, 언제 어디서든 독서할 수 있었다. 하지만 텍스트와 친밀한 만남을 의미하는 묵독默讀이 유행하면서 현장에서 낭송朗誦에 의존했던 시인들의 특권이 차츰 사라졌다. 특권을 잃은 궁정 시인들은 신기술인 인쇄술을 치욕으로 여겼다. 묵독이 일반화되면서 경험을 함께 모아 나누는 일도 사라지게 되었다. 캑스턴은 패러다임을 바꾼 중요한 인물이다.

기사 문학 『아서왕의 죽음』

15세기 무렵 기사 문학이 발달했다. 프랑스 기사 문학의 영향을 받은 토머스 맬러리 경Sir Thomas Malory, 약 1405~1471은 『아서왕의 죽음』(1485)을 썼다. 그는 켈트족의 부족장을 지냈던 아서왕의 전설에 기사도騎士道의 옷을 입혀 이야기를 만들었다. 『아서왕의 죽음』은 기사도의 변질로 인한 아서 왕국의 몰락을 다룬 작품이다. 아서왕이 가장 총애하는 랜슬롯 경 Sir Lancelot은 기니비어Guinevere 왕비와 사랑에 빠진다. 사생아 아들, 모드 레드가 이들의 불륜을 폭로한다. 모드레드는 반란을 모의해 왕권을 찬탈 하고, 기니비어를 왕비로 맞이하겠다고 선언한다. 본래 원탁의 기사들은 '성배聖杯, the holy grail'를 찾아 떠난다. 기사들이 예수가 최후의 만찬에서 사용한 술잔chalice을 찾아 나서는 것은, 신을 찾아 나선 종교적 열정의 산물 이다. 그런데 원탁 기사들 간 질투와 암투가 벌어지면서 왕국이 몰락한다.

헨리 8세와 성공회

1509년 즉위한 튜더Tudor 왕조의 헨리 8세가 종교의 독립을 선언했다. 그는 1558년 왕위에 오른 엘리자베스 1세의 아버지다. 헨리 8세는 대식 가였다. 육식을 즐겨 몸에 열이 많아 온몸에 종기가 수두룩했다고 한다. 183cm 신장에 허리둘레가 무려 54인치였다. 당당한 체구에 붉은 머리털 을 지녀 별명이 빅 레드Big Red였다(박영배, 2005: 214). 그는 국교회(성공회 the Anglican church)를 만들고 왕권을 강화했다. 그는 영국 국왕을 교회의 수장으로 삼는 수장령Act of Supremacy(1534)과 수도원 해산Dissolution of the Monasteries(1536)을 끝까지 밀고 나가 목적을 이루었다. 이혼은 허용하지 않는 교황청과 결별할 정도로 마이 웨이를 갔다. 결혼만 여섯 번 했다. 수장령은 영국이 교황의 영향권에서 벗어난 독립국임을 선언한 것이다. 그는 "당시 나라 전체 재산의 1/4을 소유하고 있던 교회 재산을 몰수했 다"(파먼, 2007: 95). 그는 부인 두 명을 참수시키고, 자신에 반대한 수많 은 성직자와 정치인을 처형했던 무시무시한 전제 군주였다.

영국의 국교는 성공회다. 성공회는 가톨릭과 개신교를 절충한 형태다. 성공회 교회는 로마 교회와는 결이 다르다. 성공회는 사제의 결혼과 여사제 성직 허용을 한다는 점에서 개방적이다. 청교도Puritan와 퀘이커Quaker 는 잉글랜드 국교회를 거부한 개신교를 의미한다. 이들은 서로 다른 이 유로 국교에 반대하면서 영국의 종교적 박해를 피해 외국으로 떠났다. 1620년 청교도인 102명이 플리머스Plymouth 항구에서 메이플라워호May-flower를 타고 버지니아Virginia를 찾아 떠났다. 당시 이들은 종교적 난민 이었다. 이들은 상륙한 땅을 뉴잉글랜드New England라고 당당하게 명명했 다. 청교도인들은 가톨릭의 상징적 예식 대신 간소한 예배를 강조했고, 예정론을 믿었다. 청교도인들은 미국에 정착지를 세우고 이를 플리머스 식민지라고 불렀다. 이들은 매년 11월 넷째 목요일을 추수 감사절로 지 정해 기념했다. 공동체를 세우고 엄격한 도덕규범을 실천했다.

한편 퀘이커는 영국 국교회의 위계적 구조를 거부하고 모든 개인이 신 과 직접적으로 연결되어 있다는 '내면의 빛'을 믿었다. 퀘이커는 조지 폭스 George Fox, 1624~1691가 창시한 친구들의 모임Society of Friends 회원의 별칭 이다. 퀘이커는 신 앞에서 '공포로 떨다shudder'라는 뜻이다. 퀘이커는 평 등하고 소박한 삶을 강조했다. 이들은 1655년부터 5년 동안 미국에 상륙 거점을 마련했다. 1809년에는 영국에서 가장 먼 뉴질랜드에 진출했다.

엘리자베스 1세와 신교와 구교의 갈등

엘리자베스 1세는 정치적 혼란 속에서 국가와 교회의 안정을 이루어 황금시대를 주도했다. 해적 프랜시스 드레이크 경Sir Francis Drake, 1540~ 1596이 칼레Calais 앞바다에서 스페인 무적함대를 격파함으로써 그녀는 재임 시 제국의 기틀을 다질 수 있었다. 그녀의 업적 중 하나는 종교 통 합령을 시행한 데 있다. 이것은 상식에 기초해 신교와 구교의 상생 방안 을 모색하기 위해 마련되었다. 그리고 여왕은 1603년 국민 통합을 위해 왕위를 메리 여왕Mary, Queen of Scots, 1542~1587(1542~1567년 재위)의 아들인 스코틀랜드의 제임스 6세James VI, 1566~1625에게 물려주었다. 그는 제임스 1세가 되어 잉글랜드와 스코틀랜드를 통치했다. 스튜어트Stuart 왕가의 왕이 잉글랜드와 스코틀랜드를 통치할 수 있게 되었다. 1707년에 이르러 브리튼이 하나의 덩어리가 되는 국가 통합령을 실시한다.

1605년 11월 5일 가톨릭 신자인 가이 포크스Guy Fawkes, 1570~1606 일당이 신교를 옹호하는 국왕에 불만을 품는다. 잉글랜드 국회 의사당을 폭파하는 음모를 꾸몄다가 발각되어 반역죄로 처형당했다. 여기서 guy는 미국에서처럼 단순히 '어떤 한 남자man'가 아니라, '진짜 괴짜'라는 경멸의 뜻을 지닌다(박영배, 2005: 102). 국왕의 무사함을 기리는 불꽃놀이 축제가 '가이 포크스 데이'다. 매년 11월 5일 전후로 아이들이 가이 포크스의 인형effigy을 불태우고 폭죽놀이를 한다. 지하철 입구에서 아이들이 '페니 포 가이Penny for Guy'를 외치며 폭죽을 살 돈을 마련한다. 2002년 ≪비비시British Broadcasting Corporation≫ 방송 조사에서 가이 포크스는 위대한 영국인 30위에 이름을 올렸다. 그는 신교도에게는 영웅으로, 그리고 신교도에게는 반역자로 취급받는다.

셰익스피어의 등장

1492년 콜럼버스Christopher Columbus, 1451~1506가 신대륙을 발견하고, 1517년 종교 개혁이 이루어진다. 16세기에 이르러 영어는 자국어로서 기틀을 다져 변방의 언어가 아니라 국제적으로 우세한 표현 수단이 된다. 윌리엄 셰익스피어의 등장과 성경의 영역 덕분에 영어의 위상이 한층 높아졌다.

셰익스피어는 위대한 문호, 감정의 백만장자, 언어의 연금술사로 불렸다. 그의 소네트는 시 문학의 품격을 보여준다. 영국의 저명한 작가이자 방송인 멜빈 브래그Melvyn Bragg는 "소네트는 I의 결투 장소이자 언어의 실험실이자 그의 명함이었다"(브래그, 2019: 225)라고 평했다.

런던 흑사병과 대화재

1665년 런던에 흑사병the great plague이 발생해 70만 명이 죽었다(1348~

1351년 1차 흑사병으로 영국은 인구의 1/3이 죽었다). 대니얼 디포Daniel Defoe, 1660~1731의 『전염병 연대기A Journal of the Plague Year』(1722)는 1664년 9월 초부터 떠도는 전염병에 관한 풍문에서 시작한다. 익명의 화자인 H. F. 는 런던의 이곳저곳을 돌아다니며 1665년에 대역병이 초래한 실상을 두 눈으로 직접 목격한다. 그는 전염병을 신의 심판으로 여기는 인간의 몽매함과 런던 시장市長의 부실한 방역 조치를 비판한다. 그로부터 300년 후 코로나19 팬데믹이 창궐해 전 세계가 전례 없는 고통을 겪었다. 『전염병 연대기』는 지금 읽어도 생생하고 유효하다.

다음 해인 1666년 런던 대화재가 발생해 7일 만에 60만 명의 사상자가 발생했다. 한 제빵점에 화재가 발생해 강풍을 타고 순식간에 번졌다. 화재에 취약한 목조 대신 석조 건물을 짓기 시작했다. 오늘날은 철골과 유리가 대세다.

빅토리아 여왕

빅토리아 여왕은 1837년 18세 나이로 여왕으로 등극해 1901년까지 64년 동안 영국의 군주, 인도의 여황제로 군림했다. 하지만 그녀는 인도에 가본 적이 없다. 제국의 보석인 인도를 영국에서 원격으로 지배했다. 인도는 대영 제국의 가장 가치 있고 중요한 식민지였다. 이런 이유로 인도는 식민지 시대에 '왕관 속의 보석jewel in the crown'으로 불렸다. 인도는 향신료, 직물, 귀중한 보석을 비롯한 방대한 자원을 지녔기에 유럽 열강들이 탐내는 곳이었다. 게다가 인도는 전략적 위치상 아시아의 무역로와 시장에 접근성이 좋았다(물론 인도는 영국의 대척점이 위치하는 가장 먼 곳이다).

디즈레일리Benjamin Disraeli, 1804~1881 수상은 1875년 수에즈Suez 운하의 주식 17만 주를 400만 파운드에 매수해 인도로 가는 뱃길을 확보했고 이로써 빅토리아 여왕에게 인도의 여황제 칭호를 안겼다. 영국의 치국술이 빛나는 지점이다.

20세기 양차 세계대전과 브렉시트

1815년 영국·프로이센 연합군은 프랑스의 나폴레옹 1세Napoléon I, 1769~ 1821에 맞서 워털루(벨기에 중부의 마을) 전투에서 승리했다. 제2차 세계대전 때는 히틀러Adolf Hitler, 1889~1945의 나치 독일에 맞서 승리했다. 1945년 5월 8일은 유럽 전승 기념일VE-Day, Victory in Europe Day이다. 나폴레옹과 히틀러와 전쟁에서 승리한 것은 영국 역사에서 변곡점을 이룬다. 영국과 프랑스와 독일은 겉으로는 서로 이웃이지만 속으로는 서로 앙숙이다. 영국의 탈퇴로 끝난 유럽 연합은 출발부터 불가능한 원대한 꿈이었다. 이제 영국은 홀로 섰다. 그리고 눈을 들어 전 세계를 향한다. 유럽보다는 전통 우방 미국과의 협력을 더욱 중시한다. 과거로 돌아가는 레트로retro 전략이라는 기시감이 든다.

6 영국과 주변국의 역사적 관계

영국이 북해와 영불해협 주변국과 맺은 관계와 치른 전쟁을 주요 지명을 중심으로 알아보자. 북해와 인접한 지역을 선별해 그 역사적 배경과 지리적 중요성에 주목한다. 먼저 영국으로 들어오는 인바운드 지역을 살펴보자.

요크

867년에 바이킹Viking족에 속하는 데인족이 북해 해안을 통해 요크York를 점령해 노섬브리아Northumbria의 수도로 정했다. 데인족은 데인 엑스Dane axe라는 전투용 손도끼를 휘두르고, 죄를 범한 대가로 머리 가죽을 벗기는 일을 자행했다(이를 데인스 스킨스Dane's skins라고 부른다). 말 그대로 이들은 공포의 대상이었다. 그 후 노르만족이 1327년부터 1377년까지 이곳에 성벽을 쌓았다. 1100년부터 1500년까지 요크는 영국에서 두 번째 큰 도시로 번성했다. 지금은 언덕에 폐허가 된 휘트비 사원Whitby Abbey이 북해를 마주한다. 잉글랜드에 정착한 스칸디나비아인의 정착지에서 가장 많이 나타나는 지명의 접사는 -by는 byr, 즉 마을village이라는 뜻이다 (박영배, 2001: 294). 데인족과 정복왕 윌리엄, 1538년 헨리 8세가 이 사원이 차례로 파괴했다.

스카버러

북해 연안의 스카버러Scarborough에는 과거 로마 제국의 통신소가 있었다. 버러Borough(처음에는 부르흐Burh로 불렀음)는 "덴마크인의 공격으로부터 잉글랜드를 방어하려는 목적에서 요새화한 자치 읍을 의미했다"(박영배, 2001: 169). 이곳은 10세기에 바이킹족이 세운 어촌이었다. 스카버러는 지리적으로 한국의 동해안 속초를 떠올리면 좋을 것 같다. 12세기에는 노르만족이 돌출부 갑岬에 성을 세웠다. 이곳은 영국 상인들과 대륙인들이 8월 15일부터 45일간 물물 교환을 위해 거대한 시장을 형성했던 교역로였다. 18세기에 휴양지가 되었으며, 1845년에 철도가 개통되면서 이곳에 접근성이 획기적으로 개선되었다. 지금은 은퇴 후 퇴직자들이 몰려 사는 대표적인 휴양지다.

이스트 앵글리아

이스트 앵글리아는 앵글로색슨족의 일곱 개 왕국 중 하나로 오늘날의 노퍽Norfolk과 서퍽Suffolk 일대를 총칭하는 지명이다. 6세기경 앵글로색슨 침입자들이 정착한 곳이다. 869년에 데인족에게 정복되었다. 918년에는 색슨족 왕인 에드워드에게 정복되어 웨식스 왕국으로 통합되었다.

5~6세기에 영국에 침입한 게르만 민족은 앵글족, 색슨족, 주트족이었다. 영어English라는 단어는 앵글Angle족에서 유래했다. 에식스(이스트), 서식스(사우스), 웨식스(웨스트) 카운티는 색슨족이 점령한 영토를 의미한다.

아웃바운드

다음은 영국에서 유럽 대륙으로 나가는 아웃바운드 지역을 살펴보자.

안트베르펜

안트베르펜Antwerpen(영어로는 앤트워프Antwerp)은 벨기에 제2의 도시이다. 큰 강의 어귀에 있는 항구다. 토머스 모어Thomas More, 1478~1535가 라틴어로 쓴 『유토피아Utopia』(1516)는 늙은 선원(철학자)이 안트베르펜의 정원에 앉아 청중에게 들려주는 여행기이다. 그는 가상 공간인 유토피아의 이상적인 제도를 설명하면서 유럽 사회의 부패를 에둘러 비판한다. 여행자 라파엘 히슬로다에우스Raphael Hythlodaeus(히슬로데이Hythloday)가 유토피아에서는 생활용품인 그릇과 노예 들을 묶어두는 사슬이나 족쇄를 금과 은으로 만든다는 황당한 이야기를 들려준다. 그는 풍자 방식으로 금전이나 물건을 탐내는 욕망을 비판한다. 개인의 재산 소유를 폐지하고, 공동 재산 제도를 대안으로 제시한다. 자본주의를 억제할 수 있는 공산주의 사상이 발아된 역사적 시점이라고 할 수 있다.

브뤼셀

브뤼셀Brussel은 1830년에 벨기에의 독립과 함께 수도가 되었다. 이후 레오폴드 2세Leopold II, 1835~1909가 아프리카에 콩고 식민지를 건설하고 상아와 고무 등을 들여오면서 번영했다. 브뤼셀은 영문학 작품과 작가들과도 연관이 있다. 에밀리 브론테와 샬럿 브론테 자매는 1842년 2월 프랑스어를 배우기 위해 브뤼셀로 건너가 6개월을 보냈다. 영국 시골 소녀들이 유학하기에 벨기에가 프랑스보다 학비가 좀 더 쌌다. 브뤼셀에 있는 동안 샬럿은 프랑스어 선생인 콩스탕탱 에제Constantin Héger와 사랑에 빠진다. 아이가 있는 유부남과의 사랑은 결국 이루어지지 않았다.

조지프 콘래드Joseph Conrad, 1857~1924의 소설 『암흑의 핵심Heart of Darkness』(1899)에서 영국인 선장, 찰리 말로Chalie Marlow는 숙모의 도움으로

일자리를 얻기 위해 브뤼셀에 있는 한 회사를 방문한다. 이 회사는 아프리카 콩고에서 상아를 긁어모으는 회사다. 유능한 커츠Kurtz(영어로 short라는 의미로 키가 작거나 도덕성이 부족하다는 뜻)라는 사람이 이 회사의 해외교역소에 파견된 일급 직원이다. 그런데 커츠가 무법 지대인 정글에서악의 화신이 되어 죽는다. 말로는 브뤼셀로 돌아와 커츠에 관한 자신의이야기를 전한다. 흥미롭게도, 아프리카에서 회사로 돌아온 말로는 브뤼셀을 "회칠한 무덤", 즉 위선적인 도시로 묘사한다. 말로의 약혼녀the Intended는 석관 같은 피아노 옆에 상복을 입고 앉아 커츠가 죽을 때 자기이름을 말했을 것이라고 상상하며 위안을 얻는다. 하지만 커츠가 내뱉은외마디는 "무서워라! 무서워라! The horror! The horror!"였다(Conrad, 1995: 112). 콘래드는 독자가 그 틈새를 들여다보게끔 만든다.

플랑드르

북해에 면한 플랑드르Flandre(영어로는 플랜더스Flanders)는 11세기부터 14세기까지 북서부 유럽에 존재했던 강력한 독립국이다. 이 중세 국가는오늘날 벨기에 서부, 네덜란드 남서부, 프랑스 북부를 포함한다. 플랑드르는 모직물 공업이 발전해 유럽에서 상공업이 가장 발전한 곳이었다. 경제적인 측면에서 양모羊毛의 최대 공급국이었던 영국과 친밀한 관계를유지했다. 1336년 잉글랜드의 에드워드 3세는 모직 산업을 발전시키고자플랑드르의 유대인 직조織造 기술자들을 영국으로 데려왔다. 이들은1492년 스페인에서 벌어진 '레콩키스타Reconquista'(가톨릭 국가의 영토 회복운동) 탓에 종교의 자유를 찾아 온 유대인들이었다. 네덜란드 신교도들은1515년에 가톨릭 국가인 스페인의 통치 아래 있었다. 1581년 오렌지Orange가문 출신의 빌럼Willem, 1533~1584 공이 탄압에서 벗어나고자 독립 운동을 벌였다.

플랑드르의 유대인 직조 기술자들의 유입으로 요크셔가 모직물 생산의 중심지로 발전했다. 직조 기술과 양모 공급이 만나면서 영국은 많은 이득을 보았다. 역사가들은 영국이 프랑스와 백 년 전쟁(1337~1453)을 벌인 이유 중 하나로 유럽 최대의 양모 시장인 플랑드르를 쟁탈하기 위해서였다는 점을 지적한다(물론 일반적으로 왕위 계승 문제로 전쟁이 촉발되었다고 알려져 있다). 프랑스의 애국 소녀 잔 다르크Jeanne d'Arc, 1412~1431가 출현해 영국군을 몰아내면서 백 년 전쟁이 끝난다.

영국은 매년 11월 11일로부터 가장 가까운 일요일, 11시에 '메모리얼 데이Remembrance Sunday'(한국의 현충일 격인 영령 기념일)를 거행한다. 이즈음 빨간색 양귀비 배지poppy badge를 착용한다. 일명 '포피 데이'다. 양귀비 배지는 수많은 군인들이 피를 흘리고 죽어간 제1차 세계대전 격전지에서 무수히 피어난 양귀비꽃을 본 참전 군인, 존 매크래John McCrae, 1872~1918 중령이 지은 시 「플랜더스 들판에서In Flanders Fields」에서 착안한 영국 보훈의 상징이다(박종성, 2021: 26). 양귀비는 플랜더스 전장에서 자생하는 식물 중 하나였다. 메모리얼 데이 오전 11시 정각에서 2분간 묵념이 진행된다. 초창기에는 거리를 지나던 남자들이 모자를 벗어 추도했다. 런던 관청가 화이트홀Whitehall의 중앙에 세운 '세노타프Cenotaph'(전몰장병 기념비 혹은 무덤으로 씌운 석조 탑 모양의 문)에서 추모 행사를 거행한다. 이처럼 추모 문화를 역사적 맥락에서 파악할 수 있다.

암스테르담

네덜란드는 북쪽으로 영국을 마주 보는 북해에 면한 국가다. 수도인 인구 약 136만 명의 암스테르담Amsterdam이 유럽 물류의 허브 역할을 한다. 네덜란드Netherlands는 육지가 바다보다 '낮은nether' 척박한 땅에 댐dam을 쌓아 만든 나라, 즉 저지대 국가라는 뜻이다. 12세기경 암스텔Amstel 강 하구에 둑을 쌓아 건설한 도시가 암스테르담이다. 16세기에는 무역항으로 크게 발전했다. 17세기 네덜란드는 해양 강국으로 황금기를 누렸다. 네덜란드는 영국과 경쟁과 협력을 통해 동아시아와 동인도 제도에서 무역과 식민지 건설을 통해 막대한 부를 축적했다. 척박한 자연환경에서 진취적 정신이 생겨났다.

홀랜드Holland는 네덜란드 전체를 지칭할 때 일반적으로 사용되는 동의어이다. 더치Dutch는 형용사이다. '더치페이Dutch pay 또는 Dutch treat'는 '비용을 각자 내다'라는 네덜란드 방식을 의미한다. 이것은 인색함보다는 개신교에서 강조하는 개인이 책임을 지는 방식이다. 홀랜드라는 이름은 북쪽과 남쪽의 두 홀란트Holland주가 역사적으로 네덜란드에서 경제적으로 가장 번영한 지역이라서 붙여졌다. 네덜란드는 종교적 박해를 받은 사람들을, 특히 신교도들이 모여든 곳이다(국가의 시그니처 색상인 오렌지색은 신교를 상징한다). 이런 이유로 이들은 매사에 관용적이며 합리적이다. 예를 들면, 마약과 성매매와 안락사가 합법이다. 유럽인은 암스테르담을 자유 도시, 합리성의 메카, 욕망의 해방구로 여긴다. 하지만 최근 극우 정당의 득세는 우호적·진보적·온건한 나라의 이미지를 먹칠한다.

본래 뉴욕은 뉴암스테르담으로 불렸다. 그런데 1664년 영국이 해군 사령관인 스튜어트 왕가의 요크 공(찰스 2세의 동생 제임스)의 이름을 따 뉴욕으로 변경했다. 식민지 통치 권한 싸움에서 네덜란드가 영국에 밀려나면서 벌어진 일이다. 피츠제럴드Scott Fitzgerald, 1809~1883의 소설 『위대한 개츠비The Great Gatsby』(1925)의 끝부분에는 개츠비의 저택 주변 해변을 서성이던 화자, 닉 캐러웨이Nick Carraway가 서술하는 대목이 등장한다 ― "그리고 달이 점점 하늘 높이 떠오르면서 실체도 없는 집들이 차츰 사라지자 나는 서서히 그 옛날 네덜란드 선원들의 눈에 한때 꽃처럼 떠올랐던 이 옛 섬 ― 신세계의 싱그러운 초록색 부분을 알아차렸다"(Fitzgerald, 1926: 187). 닉이 개츠비의 '초록 불빛(꿈)'을 이해하는 장면이다. 북유럽의 작은 나라 네덜란드가 신세계까지 진출한 점이 실로 놀랍다.

작가 이언 매큐언Ian McEwan은 중편 소설 『암스테르담』(1998)으로 부커상The Booker Prize을 수상했다. 소설의 제목을 '암스테르담'으로 정한 이유가 궁금하다. 그는 새로운 밀레니엄을 목전에 앞두고 자유로움과 합리성의 메카인 암스테르담의 어두운 면을 조명한다. 소설 속 작곡가인 클라이브 린리Clive Linley는 암스테르담을 "평온하고 문명화된 도시"로 이렇게 예찬한다 — "상점 주인들마저도 교수 같은 인상을 풍겼고 거리의 청소부들도 재즈 음악가 같았다. 이보다 더 합리적으로 정돈된 도시는 없을 것이다"(McEwan, 1988: 155). 하지만 매큐언은 이곳을 의사들이 돈을 벌기 위해 안락사를 극단적으로 이용하는 타락한 공간으로 묘사한다. 린리는 밀레니엄의 도래를 축하하는 교향곡 작곡을 위탁받았지만, 곡을 끝내 완성하지 못한다(그는 베토벤Ludwig van Beethoven, 1770~1827의 음악을 표절한다). 낙담한 그는 자신의 정적政敵에 의해 안락사를 위장한 독살을 당한다. 매큐언은 이 소설을 세기말 비가悲歌로 만든다. 매큐언은 암스테르담에서 이상 징후를 감지한다.

워털루

워털루 전투는 1815년 6월 18일 오늘날 벨기에 워털루 인근에서 벌어졌다(브뤼셀에서 15km 남쪽에 위치한다). 나폴레옹 보나파르트Napoléon Bonaparte가 이끄는 프랑스 북부군은 영국과 프로이센군에 패한다. 워털루 전투를 승리로 이끈 웰링턴 장군은 사실 아일랜드계였다. 그리고 런던에는 자부심의 상징인 워털루 기차역이 생겼다(프랑스 사람들은 이 역을 싫어할 것 같다!). 런던 시티 금융 거래소 앞에도 웰링턴 공작의 기마상을 세웠다. 마치 그가 상업 특구를 지키는 것 같다.

됭케르크

됭케르크Dunkerque(영어로 던커크Dunkirk)는 프랑스 북부 도시다. 제2차 세계대전 초기(1940년 5월 26일~6월 4일) 독일군에 포위당한 약 33만 명의 영국군과 프랑스군이 영국으로 철수한 장소다. 병력이 대부분 40km 떨어진 도버항으로 철수했다. 일부 병력은 남동 해안인 램스게이트Ramsgate와 마게이트Margate로 철수했다. 작전 암호명은 '다이나모 작전Operation Dynamo'이었다. 혹은 '던커크의 기적Miracle of Dunkirk'으로도 불린다. 영국군 해군 중장 버트럼 램지Bertram Ramsay, 1883~1945가 다이나모 룸에서 처칠Winston Churchill, 1874~1965 수상에게 작전 개요를 설명했다. 다이나모는 '발전기'가 있던 도버성 지하의 해군 지휘소 방 이름이다.

이언 매큐언의 소설 『속죄Atonement』(2001)의 후반부에 됭케르크 철수 장면이 등장한다. 탈진한 주인공 로비Robbie Turner가 퇴각 시 겪는 위험과 고통, 그리고 세실리아Cecilia Tallis에 대한 사랑을 자세히 묘사한다. 크리스토퍼 놀런Christopher Nolan 감독이 만든 영화 〈덩케르크Dunkirk〉(2017)는 이 철수 작전을 소재로 삼았다. 영국은 9일 동안 860척에 달하는 선박(민간 선박과 대형 선박, 주로 대형 구축함)을 모아 성공적으로 병력을 철수시킨다. 처칠 수상의 비밀 병기는 "우리는 끝까지 버틴다We shall never surrender"라는, 일명 '존버 정신'(최대한 버티는 정신)과 연설이었다. 영화 〈다키스트 아워Darkest Hour〉(2017)는 가장 절망적 순간에 처칠이 의회 연설에서 보여준 용기와 결기를 조명한다. 그런데 처칠은 스핏파이어Spitfire를 몰고 독일군 슈투카Stuka 전투기에 맞서 싸운 소수의 조종사Airmen가 이룬 공로를 이렇게 인정했다 — "역사상 이렇게 많은 사람이 이렇게 소수의 사람에게 이렇게 많은 것을 빚진 적은 없었다"(1940년 8월 20일).

칼레

궁정화가 조지 가워George Gower, 1540~1596의 엘리자베스 1세 초상화는 절대 군주의 권위와 위용을 잘 보여준다. 그림 속 화려한 옷과 장신구, 한 손에 쥔 지구의(그녀가 짚은 손가락은 스페인과 대적해 온 남북 아메리카를 가리키고 있음), 보석이 박힌 왕관(스페인에서 빼앗은 것), 그리고 뒷배경의 스페인 무적함대 격파 장면은 영국의 세계 지배를 집약해서 보여준다. 다음은 엘리자베스 시대의 풍운아風雲兒, 월터 롤리 경Sir Walter Raleigh, 1552~1618의 말이다 — "바다를 지배하는 자 무역을 지배하고, 무역을 지배하는 자 세계의 부를, 결과적으로 세계를 지배한다"(Herman, 2004: 150). 그는 미국 식민지 버지니아주를 개척한 후 처녀 왕virgin queen 엘리자베스의 이름을 따 버지니아라고 명명했다. 그리고 여왕이 진흙 길에서 밟고 갈 수 있도록 자신의 붉은 망토를 펼쳤다. 롤리 경의 충성심이 실로 대단했다.

노르망디

노르망디는 중세 초기에 노르만족의 본거지였다. 바이킹 침입자들이 노르만족의 원주민이다. 노르망디 공작 기욤Guillaume(정복자 윌리엄)은 1066년 잉글랜드를 공격해 승리한 후 윌리엄 1세가 되었다. 이것이 그 유명한 노르만 정복이다. 노르망디가 유명해진 계기는 제2차 세계대전 때 벌어진 노르망디 상륙 작전이다. 이곳은 1944년 6월 5일까지 나치 독일군의 점령지였다. 연합군이 이곳을 성공적으로 탈환했다. 1945년 5월 8일은 독일군이 연합군에 항복한, 즉 히틀러의 나치 독일이 멸망한 유럽 전승일이다.

셰익스피어 사극 『헨리 5세Henry V』(1600)는 백 년 전쟁을 배경으로 1415 년에 헨리 5세1387~1422가 노르망디에 진공해 아쟁쿠르Agincourt 전투에서 프랑스군을 물리치는 내용이다. 하지만 이후 프랑스는 헨리 6세1421~1471 를 왕으로 인정하지 않고 대신 샤를 7세1403~1461를 왕으로 모신다. 농부 의 딸 잔 다르크가 오를레앙Orléans 전투에서 승리한 후 샤를 7세의 대관 식이 거행되었다. 잔 다르크는 1430년 5월 적군 잉글랜드에 붙잡혀 종교 재판을 받고 산 채로 화형을 당했다. 잔 다르크는 잉글랜드에서는 마녀魔 女로 취급을 당하지만, 프랑스에서는 성녀聖女로 추앙받는다. 이처럼 영국 과 프랑스는 가깝고도 먼 '프레너미frenemy'(friend와 enemy의 합성어로 친구 이자 적이라는 의미)의 관계다.

런던 블리츠와 U보트

제2차 세계대전 중 영국은 '독일 공군'(루프트바페Luftwaffe)과 중형 잠 수함인 U보트의 공격을 받았다. 일명 '런던 블리츠the London blitz'(런던 대 공습)는 1940년 9월 7일에 시작되어 1941년 5월까지 약 8개월간 지속되었다. 그해 5월과 6월에 있었던 됭케르크 철수 작전이 완료된 직후에 대규모 공습이 이어졌다. 독일 공군이 런던과 영국의 다른 도시를 대상으로 연속적으로 폭격했다. 폭격의 목적은 두 가지였다. 첫째, 영국인의 사기를 꺾는 것. 둘째, 산업 및 군사 목표물을 파괴하는 것. 대규모 공습으로 많은 건물이 크게 파손되고 약 4만 3000명이 사망했다. 런던은 혼란과 공포 속으로 빠져들었다. 당시 런던의 지하철역은 지하 대피소로 활용되었다. 영국인들은 꿋꿋하게 이 위기의 순간을 잘 극복해 냈다.

제2차 세계대전 중 독일은 U보트 잠수함 작전을 전개해 영국 해안선을 포위했다. 중요한 물자 운반을 차단하기 위해서였다. 영국은 몰래 기습 공격할 잠수함을 비신사적인 것으로 여겼다가 허를 찔렸다. U보트는 연합군 함정에 막대한 손실을 입혔다. 그러나 전세는 점차 연합군에게 유리하게 돌아갔고, 1943년경 U보트 위협이 현저히 감소했다.

독일의 런던 대공습과 은밀한 잠수함 U보트 작전은 영국인들에게 엄청난 충격을 주었다. 예상치 못한 대공습은 해양 국가 영국이 공군력 강화, 즉 제공권 장악에 눈을 뜨게 만들었다.

7 브렉시트

마이 웨이 영국

2020년 1월 31일 영국은 유럽 연합 탈퇴를 공식적으로 선언했다. 약 1년이 지난 2020년 12월 24일에 브렉시트 협상이 최종 타결되었다. 영국이 유럽 연합과 이혼에 합의했다. 독일 메르켈Angela Merkel 총리는 영국의 '체리 피킹cherry picking'(이기적 행위)을 질타했다. 영국은 곧장 자유 무역을 기조로 삼아 개별 국가들과 관세 및 무역 협정을 맺는 번거로운 과정을 거쳤다. 유럽 연합과는 상품 무역에서 무관세·무쿼터를 유지하기로 협정을 맺었다. 하지만 섬나라 영국은 유럽 연합 및 전 세계와 연결된

connected 상태로 있어야 한다. 나라든 사람이든 서로 떨어져서 살 수는 없는 법이다. 영국은 이 점을 잘 알고 다시 '세계로 향하는going global' 전략을 모색하고 있다.

브렉시트 관련 언론 보도

당시 유럽 연합 탈퇴를 보도하는 영국의 언론은 둘로 확연히 나뉘었다. 먼저 브렉시트를 환영하는 영국의 언론들 보도를 살펴보자. 황색 신문의 대명사 《더선》은 "드디어 때가 왔다Our Time Has Come", 극단적 보수지 《데일리 메일Daily Mail》은 "영국에 새로운 시대가A New Dawn for Britain", 그리고 《더타임스The Times》는 "유럽 연합이여 안녕Farewell to EU"을 표제로 뽑았다. 변화change를 기회chance로 보는 시각이다.

다음으로 브렉시트를 애석해하는 언론의 보도를 살펴보자. 좌파지 《가디언The Guardian》은 "작은 섬나라Small Island", 특정 당파 색을 표방하지 않는 《인디펜던트The Independent》는 "오늘 영국 유럽 연합을 떠나다 Today Britain Leaves the EU"를 표제로 정했다. 한편 스코틀랜드 《내셔널The National》지는 "스코틀랜드에 서광이 들다Leave a Light for Scotland"를 표제로 뽑았다. 스코틀랜드의 독립 가능성을 본 것이다. 이처럼 브렉시트라는 같은 사안을 바라보는 시각의 차이가 크다. 그만큼 나라가 분열되었음을 방증한다.

그런데 브렉시트가 뜻밖에 암초를 만났다. 유럽 연합에 속하길 원하는 스코틀랜드가 독립을 묻는 제2의 국민 투표를 추진할 가능성이 크다. 독립 찬성이라는 결과가 나오면 통합 왕국UK의 해체가 현실이 될 것이라는 우려를 낳는다. 또한, 자국령인 북아일랜드에 어떻게 접근할지에 대해 현실적인 어려움이 있다. 아일랜드가 유럽 연합의 회원이기 때문에 북아일랜드는 유럽 연합에 속한다. 아일랜드와 통일을 원하는 요구가 거세질 전망이다. 브렉시트가 영국령 북아일랜드와 아일랜드 사이에 엄격한 국경 통제를 가져올 것이라는 우려의 목소리도 있다(현재 북아일랜드는 유럽 연합의 단일 시장에 남아 있다). 아일랜드와 북아일랜드 사이에 국경 관련 '안전장치'(백스톱backstop)를 마련하는 일이 쉽지 않다. 영국이 브렉시트를 얻고도 통합 왕국이 해체된다면 이것은 대단한 패착이다. 이 모든 갈등과 혼란의 출발점은 브렉시트를 국민 투표에 부친 데이비드 캐머런 David Cameron 보수당 전 총리다. 그런 그가 2023년 외무 장관으로 임명되면서 상원 의원으로 되돌아와 국민의 공분을 샀다.

브렉시트 자축 행사와 젊은 세대의 분노

보리스 존슨Boris Johnson 수상은 브렉시트로 인해 영국은 새로운 시대를 맞이할 것이라고 호들갑을 피웠다. 브렉시트당 당수인 나이절 패라지 Nigel Farage는 "마침내 자유롭게 되었다"라고 흥분했다. 유럽 연합의 본부가 있는 브뤼셀의 구속에서 해방되어 주권을 회복했다는 뜻이다. 독일과 프랑스에 주도권을 빼앗길까 걱정했던 영국이 이제 큰 걱정을 하지 않아도 되었다. "브렉시트 완결get Brexit done"을 자축하는 의미로 영국 정부는 50펜스 기념주화를 발행했고, 관청가인 화이트홀에는 자축하는 의미로 (코로나19 팬데믹 시기라) 야간 조명을 투사했으며, 길거리 여기저기에 유니언 잭을 게양했다. 빅벤이 수리 중인 탓에 녹음된 타종 소리가 수상 관저에서 울렸다. 파티장에는 영국산 스파클링 와인과 요크셔푸딩, 그리고 슈롭셔Shropshire 블루치즈 등 애국적인 메뉴가 마련되었다. 치졸한 '징고이즘Jingoism'(국수주의) 잔칫상 같다.

브렉시트 이슈로 나라가 둘로 쪼개지자 급기야 캔터베리 대주교가 나서 국민 통합을 호소했다. 하지만 불협화음이 쉽사리 누그러지지 않을 전망이다. 무엇보다도 유럽 연합과 단절로 인해 젊은 세대의 분노가 폭발 직전에 있다. 세대 간 갈등이 지난날의 계급 간 갈등, 부유한 남부와 가난한 북부 간 지역 갈등을 대체하는 형국이다. 유럽의 난민 유입을 막고, 영국의 주권과 독립을 지키기 위한 브렉시트가 젊은 세대의 미래를 막아버렸다. 젊은 세대의 분노가 포도알처럼 탱탱하다. 영국이 유럽 연합에 다시 합류하는 일이 설령 발생한다 해도 그것은 아주 먼 미래의 일이 될 것이다. 영국이 유럽 연합에서 탈퇴하는 데만 꼬박 47년이 걸렸다. 이처럼 소모적 논쟁이 너무 오래 지속되었다. 신임 총리 키어 스타머Keir Starmer도 브렉시트를 되돌리지 않겠다고 공언했을 정도였다.

브리그렛

'브리그렛Brigret'(Britain과 regret의 합성어)은 브렉시트를 후회한다는 의미의 신조다. 유럽 연합에서 공식 탈퇴한 지 3년이 흐른 지금 영국 경제는 대혼란을 겪고 있다. 설상가상으로 코로나19 팬데믹까지 겹쳤다. 2023년 1월 31일 국제 통화 기금IMF은 올해 영국 경제가 G7 국가 중 유일하게 마이너스 성장(-0.6%p)할 것으로 예상했다. 영국이 이탈리아 수준으로 전락했다는 의미의 신조어 '브리탤리Britaly'(Britain과 Italy의 합성어)도 등장했다. 그렇다면 브리그렛의 원인은 무엇일까. 포퓰리스트(대중 영합주의자) 지도자는 경제적 불평등 타파와 자국 우선주의를 내세우며 유권자들의 표심을 얻는 전략을 구사한다. (난민에 대한) 반이민 정서와 반유럽 연합 정서를 집중적으로 파고든다. 그러다 보니 적대와 혐오의 정치로 인해 숙의 민주주의와 집단 지성이 들어설 자리가 없어졌다. 소설가 이언 매큐언은 중편 소설 『바퀴벌레The Cockroach』(2019)에서 보리스 존슨 총리를 희화한 짐 샘스Jim Sams라는 인물을 만들었다. 그의 내각은 "포퓰리즘의 수레바퀴the wheel of populism"(McEwan, 2019: 99)를 다 함께 미는 일에 매진한다. 바퀴벌레는 역진화의 상징이다. 대의 민주주의 원조인 영국이 포퓰리즘 탓에 대단히 곤경에 처했다.

2장 | 선 船

전 세계 연결망 구축과 기술 혁신

해양적 사고

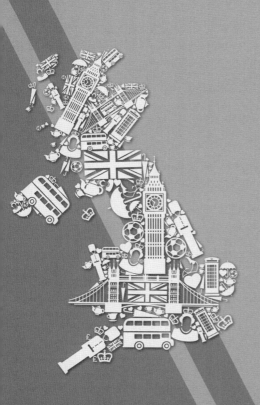

1 조선술造船術

바이킹족의 롱십

8세기 말 스칸디나비아계 바이킹족이 영국을 침공했다. 바이킹족이 비옥한 잉글랜드 남부 지역에 도달할 수 있었던 것은 가늘고 긴 배, 즉 '롱십longship'(폭이 좁고 긴 2단 노가 달린 돛배)을 만들어 해류를 타고 먼 거리를 이동했기 때문이었다. 큰 돛을 달고 배의 앞뒤를 치켜올려 높은 파도를 견디며 단숨에 질주하는 롱십은 이민족에게 공포의 대상이었다. 바이킹족은 뿔잔에 술을 마시고, 뷔페buffet를 차려 약탈한 음식을 널빤지에 펼쳐놓고 먹었다. 앵글로색슨족은 무시무시한 바이킹족의 공격에 맞섰다.

9세기와 10세기에 스웨덴계(북게르만족) 바이킹은 고대 노르웨이어에서 온 것으로 "만灣, bay에 자주 출몰하는 사람"이라는 뜻이다(박영배, 2001: 240). 이들은 생존을 위해서, 미지의 세계를 알고자, 해류를 타고 나라 밖으로 떠났다. 고정된 주거지를 버리고 이주하는 인류의 모습을 영국인의 조상인 바이킹족에서 볼 수 있다. 8세기 중반 쓰인 최초의 영문학 작품인 「베어울프」는 북쪽 게르만족의 서사시다.

블루투스bluetooth는 바이킹족과 연관이 있다. 10세기 바이킹족 하랄 블로탄Harald Blåtand 왕은 덴마크와 노르웨이를 최초로 통일했다. 그의 별명이 블루투스, 즉 '푸른 이빨의 왕'이었다. 블루베리를 너무 좋아해 늘 치아가 파래서 생긴 이름이다. 오늘날 '블루투스'는 모든 전자 기기를 무선으로 하나로 연결할 수 있는 기능을 의미한다. 스웨덴의 한 전자 회사가 이 기술을 개발한 후 북유럽을 통합시킨 하랄 블로탄 왕의 대문자 H와 B를 따서, 정확히 말해서 H와 B에 해당하는 바이킹이 사용한 '룬rune 문자'(게르만족이 로마자를 받아들이기 이전에 널리 사용하던 음소 문자이자 표의 문자)인 'ᚼ'와 'ᛒ'를 합쳐 블루투스 로고를 만들었다. 온고지신의 정신이다.

해양 강국 영국은 바이킹족의 유전자, 즉 모험심과 배를 만드는 기술,

그리고 해적의 약탈 본능을 물려받았다(해적을 신사로 부르는 것은 이미지 세탁이다). 영국은 해양 지배의 중요성에 눈을 뜨고 전 세계 바다로 나갔다. 영국이 선택한 승부수였다. 견고한 배를 만들고 점차 화포를 장착했다. 그런 다음 식민지를 건설하고 자원을 약탈했다. 롱십을 발명한 바이킹족처럼, 영국은 도버와 칼레를 오가는 공기 부양선 호버크라프트Hovercraft를 발명했다. 이런 점에서 영국인들은 창의적이다.

영국은 중국과 아편 전쟁에서 승리했다. 바닥이 V자형인 '침저선'이 아닌 U자형 '평저선'을 만든 것이 승리의 요인이었다. 평저선은 수심이 얕은 곳까지 접근할 수 있었다. 여기에 철을 사용해 포신이 긴 대포를 만들어 포탄을 100m까지 날려 보낼 수 있었다. 영국은 철함과 화포를 만드는 기술 혁신 덕분에 전쟁에서 승리할 수 있었다. 전쟁을 축구에 비유하자면, 롱 킥 후 헤딩으로 득점하는 영국식 방식이었다. 이것은 근접 거리에서 백병전白兵戰을 벌일 필요가 없는 효율적인 방식이었다. 오늘날 미국은 항공 모함에서 미사일을 발사함으로써 원격으로 전쟁을 수행한다. 최근 전쟁의 양상은 드론을 활용한 공격 방식으로 진화 중이다.

칼레 해전의 범선, 골든 하인드

프랜시스 드레이크 경은 1588년에 영불해협(칼레 로드)에서 벌어진 해전에서 스페인의 무적함대를 무찔렀다. 그가 이용한 십자가(+)를 단 범선의 이름은 '골든 하인드Golden Hind'(금빛의 암사슴)였다(템스강 세인트메리독St Mary Dock에 이 배를 재현해 전시 중이다). 스페인의 육중한 갤리온(대형 범선)이 민첩한 잉글랜드 배의 공격을 감당하지 못해 패했다. 영국이 해상권을 점유하는 결정적인 계기가 된다. 이렇게 드레이크의 해적질이 느닷없이 개신교 신앙 수호로 둔갑했다.

해상권 제패의 주역, 넬슨

영국은 1588년에 스페인의 무적함대를 격파해 세계 해상권을 제패하고 일명 '바다의 왕자'로 등극한다. 신은 잉글랜드 사람이라는 말이 생길 정도로 신의 축복을 받은 해다. 영국은 1660년에 그리니치 천문대를 설립해 전 세계를 항해할 수 있는 지식을 제공했다. 그리니치 천문대는 과학 기술의 진보를 상징한다.

1805년 10월 21일에 호레이쇼 넬슨Horatio Nelson, 1758~1805 제독이 스페인 남부 지브롤터 해협에서 북서쪽 약 50km 위치한 트라팔가르곶串에서 프랑스와 스페인 연합 함대를 물리치고 해상권을 장악했다. 런던의 심장부 트래펄가 광장은 넬슨의 승리를 기념하는 공간이다(한국도 세종로에 충무공 이순신 장군 동상을 세워 기념한다). 1842년 세운 51m 넬슨 제독의 동상이 불침번을 선다. 그리고 1806년 1월 9일 넬슨의 장례식을 치렀다. 그의 석관이 런던 세인트폴 대성당의 돔 아래 금고에 보관되어 있다. 이렇게 영국은 국가의 영웅에게 최고의 영예를 부여했다. 넬슨 덕분에 영국은 해상권 점유와 산업 혁명, 영어의 보급을 통해 제국을 건설했다.

19세기 영국은 석탄을 사용한 증기 기관을 발명했다. 증기 철도는 건기에는 말라붙고 겨울에는 꽁꽁 얼어붙은 물길을 대체했다(더구나 운하 소유주들이 통행세를 요구했다). 증기 기관은 물을 가열해 부피를 1300배로 팽창시켜 동력을 얻는 방식이다. 인쇄술의 도입처럼, 동력이 일명 '게임 체인저'가 되었다. 1825년 증기 철도가 개통했고, 1830년 맨체스터Manchester와 리버풀Liverpool 노선을 운행했다. 철도는 생활에 많은 변화를 불러왔다. 먼저 역마차 업종이 파산했다. 하지만 철도는 지역을 연결하고, 사람들이 장거리 이동을 가능하게 했으며 물자를 운반해 시장을 형성했다. 철도망은 런던의 심장부를 전국의 모든 지역과 연결하는 획기적인 변화를 불러왔다. 메가시티 런던에는 열두 개의 철도역이 있다.

영국은 자국 영토에서 나오는 풍부한 지질 자원을 활용할 줄 알았다. 철광석과 석탄 자원이 풍부한 영국은 철광석을 제련해 철을 생산했고 기계를 만들었다. 동력의 발명은 산업 혁명을 가능하게 해주었다. 영국은 전 세계의 공장이 되었고 식민지 건설을 통해 해외 시장을 확보했다. 이렇게 영국은 성공 신화를 썼다. 하지만 제2차 세계대전 후 대영 제국은 몰락하고 새로운 강국 미국이 등장한다. 급기야 2020년 1월 31일 영국은 유럽 연합에서 공식적으로 탈퇴해 나 홀로 섰다. 영국은 좋았던 과거 시절의 영광을 재연하고자 한다. 하지만 시대착오적 방식으로 비난을 받는다.

대형 범선, 테메레르

영국은 해군력과 경제력을 바탕으로 국가의 부를 쌓았다. 제국주의는 상업적 기획과 맞물려 진행되었다. 영국 해군은 자국 상선의 안전한 항해를 보장했다. 동시에 의회는 왕권을 제한하고 상업과 무역을 적극적으로 도왔다. 영국은 명예혁명을 통해 입헌 군주제의 기틀을 갖추면서 국정을 안정적으로 운영할 수 있었다.

1651년 올리버 크롬웰은 항해법을 발표해 중상주의 정책을 추구했다. 항해법 시행으로 오직 잉글랜드 선박과 원산지 선박만이 운송할 수 있는 독점권을 갖게 되었다. 영국은 1652년부터 1784년까지 네 차례 영란 전쟁을 치른 후 일명 '바다의 왕자'로 등극했다. 1805년 10월 21일 넬슨 제독이 트라팔가르 해전에서 승리해 제해권을 확보했다.

화가 윌리엄 터너William Turner, 1775~1851는 템스강 석양을 배경으로 〈전함戰艦 테메레르The Fighting Temeraire〉(1839)를 그렸다. 프랑스어로 '무모하다, 과감하다'를 의미하는 테메레르는 17세기부터 프랑스 해군의 군함 이름으로 사용되었다. 이 대형 범선은 트라팔가르 해전에서 사용되었다. 터너는 불꽃을 내뿜는 작은 증기선이 수명을 다한 전함을 해체하기 위해 로더하이트Rotherhithe 부두로 예인하는 광경을 화폭에 담았다. 대형 범선이 해체되어 통나무 신세가 되고 해가 저문다. 터너는 한 시대의 마감을 장엄하고 슬프게 보여준다. 가장 위대한 영국 그림 중 하나다. 영국은 2020년 2월 20일부터 이 역사적 그림을 파운드화 £20 지폐 도안으로 사용하고 있다. 지폐 뒷면에 터너의 얼굴과 "그러므로 빛은 색이다Light is therefore colour"라는 문구를 새겼다. 넬슨과 테메레르는 이렇게 다시 살아남았다.

쾌속 범선, 커티삭

영국은 1869년 중국에서 차茶를 신속하게 실어 나르기 위해 '클리퍼 clipper'(쾌속 범선)를 건조했다. 시속 31.4km, 길이 85m, 넓이 11m, 무게 963톤이다. '레이스 빌트Race-built'라는 이름에 걸맞게 이 범선은 1885년 호주 시드니Sydney에서 런던까지의 최단 항해 기록을 수립했다. 1869년에 스코틀랜드의 클라이드Clyde강에서 진수되었다. 커티삭Cutty Sark의 명칭은 스코틀랜드의 국민 시인, 로버트 번스Robert Burns, 1759~1796의 시「샌터의 톰Tam o' Shanter」에 등장하는 마녀의 이름에서 따왔다. 오늘날 역사적인 범선인 커티삭은 런던 그리니치에 전시되어 있다. 1957년부터 대중에게 박물관으로 공개되었는데 2007년에 화재로 큰 피해가 생겼다. 2012년에 수리와 유리막 설치 후 다시 공개되었다.

하지만 석탄을 사용하는 증기선이 등장하면서 쾌속 범선은 사양길로 접어들었다. 범선은 역풍이 불면 항해 일정이 지연되는 문제를 일으켰다. 더구나 증기선이 1869년에 개통된 수에즈 운하를 사용하면서 경쟁에 밀린 쾌속 범선은 진수進水된 지 10년 이내에 차 무역을 포기했다. 증기선 역시 홍해 예멘의 아덴Aden에서 석탄을 공급받아야 하는 번거로움이 있었다. 점차 모터 엔진을 장착한 배가 증기선을 대체하게 되었다. 2024년 현재 예멘의 후티Houthi 반군(팔레스타인 무장 정파 하마스Hamas 지지 세력)이 홍해를 지나는 선박을 공격하면서 영국은 홍차 공급을 우려하고 있다. 전 세계의 유가는 중동 지정학적 위험이 지속되면 상승한다.

아편 전쟁과 철함, 네메시스호

영국이 아편 전쟁에서 승리한 요인 중 하나는 철함iron ship인 '네메시스호HMS Nemesis'(복수의 여신)를 사용한 데 있다. 1839년 리버풀 버컨헤드Birkenhead에서 만든 네메시스호는 동인도 회사 소유로 1840년 말에 중국에 배치되어 아편 전쟁에서 큰 위력을 발휘했다. 대포로 무장한 철함은 중국의 전통적인 나룻배보다 막강했다. 또한 영국이 사용한 화포는 중국의 전통적인 무기인 활과 창보다 훨씬 더 강력했다. 철함 덕분에 영국은 중국의 해안을 통제하고 해상 무역을 차단할 수 있었다. 영국은 난징南京 조약을 체결해 홍콩Hong Kong을 양도받았다. 1898년 홍콩 본토 지역을 포함한 신계지新界地가 99년 동안 영국에 임대되었다. 계약이 만료되어 1997년 7월에 홍콩은 중국에 반환되었고, 당시 영국의 마지막 총독은 크리스 패튼Chris Patten이었다. 중국은 지금도 그때 치욕을 잊지 못한다. 시진핑習近平 주석이 '해양 굴기naval strategy'를 표방하는 이유다.

하지만 인도에서 재배한 양귀비를 중국에 판매한 영국은 신사답지 못했다. 영국은 추악한 전쟁을 했다(흥미롭게도 아편 전쟁 시기는 아일랜드 감자 대기근이 발생한 '배고픈 1840년대'와 겹친다). 중국에서 차를 수입하면서 결제 수단인 은銀이 부족해지자 영국은 인도에서 양귀비를 재배한 후 지역 무역 상인을 통해 중국에 밀매했다. 이에 당황한 중국은 아편 수입 금지령을 내렸고, 아편을 싣고 정박한 영국 배를 불태웠다. 중국은 재앙을 초래한 네메시스호를 '악마의 배devil ship'로 불렀다. 영국인이 신사가 아니라 악덕 업자로 판명되었다. 영국은 해외에서 차와 아편을 조달해 이윤을 챙겼다. 아편 전쟁은 영국인의 양심을 더럽힌 역사적 사건이다. 영국인의 상업 혼을 확인할 수 있는 지점이다.

2 수에즈 운하와 수로

영국은 지정학적으로 중요한 전략 지점 다섯 곳의 주둥이를 잠그며 바다를 제패해 제국을 건설했다. 그 다섯은 바로 자국의 도버 해안, 지중해의 입구 지브롤터, 남아프리카공화국의 최남단 희망봉, 인도로 가는 길목인 이집트의 수에즈 운하, 아시아의 관문 싱가포르였다. 여기에 남아

메리카의 끝자락 아르헨티나의 포클랜드Falkland 군도를 추가할 수 있다. 바다를 통제하는 국가 경영 전략에 놀란다.

영국은 인도로 가는 약 200km 길이의 수로를 확보하는 데 공들였다. 수에즈 운하는 유럽과 아시아를 잇는 핵심 무역 통로다. 1859년 프랑스 총괄하에 운하 건설을 시작해 10년 후 1859년에 완공했다. 홍해와 지중해의 높이가 같다는 점을 알고 운하를 건설하기 시작했다. 영국은 1882년에 이집트를 보호국으로 만든 후 1914년에 보호령으로 만들었다. 영국은 1936년에 방어력을 배치해 수로에 대한 통제권을 장악했다. 지중해~수에즈 운하~홍해~인도양으로 이어지는 단거리 선로를 확보한 것은 실로 경이로운 일이었다. 남아프리카 희망봉을 돌아 항해하면 항로가 무려 9000km가량 늘어나고 통상 10일이 더 걸린다. 수에즈 운하를 이용하는 영국 선박이 최대 수혜를 입었다.

하지만 최근 들어 '아프리카의 뿔'로 불리는 소말리아에서 해적이 출몰하고, 예멘의 후티 반군의 선박 공격으로 홍해 통항도 안전을 담보하기 어려워졌다. 2023년 11월 18일 후티 반군이 홍해를 지나는 상선을 공격하자 미국이 다국적 해상 안보 작전을 전개했다. 2024년 1월 현재 영국과 미국은 안전한 바닷길을 확보하기 위해 후티 반군의 탄도 미사일과 드론으로 공격에 맞서고 있다. 영국 구축함 HMS 다이아몬드호Diamond가 미국과 일명 '번영의 수호자 작전'을 수행하고 있다. 키프로스Kypros 영국 기지에서는 전투기가 공습 작전을 수행하기 위해 발진한다.

수에즈 운하는 유럽과 아시아를 잇는 홍해의 관문으로, 세계 해운 물동량의 약 15%가 지나는 중요한 길목이다. 당장 덴마크에 본사를 둔 세계 최대 해운 회사인 머스크MAESK라인은 컨테이너 운반에 어려움을 겪고 있다. 홍해 통항이 마비되면 원유 운송 등 물류 대란이 생긴다. 이 때문에 미국과 영국 중심의 다국적군이 이 지역의 순찰을 강화하고 있다. 그러자 후티 반군은 이를 '뻔뻔한' 짓이라고 비난한다.

영국이 수에즈 운하 관할권을 확보한 것은 신의 한 수였다. 벤저민 디즈레일리 총리는 1875년 프랑스와 이집트가 지닌 운하 회사의 주식 17만 주(48%)를 400만 파운드에 사들여 관할권을 확보했다. 유대인이나 어려서 기독교로 개종한 디즈레일리 총리는 영국 정부를 담보로 유대인 부호인 로스차일드Rothchild한테 돈을 빌렸다. 영민한 판단이었다. 하지만 1950년대 쿠데타를 통해 실권을 장악한 가말 나세르Gamal Nasser, 1918~1970 대통령이 운하를 국유화하자, 영국은 프랑스와 함께 병력을 동원했다. 하지만 중동의 원유에 눈독을 들인 미국과 소련의 반대로 양국 군대는 철수해야만 했다(스펙, 2002: 323). 1954년 수에즈 운하에서 영국군의 점진적 철수가 합의되었고, 1956년 6월부터 영국·프랑스 연합군이 철수했다. 그런데 1956년 7월 영국과 미국은 이집트가 체코슬로바키아와 소련에 친화적이라는 정치적 이유로 이집트의 아스완Aswan댐 건설 비용 원조 계획을 철회했다. 이 시기가 대영 제국이 몰락하는 역사적 변곡점이 된다. 영국은 향후 유류 공급을 우려해 1963년에 소형 미니 자동차를 생산했다.

2021년 3월 6일 수에즈 운하가 막혔다. 중국에서 출발해 네덜란드 로테르담Rotterdam으로 향하던 파나마 선적 초대형 컨테이너선 에버 기븐호 Ever Given가 강풍 탓에 운하 내에서 좌초되었다. 에버 기븐호는 너비 59 m, 길이 400m, 22만 톤 규모의 초대형 컨테이너선이다. 이에 따라 6일 동안 양방향 운행이 전면 차단되었다. 사고 원인은 선장의 운전 미숙으로 밝혀졌다. 아프리카와 아시아 대륙 사이 위치한 운하가 막히면서 전 세계 물류 공급망이 마비되었다. 수에즈 운하는 장거리 우회 노선인 희망봉과 북극 항로에 비해 유리하다. 그런데 지구 온난화로 인한 해빙으로 북극 항로가 얼음판 위氷上의 실크 로드로 주목받고 있다. 유럽으로 가는 항로의 경우 북동 항로(1만 5000km)가 수에즈 운하 경로(2만 km)보다 짧다. 이처럼 바닷길 확보 전쟁이 치열하다.

3 해양적 사고와 상업 혼

실크 로드와 티tea 로드를 만든 중국은 대륙적 사고를 했다. 기마 민족 몽골은 말로 제국을 지배했다. 1453년 오스만 튀르크가 동로마 제국을 멸망시키면서 실크 로드가 끊어졌다. 차와 비단과 향료 등 기호품이 부족해진 유럽은 바닷길을 선택했다. 그리하여 16세기에 대항해 시대가 열렸다. 중국의 시진핑 총서기는 2014년부터 '일대일로'를 추진하고 있다. 이것은 중국~중앙아시아~유럽을 연결하는 육상·해상 실크로드다. 그러자 미국이 중국을 견제하며 패권 다툼을 벌이고 있다.

영국은 중국과 달리 대륙적 사고에서 해양적 사고로 인식을 전환했다. 이것은 섬나라의 숙명이었다. 배를 만들어 뱃길을 확보해 세계로 뻗어 나갔다. 식민지를 건설하고 해상 무역을 통해 부를 축적하고, 티 로드를 확보했다. 런던이 금융과 선박 보험의 중심지로 자리를 잡았다. "런던의 정수는 상업이다"(테일러, 2012: 137)라는 말처럼 영국인들은 장사꾼이다. 중세 시대의 신을 대신한 것은 근대의 물신物神, 즉 자본 숭배였다. 신자유주의 시대에도 그렇다.

산업 혁명 당시 영국은 세계의 공장이었다. 방적 기계를 개량함으로써 수공업에서 탈피해 대량 생산할 수 있었다. 인도와 이집트에서 면화를 들여와 랭커셔Lancashire 공장에서 완제품을 만들어 인도로 다시 수출했다. 질 좋고 값이 싼 영국의 '캘리코calico'(평직으로 직조한 순면직물)가 인도의 면직물 산업을 붕괴시켰다. 비폭력 저항의 상징인 간디Mohandas Karamchand Gandhi, 1869~1948가 상의를 탈의한 채 실을 짜는 물레를 돌린 이유다. 순면직물은 영국에서 의복·걸개·침대보 등에 널리 사용되었다.

영국의 제임스 쿡James Cook, 1728~1779 선장은 1770년 호주를 발견했다. 발견 즉시 영국은 뉴사우스웨일스New South Wales를 추방된 죄수들을 보낼 장소로 정했다. 죄수들이 그곳에서 양털을 깎았다. 죄수들이 깎은 양털을 배로 들여와 요크셔 공장에서 가공해 완제품을 수출했다. 코튼

cotton과 울wool은 중요한 생필품이었다. 또한, 영국인은 중국과 인도와 스리랑카에서 들여온 찻잎에 카리브Carib 제도의 대농장에서 아프리카 노예가 경작해서 만든 '설탕'을 넣어 마셨다. 오늘날 비만과 당뇨의 주범 설탕은 본래 사치재였다. 이렇듯 영국 문화는 '잡종hybrid'이다. 영국은 자국에서 차와 사탕수수를 재배하지 않고도 홍차紅茶를 마셨다. 더더욱 영국은 명품 홍차 수출국이 되었다. 현지에서 인력을 조달해 농원을 운영하는 방식으로 돈을 벌었다.

한편 인도는 1832년부터 1937년까지 약 100년 동안 3000만 명을 영국 제국의 다른 지역에 계약 노동자로 보냈다(박지향, 2018: 301). 대규모 이주 정책은 노예 제도 폐지로 인해 부족해진 인력을 대체하려는 조치였다. 2001년 노벨 문학상을 받은 V. S. 나이폴V. S. Naipaul, 1932~2018의 선조는 인도 출신의 계약 노동자로 트리니다드Trinidad에 정착했다. 낯선 나라로 대규모 이주, 즉 디아스포라diaspora는 아픈 경험이다. 설탕에의 과도한 집착이 노예제를 근간으로 하는 플랜테이션 농업 경제를 발생시켰고 노예를 필요로 했다. 나이폴이 사탕수수를 "추악한 역사를 지닌 추악한 작물"(Naipaul, 1969: 129)로 저주하는 이유다.

헨리 테이트Henry Tate, 1819~1899 경은 런던 핌리코Pimlico에 있는 테이트 브리튼 갤러리를 설립했다. 그는 자신의 사업체인 헨리 테이트 앤드 선스Henry Tate & Sons의 설탕 정제업을 통해 부를 쌓았다. 그는 이 부를 바탕으로 테이트 갤러리 설립을 비롯한 다양한 자선 활동을 지원했다. 이 갤러리는 터너의 가장 유명한 그림을 포함해 많은 작품을 소장한다. 명화 감상의 자본 출처가 설탕 사업이었다는 점이 매우 씁쓸하다.

V. S. 나이폴은 논픽션 『대서양 중간항로The Middle Passage』(1962)에서 네덜란드의 식민지 수리남에 방치된 인도 출신 계약 노동자들의 수동적인 삶을 기록한다. 대서양 중간 항로는 삼각 무역(영국~아프리카~서인도 제도)에서 두 번째 구간이다. 예를 들면, 영국이 총을 주고 아프리카에서 노예를 사서 서인도 제도에서 설탕을 얻는 무역 방식이다. 나이폴은 이

산이 초래한 상처와 아픔에 대해 분개한다. 『대서양 중간항로』에서 나이폴은 수리남을 여행하면 "노예 주인은 나치의 포로수용소 사령관보다 덜 양심적이었다"(Naipaul, 1969: 315)라고 분개한다. 상업적 이득을 얻기 위해 흑인 노예를 잔인하게 다루었음을 알 수 있다.

4 전함, 벨파스트호

텟스강 타워 브리지 옆 시청사 앞쪽에 전함 벨파스트호HMS Belfast(1938~1971)가 영구적으로 정박해 있다. 이 전함은 영국의 자랑스러운 과거 군사활동을 떠올려 '운 좋은 전함'으로 불린다. 폐선으로 처리된 후 현재 임페리얼 전쟁 박물관Imperial War Museums에서 관리한다. 1971년 10월에 대중에게 공개해 해군 함대 역사를 증언하고, 교육의 장으로 활용된다. 입간판에 한국 전쟁에 참전했던 수병 프레더릭 허치슨Frederick Hutchison의 얼굴을 새겼다. 북아일랜드 수도의 이름을 따서 명명된 벨파스트호는 1936년 12월에 만들기 시작한 왕립 해군 최초의 군함이자 순양함 10척 중 하나다. 벨파스트호는 1942년 11월에 레이더 장비를 갖추어 성능을 향상했다(전장 187m, 전폭 19.3m). 1945년 6월 극동에 재배치되어 영국 태평양 함대에 합류한 벨파스트호는 1950년 8월 6일(1차)과 9월 20일(2차)에 한국 전쟁에 참여했다. 1951년 한국으로 돌아와 서해안에서 측면 함포 사격을 지원해 미국 공군과 함께 북한군의 남하를 저지했다. 1952년 7월 29일 서해안 황해도 월사리에서 피격받았다. 벨파스트호는 한국과 영국을 연결하는 역사적 증인인 셈이다.

5 항공 모함, 퀸 엘리자베스호

2021년 8월 한영 해군 연합 훈련에 합류하기 위해 영국 최신 항공 모함(이하 항모) 퀸 엘리자베스호HMS Queen Elizabeth가 동해에 나타났다. 퀸 엘리자베스호는 2017년 8월 16일 스코틀랜드 로사이스Rosyth 조선소에서 건조된 6만 5000톤급 배다. 항모 전단은 구축함destroyer 2척, 호위함frigate 2척, 지원함 2척, 잠수함 1척 등 모두 8척으로 구성된다. 승조원이 1600여 명에 달하고, 전장 284m에 전폭은 73m이다.

이전에도 영국 항모가 한국을 방문한 적이 있다. 1992년 2만 톤급 경항모 인빈서블호HMS Invincible, 1997년 2만 9000톤급 경항모 일러스트리어스호HMS Illustrious가 부산에 입항했다. 이어 2021년 8월 11일 잠수함 아트풀호HMS Artful가 부산에 입항해 처음으로 한국군과 연합 훈련을 했다. 훈련을 진행하는 이유를 알아보자. 첫 번째 이유는 영국의 존재감을 드러내어 분쟁 시 개입해 국익을 챙기기 위한 포석이다. 두 번째 이유는 영국의 방산 수출을 위한 장기적 포석이다. 현재 한국 해군은 3만 톤급 경항모 도입을 추진하고 있다. 소요 예산은 약 2조 원이다. 돈 냄새를 맡은 영국이 방산 세일즈에 나선 것이다. 무기는 전쟁이 아닌 판매를 위한 것이라는 말이 있다. 영국 항모는 미국 항모와 달리 두 개의 함교艦橋, platform를 갖추고 있어 작전 지휘에 효율적이다. 스텔스 전투기 열 대를 탑재할 수 있고, 이륙용 스키 점프대를 운용한다. 그리고 핵이 아닌 가스 터빈 동력 장치를 갖추었다. 한국이 관심을 보이는 이유다. 영국은 한국 시장을 노린다.

2013년 1월 15일 한국 해군은 해상 작전 헬기로 영국산 와일드캣AW-159을 선정했다. 약 6000억 원을 투자해 해상 헬기 여덟 대를 구매하는 사업이었다. 이 사업은 노후화된 해군 링스Lynx 헬기를 대체하기 위해 추진되었다. 그런데 링스 헬기의 핵심 무기인 대함 유도탄의 절반가량인 44발이 사용 불가능한 상태로 확인되었다. 더 큰 문제는 이미 이 업체가 폐업 상태여서 정비가 아예 불가능하다. 결국 엄청난 돈을 낭비한 셈이다. 영국이 한국과 접촉면을 넓히는 이유가 명확해졌다. 또다시 영국인의 상술을 감지할 수 있다.

6 삼각 안보 동맹, 오커스

바이든Joe Biden 미국 행정부는 동맹 외교를 강조한다. 중국과 전략 경쟁 중인 미국은 '오커스AUKUS'(미국·영국·호주 삼각 안보 동맹)를 만들어 중국을 견제한다. 또한 미국은 '파이브 아이즈Five Eyes'(미국·영국·캐나다·호주·뉴질랜드 기밀 정보 동맹체)라는 안보 네트워크를 만들었다. 2023년 7월 27일 토니 블링컨Tony Blinken 미 국무 장관은 오커스에 뉴질랜드가 참여할 수 있다고 밝혔다. 하지만 중국은 이 안보 동맹이 지역을 불안정하게 한다는 이유로 오커스에 반대해 왔다. 오커스는 호주가 2단계 협정의 하나로 2030년대 최소 세 척에서 최대 다섯 척의 버지니아급SSN 잠수함을 구매할 것을 규정하고 있다. 유럽 연합을 탈퇴해 입지가 자유로운 영국은 전 세계 분쟁 지역에 개입해 국익을 챙기려고 준비한다. 이들은 활동 무대가 유럽의 뒤뜰이 아니라 전 세계로 본다. 콧대 센 앵글로색슨족이다.

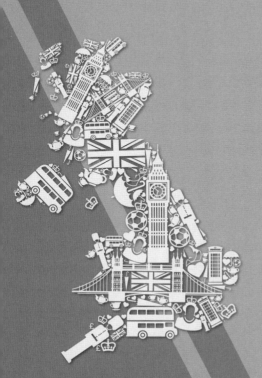

3장 | 광 廣

제국주의 빛과 그림자

방대한 제국 건설

1 엘리자베스 1세의 치국술

역경과 위기가 영웅을 만든다. 헨리 8세의 딸, 엘리자베스 1세는 국내외 정치적·종교적 혼란 속에서 국가와 교회의 안정을 이루어 황금시대를 주도했다. 그녀의 좌우명은 "보아도 입을 열지 말라I see, and say nothing"다. 비굴하게 들릴지 모르지만, 언행의 '신중함prudence'은 국가 통합을 위한 전략적 선택이었다. 그녀는 25세의 젊은 나이에 왕위에 올라 45년 동안 잉글랜드를 통치하며 70세의 나이로 죽을 때까지 평생 독신으로 살았던 절대 군주였다. 오늘날 여성 CEO들이 가장 본받고 싶은 인물인 그녀의 처세술, 나아가 '치국술'의 실체를 알아보자.

첫째, 엘리자베스 1세는 개인과 국가의 생존을 가장 중요한 목표로 삼았다. 케이트 블랜칫Cate Blanchett 주연의 영화 〈엘리자베스Elizabeth〉(1998)는 삶과 죽음, 신교도와 구교도, 잉글랜드와 유럽 국가들 사이에서 치열하게 생존을 모색해야 했던 한 여성의 위태로운 인생을 조명한다. 여자, 사생아, 신교도였던 그녀는 생존을 위해서 자신을 위장하고 명민한 정치적 수완을 발휘했다. 예를 들면, 가톨릭교도인 스코틀랜드의 메리 여왕의 박해로 런던탑에 갇혀 처형당할 위기의 순간에 엘리자베스는 가톨릭 신자로 거짓으로 개종해 살아남았다. 그녀는 종교의 이름으로 자행된 박해와 학살로 인해 나라 전체가 피바다가 되는 끔찍한 광기의 현실을 목격한 후 상식과 양심에 따라 통치했다.

이에 더해 여왕은 자신의 배우자를 고르는 데도 의도를 감춘 채 정략결혼을 유인책으로 사용해 유럽 국가 간에 힘의 균형을 유지하는 수완을 발휘했다. 신중함과 더불어 '중용moderation'은 그녀가 지닌 또 다른 덕목이었다. 그녀는 신교도인 스코틀랜드의 제임스 6세가 자신의 후계자가 될 것이라는 사실을 알면서도 최후의 순간까지 계승자를 임명하지 않을 정도로 신중했다. 주변의 아첨꾼과 구혼자, 경쟁자의 유혹을 물리치면서 그녀는 국가와 교회의 안정과 질서를 꾀했다.

둘째, 엘리자베스 1세는 공익을 위해 개인의 행복을 기꺼이 포기했다. 잉글랜드를 배우자로 삼아 국가 경영이라는 무거운 책임을 짊어져야 했던 그녀가 1559년에 한 말이다 — "난 누구의 엘리자베스가 아닙니다. 나는 처녀로 남아 잉글랜드 왕국이라는 남편과 결혼합니다". 여성의 신체에 남성의 권력을 지닌 처녀 왕의 이런 비장한 각오를 들으면 경외심과 연민의 감정이 교차한다.

영화 〈엘리자베스〉의 전반부에서 로버트 더들리Robert Dudley 경(그는 궁정인, 마부, 연인이었음)과 달콤한 사랑에 빠진 그녀는 얼굴에 홍조를 띠고, 에로틱한 황금빛 분위기에 젖어 있다. 하지만, 후반부로 갈수록 그녀의 얼굴이 점점 굳어져 차가운 납빛으로 변한다. 금발 머리가 싹둑 잘리고, 밝은 웃음이 사라지며, 얼굴을 하얗게 분칠한 군주의 모습을 지닌다.

셋째, 엘리자베스 1세는 '타협compromise'을 통해 난세를 평정했다. 그녀가 이룬 큰 업적 중의 하나는 종교 통합령의 시행이었다. 이것은 신교와 구교 간 상생의 길을 모색하는 방안이다. 그녀는 국익을 위해서는 종교적 신념도 사적인 감정도 윤리 의식도 덜 중요하다고 여겼던 실용주의자였다. 최측근 참모인 월싱엄Walsingham, 약 1532~1590 경이 그녀에게 "국가의 존립을 위해서 군주란 악을 저지를 수 있다"라고 충고했다. 그러자 그녀는 좌고우면하지 않고 이를 몸소 실천했다. 엘리자베스는 1587년 사촌인 메리를 참수형에 처했다. 처형 직전 의회가 엘리자베스 여왕에게 친척이자 군주인 메리를 살려달라고 청원하자, 엘리자베스는 자신과 메리는 모두 "사인私人이 아닌 공인公人이라는 점을 강조했다"(액설로드, 2000: 245). 이렇듯 그녀는 냉혹한 마키아벨리Niccolò Machiavelli, 1469~1527의 면모를 지녔다.

넷째, 엘리자베스 1세는 여성적인 섬세함과 부드러움, 관용 정신과 인간애를 지녔다. 음모와 배신과 살인이 벌어지는 살벌한 세계에서 그녀의 이런 여성적 특질이 빛을 발했다. 한 예로 그녀는 자신을 암살하려는 음모에 가담한 연인 더들리 경을 처형하지 않고 살려둔다. 그에 대한 사랑과 연민의 감정을 지니기 때문이 아니다. "그를 살아 있게 해 내 곁에 둠으로써 내가 얼마나 큰 위험에 빠져 있었는지를 기억하기 위해서"였다. 이런 점에서 그녀는 자신이 처했던 위기를 늘 떠올리면서 나라를 다스린 차가운 이성적 군주였다.

다섯째, 엘리자베스 1세는 1588년 스페인의 무적함대를 무찌르고 제해권을 얻어 제국의 기틀을 다졌다. 그녀의 리더십과 치국술은 후대 국가 경영자들에게도 커다란 영향을 끼쳤다. 대영 제국을 건설했던 '뚱보 여장부' 빅토리아 여왕, '불독' 처칠 총리, '철의 여인' 대처 총리, '슈퍼 비즈니스 여인' 엘리자베스 2세는 모두 엘리자베스 1세의 치국술을 일정 부분 계승하고 공유했다.

2 동인도 회사 설립과 운영

동인도 회사는 네덜란드와 영국이 동남아시아와 인도에 무역 거래를 확장하기 위해 설립한 합작 회사다. 원산지에서 물건을 들여와서 유럽에 판매해 수익을 챙기는 구조로 운영되었다. 영국 동인도 회사는 1600년에, 네덜란드 동인도 회사는 1602년에 각각 설립되었다. 엘리자베스 1세는 1600년 동인도 회사에 인도와 무역 독점을 허락하는 특허장을 주었다.

제국주의는 자본주의와 협력적 관계를 유지한다. 『제국Empire』(1996)의 저자인 데니스 저드Denis Judd에 따르면, "이득을 챙기는 상업, 약탈과 부의 축적에 대한 욕망이 제국주의 구조를 확립하는 데 주된 힘이 되었다는 사실을 부인할 수 없다"(맥클라우드, 2016: 21~22에서 재인용). 영국과 네덜란드는 서로 협력하면서도 경쟁했다. 두 회사 간 경쟁은 종종 군사적인 충돌, 즉 영란 전쟁으로 이어졌다. 튼튼한 선박과 강력한 무기(화포)로 무장하고 해상 무역에 나서 돈도 벌고 식민지를 건설했다.

네덜란드 동인도 회사는 향토 물품을 팔아 경제적 이득을 얻었다. 1621

년 네덜란드는 인도네시아 반다Banda 제도의 원주민을 학살하고 귀한 향신료인 '육두구肉荳蔲, Nutmeg'(사향 냄새가 나는 호두라는 뜻)를 독점해 제국주의 본색을 드러냈다. 소화 불량 개선에 도움이 되는 육두구는 유럽에서 인기가 많았다(소화제 '까스활명수'의 주요 성분 중 하나가 육두구다). 대항해 시대에 유럽은 서인도 제도에서 설탕을, 브라질에서 담배를, 그리고 동인도에서 양모, 차, 향신료를 들여와 돈을 벌었다.

동인도 회사의 운영 방식을 알아보자. 첫째, 동인도 회사는 정부로부터 동남아시아와 인도 지역에서의 독점적인 거래 특권을 부여받았다. 중상주의 덕분에 동인도 회사들이 해당 지역에서 경제적 지배력을 확보할 수 있었다. 영국은 제국주의를 추진하는 과정에서, 문명화 사명보다는 돈벌이에 치중했다.

둘째, 영국과 네덜란드 정부는 동인도 회사에 군사적인 지원을 제공했다. 국가는 동인도 회사의 거래 활동을 보호하고, 경쟁사나 지역의 반란으로부터 회사의 이익을 보호했다. 국가가 뒤로 물러서고 현지 회사의 대표가 치안권과 군사권을 장악했다. 결국 국가 부의 총량이 증가했다.

영국은 1807년 노예 제도를 금지했고 1833년 이를 폐지했다. 종호Zong 사건은 노예 무역을 금지하는 결정적 계기가 되었다. 1781년 리버풀 항구를 출발한 노예 무역선 종호에서 133명 노예를 짐짝처럼 바다에 빠트린 사건이 일어났다. 인간을 화물로 취급하고도 무죄로 판결받은 사건은 공분을 자아냈다. 당시 노예 한 명의 가격은 럼 세 통 혹은 총 세 정의 가격으로 산정되었다. 대서양 노예 무역은 1860년에 이르러 종식되었다.

당시 네덜란드는 영국과 경쟁 관계였다. 네덜란드도 영국처럼 해양적 사고를 했다. 범선에 강력한 화포를 장착해 바다로 나가 무역하고 식민지를 건설했다. 육지가 바다보다 낮은 척박한 환경을 벗어나 진취적으로 나아갔다. 하지만 폭풍우와 해적이 선박의 본국행을 방해했다.

1602년에 네덜란드는 일종의 주식회사인 동인도 회사를 설립했다. 선주가 투자자와 주주를 모집해 회사를 설립하고 배당금을 나눠 주는 방식으로 운영했다. 일반인도 투자해 배당 소득을 통해 자산을 형성할 수 있었다. 계급 갈등을 해결할 수 있는 일종의 금융 제도를 만들었고, 영국은 이런 금융 제도를 도입했다.

한편 1653년 네덜란드 동인도 회사 소속 선원, 헨드릭 하멜Hendrik Hamel, 1630~1692은 스페르베르호De Sperwer(네덜란드어로 새매를 뜻하며 영어로는 the Sparrowhawk)를 타고 나가사키長崎항으로 가던 중 표류하다 제주도에 도달했다. 이것이 한국과 네덜란드의 역사적 만남이다. 하멜 일행은 조선에서 13년 동안 억류되었다가 일본으로 탈출해 1668년 귀국했다. 『하멜 표류기』(원제는 『1653년 바타비아발 일본행 스페르베르호의 불행한 항해 일지』(1668))는 동인도 회사에 임금을 청구하기 위한 제출한 증빙 자료였다. 이 책은 외눈박이 서양인의 눈으로 기록한 견문록이다.

하멜 이전 시기인 1627년 조선에 상륙한 네덜란드인은 벨테브레이Weltevree, 1595~?(한국명 박연)이다. 그는 동인도 회사 선원이었다. 푸른 눈과 노랑머리를 지닌 그가 조선인이 된 최초의 서양인이다. 그는 조선의 화포 제작에 도움을 주었다. 조선은 그를 남만인南蠻人(중국인들이 낮잡아 부르던 동남아시아인)으로 여길 만큼 세계 지리에 무지했다. 2002년 한일 월드컵에서 한국팀의 4강 신화를 만든 히딩크Guus Hiddink 감독도 일명 '오렌지 군단'의 강력한 화력火力을 지닌 네덜란드인이었다.

한국에 들어온 서양 최초의 선박은, 영국 동인도 회사의 용선인 로드 애머스트호Lord Amherst다. 이것이 조선 최초의 서양 선박과 선교사가 입국한 기록이다. 배는 1832년 7월 25일 조선의 보령 땅 고대도에 상륙했다. 독일 루터교 출신의 동아시아 선교사 카를 귀츨라프Karl Gützlaff, 1803~1851가 입국해 활동했다. 그가 조선 최초의 선교사다. 그는 주민들에게 한문 성경과 전도 문서와 서적과 약품을 나눠 주었고, 감자와 포도주 재배법을 가르쳐주었다. 그리고 주기도문을 우리말로 번역해서 소개했다. 하지만 조선이 그의 통상 조약 체결 요구에 응하지 않자, 그는 되돌아갔다.

3 제국 연결의 네트워크

영국은 제국을 운영하기 위해 해저 통신망을 구축했다. 원격으로 본국 밖 식민지 관리인들과 연락할 수 있는 연락망이 필요했다. 1837년에 전보가, 그리고 1876년에 전화가 각각 발명되었다. 인도 총독 댈후지Dalhousie, 1812~1860는 "전보가 제국 확장과 통치의 관건이라고 확신했다"(박지향, 2018: 200). 영국은 1850년부터 1860년까지 10년의 공사 끝에 해저 전신망을 완성해 캐나다, 뉴질랜드, 오스트레일리아를 하나로 연결해 제국을 운영했다.

해저 전신망을 건설한 토목 기사들이 제국의 중요한 일꾼이었다. 1870년에 사용한 단선 구리가 마모를 견디지 못하자 1871년에 단선을 4줄 구리로 대체했다. 곧이어 우편 배송이 전보와 전화를 대신했다. 해외에 파견된 영국인들은 본국에서 배달된 신문을 읽으며 자신이 문명 세계에 속한 영국인임을 확인하며 위안을 얻었다. 인도 태생 소설가 러디어드 키플링Rudyard Kipling, 1865~1936은 '나리sahib'(식민지 시대에 인도인이 유럽인에게 쓴 존칭)에게 봉사하는 인도인 우편배달부의 '꿋꿋함fortitude'을 예찬했다. 지금은 바야흐로 인터넷과 무선 통신 시대다. 인터넷망이 도로와 철도와 선박을 이용한 통신 수단을 대체했다. 무선 통신을 가능하게 만든 기술 혁신이 실로 대단하다.

믈라카해협과 싱가포르 항구

믈라카해협Melaka Strait은 파나마Panama 운하, 수에즈 운하와 함께 전 세계에서 가장 중요한 해상 운송로 중 하나다. 전 세계 해상 운송량의 20%가량이 이 항로를 통과한다. 이 해협은 인도양과 태평양을 연결하는 길이 1000km, 가장 좁은 곳은 폭이 2.8km, 수심도 최대 25m밖에 되지 않는다. 말레이시아와 인도네시아, 싱가포르 3개국이 모두 관련된 지역이지만 해양법에 따라 아예 국제 수역으로 선포했다. 영국은 지중해(유럽)~수에즈 운하(중동)~인도(구실론, 현 스리랑카)~믈라카해협(싱가포르)~남중국해(홍콩)~일본(나가사키, 요코하마橫浜)~러시아(블라디보스토크Vladivostok)로 이어지는 항해 길을 확보하려고 애를 썼다. 이 중에서 남중국해는 중국의 유일한 바닷길이며, 세계 무역량의 30%가 지나가는 길목이다. 미국을 포함해 주변국들과의 갈등과 충돌이 잦은 곳이다.

1819년 영국 동인도 회사는 믈라카를 네덜란드에 빼앗긴 후 싱가포르를 무역항으로 선택한다. 영국은 이곳 말레이Malay 원주민 거주 지역에 청나라에서 '쿨리coolie'(하급 노무자)를 대규모로 데려와 무역항을 건설했다. 영국령 싱가포르(1946~1963)는 17년간 존속한 후 지금의 싱가포르 공화국이 되었다. 건국의 아버지 리콴유李光耀, 1923~2015는 말레이계, 중국계, 인도계 인종을 통합하고자 영어를 공용어로 선택했다. 이것이 일명 '싱글리시Singlish'(Singapore와 English의 합성어)이다. 영국과 싱가포르는 이렇게 역사적으로 만났다.

한편 인도양의 디에고가르시아Diego Garcia는 인도양의 요충지다. 영국이 1968년 모리셔스를 독립시킬 때 가르시아가 속한 제도의 영유권을 유지했다. 독립에 앞서 1966년 영국은 미국과 군사 기지 건립 조약을 맺어 이곳을 미국에 군사 기지로 빌려주고 있다. 미국은 이 섬에서 중동과 아프가니스탄 등지로 전투기를 출격시킨다. 영국인들의 영악함에 놀라게 된다. 그런데도 영국을 덜 폭력적이며 자애로운 "점잖은 제국"(박지향, 2018: 324)이라고 부를 수 있을까. 미국은 일본 오키나와沖繩에 미군 기지를 두고 있다. 중요 요충지에 군사 기지를 만들어 항공 모함과 전투기를 이용해 패권을 유지한다.

이제 항해 경험을 시간의 흐름과 상황과 연관 지어 서사를 구성한 몇 명의 소설가들을 살펴보자. 동시에 이들의 항해 동선을 파악해 보자. 팽창 제국주의 덕분에 영문학이 해양 소설과 세계 문학의 면모를 지닌다.

말레이반도와 조지프 콘래드

폴란드 출신의 영국 작가 조지프 콘래드는 바다를 무대로 소설을 쓴 해양 작가이다. 그는 말레이반도를 배경으로 유럽 상인들의 일탈과 잡혼雜婚과 고독 속 황폐한 삶을 그려냈다. 첫 소설 『올메이어의 어리석음Almayer's Folly』(1895)의 주인공 캐스퍼 올메이어Kaspar Almayer는 부모가 네덜란드계나 본인은 영국 동인도 회사 소속이다. 그는 해 질 무렵 붉게 물든 강물이 황금색으로 채색되는 것을 상상하는 몽상가이다. 두 번째 소설 『섬의 추방자An Outcast of the Islands』(1896)는 네덜란드 선원 피터 윌렘스Peter Willems의 '배신'을 주제로 삼는다. 그는 말레이 부족장의 딸 아씨아Assia에 대한 욕망 때문에 은인, 린가드Lingard 선장을 배신한다. 네덜란드 식민지의 전직 사무원인 그는 말레이 군도의 보르네오Borneo 외딴섬으로 도망쳐 추방자가 된다. 콘래드는 캐스퍼 올메이어의 환상과 피터 윌렘스의 일탈(로맨스)에 주목해 유럽인의 우월성을 비판한다. 자신의 욕망에 충실한 탕아蕩兒들은 유럽으로 돌아갈 생각이 없다. 해양 소설가 콘래드는 영국 소설의 공간을 확장했다.

콘래드의 대표작인 『로드 짐Lord Jim』(1900)의 배경은 가상의 공간인 파투산Patusan이다. 파투산은 말레이 군도, 특히 보르네오 지역에 위치한다. 울창한 정글로 둘러싸여 있고 강을 통해서만 접근할 수 있는 고립된 마을이다. 영국 시골 교구 목사의 아들인 청년 짐(제임스James의 애칭)은 말로 선장의 부유한 독일 친구인 스타인Stein 소개로 파투산에 정착해 마을에 질서와 정의를 세우려는 노력을 인정받는다. 현지에서 '로드 짐'이라 불리며 추앙받는다. 영어 단어 lord로 번역된 투안tuan은 현지에서 존경의 의미로 사용하는 호칭으로, master 혹은 sir를 의미한다. 그는 존경받는 마을의 수장인 도라민Doramin과 그의 아들인 다인 와리스Dain Waris와 협력적 관계를 유지한다. 하지만 이곳에 해적이자 상인인 젠틀맨 브라운Gentleman Brown이 상륙해 주민들을 습격한 후 지역 무역을 장악해 부를 축적한다. 브라운과 맞서던 짐이 백인 동류의식 때문에 그의 도주로를 마련해준다. 하지만 브라운이 돌연 배신해 다인 와리스를 죽이자 도라민이 짐을 죽인다. 짐은 잘못을 책임지기 위해 도라민의 총에 맞아 죽는다. 결국 짐은 이상과 명예를 선택하는 비극적 영웅이 된다. 반면에 준남작의 아들인 젠틀맨 브라운은 사악한 해적이다. 『로드 짐』은 해양 대학과 해군 사관 학교 학생들이 반드시 읽어야 할 소설이다.

맬컴 라우리의 극동행 항해

맬컴 라우리Malcolm Lowry, 1909~1957는 1927년 비정기 화물선 피루스호 Pyrrhus에 승선해 리버풀 항구를 출발했다. 18세에 캐빈 보이로 승선했다. 그는 수에즈 운하, 싱가포르, 홍콩, 상하이Shanghai, 요코하마, 블라디보스토크를 거쳐 귀환했다. 그의 아버지는 리버풀의 부유한 면화 상인이었다. 라우리는 퍼블릭 스쿨public school을 졸업한 후 케임브리지 대학 University of Cambridge에 입학했으나 '갭이어gap year'(고교 졸업 후 대학 입학 사이 1년 동안 여행을 통해 사회를 체험하는 기간)를 이용해 바다로 갔다. 금수저가 자발적으로 흙수저가 되어 고생을 자처한 셈이다.

라우리는 당시 항해 경험을 담은 첫 소설 『울트라마린Ultramarine』(1933)을 대학 졸업 마지막 학기에 졸업 요건으로 제출했다. 제목 울트라마린은 바다의 군청색群青色을 의미한다. 최인훈 소설 『광장』(1976)의 첫 문장은 "크레파스보다 진한 바다는"(21)으로 시작한다. 주인공 이명준은 중립국으로 가는 포로를 실은 타고르호Tagore를 타고 동중국해로 향한다. 『광장』은 보기 드문 한국의 해양 소설이다.

『울트라마린』의 주인공 힐리어트Hilliot는 극동행 화물선에서 식당 급사로 일한다. 그는 자발적으로 탈계급자déclassé의 길을 갔다. 하지만 선원들이 그의 빈약한 남성성을 보고 힐리어트 양Miss Hilliot 혹은 아씨your ladyship로 조롱한다. 그런데도 그는 고된 선상 생활을 통해 영혼을 단련시킨다. 라우리는 젊은 날의 항해 경험을 해양 소설로 완성했고, 이 해양 소설은 영문학의 공간을 확장했다.

대서양 중간 항로와 V. S. 나이폴

V. S. 나이폴은 서인도 제도 트리니다드 출신의 영국 작가로 2001년 노벨 문학상을 받았다. 트리니다드는 그의 말대로 "지구상의 작은 점", 일명 "노예의 섬"이다. 영어를 익힌 식민지인이 세계 문단에 우뚝 섰다. 그는 노예제가 초래한 이산의 아픈 경험을 다룬 작품을 썼다. 논픽션 『대서양 중간항로』는 노예 제도와 식민주의의 유산이 여전히 남아 있는 트리니다드와 인접한 카리브해 4개국을 다룬다. 그는 플랜테이션에서 노예들이 재배한 '백색 금'인 설탕(사탕수수)을 한탄한다. 유럽에서 설탕의 수요가 급증하면서 노예의 노동력을 착취했기 때문이다.

트리니다드 토바고 공화국의 수도는 포트오브스페인Port of Spain이다. 이름에 스페인의 식민 정복 역사가 남아 있다. 1498년 콜럼버스는 3차 항해 때 지구 반대편으로 항해하다 만난 이곳을 인도라고 생각했다. 그래서 동인도와 구분하기 위해 이곳을 서인도로 부르게 되었다(이곳은 인도와 전혀 상관이 없다). 그런데 200년 후 이곳은 일명 '노예들의 섬'이 된다.

트리니다드는 해당 섬 내에 존재하는 세 개의 산봉우리 때문에 붙여진 지명이다. 스페인어로 삼위일체三位一體를 의미한다. 또 다른 섬인 토바고 Tobago(영어 단어 tobacco와 어원이 같음)는 담배를 뜻하는 원주민 말에서 유래했다. 이처럼 정복자 스페인은 원주민인 카리브족들이 살던 곳을 일방적으로 명명했다. 토바고의 경우, 17세기 초반 약 반세기 동안 네덜란드가 지배했고, 1677년에는 프랑스가 점령했으며, 18세기에는 영국과 프랑스가 경쟁하다 1793년 최종적으로 영국령이 되었다. 트리니다드의 경우, 1797년 프랑스 혁명 전쟁 중 영국이 프랑스의 동맹국이었던 스페인의 트리니다드를 공격해 식민지로 삼았다. 트리니다드가 유럽 열강들의 각축장이었음을 알 수 있다.

영국은 곧바로 인도에서 계약 노동자를 들여왔다. 나이폴의 조부가 여기에 속한다. 인도인 계약 노동자들은 낯선 곳에서 인도식 풍습을 유지하며, 이들은 낯선 곳에서 비현실적 삶을 살았다. 영국은 1898년에는 토바고를 트리니다드 식민지에 병합시켰다. 트리니다드 토바고는 1962년 서인도 제도 연방에서 독립해 자치령이 되었다. 나이폴은 인도식 전통과 영국식 교육이 충돌하는 뒤죽박죽된 사회 환경에서 자랐다. 누가 만든 '혼종성'인가를 묻고 싶다.

나이폴은 트리니다드 정부 장학생으로 선발되어 1950년 영국 사우샘프턴Southampton 항구에 도착했다. 옥스퍼드 대학교에서 영문학을 전공한 후 전업 작가가 되었다. 그는 영국에서 자이르(콩고)와 인도, 그리고 이집트 등 세계 여러 곳을 여행하며 사회와 문명을 비판했다. 인도에서 서인도로, 트리니다드에서 영국으로, 그의 글쓰기 여정은 결국 식민 지배의 흑역사와 이산의 아픔을 기록하는 과정이었다. 식민지인의 감수성과 시각에서 제국을 비판한 점에 주목할 필요가 있다.

4 제국주의 빛과 그림자

욕망의 대상

벨기에 레오폴드 2세는 콩고 자유국Congo Free State(구자이르, 현 콩고 민주공화국)을 25년 동안 철권 정치를 했다. 그는 그곳에서 고무와 상아를 착취했다. 당시 고무는 자전거와 자동차의 타이어와 신발을 만드는 데 필요한 일명 '검은 황금'이었다. 그리고 코끼리의 긴 이빨인 상아는 피아노의 흰 건반과 작은 조상彫像 등을 만드는 데 사용된다. 상아의 생산량을 늘리기 위해 레오폴드 2세는 반역자들의 손목을 자르고 단죄하는 등 극단적 공포를 조성했다. 레오폴드 2세의 만행은 제국주의 흑역사를 극명하게 보여준다.

오늘날 콩고는 내열 축전기를 만드는 데 필요한 전략 광물인 콜탄coltan을 80% 이상을 생산한다. 콜탄은 휴대 전화 혹은 전자 제품에 쓰인다. 정부군과 반군이 콜탄 광산을 차지하기 위해서 내전을 벌이고 있다. 콜탄 광산에서 노동하는 광부들이 열악한 환경에서 일하며 착취를 당한다. 중국을 비롯한 열강들은 희토류rare earth인 콜탄의 생산과 공급망 확보를 위해 뛰어들고 있다.

콜탄뿐만 아니라 리튬lithium 확보를 위해 칠레의 염수호(소금 호수) 등을 둘러싼 국가 간 경쟁도 치열하다. 리튬은 전기 자동차 배터리 생산 비용의 40%를 차지하는 양극재의 주요 광물로서 일명 '하얀 석유white petroleum'로 불린다. 과거에는 일명 '하얀 금'이 귀한 대접을 받았다. 하지만 이제는 콜탄과 리튬 등 희토류 광물이 중요한 전략 물자가 되었다. 신식민주의 시대에 착취 경제는 여전하고, 열강 간 자원 확보 경쟁은 치열하다.

공정 무역과 윤리 경영

오늘날 공정 무역과 윤리 경영에 관심을 두고 실천하는 영국 회사들을 보는 것은 반가운 일이다. 피지팁스PG Tips와 더바디샵The Body Shop을 예로 들어보자. 피지팁스는 케냐산 찻잎에 생물 분해성 티백을 사용한다. 비닐 포장지를 사용하지 않는다. 공장은 100% 재생 에너지를 사용하며 탄소를 전혀 배출하지 않는 친환경 정책을 추구한다. 그리고 현지 노동자들과 공동체에 공정한 임금과 복지를 제공하는 공정 무역을 실천한다. 과거 노예제 시절의 노동력 착취에 비하면 획기적 변화다. 반가운 일이다.

다음으로 애니타 로딕Anita Roddick, 1942~2007이 설립한 더바디샵을 살펴보자. 더바디샵은 방부제를 거의 사용하지 않는 자연주의 화장품 회사다. 더바디샵의 시그니처 색은 진한 녹색이다. 포자로 번식하는 푸른색의 곰팡이 자국을 가리기 위한 선택이었다. 더바디샵은 산림 보호를 위해 벌목과 관련된 기업과는 거래하지 않는다. 그리고 화장품의 동물 실험을 반대한다. 이런 행동주의 경영 원칙을 준수한다. 그래서 더바디샵의 상품을 구매하는 것이 곧 윤리적 선택이라는 이미지를 만들었다. 이처럼 로딕은 "평범함을 거부하는never be mediocre" 차별화를 추구했다. 피지팁스와 더바디샵은 기업의 사회적 책임을 실천한다. 노예제 시절에 비하면 격세지감이다.

5 식민주의 오작동 사례

아일랜드 감자 대기근

배고픈 1840년대(1844~1847)에 일어난 감자 대기근 탓에 아일랜드인들에게 집단적 상흔이 남아 있다. 감자는 척박한 땅 아일랜드의 단일한 주식主食이었다. 잎마름병으로 야기된 감자 흉작 탓에 약 100만 명이 일명 '관선棺船, coffin ship'을 타고 영국, 호주, 캐나다, 미국 등지로 떠났다. 비좁은 배 안에서 약 20만 명이 영양실조와 전염병으로 숨졌다. 오늘날 더블린 리피Liffey강에 전시된 배 기근선은 슬픈 아일랜드의 역사 교육장으로 활용되고 있다. 이 재앙을 바라보는 여러 시각이 존재한다. 신의 심판이라는 종교적 입장, 천재天災 관점, 인재人災 관점을 꼽을 수 있다. 신의 심판이라는 관점은 미신에 가깝다. 오히려 감자 기근은 이기적인 영국이 제때 대량으로 감자를 공급하지 않은 인재에 가깝다.

그렇다면 아일랜드에서 개와 돼지가 시신을 먹는 재앙이 방치된 이유는 무엇일까. 영국은 자국 상공인의 이익을 보장하기 위해 적기에 대량으로 감자를 공급하지 않았다. 가격의 폭락을 걱정했기 때문이었다. 영국은 경제적 자유주의를 태연하게 고수했다. 식민지 시대 일제의 한국 수탈을 떠올려보면 영국과 아일랜드의 관계를 쉽게 이해할 수 있다.

영국과 아일랜드의 관계는 지리적으로 가깝지만, 정서적으로 멀다. 아픈 식민 지배의 역사가 있기 때문이다. 분노의 DNA를 지니게 된 역사는 다음과 같다. 올리버 크롬웰은 1649년부터 1653년까지 아일랜드를 점령했다. 아일랜드 토지 소유주 대부분이 영국인들이었다. 영국이 300년 동안 아일랜드를 지배하는 동안 영국인 지주와 아일랜드 인구의 약 70%에 이르는 자작농(소작인 포함) 간 구조적인 불균형이 그대로 있었다. 그래서 영국이 아일랜드의 밀과 옥수수 거의 전량을 수탈하는 것이 가능했다. 소작료를 체납한 아일랜드 소작인들이 늘어났다. 이런 부당함에 대한 불만이 누적되어 급기야 '보이콧 운동boycotting'(부당한 행위를 받아들이지 않고 조직적·집단적으로 전개하는 거부 운동)이 일어났다. 소작인들이 1880년 아일랜드 메이요Mayo주의 언Erne 백작 3세1802~1885의 영지 관리인이었던 영국인 귀족 영지의 토지 관리인, 찰스 커닝엄 보이콧Charles Cunningham Boycott, 1832~1897을 내쫓는 데 성공한 뒤 생겨난 말이다.

아일랜드는 1922년 영국으로부터 독립했고(북아일랜드가 아일랜드에서 분리됨), 이후 1949년에 아일랜드 공화국이 되었다. 그런데 북아일랜드는 영국령에 속한다. 아일랜드가 통합된 아일랜드를 꿈꾸는 이유다. 1969년부터 북아일랜드 해방군IRA, Irish Republican Army(아일랜드 공화국군)이 영국 본토를 상대로 무장 투쟁을 본격화했다. 유혈 충돌로 30년간 약 3400명이 사망했다. 북아일랜드가 '살인 공장'으로 변해 버린 것이다. 1998년 9월 24일 '굿 프라이데이 협정Good Friday Agreement'을 체결했다. 이 협정의 핵심은, "북아일랜드인들의 뜻에 따라 (영국) 귀속 문제를 맡긴다"였다. 무장 투쟁 대신 평화가 정착되었다. 이런 분위기 속에 고 엘리자베스 2세 여왕이 2011년 5월 17일부터 5월 20일까지 아일랜드를 방문했다. 아일랜드가 독립한 후 영국 군주의 첫 방문이었다. 2024년 2월 3일 다수당을 차지한 민족주의 성향의 신페인Sinn Fein당 출신의 오닐Michelle O'Neill이 첫 북아일랜드 총리에 올랐다. 주도권이 연방주의 정당(신교)에서 민족주의 정당(구교)으로 넘어갔다. 중동과 한반도의 정세는 여전히 불안하지만, 북아일랜드 사태는 진정 국면으로 들어섰다.

16세기에 아일랜드 전체가 헨리 8세의 지배 아래 있었다. 군대를 동원해 아일랜드를 정복한 것은 17세기 중반 올리버 크롬웰이었다. 헨리 8세는 성공회를 아일랜드에 강요했지만, 크롬웰은 개종을 요구했다. 한 걸음 더 나아가 그는 반항자들의 토지를 몰수해 소작농으로 전락시켰다. 이어 영국인들을 북아일랜드에 강제 이주시켰다. 북아일랜드는 오늘날 통합 왕국UK의 일부를 이룬다. 아일랜드인들은 불행의 씨앗을 뿌린 크롬웰을 원망한다.

세포이 항쟁

세포이Sepoy 항쟁은 타 종교에 둔감한 감수성 탓에 촉발되었다. 영국은 식민지 지배와 통치를 실리적으로 했다. 현지에서 사람을 고용하거나 현지 '분할 및 지배 정책divide and rule policy'을 펼쳤다. 이것은 식민지 내부에 파벌을 짓게 해 서로 싸우게 만든 후 개입하는 방식이다. 섬나라 영국에서 멀리까지 많은 병력을 파견할 수 없기 때문이었다. 이런 방식으로 영국 사자가 벵골 호랑이를 제압했다. 현지 반란을 제압한 영국은 영국 동인도 회사의 권력을 여왕에게 넘겨 직접 통치 방식으로 전환했다. 영악하다 하지 않을 수 없다.

동인도 회사는 18세기부터 '세포이'(인도인 용병)를 고용하기 시작했다. 영국 동인도 회사의 병력 30만 명 가운데 약 96%가 현지에서 채용된 세포이였다. 이들은 이슬람교도와 힌두교도, 시크교도였다. 그런데 1857년과 1858년에 인도인 용병들이 반란反亂 혹은 항쟁抗爭을 일으켰다. 영국인 입장에서는 '세포이 반란Sepoy Mutiny'이라고 부르고, 인도인 용병은 '인도의 세포이 항쟁Sepoy Rebellion of India'이라고 부른다. 탄약 종이를 소와 돼지의 혼합 기름으로 코팅한 것이 화근이 되었다. 힌두교도는 소를 신성시하고, 이슬람교도는 돼지를 금기시한다. 이들은 소와 돼지 기름으로 코팅된 탄약 종이를 사용하려면 입으로 뜯어야 하기 때문에 구원을 못 받는다고 굳게 믿었다. 영국은 이들의 종교적 정서에 둔감했다. 더더욱 영국의 반란군 포살砲殺, blowing from a gun 처형 방식은 잔인했다. 포살형은 단두대처럼 끔찍스러운 공포를 자아냈다. 영국 신사의 이미지가 무색해졌다. 그런데도 영국은 트래펄가 광장에 인도 항쟁을 진압한 해블록 장군General Henry Havelock, 1795~1857의 동상을 세웠다.

미얀마 로힝야족

영국과 버마(현 미얀마) 관계를 살펴보자. 1948년 버마는 독립국이 되었고, 1989년 국가 명칭을 다수 민족인 미얀마족을 중심으로 한 미얀마 연방으로 변경했다. 영국의 인도와 버마 식민 통치는 여전히 후유증을 낳고 있다. 과거 영국은 버마와 세 차례 전쟁을 벌였다. 제3차 전쟁은 티크teak 목재 채벌권을 둘러싼 이견 탓에 벌어졌다. 1886년 1월 영국은 버마를 영국령 인도의 한 부분으로 편입시켰다.

아웅산 수치Aung San Suu Kyi 여사는 미얀마 독립 영웅인 아웅산 장군의 딸이다. 영국 대학에서 경제학 석사와 사회 과학 박사 학위를 받았다. 그녀는 버마 군부에 맞선 민주화의 상징이다. 그 공로를 인정받아 1991년에 노벨 평화상을 받았다. 하지만 민족주의를 주창하면서 소수 민족인 로힝야Rohingya족 집단 학살에 눈을 감았다는 비판을 받고 있다(현재 미얀마 군부도 로힝야 말살 정책을 펴고 있다). 이 때문에 노벨 평화상을 박탈해야 한다는 주장도 강하게 제기되고 있다. 설상가상으로 현재 미얀마 군사 정권은 2021년 2월 1일 발생한 쿠데타를 이유로 국가 고문인 그녀를 다시 억류하고 있다. 나라가 내분을 겪고 있다.

그렇다면 미얀마가 자국 내 로힝야족을 학살하고 추방하는 이유를 살펴보자. 제2차 세계대전 당시 영국은 버마를 점령한 일본군을 축출하기 위해 방글라데시에서 벵골계 민족인 로힝야족을 아라칸Arakan 지역으로 데려왔다. 그런데 오늘날 미얀마 정부가 이들 약 140만 로힝야족을 탄압하고 학살하고 주변 국가들로 추방하고 있다. 이것이 일명 '로힝야 제노사이드'다. 현재 74만 명이 방글라데시 난민촌에 살고 있다. 그런데 이런 비극의 원인 제공자는 바로 영국이다. 이에 더해 1943년 인도 벵골 대기근 때 일본군이 버마를 점령했을 때, 처칠이 이끄는 영국을 포함한 연합군은 식량 이동을 중단시켰다. 이로 인해 인도인 300만 명이 죽었다. 인도인들이 처칠이 비난하는 이유다. 로힝야족과 인도인은 도살당해야 하는 '가축'이 아니다.

작가 조지 오웰은 1922년부터 1927년까지 버마에서 인도 제국의 경찰로 근무했다. 그의 아버지는 인도 아편국 소속 공무원이었다. 오웰의 소설 『버마 시절Burmese Days』(1934)은 그가 영국인으로서 느낀 양심의 가책과 경험한 제국주의의 문제점을 담아낸다. 단편 소설 「코끼리를 쏘다 Shooting an Elephant」(1936)는 영국인 경찰이 버마 한 마을에서 난동을 부리는 코끼리를 쏴 죽이는 내용이다. 영국 경찰이 발정기에 든 코끼리를 쏴 죽인다. 그러면서도 그는 버마 원주민들이 "내가 바보처럼 보이는 걸 오직 피하려고"라고 총을 쏜 것으로 이해한 것은 아닌지 그가 의아해한다(Diyanni, 2002: 293에서 재인용). 오웰은 권력의 비이성적 속성을 예리하게 간파했다.

　　『버마 시절』의 주인공 플로리John Flory는 영국인으로 티크 목재상 대리인이다. 티크 재목은 가볍고 단단해서 배나 차, 가구의 재료로 제격이었다. 그는 영국과 버마 사이에 놓인 동시에 어느 한쪽에도 속하지 못하는 경계인이다. 그는 영국의 식민 지배와 통치가 세계 평화가 아니라, 식민지 전초 기지에서 티크 목재를 수탈하는 것임을 간파한 후 권총으로 자살한다. '백인의 책무', 즉 문명화 사명이 위선이라는 절망감이 그를 죽음으로 내몬다. 그의 자살은, 즉 총구는 영국 제국주의를 향한다. 오웰은 영국 제국주의가 초래한 폐해를 비판한다는 점에서 양심적인 사람이다. 그렇다고 그가 버마의 독립을 지지하는 것은 아니다. 이것이 자유주의적 인본주의자로서 오웰의 한계다.

보어 전쟁

　　이제 아프리카에서 일어난 제국주의 오작동을 살펴보자. 보어Boer인은 영국 통치에서 벗어나기 위해 네덜란드계 공화국을 세웠다. 보어는 농부를 뜻하는 네덜란드어다. 이들의 후손은 남아프리카 태생의 네덜란드계 기독교인 백인이다. 이들을 아프리카인과 구분하기 위해 '아프리카너Afrikaner'(남아프리카 태생의 백인)로 부른다.

보어 전쟁이 발생한 이유를 알아보자. 1886년에 케이프Cape 총독 세실 로즈Cecil Rhodes, 1853~1902는 보어 정착민들이 영국인을 차별한다는 구실로 폭동〔제1차 보어 전쟁(1880~1881)〕을 일으켰으나 실패했다. 아프리카 대륙의 쟁탈전에 뛰어든 영국은 남아프리카 공화국(케이프)에서 체면을 완전히 구겼다. 트란스발Transvaal에 있는 금광을 탐냈기 때문에 벌인 일이었다. 영국인의 군사적·도덕적 우월성이 큰 타격을 입었다. 영국 역사가 스펙W. A. Speck이 적절히 지적하듯, "세계 최대의 제국주의 국가가 소수의 보어인 정착민들과 3년 동안이나 전쟁을 한 사실은 19세기 중엽 세계를 호령하던 영국의 국력이 쇠퇴하고 있음을 확증하는 것처럼 보였다"(스펙, 2002: 184).

이어진 제2차 보어 전쟁(1899~1902)에서 영국은 소총의 성능 열세로 초반에 고전했다. 더구나 영국을 견제하는 독일과 프랑스가 보어족에 무기를 판매했다. 영국은 대규모 병력을 파견해 1902년 5월에 보어군의 항복을 받아내고 남아프리카와 오라녀Oranje를 점령했다. 하지만 전쟁을 치르는 과정에서 영국군은 무자비한 만행을 저질렀다. 영국은 12만 명의 보어인을 강제로 수용했고 이들 중 상당수를 죽였다〔"대영 영국의 캠프촌이 히틀러에게 아우슈비츠 수용소의 아이디어를 제공했다"(파먼, 2007: 242)〕. 이로써 영국은 도덕성을 완전히 상실했다. 보어인들의 저항에 질린 영국은 1910년에 현 남아프리카 공화국을 자치령으로 승인하기에 이른다.

가즈오 이시구로의 소설 『남아 있는 나날』에 보어 전쟁을 언급하는 장면이 등장한다. 집사장 스티븐스의 형은 보어 전쟁에 참전해 영국인 지휘관의 작전 실패로 개죽음을 당한다. 집사장의 아버지는 장남의 죽음을 왕과 제국을 위한 숭고한 희생이 아니라, 어처구니없는 죽음으로 여긴다. 이시구로가 간접적으로 영국 제국주의를 에둘러 비판하는 지점이다.

6 백인 식민주의자 재평가

세실 로즈 총독

    세실 로즈 총독은 케이프에서 카이로Cairo까지 아프리카 철도망을 구축하는 목표를 세웠다. 그는 아프리카 종단 정책에 가담한 제국주의자다. 그러나 보어인들의 나라인 남아프리카 공화국의 반대로 어려움에 직면했다. 그는 잠베지Zambezi강을 남북으로 나누어 북쪽을 잠비아Zambia, 남쪽을 자신의 이름을 딴 로디지아Rhodesia로 명명했다. 로디지아는 1965년에 짐바브웨Zimbabwe(돌로 지은 큰 집이라는 뜻)로 독립했다. 그는 그곳에서 노예 무역과 다이아몬드와 금 채굴업을 통해 재산을 축적했다. 그 후 자선 사업가로 변신해 로즈 재단The Rhodes Trust을 설립했다. 이 재단은 매년 미국과 독일, 영연방 국가 출신의 젊은이들 85여 명을 선발해 옥스퍼드 대학에서 무료도 공부할 수 있는 기회를 제공한다. 이미지 세탁용이라는 비난을 받는다.

    하지만 이제 로즈 장학금은 불명예의 상징이 되었다. 2020년 "흑인 목숨도 소중하다BLM, Black Lives Matter" 항의 시위로 세실 로즈가 졸지에 수난당했다. 2020년 6월 9일 인종 차별주의에 반대하는 수백 명의 항의자가 옥스퍼드 대학의 오리얼 칼리지Oriel College에 있는 로즈 동상 철거를 요구했다. 루이즈 리처드슨Louise Richardson 옥스퍼드 대학 부총장은 "과거 일에 대한 관점은 역사적 맥락에서 평가되어야 한다"라고 말하며 동상 철거를 반대했다. 그러자 동상 철거 요구자들은 자신들의 요구가 역사를 지우자는 것이 아니라 역사를 바로잡는 것이라고 맞섰다. 결국 옥스퍼드 대학은 로즈 동상 철거라는 미래 지향적 결정을 내렸다. 로즈 장학생이었던 빌 클린턴Bill Clinton 전 미국 대통령이 난처하게 되었다.

    여기서 "흑인 목숨도 소중하다" 운동이 일어난 이유와 그 여파를 알아보자. 2020년 5월 25일 미국 미네소타주 미니애폴리스 파우더호른Minneapolis Powderhorn, Minnesota에서는 백인 경찰관이 아프리카계 미국인 청년, 조지 플로이드George Floyd, 1973~2020를 8분 46초 동안 목 조르기chokehold를 하다가 죽는 사건이 발생했다. 이 강압적인 체포 사건은 과거 노예제와 식민 지배와 연루된 인물들의 동상을 철거하라는 백래시(역습)를 불러왔다. 2021년 9월 미국 버지니아주 주도이자 남부 연합군 수도였던 리치먼드에 서 있던 로버트 리Robert Lee, 1807~1870(노예 제도에 찬성한 남부 연합군 총사령관)의 동상이 철거되었다. 미국에서 시작한 반인종 차별 시위의 불똥이 영국과 벨기에까지 번졌다. 전파력이 빠른 SNS의 위력 덕분이었다. 케이프 총독 세실 로즈와 벨기에 국왕 레오폴드 2세가 역사 '다시 쓰기writing back'의 대상에 올랐다. 결국 두 사람의 동상이 공공장소에서 철거되었다. 2023년 케냐를 방문한 영국 국왕 찰스 3세도 과거 잘못, 즉 독립 운동 단체인 마우마우Mau Mau를 진압 과정에서 9만 명을 죽이고, 16만 명을 구금한 것에 대해 유감을 표했다. 그렇다고 영국 왕실이 과거의 잘못에 대해 공식적으로 사과한 것은 아니다.

벨기에 국왕 레오폴드 2세

벨기에 국왕 레오폴드 2세는 악명이 높다. 소설가 조지프 콘래드는 『암흑의 핵심』에서 콩고에서 벌어진 잔학성을 고발했다. 이 소설에 영향을 받아 영화 〈지옥의 묵시록Apocalypse Now〉(1979)이 만들어졌다(시공간 배경이 캄보디아의 넝Nung강으로 바뀌었다). 레오폴드 2세는 1885년 '문명화 사명'을 표방하며 콩고를 개인 영지로 삼았다. 당시 국제법상 이런 일이 가능했다는 사실이 놀랍다. '문명화 사명'은 다름 아닌 언어를 매개로한 이데올로기다. 바로 이런 이유로 이데올로기를 비판적으로 바라봐야만 한다. 레오폴드 2세는 원격으로 철권통치를 했다. 그는 상아와 고무채취 할당량을 채우지 못한 흑인들의 손목 절단을 지시했다. 당시 기아, 질병, 학살로 죽은 콩고인이 1000만 명에 달한다. 국제 사회의 방조가 콩고 대학살을 가능하게 했다. 부끄러운 역사다.

따라서 국왕 레오폴드 2세를 미화하는 것은 다름 아닌 역사 망각증이다. 2020년 벨기에 안트베르펜에서 시위대가 레오폴드 2세 동상을 붉은 색 페인트로 칠했다. 결국 시 당국은 시민 안전을 이유로 동상을 철거했다(보관 후 존치를 결정할 예정이다). 벨기에는 자국 출신의 만화가 에르제Hergé, 1907~1983가 쓴 『탱탱의 콩고 모험 편Tintin in the Congo』(1931)을 교육 현장에서 사용하지 않겠다고 결정했다. 이것은 인종 다양성 존중 정신에 따른 방향 전환으로 바람직하다.

7 탈식민주의 소설가의 시각

조지프 콘래드와 『암흑의 핵심』

조지프 콘래드는 폴란드 출신 영국 작가다. 모국어가 아닌 영어로 소설을 썼다. 그에게 영어는 폴란드어와 프랑스어에 이어 제3의 언어였다. 바다를 좋다 뒤늦게 전업 소설가가 되었다. 1874년 당시 17세에 그는 프랑스 마르세유Marseille 항구로 가서 상선의 선원이 되었다. 곧이어 1878년 4월에 영국 상선에 수습 선원으로 승선해 영국으로 왔다. 1886년 29세에 영국 시민권을 획득한 후 선장 시험에 합격해 아시아, 아프리카, 라틴 아메리카 등지로 항해를 떠난다. 그는 배를 타고 '어두운 곳'(오늘날 우리가 '제3세계'로 부르는 곳)에서 벌어지는 일을 소설에 담았다. 덕분에 영문학의 지평이 바다와 제3세계로 확장되었다.

콘래드가 조국 폴란드를 떠난 이유는 무엇일까. 정치적 불안정 탓이다. 그가 출생한 폴란드의 베르디추프Berdyczów(현 우크라이나의 베르디치우 Berdycziw)는 1857년 제정 러시아에 강제로 합병을 당했다. 독립운동가 부친이 유형 생활로 죽자, 러시아 정치범의 자손이었던 그는 징집을 피하려고 조국을 떠난다. 이처럼 그가 유럽 제국주의를 비판하게 된 계기는 러시아 제국주의에 대한 반감 탓이다. 그는 유럽인의 눈으로 인류의 양심을 더럽힌 유럽 제국주의를 비판했다.

『암흑의 핵심』의 화자는 영국인 선장, 찰리 말로다. 그는 런던 템스강에 정박한 쌍돛대 유람선에서 자신의 이야기를 네 명의 청자에게 들려준다. 이들은 회사 중역, 변호사, 회계사, 서술자다. 말로는 템스강에서 조수를 타고 지구상의 먼 곳까지 다녀온 사람들, 비유적으로 '바다의 물개들', 즉 제국의 일꾼들을 떠올리며 생각에 잠긴다. 그는 브뤼셀에 본부를 둔 회사를 거쳐 콩고로 간다. 그의 임무는 상아 채집에 유능하나 타락한 직원인 커츠를 본국으로 데려오는 것이다. 소설의 제목은 지리적으로 아프리카의 오지뿐만 아니라 인간 내면의 악을 의미한다.

그런데 브뤼셀로 돌아온 말로는 타락한 커츠를 훌륭한 인물로 두둔한다. 그가 거짓말을 하는 이유가 무엇인지 따져보자. 첫째, 그는 커츠가 국제 야만 풍습 억제 협회의 위탁을 받아 작성한 보고서의 후기에 적힌 "모든 야만인을 말살하라!"(Conrad, 1995: 84)는 섬뜩한 인종 차별적 문구를 삭제한 채 회사에 건넨다. 둘째, 커츠의 약혼녀에게 이렇게 거짓말을 한다 — "그분(커츠)의 마지막 한마디는 당신의 이름이었습니다"(123). 하지만 커츠의 마지막 말은 "무서워라! 무서워라!"(112)였다. 정글 속에서 외로움의 절규였거나 자신이 저지른 잔학성에 대한 공포감의 표현이다. 셋째, 말로는 '악의 화신'인 커츠를 자신이 저지른 잘못에 대해 도덕적 판단을 내릴 줄 아는 "주목할 만한 사람a remarkable man"(101)으로 여긴다. 이것은 자기기만이며 일종의 공모다. 말로가 비판받는 지점이다. 영국인 말로는 커츠가 보여준 "효율성을 향한 헌신the devotion to efficiency"(20)을 높이 평가한다.

콘래드는 커츠를 자본주의의 희생자로 제시한다. 그가 약혼녀를 유럽에 남겨두고 오지에 있는 무역 주재소에 간 것은 돈벌이 때문이었다. 애당초 그는 금의환향錦衣還鄉을 꿈꾸었다. 하지만 그는 "네발로 기어 다니는 짐승"(105)으로 퇴화한다. 문명의 구속력을 벗어난 곳에서 그는 절제력을 잃고 반역자를 무자비하게 처단한다. 커츠의 상아에 대한 탐욕은 벨기에 국왕 레오폴드 2세의 탐욕이며, 유럽 제국의 탐욕이다.

관찰자 말로는 아프리카와 유럽을 비판적 거리를 두고 바라본다. 원주민이 사는 찜통 아프리카를 "지하무덤"(31), 그리고 백인이 사는 문명세계 브뤼셀을 "회칠한 무덤"(24), 즉 위선적인 도시로 각각 인식한다. 죽음의 관점에서 보면, 콩고와 브뤼셀은 비슷하다. 검은 상복을 입은 커츠 약혼녀의 얼굴은 활력을 잃었다. 그리고 말로는 그녀의 응접실에 놓인 피아노를 "석관"(118)으로 인식한다. 그는 브뤼셀을 위선자들의 무덤에 비유한다.

그런데도 말로 선장의 아프리카(인)에 대한 부정적인 묘사는 많은 논란을 낳는다. 예를 들면, 그는 원주민들을 "검은 형상들"(32), "야만인들"(33)로 묘사한다. 나이지리아 출신 작가인 치누아 아체베Chinua Achebe, 1930~2013가 콘래드를 "철두철미한 인종 차별주의자"로 비난하는 이유다. 이것이 아프리카 대학의 영문과가 『암흑의 핵심』을 금서로 지정하는 이유다. 왜 이런 극단적 평가가 생기는 것일까. 여기서 살펴볼 것은 말로를 콘래드의 대변인으로 볼 것인가 아닌가의 문제이다. 둘 사이의 절묘한 '서술의 틈새'를 포착하는 일은 쉽지 않다. 여하튼 콘래드는 유럽 제국주의 전성기에 백인 식민 지배자들이 상업적 이득을 얻기 위해 저지른 악을 '보게끔' 만든다. 오늘날 콩고는 또다시 열강들의 희토류와 콜탄 채굴의 각축장이 되었다. 원주민들은 채굴의 노예가 되어간다. 신식민주의 시대에 우울한 성찰이다.

V. S. 나이폴과 『거인의 도시』

나이폴은 2001년에 노벨 문학상을 받았다. 그는 서인도 제도의 트리니다드 토바고 태생의 영국 작가다. 그는 18세인 1950년 정부 장학생으로 선발되어 영국으로 건너가 옥스퍼드 대학에서 영문학을 공부했다. 나이폴의 가족은 인도계로 서인도 제도로 이주했다. 그의 조부는 영국의 또 다른 식민지 인도에서 이주해 온 브라만Brahman 계급 출신이었다. 그리고 서인도 제도는 영국령이었다. 이렇듯 그는 혼종의 정체성을 지닌다.

스웨덴 한림원은 나이폴을 노벨 문학상 수상자로 선정하면서 그 이유로 "우리에게 억압된 역사의 존재를 살펴보도록 만든" 작품을 쓴 점을 꼽았다. 여기서 말하는 "억압된 역사의 존재"란 사탕수수 재배를 위해 노예를 대규모로 이주시킨 식민 지배의 잔혹사를 의미한다. 대표작 『도착의 수수께끼The Enigma of Arrival』(1987)는 이산자들의 역사와 아픔을 다룬다. 소설의 제목은 조르조 데 키리코Giorgio de Chirico가 그린 초현실풍 그림에서 제목을 따왔다. 그림의 내용은 고대 어느 낯선 항구에 막 도착한 사람이 자신이 타고 온 배가 떠나가버려서 이제는 돌아갈 수 없는 막막한 상황을 그렸다. 이렇듯 나이폴의 언어는 상처로 얼룩진 영혼의 지문이 된다.

아울러 나이폴은 식민국과 종주국의 양쪽 세계에 비판을 가하는 이색적인 작가이다. 실제로 그는 서구의 지배 담론과 이에 맞선 제3세계의 저항 담론의 대립 구도를 해체하면서 새로운 의미의 틈새와 협상의 공간을 만들어낸다. 이방인으로서 그의 시선은 차갑지만, 투명하다.

V. S. 나이폴의 『거인의 도시A Bend in the River』(1979)는 조지프 콘래드의 『암흑의 핵심』 후속 편에 해당하는 소설이다. 이 두 작품의 배경은 아프리카 자이르(콩고)다. 선배 작가 콘래드처럼 나이폴은 지구상의 '어두운 곳'(제3세계)인 아프리카에서 벌어지는 일에 주목한다. 소설은 벨기에의 식민 통치가 끝난 직후부터 자이르의 독재자, 모부투 세세 세코Mobutu Sese Seko, 1930~1997 대통령이 등장하는 시점까지를 다룬다. 두 소설을 연작으로 읽으면 식민주의 시기부터 탈식민주의 시기까지 상황을 살필 수 있다. 아프리카 신생 독립국에 등장한 독재자strongman는 여러모로 『암흑의 핵심』 속 악의 화신인 커츠와 닮았다.

영문 제목 A Bend in the River를 직역하면 '강굽이'가 된다. 하지만 목가적인 어감은 강굽이 도시에서 벌어지는 살벌한 내전 분위기를 제대로 전달하지 못한다. '거인의 도시'도 전혀 만족스러운 번역이 아니다. 소설 속 '빅 맨big man'(중요 인물이라는 뜻)은 독재자 모부투 대통령을 의미한다. '빅 맨'을 '거인'으로 번역한 것도 만족스러운 번역이 아니다. 어쩔 수 없이 자국민을 억압하는 사람이라는 점을 부각하기 위해 '거인'을 선택한 것으로 보인다. 백인 커츠가 흑인 모부투로 대체되었다. 피부색만 달라졌을 뿐 나라의 상황은 달라진 게 없다. 오히려 제3세계에서 제4세계로 퇴행한다. 이것이 나이폴의 비관적 전망이다. 이에 따라 그는 '나이트폴Nightfall'이라는 별명을 얻었다.

『거인의 도시』속 주인공은 관찰자 살림Salim이다. 그는 주변에서 벌어지는 현실을 포착하고, 빅 맨과 그와 결탁한 유럽인들을 모두 비판하는 통찰력을 지닌다. 떠돌이 살림은 "나는 가족도, 깃발도, 물신도 없었다" (Naipaul, 1980 : 61)라고 말한다. 소설의 마지막에서 그는 내전에 휩싸인 자이르를 가까스로 탈출한다. 소설의 결말은 그가 런던에서 정치적 난민이 될 것을 암시한다. 이처럼 그는 두 문명 사이에서 길을 잃는다.

살림의 신식민주의 비판도 매섭다. 벨기에인 위즈만Huismans 신부는 리세lycée의 교장이다. 그는 교육 사업을 통한 아프리카인의 문명화를 표방하지만, 정작 아프리카 현지에서 예술품을 모으는 데만 관심을 둔다. 말하자면, 그에게 아프리카는 약탈의 대상일 뿐이다. 그가 운영하는 리세의 표어, "엑스 아프리카 셈페르 알리퀴드 노비Ex Africa semper aliquid novi" (67)다. 즉, 아프리카에는 '항상 뭔가 새로운 것always something new'이 있다는 뜻이다. 이런 표어는 백인 식민주의자의 욕망을 잘 드러낸다. 과거에는 상아가 필요했다. 하지만 이제는 아프리카 문화재를 약탈한다. 그리고 유럽의 사업가들은 돈벌이 때문에 독재자와 결탁해 아프리카의 신흥 도시 건설 사업에 뛰어든다. 신식민주의 시대에도 백인의 욕망은 여전히 작동한다.

하지만 민족주의를 표방한 탈식민주의 시대가 도래하면서 백인들이 위기에 처한다. 원주민들이 위즈만 신부를 잔인하게 목을 잘라 죽인다. 이처럼 그는 반제국주의 정서의 희생자가 된다. 살림은 "황금과 노예를 위해 좋은 일을 한 사람으로서 자신들의 동상이 세워지기를 바라는"(23)

유럽 식민주의자를 비판한다. 문명 비평가 발터 베냐민Walter Benjamin, 1892~ 1940은 "동상"을 세우는 행위를 '기념비의 정치학politics of monument'이라 고 불렀다. 이렇듯 "백인 식민 지배자들은 자신들의 시각에서 일방적으 로 지식을 만들어 유포시키고 역사를 기록한다"(박종성, 2006: 18). 살림은 황금과 동상을 모두 원했던 제국주의자들의 욕망을 예리하게 포착한다.

동시에 살림의 비판의 날은 내부의 적을 향한다. 그는 아프리카의 독 재자가 백인 식민주의자들이 사용한 똑같은 수법을 모방해 자신의 위대 성을 날조하는 현실에 주목한다. 예를 들면, 모부투는 자기 홍보용 대형 사진 포스터를 길거리에 내걸고, 어머니의 본을 뜬 마돈나(성모 마리아) 조각상을 곳곳에 세워 과거 식민 지배자들의 기념 동상을 대체한다. 이 것은 독립 이후 아프리카의 퇴행을 방증한다. 우리가 탈식민주의 시대의 문명 비평가로서 나이폴에 주목해야 하는 이유다.

살만 루슈디와 『악마의 시』

살만 루슈디Salman Rushdie는 인도 출신의 영국 작가로서 혼종의 정체성 을 지닌다. 인도 뭄바이Mumbai에서 카슈미르Kashmir 출신의 무슬림 가족 에서 출생했다. 열네 살에 영국으로 유학을 떠나 케임브리지 대학교 킹 스 칼리지King's College에서 역사를 전공했다. 2000년에 미국으로 건너가 현재 24년째 미국 뉴욕에서 살고 있다. 이런 점에서 그는 뿌리 뽑힌 작 가다. 이름 탓인지 그의 인생이 꼬였다. 루슈디Rushdie라는 이름 자체가 "서둘러 죽으려고rush to die" 작정한 사람을 떠올리게 한다. 그의 자유분 방한 세 치 혀舌가 화근이 되었다.

루슈디는 2022년 8월 12일 미국 뉴욕주 쇼토쿼Chautauqua 센터에서 강 연 준비 중 흉기로 습격을 당했다. 대낮에 무대 위로 돌진한 한 남성이 휘두른 흉기에 목과 복부를 찔렸다. 다행히 목숨은 건졌으나 한쪽 시력 을 잃고 한쪽 손도 신경을 다쳐 제대로 쓸 수 없다. 범인은 24세 레바논 계 미국인 하디 마타르Hadi Matar로 밝혀졌다. 이란 정부는 이 사안에 대해 중립적 태도를 지녔다.

 루슈디의 흉기 피습 소식을 접한 영국의 작가들과 정치인들이 그의 쾌유를 기원하고, 폭력을 규탄하며, 표현의 자유를 옹호하고 나섰다. 동료 작가인 이언 매큐언은 루슈디에 대한 끔찍한 공격을 "사상과 표현의 자유에 대한 공격을 대변한다"라는 트윗을 올렸다. 루슈디 사건을 한 개인의 문제가 아니라 표현의 자유와 관련된 중요한 문제로 본 것이다.

 범행 동기를 추론하기 위해 36년 전으로 가보자. 1988년에 루슈디는 네 번째 소설 『악마의 시The Satanic Verses』를 출간했다(제목 '악마의 시'는 '사탄의 구절'을 의미한다). 그런데 이슬람교도들이 이 소설에 매춘부로 등장하는 인물 두 명의 이름이 예언자 무함마드Muhammad, 570?~632의 부인과 같다는 점에 분노했다. 1989년 봄날 런던 국회 의사당 앞에 운집한 성난 회교도들이 『악마의 시』를 나뭇가지에 걸어 불태웠다. 당시 이란의 정신적 지도자인 아야톨라 호메이니Ayatollah Khomeini, 1900~1989는 루슈디가 신성 모독을 했다는 이유로 그에게 '파트와fatwa'(이슬람 율법 해석 혹은 사형 선고)를 내렸다. 하필 그는 밸런타인데이Valentine Day에 역풍을 맞았다. 1998년생인 루슈디 피습의 공격범은 『악마의 시』가 출간되었을 당시에는 태어나지도 않았다. 사형 선고에 은신에 피습까지 겹치면서 루슈디는 가혹한 시련을 겪는다.

 왜 루슈디는 미국행을 결심했을까. 일명, '루슈디 사건Rushdie Affair'의 전모를 밝혀보자. 책 출간 후 약 10년 동안 그는 영국에서 암살자를 피해 옮겨 다니면서 불안한 은신 생활을 지속했다. 가발을 쓰고 변장을 하고 다녔다. 그는 유령처럼 이곳저곳을 출몰했다. 『악마의 시』가 진열된 책방에서 폭탄이 터지고, 세계 각국에서 이 소설의 번역자들이 살해되었다. 이런 일련의 위협을 겪으면서 루슈디는 영국 정부의 미온적 태도에 크게 실망했다. 그는 영국 정부가 자신을 성가신 '외국인', '이류 시민', '식민지인'으로 여긴다고 의심했다. 당시 그는 영국 정부에 두 가지를 요구했다. 첫째, 부당한 검열을 비판하고 표현의 자유를 보장해 줄 것.

이것은 작가들과 국제적 공조가 필요한 사안이었다. 당시 영국의 해럴드 핀터Harold Pinter, 1930~2008, 독일의 귄터 그라스Günter Grass, 1927~2015, 체코의 바츨라프 하벨Václav Havel, 1936~2011 대통령이 루슈디 구명 운동에 합류했다. 하벨 대통령은 루슈디를 둘러싼 논쟁은 민주주의 가치의 실험대라고 말하면서 이란 정부에 단호하게 대응하겠다는 지지를 보냈다. 국제 사회에서 지식인들의 연대가 있었다.

둘째, 루슈디는 영국에 이란 정부가 사형 선고를 철회할 것을 요구했다. 하지만 일부 영국인들은 자신들의 세금으로 루슈디의 경호 비용을 충당한다고 볼멘소리를 했다. 장장 10년에 걸친 외교 노력 끝에 영국은 이란으로부터 사형 선고 철회 결정을 끌어냈다. 이것은 당시 외상 로빈 쿡Robin Cook과 수상 토니 블레어Tony Blair가 끌어낸 외교적 성과였다(하지만 너무 오래 걸렸다). 1999년 이란은 루슈디를 살해할 의사가 없음을 공식적으로 선언했다. 하지만 루슈디는 영국 정부의 미온적인 태도와 영국인들의 인종 차별주의에 환멸감을 느꼈다. 급기야 그는 2000년 미국행을 선택했고, 2016년에 미국 시민권을 취득했다. 그 후 그의 삶이 순탄치 않았다. 2020년에 코로나19에 걸려 거의 죽다가 살아났다. 이번에는 습격당했으나 살아남았다. 이 정도면 거의 불사조가 된 작가이다. 그는 이 살인 미수 사건을 겪은 후 명상을 담은 자서전 『칼Knife』(2024)을 출간했다.

루슈디의 최근 근황을 살펴보자. 그는 열네 번째 소설 『키호테Quichotte』(2019)를 출간했다. 그는 키호테를 통해 날씨, 전쟁, 선거 결과를 예측할 수 없는 현대 사회를 풍자한다. 제목은 세르반테스Miguel de Cervantes, 1547~1616의 『돈키호테』에 대한 존경의 뜻을 담고 있지만, 존칭 돈Don을 삭제했다. 그의 소설 제목에 등장하는 '악마'와 '키호테'라는 이름이 예사롭지 않다.

정리하면 루슈디는 이슬람 근본주의와 영국 정부의 인종 차별주의를 모두 비판한다. 그는 알라를 유일신으로, 이슬람교를 절대 종교로 신봉하는 이슬람 근본주의에 정면으로 도전한다. 그는 종교의 세속화 시대에 이슬람 원리주의자들이 신봉하는 정통성, 순수성, 절대성이 설 자리가 없다고 본다. 이와 동시에 그는 인종 차별주의 위험성을 경고한다. 그는 비판하지 못할 성역이 없다고 믿고, 표현의 자유를 적극적으로 옹호하는 투사형 문인이다. 그는 말과 글을 통해 진실에 복무하고 있다고 믿는다. 그는 자신의 주특기인 풍자 방식을 비판을 위한 가장 날카로운 칼劍로 사용한다.

압둘라자크 구르나와 『낙원』

압둘라자크 구르나Abdulrazak Gurnah는 2021년에 노벨 문학상을 받았다. 스웨덴 한림원은 "구르나가 식민주의의 영향과 난민들의 운명에 대한 타협 없고 열정적인 통찰을 보여줬다"라며 선정 이유를 밝혔다. 한림원이 난민 문제에 관심을 촉구하려는 의도를 반영한 결정이었다.

구르나는 1948년 동아프리카 끝 섬, 잔지바르Zanzibar 술탄국(현재의 탄자니아)에서 태어났다. 1967년 9월 난민 신분으로 영국으로 이주했다. 1964년 1월 12일 잔지바르 술탄국에서 아프리카계가 주도한 잔지바르 혁명이 일어났다. 혁명을 계기로 아랍계 술탄이 축출되었고, 아랍계 시민들이 박해받았다. 그러자 그도 잔지바르를 떠나 '빛light'을 찾아 난민 신분으로 영국으로 왔다. 당시 18세 소년이었다. 그의 소설과 생각을 설치 예술로 만든다면 빛을 파는 키오스크kiosk(간이 건조물) 정도가 될 것이다. 빛은 난민을 대하는 따뜻한 마음을 상징한다. 구르나는 난민에 대한 적대적 시선을 거둘 필요성을 강조한다. 즉, 난민도 뭔가를 가져온다는 뜻이다.

본래 잔지바르는 19세기 후반에 독일의 식민 지배를 받다가 제1차 세계대전 후 영국의 보호령이었다. 이슬람국 군주인 술탄이 1964년까지 이곳을 지배했다. 영국에 정착한 구르나는 1982년에 켄트 대학교University of Kent 영문과에서 박사 학위를 받았다. 같은 대학에서 교수로 재직한 후 퇴직했다. 작가 V. S. 나이폴과 살만 루슈디 등을 포함한 탈식민주의 문학과 담론을 주로 연구하며 소설을 써왔다. 아프리카 출신의 아랍계 영국인(이중 국적)으로 혼종(뒤엉킴)의 정체성을 지닌다. 나이폴과 루슈디 둘 다 그렇다.

그루나의 소설은 난민의 처지를 조명한다. 살림처럼 구르나의 『낙원 Paradise』(1994) 속 주인공 유수프Yusuf는 부유한 아랍인 상인, 아지즈Aziz 아저씨를 따라 함께 행상을 만나 다양한 경험을 한다. 『거인의 도시』의 살림의 행보를 보인다.

과거 잔지바르는 노예와 상아를 거래하는 인도양 무역의 직항로直航路로서 동아프리카 최대의 노예 시장이었다(록 그룹 퀸Queen의 보컬 프레디 머큐리Freddie Mercury, 1946~1991이 이곳 출신이다. 그의 부친은 인도계 영국인 공무원이었다). 역사적으로 동아프리카는 인도, 아랍, 아프리카 상인들의 해상 무역 교역지였다. 이렇게 역사는 경계를 넘고 인종이 뒤엉키는 과정을 거친다. 이 과정에서 전쟁과 내전이 발생하고, 독재자가 등장하며, 난민이 생겨난다.

8 이라크 전쟁과 칠콧 보고서

오늘날 주요 국제 분쟁에서 영국의 입장, 정확히 말하자면 영국의 위선僞善을 살펴보자. 이라크 전쟁과 팔레스타인(하마스)·이스라엘 전쟁에서 영국의 이중성에 주목해 보자. 이라크 전쟁은 2003년 3월 20일 미국의 이라크 침공으로 시작되어, 2011년 12월 15일 끝났다. 이 전쟁은 제2차 걸프 전쟁 혹은 이라크 자유 작전으로 불린다. 그런데 누구를 위한 자유인지를 묻고 싶다.

2001년 9월 11일 뉴욕 세계무역센터WTC가 기습 테러를 당했다. 이슬람 무장 단체인 알카에다al Qaeda의 지도자 오사마 빈라덴Osama bin Laden, 1957~2011의 소행으로 드러났다. 미국은 테러와의 전쟁을 선포했다. 영국은 미국과 함께 전쟁에 참여를 선언했다. 이에 따라 토니 블레어 총리는 미국(조지 부시 주니어George Bush Jr)의 푸들poodle(강아지)로 조롱당했다. 2004년 10월 17일에 런던 시내에서는 수만 명의 반전 시위대가 모였다. 버스 정류장 도로 면에 Bus(h) Stop! 문구를 새겼다. 조지 부시를 향한 반전 메시지였다. 참전 결정을 내린 영국도 대가를 치렀다. 2005년 7월 런던 지하철과 버스에서 동시다발 자살 테러가 발생해 52명이 숨졌다. 2016년 발표된 이라크 전쟁 진상조사위원회, 일명 '칠콧 조사The Chilcot Inquiry'는 블레어 총리가 잘못된 정보를 바탕으로 참전했다고 결론지었다. 블레어 총리는 불명예를 떠안았다. 사필귀정이다.

2016년 7월 6일 이라크 전쟁의 진실을 규명한 「칠콧 보고서The Chilcot Report」가 발간되었다. 이라크 전쟁 진상조사위원회는 당시 블레어 총리와 정보국장이 허위 정보로 영국의 전쟁 참전을 결정한 것은 불법이라고 결론지었다. 여기서 말하는 허위 정보란 사담 후세인Saddam Hussein, 1937~2006 이라크 정권이 대량 파괴 무기WMD를 보유하고 있다는 것을 의미한다. 당시 영국은 참전을 정당화하기 위한 명분이 필요해 의회를 속였다. 진실을 밝혀내는 데 무려 13년이 걸렸다. 진상조사위원회가 진행한 청문회에서 전 '국내정보국MI5, Military Intelligence, Section 5' 국장인 일라이자 매닝엄불러Eliza Manningham-Buller는 "이라크는 9·11 테러와 무관하다"라고 진술했다. 토니 블레어와 조지 부시 주니어의 임기가 종료되었다. 진실을 규명에 오랜 시간이 걸렸고, 책임지는 사람도 없다. 누가 불량 국가rogue state인가를 묻게 된다.

이라크 침략은 추악한 팽창 제국주의일 따름이다. 왜 조지 부시 주니어가 전쟁을 치렀고, 미 국민의 76% 이상이 전쟁을 지지했을까. 그 이유를 알아보자. 첫째, 세계 제2의 산유국인 이라크에 친미 정권을 세워 중동의 석유 패권을 잡으려는 계산이었다. 둘째, 악을 응징하려는 부시의 기독교 근본주의가 그를 전쟁광으로 내몰았다. 셋째, 최첨단 무기의 성능을 실험함으로써 무기 판매 수익을 올리려는 계산이었다. 이런 점에서 이른바 '이라크 해방 작전Operation Iraq Freedom'은 공허한 수사修辭에 불과하다. 해방을 표방하면서 야만을 저지른다.

그렇다면 영국이 미국과 공동보조를 취한 이유는 무엇인가. 첫째, 영국의 국익을 위해서다. 영국은 미국 폭격기가 이륙할 수 있도록 페어퍼드Fairford 공군 기지를 내주었다. 유일하게 영국과 미국이 주축인데 버젓이 '연합군'이라는 기만적인 단어를 사용한다. 한편 한국 정부는 국민의 81%가 반전을 원하는데도 미국 지지를 선언했다. 부끄러운 짓이다.

9 팔레스타인·이스라엘 전쟁

2024년 현재 우크라이나·러시아 전쟁과 팔레스타인(하마스)·이스라엘 전쟁이 진행 중이다. 땅의 주인이 둘이기 때문이다. 이스라엘의 네타냐후 Benjamin Netanyahu 총리는 이스라엘과 팔레스타인 해방 기구PLO, Palestine Liberation Organization 간 평화 공존을 모색하는 1993년 '오슬로 협정Oslo Accords'을 위반했다. 유대인의 '피와 땅'을 중시하는 이스라엘은 국제 사회의 여론은 의식해 가자 지역the Gaza Strip으로 조금씩 표적에 접근하는 일명 '슬라이스 작전'을 펼친다. 2024년 4월 현재 민간인 사망자가 3만 명 이상, 부상자가 7만 명 이상이다. 집단 학살을 방조한다는 비판이 드세다.

'하마스'는 이스라엘의 강제적 점령과 경제적 압박에 저항하기 위해서 무력을 사용하는 것이라고 항변한다. 반면에 이스라엘은 하마스를 테러 집단으로 여기고 자위권을 발동하는 것이라고 변명한다. 문제는 극우파 네타냐후 총리가 팔레스타인을 국가로 인정하지 않는 데 있다. 아무리 말해도 막무가내다. 이에 따라 이스라엘은 국제 사회의 비난을 받는다. 영국은 각자 별도의 주권 국가로서 공존하는 '두 국가 해법'을 지지해 왔다. 미국이 어떤 결정을 내릴지 지켜볼 일이다.

'팔레스타인 문제the Palestine question'는 매우 복잡한 사안이다. 갈등과 증오의 골이 아주 깊다. 그 갈등의 역사를 일별해 보자. 16세기부터 20세기 초까지, 팔레스타인은 오토만Ottoman 제국의 지배를 받았다. 그런데 19세기 후반, 유대인 '시온주의Zionism'(팔레스타인에 유대인 국가를 건설하려는 민족 운동)가 강해지면서 유대인들이 팔레스타인에 이주하기 시작했다.

제1차 세계대전(1914~1918) 중 1917년, 영국은 밸푸어 선언Balfour Declaration을 발표해 팔레스타인에 유대인 국가를 설립할 것을 약속했다. 아서 밸푸어Arthur Balfour, 1848~1930는 로이드 조지Lloyd George, 1863~1945 내각에서 외무 장관으로 내각을 대표해 이 선언에 서명했다. 이 때문에 케임브리지 대학 내 그의 초상화가 칼로 찢겼다. 유대인들에게 팔레스타인에 대한 영향력을 부여하고, 영국의 제국주의적 이익을 확보하기 위해 내린 결정이었다. 그러자 팔레스타인이 배신감을 느꼈다. 당시 팔레스타인 거주민은 70만 명이었고, 유대인은 6만 명 남짓이었다. 그리고 이스라엘이 합법적으로 소유한 땅은 팔레스타인 전체 영토의 6%에 불과했다. 영국은 1920년부터 1948년까지 팔레스타인을 위임 통치했다. 하지만 영국은 유대인과 아랍인 사이의 갈등과 분쟁을 관리하는 데 실패했다. 팔레스타인 위임 통치가 어렵다고 판단한 영국은 1948년 미국과 함께 이스라엘의 독립을 인정했다. 유대인의 디아스포라와 나치의 홀로코스트가 유대인들에 대한 동정론을 불러일으켰다. 마침내 1948년 이스라엘이 건국했다. 그리고 유대인들이 팔레스타인 지역으로 이주해 주인 행세를 했다.

이스라엘과 팔레스타인은 동예루살렘East Jerusalem과 서예루살렘West Jerusalem의 소유권 문제로 다툼 중이다. 1967년 6월, 육일 전쟁 후 이스라엘은 동예루살렘을 점령했다. 국제 사회는 이스라엘의 행위를 즉각 비난했고 동예루살렘을 이스라엘의 점령지로 간주하지 않았다. 반면 팔레스타인은 동예루살렘을 자신들의 수도로 여기고, 국제 사회의 인정을 받기 위해 노력한다. 예루살렘은 유대교, 기독교, 이슬람교 세계에서 중요한 종교적 중심지다. 이에 따라 각 종교 그룹은 예루살렘의 통치와 성지에 대한 권리를 주장한다. 이런 와중에서 2017년 12월 6일에 도널드 트럼프Donald Trump 미국 대통령이 예루살렘을 이스라엘의 정식 수도로 인정하고 이스라엘 주재 미국 대사관을 예루살렘으로 이전하겠다고 밝혀 갈등을 더욱 키웠다.

팔레스타인·이스라엘 전쟁은 군사력의 비대칭성을 보여준다. 이스라엘군은 탱크로 진격하고, 팔레스타인은 당나귀 마차를 타고 피난을 떠난다. 매우 대조적인 모습이다. 여러모로 하마스의 이스라엘 선제공격은 팔레스타인 명분을 알리기 위한 절망적인 충격 요법으로 보인다. 과거에 탈식민주의 사상가 에드워드 사이드Edward Said, 1935~2003는 이스라엘 군대를 향해 돌을 던졌다. 오늘날 낙서 화가 뱅크시Banksy는 이스라엘 군대를 향해 꽃다발을 던지는 그림을 그렸다. 이런 절망적 저항 방식은 부당한 현실에 개입하고, 팔레스타인 명분을 전 세계에 알리는 데 효과적이다.

팔레스타인도 할 말이 많다. 100년 동안 자국 땅에서 살아왔는데 졸지에 난민이 되었다. 이스라엘은 팔레스타인을 가자 지역과 요르단 서안 지역the West Bank에 가두었다. 이곳은 하늘이 뚫린 감옥이다.

국제 여론이 이스라엘에 전혀 호의적이지 않다. 2023년 바이든 대통령은 이스라엘의 팔레스타인 무장 정파인 하마스 공격을 지지하면서 국제 사회의 거센 비판을 받았다. 2023년 10월 1일 런던에서 휴전을 촉구하는 시위에 "가자에서 학살을 멈추라"는 구호 아래 약 30만 명이 참여했다. 유대인의 영향력이 큰 미국은 자국의 이득을 위해 이스라엘을 적극적으로 두둔하고 지원한다. 미국은 유엔UN에서 전쟁 중지에 반대했고, 영국은 기권했다. 미국만 이스라엘 편이다. 선택적 정의라고 비난받는 이유다. 바이든 대통령은 '독고다이'(혼자서 결정하고 실행하는 사람을 뜻하는 은어) 네타냐후 총리와 거리를 두는 척한다.

여기서 잠시 과거 갈등의 역사를 소환하자. 야세르 아라파트Yasser Arafat, 1929~2004는 1964년 설립된 팔레스타인 해방 기구의 수반이었다. 장기 집권을 했지만, 그는 팔레스타인의 지도자요 구심점이었다. 항상 군복을 입고, 두건을 두르고, 권총을 차고 다녔다. 이런 이미지는 그의 삶이 긴

장된 전투의 연속이었음을 보여준다. 그런데 에드워드 사이드는 아라파트가 서른여섯 살 연하의 여성과 결혼하자 이에 실망해 팔레스타인 평의회를 탈퇴했다. 아라파트는 프랑스 병원에서 죽어, 카이로에서 장례식을 치렀다. 예루살렘이 아닌 팔레스타인 자치 정부 청사가 있는 라말라Ramallah에 묻혔다. 그는 죽어서도 떠돌이 난민 신세를 피하지 못했다.

1994년 아라파트와 라빈Yitzhak Rabin, 1922~1995 이스라엘 수상, 페레스Shimon Peres, 1923~2016 이스라엘 외상에게 공동으로 노벨 평화상이 수여되었다. 스웨덴 한림원은 팔레스타인의 자치를 인정받았고 중동에 평화를 가져온 공로를 높이 평가했다. 어렵사리 성사된 오슬로 평화 협정을 잘 지키라고 격려하는 상이었다. 그런데 이스라엘의 한 극우파가 라빈 총리가 '바보짓'을 했다고 그를 암살했다. 2024년 현재 집권 중인 편협한 시온주의자인 네타냐후 총리는 팔레스타인에 매우 적대적이다. 오슬로 평화 협정이 이제 휴지 조각이 되었다. 한마디로 교착 국면이다.

10 한국과 영국의 역사적 만남

2023년은 한국과 영국이 통상 조약을 체결한 지 140년을 맞이하는 해이다. 한국은 1883년 영국과 통상 조약을 체결했다. 그해 11월 영국은 서울 정동의 한 여관을 200파운드에 매입했는데, 이것이 오늘날 영국 대사관 관저다. 선견지명에 소름이 돋는다. 서울 정동에는 한국 성공회 본부(교회)가 있고, 바로 옆에 영국 대사관이 있다. 마치 이곳이 서울 내 작은 영국령 같다. 영국 대사관은 가끔 사업가들에게 만남의 장으로 활용된다.

1882년(고종 19년) 6월 영국 측량선 플라잉피시호Flying Fish(날치)가 나가사키항에서 인천 제물포에 입항했다. 당시 제물포는 1883년부터 청나라·일본·러시아 3국의 조계지租界地(외국인의 거주 치외 법권 지역)가 되었다. 플라잉피시호의 승무원들이 선상 생활의 지루함을 달래기 위해 부두에서 공을 찼다. 한국에 축구를 전해준 시점이다. 그리고 독일계 영국인 콜린 벨Colin Bell이 2019년부터 대한민국 여자 축구 대표팀 감독을 맡고 있다.

거문도 사건

거문도 사건(1885년 3월 1일~1887년 2월 5일)은 고종 22년(1885년) 때 영국이 러시아의 조선 진출을 견제하기 위해 거문도를 불법 점령한 사건이다. 거문도는 전라남도 여수와 제주도 사이 위치한 섬으로 영국 동양 함대의 길목에 놓인 전략적 요충지였다. 1885년 3월 1일 영국 동양 함대 사령관 W. M. 도웰W. M. Dowell, 1825~1912 사령관은 영국 동양 함대 소속 군함 세 척을 거느리고 일본 나가사키항을 출발해 다음 날 거문도를 불법으로 점령했다. 러시아 해군 기지 블라디보스토크항을 공격하기 위한 명분을 내세웠다. 조선에서 부동항을 획득하려는 러시아에 대한 선제적 대처로서 효과가 있었다. 영국은 거문도를 발견자의 이름을 따서 해밀턴항Port Hamilton으로 불렀고, 점령지에 유니언 잭을 내걸었다. 소유권부터 확실히 확보하려는 영국 식민주의의 전형적인 방식이다.

한편 당시 러시아는 크리미아Crimea(크림Krym반도) 전쟁(1853~1856) 이후 침략의 방향을 아시아로 전환했다. 영국 외상 로즈버리Rosebery, Archibald Primrose, 1847~1929는 1886년 3월 다른 나라들이 거문도를 점령하지 않는다면 이 섬에서 철수할 의사가 있음을 밝혔다. 1887년 2월 5일 영국군은 거문도에서 완전히 철수했다. 영국의 주된 관심은, 러시아의 남하를 견제하는 것이었지 조선을 일본으로부터 보호해 주는 것이 결코 아니었다. 그리고 한 가지 놀라운 점은 영국이 거문도 불법 점령 당시에 군사적 목적으로 상해까지 1800km를 연결하는 해저 케이블submarine cable을 설치했다는 사실이다.

2024년 현재 영국은 러시아·우크라이나 전쟁에서 우크라이나를 지원한다. 크리미아반도는 러시아·우크라이나 양국이 흑해로 나가는 중요한 전략적 요충지다. 크리미아 전쟁 때 영국은 오스만 튀르크Osman Türk 제국을 괴롭히고 있던 러시아와 전쟁을 했다. 패배한 러시아의 위상이 떨어지고 영국의 독무대가 펼쳐졌다. 간호사 플로런스 나이팅게일Florence Nightingale, 1820~1910이 이 전쟁에서 활동했다. 그녀는 위생을 체계화했고 여성 참정권 옹호자들에게 영감을 주었다. 영국은 1856년 크리미아 전쟁 때 러시아 교회에서 세바스토폴Sevastopol 종을 약탈해 윈저성 내에서 지금도 사용 중이다. 2024년 러시아는 우크라이나를 지원하는 한국을 위협한다. 러시아가 북한과 군사적·외교적 협력 강화에 나선 것은 매우 우려스럽다. 이럴 때일수록 주변 강대국들과 균형 외교가 필요하다.

영일 동맹

1902년 체결된 영일 동맹Anglo-Japanese Alliance은 한국을 화나게 하는 동시에 영국을 믿을 수 없게 만든다. 1901년 일본은 만주에서 러시아의 단독 지배를 인정하지 않고, 제국주의 열강과의 협조하에 한국 지배뿐 아니라 중국 분할에도 참여했다. 일본과 영국은 교섭을 거쳐 1902년 1월 30일 영일 동맹을 체결했다. 그러자 이에 대항해 러시아가 3월 러시아·프랑스 공동 선언을 발표했다. 1904년 만주와 한반도에서 이권을 둘러싸고 일어난 러일 전쟁에서 일본이 승리했다. 곧이어 1905년 7월 일본의 총리 가쓰라 다로桂太郎, 1848~1913와 미국의 육군 장관 태프트W. H. Taft, 1857~1930는 "미국은 일본의 한국 지배를 인정한다"라는 내용의 비밀 협약을 맺었다. 8월 12일 일본은 한국 지배를 외교적으로 보장하는 제2차 영일 동맹을 체결했다. 영국은 자국 이익을 보호하기 위해 조선 편이 아닌 일본 편을 들었다. 즉, 일본의 한국 식민지화를 인정했다. 냉정한 국제 질서가 소름을 돋게 한다.

영국은 조선에 관심을 보였으나 병인양요(대원군의 천주교 탄압으로 고종 때 (1866) 프랑스 함대가 강화도를 침범한 사건)와 미국의 제너럴셔먼호SS General Sherman 사건(1866년 7월 25일 미합중국의 무장 상선 제너럴 셔먼호가 대동강을 거슬러 평양부까지 올라와 통상을 요구하며 대포를 쏘고 민간인을 살해하자, 조선군 부대가 배를 급습해 불태우고 선원들을 살해한 사건) 이야기를 듣고 조선에 관심을 접었다. 미국 단독으로 신미양요(조선 고종 8년(1871)에 미국 군함 다섯 척이 강화도 해협에 침입해 소동을 일으킨 사건)를 일으켰다. 당시 미국(미합중국)은 어재연 장군기(수자기)를 전리품으로 챙겨 갔다. 영국은 프랑스와 미국, 러시아와 일본의 각축장이 된 조선에 직접적으로 개입하지 않는 신중함을 보였다.

이제 조선을 관찰한 영국인들에 대해 알아보자. 1894년『조선과 그 이웃 나라들Korea and Her Neighbours』(1897)을 쓴 이사벨라 버드 비숍Isabella Bird Bishop, 1831~1904이 조선에 입국했다. 그녀는 영국의 지리학자로서 왕립지리학회 최초의 여성 회원이 되었다. 그녀는 3년 동안 조선과 중국을 자주 방문하면서 고종과 명성황후를 알현했다. 기행문『조선과 그 이웃 나라들』은 조선의 생활상을 서양인의 외눈박이 눈으로 부정적으로 관찰한 기행문이다. 지리 탐사와 수로 측량은 기본적으로 제국주의 학문이다. 지리와 수로 정보가 먼저 있어야 정복과 약탈을 할 수 있다. 곧이어 영국인 화가 엘리자베스 키스Elizabeth Keith, 1887~1956가 조선을 방문해 생활상을 긍정적으로 그렸다. 그녀는 조선인을 문명 교화의 대상으로 표현하지는 않고 따뜻한 시선으로 바라보았다.

1999년 4월 21일 엘리자베스 2세 여왕이 방한해 안동 하회 마을을 방문했다. 전통을 중시하는 영국이 한국의 전통을 중시한 결정이었다. 물론 이전에 1992년 11월 4일 영국 찰스 왕세자가 방한해 영국군 글로스터대대 추모비Gloucester Hill Battle Monument가 있는 파주 설마리를 방문했다. 2023년 8월 8일 세계잼버리대회에 참석한 영국 스카우트 대원들이 이곳을 다시 방문해 영국군의 숭고한 희생을 추모했다. 이것이 극동의 한국과 영국과의 역사적 만남이다.

한국 전쟁과 설마리 영국군 추모비
한국 전쟁 당시 영국은 8만 1084명의 군대를 파병했다(이 중 사망 1106

명, 포로 1060명이다). 이것은 미국 다음으로 큰 파병 규모였다. 영일 동맹을 맺었던 영국이 이번에는 극동의 한국 전쟁에 참전해 공산 세력으로부터 한국을 지켜주었다. 미국의 요청이 있었고, 민주주의 가치 수호라는 명분도 있었으며, 국익에 도움이 된다고 판단했기 때문이었다.

부산 유엔 묘지에는 900여 명의 영국군의 유해가 안치되어 있다. 1957년 임진강 유역인 파주군 적성면 설마리에 추모비를 세웠다. 설마리 전투(1951년 4월 22~25일) 혹은 임진강 전투Battle of the Imjin River는 중공군 3개 사단(약 4만 명)의 인해 전술을 저지하고자 235고지 주변에서 사흘간 벌어진 혈투다. 영국군 글로스터셔Gloucestershire 연대의 제1대대와 제170경 박격포 부대 장병들이 적군에게 완전히 포위된 상황에서 혈전을 벌였다. 625명 중 59명이 전사하고 526명이 포로가 되었다. 이들의 희생으로 중공군의 기세가 꺾였다. 유엔군은 후퇴해 서울 북부에서 방어를 준비할 시간을 벌 수 있었다. 영국군에게 감사해야 할 일이다.

당시 전투 중 통신이 쉽지 않았다. 영국의 역사학자 피터 헤네시 경Lord Peter Hennessy에 따르면, 포위된 영국군은 미군에 곤란한 상황을 sticky(끈적끈적거리는)라고 말하며 포 지원 사격을 요청했다. 하지만 미군이 이 단어의 의미를 제대로 모르고 제때 포격 지원을 하지 못했다. 영국식 영어 sticky는 '위태로운critical'이라는 의미였다. 참을성을 지닌 영국군이 곤란한 상황에 대한 과소 진술이 화근이 되었다.

영국인 저자 앤드루 새먼Andrew Salmon은 『마지막 한 발, 1951년, 임진 강에서 펼쳐진 영국의 대서사시To the Last Round: The Epic British Stand on the Imjin River, Korea』(2010)를 출간했다. 임진강 전투에 참전했던 영국군 병사 50명의 인터뷰로 재구성한 한국 전쟁 이야기다. 값진 기록이다.

한편 한국 전쟁 당시 장진호 전투에서 영하 20~35도의 혹한에 포위된 미 해병대는 공군에 포격 지원을 요청했다. 당시 암호명이 투시 롤Toosie Roll이었다. 그런데 미군이 박격포탄 아닌 전투 식량의 품목에 속하는 저렴한 캐러멜 사탕 상자를 투하했다. 어처구니가 없는 일이었다. 뜻밖에

미 해병대는 영하의 날씨에도 불구하고 열량을 공급해 생존할 수 있었다. 투시 롤이 일명 '구원 사탕'이 된 것은 대단한 역설이다.

설마리 추모 공원에 새겨진 문구다 — Their Name Lives For Evermore (당신을 영원히 기억하겠습니다). 우리에게 영국(인)은 무엇이었나. 이런 질문을 하게 된다. 현재 영국은 한국과 파트너십 구축을 모색한다. 한국의 위상이 달라졌다는 뜻이다. 한국 정부는 2014년 12월 3일 런던 빅토리아 임뱅크먼트 가든스Victoria Embankment Gardens에 한국 전쟁 추모비를 세웠다. 뾰족한 끝이 하늘로 향하는 오벨리스크obelisk를 반으로 자른 추모비 앞에 영국 군인이 철모들 들고, 장총을 메고, 우비를 걸치고, 고개를 숙이고 있는 청동상을 세웠다. 바닥에 "자유와 민주주의 수호에 감사합니다"라는 문구를 새겼다. 템스강에 있는 전함 HMS 벨파스트와 한국 전쟁 추모비는 한국과 영국 두 나라의 역사적 관계를 확인할 수 있는 증표다.

영국 문화원의 역할

영국 문화원British Council은 1934년에 독일 나치즘 확산을 저지할 선전 기관으로 출발했다. 런던에 본부가 있고 세계 100여 개국에 사무실과 문화원을 둔 비영리 단체다. 영국 문화원의 주된 기능으로는 영어 교육, 영국 유학 소개, 예술과 문화 교류 활동 주관 등을 꼽을 수 있다. 현재 영국 문화원은 어린이와 성인에 양질의 영어를 보급하고, 공인 영어 능력 시험인 아이엘츠IELTS를 주관하며, 양국의 예술과 문화 교류를 도모한다. 아이엘츠 시험은 영국에서 공부하러 가는 데 필요한 일종의 여권인 셈이다. 영국 문화원은 거시적 관점에서 양질의 영어 교육을 제공한다. 한국에서는 영어 교육 기관으로서 자리매김을 했다.

2019년 서울시립미술관은 영국 화가 데이비드 호크니 전시전이 개최했다. 배후에는 영국 문화원의 협조가 있었다. 폴 클레멘슨Paul Clementson 영국 문화원 원장에 따르면 향후 영국 문화원은 한국의 영어 교사 교육과 양국 대학 간 복수 학위 운영 등 역할을 확대한다고 한다. 영어와 교육은 한 인간의 삶을 결정한다. 따라서 그는 영국 문화원이 학습자에게 양질의 영어 교육과 정확한 교육 정보를 제공해 선택지를 넓혀주는 역할을 한다고 자부한다. 영국 문화원은 영국의 언어와 교육, 예술과 문화 전파의 첨병 역할을 한다.

한국의 세종학당, 중국의 공자학원, 독일의 괴테 인스티투트Goethe-Institut, 프랑스의 알리앙스 프랑세즈Alliance Française도 영국 문화원과 비슷한 역할을 한다. 140년의 전통을 지닌 알리앙스 프랑세즈는 비프랑스어권 외국인을 대상으로 프랑스어와 프랑스 문화 교육을 제공하며, 프랑스어 능력 국제 인증 시험인 델프DELF 등을 주관한다. 알리앙스 프랑세즈는 비프랑스권 '범연합체' 성격을 지니지만, 영국 문화원은 비영어권 범연합체 '협의체' 성격을 지닌다. 두 단어 alliance와 council 사이에 어감의 차이가 있다. 반면에 세종, 공자, 괴테는 각국의 핵심 인물의 인문 정신을 부각한다. 영국 대사관, 영국 문화원, 성공회 교회가 영국의 외교와 교육과 종교의 삼각형을 구성한다.

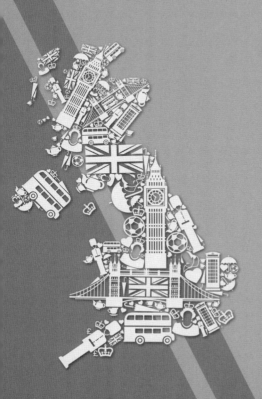

4장 | 창 創

문화 콘텐츠 강국
창조적 사고

1 영국식 교육의 특징

영국 초등학교는 '기본 다지기Back to Basics'를 강조한다. 핵심 영역인 3Rs, 즉 읽기Reading, 쓰기Writing, 셈하기Arithmetic를 강조한다. 교과 과정의 기본 틀은 있으나 정해진 교재와 참고서가 없다. 창의성과 자유로움을 추구하기 위해서다. 교육을 의미하는 education의 동사 educare는 재능을 '끄집어내다to lead out'라는 뜻이다. 개인을 생각의 주체로 만든다. 주입식 교육이 아니다. 잠자는 교육을 상상할 수 없다.

영국 학교에서 객관식 유형의 문제집과 시험이 거의 존재하지 않는다. 그 이유는 객관식 문제가 학습자의 유연한 사고 가능성을 제한하기 때문이다. 담임 교사가 통합 교과와 수준별 방식을 병행해 학습 활동을 지도하고, 다양한 방식으로 학업을 평가한다. 예를 들어, 헨리 8세 시대 햄프턴 코트에서 그리니치까지 템스강의 길이를 측정하는 방안을 함께 모색한다. 직선이 아닌 굽은 강의 길이를 측정하기란 쉽지 않다. 강의 중심선을 따라 실을 풀어 길이를 측정한 다음 지도의 배율을 적용해 실제 길이를 산출한다. 이렇게 역사와 수학을 통합해 교육한다. 소통과 협업을 통해 서열과 경쟁을 탈피한다.

이런 점에서 한국은 객관식 평가 방식을 탈피해야 한다. 예를 들면, 한국의 대학 수학 능력 시험(수능)은 저비용으로 등수를 정하는 효율적인 선발 방식이지만 문제가 많다. 반면에 영국의 대입 학력고사A-level, Advanced Level는 세 과목을 준비한다. 학생의 적성을 고려한 평가 방식이다. 그리고 프랑스 대학 입학 자격시험인 바칼로레아baccalauréat에서는 논술과 철학이 필수다. 하지만 한국의 오래된 전통인 수능은 오지선다형 방식이다. 전인 교육과 창조 교육과 거리가 멀다.

한국의 초등학교 운동회 행사를 보면 단골 메뉴가 달리기다. 1등, 2등, 3등 도장을 팔목에 찍고 학용품을 상품으로 준다. 등외는 상품이 없다. 이러한 서열화는 차별과 열등감을 조장한다. 반면 영국 초등학교는 교사와 학부모가 협업한다. 예를 들면 아이의 독서 일지와 일기장에 교사와 부모가 학습 진행 상태와 의견을 기록하는 방식으로 소통한다. 교사의 권위가 올라가고 학부모는 아이의 지적 성장 과정을 파악할 수 있다. 학년말 평가 보고서는 평균 서너 장 분량이다. 교사가 다양한 평가와 세밀한 관찰을 바탕으로 보고서를 작성한다. 개개인의 장단점이 드러나서 인재를 조기에 발견할 수 있다.

영국의 학제

연령대로 살펴보자. 첫째, 취학 전 아동 교육pre-school 또는 nursery은 5세 미만을 대상으로 2년간 진행된다. 1816년에 방직 공장의 자녀들을 5세 이전에 의무적으로 교육한 것이 출발점이다. 둘째, 초등 교육primary school은 5~7세를 대상으로 한다. 초등학교 준비반reception class을 운영하는 학교도 있다. 셋째, 중등 교육secondary school은 11~16세를 대상으로 5년간 진행된다. 14~16세 학생들은 중등 졸업 시험GCSE을 치른다. 사립 학교 (퍼블릭 스쿨)와 공립 학교(그래머 스쿨) 두 개의 트랙이 있다. 사립 학교를 퍼블릭 스쿨로 부르게 된 것은, 개인 교습이 아닌 일정한 공공장소에 모아 교육했기 때문이다. 공립 학교인 그래머 스쿨grammar school(라틴어 문법과 통사 구조 및 문학을 배우기에 붙여진 이름)은 일레븐 플러스eleven plus 시험으로 학생을 선발해 학문적인 교과목을 가르친다. 서너 개 과목을 골라 2년 동안 영국의 대입 학력고사인 에이레벨 시험을 준비한다. 사립 학교인 퍼블릭 스쿨에서는 과거 라틴어와 희랍어로 된 고전을 가르쳤다. 고전 소양을 습득하는 것이 교육의 핵심을 구성했다. 대학 입학시험의 경우 옥스퍼드와 케임브리지 대학은 심층 면접을 3회 진행한다(매회 1시간 정도). 면접 점수의 비중이 높다. 영국의 대학 진학률은 약 60%다.

넷째, 고등 교육은 대학(원) 과정이다. 학부(3년)＋석사(1년)＋박사(3년) 기본 틀을 유지한다. 대학 진학 전에 갭이어를 활용할 수 있다. 1960년 영국에서 처음 시작된 갭이어는 고등학교를 졸업한 뒤 대학에 진학하지 않고 다양한 활동을 경험하는 기간을 말한다. 석사는 수업 과정MA과 연구 과정MPhil으로 나뉜다. 박사 학위PhD를 수여하는 기준은 독창성이다. 즉, 다른 사람이 연구하지 않은 영역을 개척해야 한다.

1960년대 '붉은 벽돌'로 지은 신생 민립 대학, 일명 '레드브릭 대학 Redbrick University'이 생겨났다. 역사가 짧아서 담장이 덩굴ivy로 덮일 겨를이 없다. 엘리트 대학과는 달리 산업 자본가들이 출자를 통해 지방 도시에 설립한 대학이다. 예를 들면, 셰필드 대학University of Sheffield은 1879년 철강 산업가에 의해 설립되었다. 대학의 학기는 3학기term, 즉 10~12월 미카엘마스Michaelmas(대천사 미카엘의 축일인 9월 29일 시작), 1월 중순~3월 렌트Lent(사순절), 4~6월 이스터Easter(부활절) 학기로 운영된다. 방학은 3개월로 길다. 한 학기는 8주로 구성된다.

역사 교육

영국 박물관에서 볼거리 중 하나는 엘긴마블스Elgin marbles다. 이것은 파르테논 신전의 장식 돌을 뜯어 온 것이다. 약탈인가 적법한 구매인가를 둘러싼 논쟁이 그칠 줄을 모른다. '엘기니즘Elginism'은 문화재 약탈행위를 의미한다. 반면 '엘긴의 변명Elgin Excuse'은 문화재 약탈의 합리화를 뜻한다. 엘긴마블스 반환을 요구하는 그리스와 영국 간 분쟁이 진행 중이다. 과연 어떤 해법이 있는지, 역사 교육을 어떻게 해야 하는지 이런 질문을 밀고 나가보자.

문제의 발단은 영국인 외교관이자 수집가인 엘긴 경Lord Elgin이었다. 토머스 브루스Thomas Bruce, 1766~1841는 제7대 엘긴 백작이었다. 그는 부서진 파르테논 신전의 '프리즈'(띠 부조)를 영국으로 밀반출했다. 나중에 영국 박물관이 1816년 3만 5000파운드에 이 작품을 구매했다. 엘긴마블스는 17개의 환조와 15개의 메토프metope(사각형의 부조 장식), 75m 길이의 프리즈로 구성되어 있다. 2023년 영국 박물관 신탁 위원회의 조지 오스번 George Osborne 의장은 "일정 기간은 그리스에서 조각들〔엘긴마블스〕을 전시하는 방안을 찾으려 한다"라고 말했다. 그 대신 "그리스가 답례로 영국 박물관에 황금 마스크 등을 대여하는 형식으로 전시하는 방안을 찾고 있다"라고 말했다. 따라서 조만간 엘긴마블스를 둘러싼 논쟁이 해결될 전망이다.

영국 박물관은 세계 박물관 순위 6위로 642만 점을 소장하고 있다(1위는 베이징北京 중국 국립박물관으로 755만 점을 소장하고 있다). 사실 영국 박물관의 상당수 소장품은 부당하게 얻은 국제적 장물이다(영국 박물관의 람세스 2세Ramses II 석상과 템스 강변 오벨리스크는 나폴레옹을 이긴 영국의 해군이 전리품으로 가져왔다). 제국주의는 문화재 약탈의 흑역사였다라고 해도 과언이 아니다.

그렇다면 영국에서 역사 교육이 어떻게 진행될까. 교사는 학생이 그리스인의 입장이 되어 영국 정부에 엘긴마블스 반환을 요구하는, 이른바 엘긴의 변명을 반박하는 편지를 쓰도록 교육한다. 역사에서 이집트 편을 다룰 때 교사는 학생들에게 황금 마스크를 그려 보게 하고 상형 문자를 익히도록 한다. 이처럼 역사 교육은 공로와 과실을 모두 살펴야 한다. 이런 점에서 일본의 역사 왜곡은 매우 유감이다.

사립 학교와 튜토리얼

이튼 칼리지Eton College는 남학생만 입학하는 명문 사립 중등학교다. '귀족 학교'이며 '엘리트의 산실'이다. "독립적 사고, 배움, 연구"를 강조한다. 물론 부정적인 이미지도 따라다닌다. 수도원 같은 공간이 '동성애의 온상'이 된다. 학생들은 폐쇄적 공간에서 정서적 결핍을 지니며 자란다. 아직도 검정 가운을 입고 수업을 받으며, 식사 때 라틴어로 기도하는 전통을 고수한다. 시대착오적이다.

그런데 사립 학교를 왜 퍼블릭 스쿨로 부를까. 입학 시험이 없는 공립학교는 스테이트 스쿨state school이라고도 부른다. 과거 귀족이나 부유층 자제들이 가정 교사를 통해 개별 학습private tutoring을 받았다. 그런데 젠트리gentry 자제들을 한곳에 모아 공부시킨다는 의미에서 퍼블릭이라는 용어를 사용하면서 퍼블릭 스쿨로 불리게 되었다. 대표적 퍼블릭 스쿨은 윈체스터Winchester (1382), 이튼(1440), 해로Harrow(1751)가 있다. 해외 식민지 건설 시기에 영국의 부모들은 자녀를 기숙형 퍼블릭 스쿨에 맡기고 해외에서 근무했다. 퍼블릭 스쿨 졸업생들은 엘리트로서 지배 계급을 형성하고, 제국주의자로 성장했다. 그러니까 퍼블릭 스쿨 졸업생은 "부모를 잘 만나 일반인과는 다른 교육과 문화를 받은 사람"으로 이해된다(김인성, 2002: 130). 같은 부류하고만 섞여 지내는 치명적인 한계를 지닌다는 뜻이다. 다만 이튼 칼리지 출신으로 탈계급자가 된 조지 오웰은 예외다.

옥스퍼드 대학과 케임브리지 대학은 '튜토리얼tutorial'(개인 교습) 제도를 시행한다. 교수 연구실에서 진행되는 개별 맞춤형 학습 방식이다. 튜터는 학생이 생각과 관심사를 심화하고 확장할 수 있도록 지도한다. 학생은 많이 읽고, 생각하고, 글을 써야 하는 부담을 갖는다. 학생은 발표력과 표현력, 논리적 전개, 논박의 기술 등을 종합적으로 훈련할 수 있다. 평균 일주일에 한 편의 에세이를 작성한다. 하지만 튜토리얼 제도는 효율은 높으나 비용이 많이 든다. 옥스퍼드 대학의 경우 등록금 의존율은 18%, 대학 재정과 기부금 의존율이 82% 정도다.

2 스토리텔링의 힘

매트 타임

영국 초등학교 교실 풍경이 인상적이다. 교실 바닥에 매트를 깔았다. 걸음을 걷는 소리가 들리지 않는다. 학생들이 빙 둘러앉아서 이야기를 나눈다. 이것이 이른바 '매트 타임mat time'이다. 교사는 황당한 이야기라도 참을성 있게 끝까지 들어준다. 아이들은 "I think…"(제 생각에는…)로 시작하는 문장을 사용해 생각을 당당하게 표현한다. "입 다물어"를 강요받지 않고, 인격체로 존중을 받는다. 이런 편안한 분위기에 생각의 실타래를 풀어놓을 수 있다. 공간이 의식을 지배한다는 말을 실감한다.

조회assembly 장면도 인상적이다. 조회는 운동장이 아닌 강당에서 진행된다. 그리고 각 반은 한 학기에 한 번씩 조회 시간에 발표회나 연극 공연을 한다. 15분 정도의 짧은 공연 경험을 통해 아이들은 무대에 서는 경험을 한다. 편안한 분위기를 만들면 아이들이 심리적으로 위축당하지 않는다. 주체성agency, 즉 자기 삶의 주체로서 행동하고 경험하는 것이 중요하다. 이 개념은 행위뿐만 아니라 감정의 주체성을 포함한다. 그리고 스토리텔링은 기본 다지기 교육의 중핵을 이룬다. 전교생이 생일 축하 노래를 부르기도 한다. 자신이 외톨이가 아니라 공동체의 일원이라는 점을 확인한다. 영국이 스토리텔링 강국임을 보여주는 몇 가지 예를 살펴보자.

〈텔레토비〉의 창의성

〈텔레토비Teletubbies〉는 ≪비비시≫가 1997년 3월에 제작해 2001년까지 텔레비전에서 방영된 25분짜리 어린이용 프로그램이다. 국내에서는 1998년 10월부터 2005년 4월까지 방영되었다. '텔레토비'(television과 babyism의 합성어)는 몇 가지 점에서 주목을 요한다.

첫째, 어린이의 지적 수준을 고려해 언어와 율동, 색감을 선택했다. 유아 교육 전문가들과 함께 수년간에 걸친 연구 조사를 거쳐, 듣고 말하는 능력이 완전치 못한 2~5세 어린이들의 눈높이에 맞췄다. 예를 들면, "에오!eh-oh!"라고 말해 인사를 하거나 주의를 끈다. 웃거나 서로 꼭 껴안는 포옹hug 장면도 많다.

둘째, 네 명 캐릭터의 옷 색상과 피부색이 모두 다르다. 키가 큰 팅키윙키Tinky Winky(보라돌이), 딥시Dipsy(뚜비), 라라Laa-Laa(나나), 가장 어린 뽀Po가 등장한다. 팅키윙키는 보라, 딥시는 초록, 라라는 노랑, 뽀는 빨강으로 구분된다. 강렬한 색은 어린아이의 시선을 사로잡는다. 라라만

성별이 여자다. 피부색을 기준으로 딥시는 갈색이고, 뽀는 흰색이며, 라라는 주황색이다. 그리고 인종 차별을 하지 않으려고 얼굴색으로 다인종을 제시했다. 전 세계 시장에 무난하게 진출한 비결이다.

이 프로그램의 창의성에 주목할 필요가 있다. 텔레토비는 원숭이가 배에 네모진 텔레비전을 달고 머리에 송수신용 안테나를 한 모습이다. 즉, 인간이 원숭이에서 기술 시대로 진화해 온 과정을 함축한다. 그리고 둥근 덮개의 돔에서 지내며 푸른 언덕(텔레토비 랜드)에서 논다. 동산에 토끼가 뛰고, 꽃이 피며, 바람개비가 돌고, 태양이 미소를 짓는다. 공상과 현실이, 자연과 과학(기술)이 공존한다. 이제 텔레토비가 인공 지능AI 로봇으로 다시 만들어질 때가 도래할 것 같은 기시감이 든다. 설령 그렇다고 해도 로봇 버전은 서로 포옹하는 텔레토비처럼 사람 냄새를 풍기지는 못할 것 같다.

〈토마스와 친구들〉

기차를 사람 얼굴을 한 캐릭터로 만든다는 것은 기발한 생각이다. 제임스 와트James Watt, 1736~1819가 증기 기관을 발명해 산업 혁명을 주도한 영국은 기차와 역을 소재로 한 이야기책과 애니메이션이 많다. 대표적인 것이 〈토마스와 친구들Thomas & Friends〉(1945)이다. 원작자인 윌버트 오드리Wilbert Awdry, 1911~1997 성공회 신부는 증기 기관차의 여러 돌발 사고와 복구 과정을 이야기와 그림으로 창작해 냈다. 신부神父가 이야기꾼이 된 것은 다소 의외다. 그는 어린 시절을 윌트셔Wiltshire 지역의 복스Box 마을에서 보냈다. 그는 밤마다 근처 대서부철도GWR 기찻길에서 기관차 소리를 들으며 자랐다. 그런데 1943년 아들이 홍역에 걸려 집에서 격리 중이었을 때 그는 아들을 위해 기관차 이야기를 들려주기 시작했다. 그는 각각의 기관차에 인성을 부여해서 이야기를 만들었다(그림 삽화는 레지널드 달비Reginald Dalby, 1904~1983가 맡았다). 칙칙폭폭 소리를 내는 기차 엔진으로 토마스(청색), 고든(청색), 제임스(빨간색), 에드워드(청색), 헨리

(녹색), 터비(트램 엔진) 등의 캐릭터를 등장시켜 모두 26편의 이야기를 만들었다. 〈토마스와 친구들〉 시리즈는 1984년 10월 텔레비전에 방영되면서 인기를 끌었다. 관련 장난감도 불티나듯 팔렸으며, 전 세계 시장으로 진출했다. 스토리텔링이 황금알을 낳는 거위가 되었다. 기차(과학), 이야기(문학), 돈벌이(상업)가 한데 어우러진 결과다.

존 버닝엄의 『야, 우리 기차에서 내려!』

스토리텔링에도 문법이 있다. 버닝엄John Burningham, 1936~2019의 책을 예로 들어보자. 그는 1937년 영국에서 태어나 열 살 때 대안 학교인 서머힐Summerhill School을 다녔다. 이곳에서 그는 자유롭게 생각할 수 있었다. 그는 "자신의 정신 연령이 다섯 살에 멈춘 것 같다"라고 말했다. 덕분에 그는 아이들의 눈높이에서 세상을 보고 글을 썼다. 아내 헬렌 옥슨버리Helen Oxenbury가 그의 그림책에 삽화를 그렸다. 버닝엄은 아이들이 공감할 수 있는 이야기(예를 들면, 환경 보호)를 자연스럽게 이야기로 풀어냈다. 아이들이 좋아하는 기차와 동물을 등장시키고, 똑같은 문장 구조를 반복하고 변주하며, 리듬감을 살려 이야기를 구성했다(강혜경, 2022: 53).

『야, 우리 기차에서 내려! Oi! Get off Our Train』(1963)를 예로 들어보자. 먼저 이야기의 기본 골격을 살펴보자. 늦게까지 장난감 기차를 가지고 놀던 소년이 잠자리에 들어 꿈속에서 기차 여행을 한다. 기차를 세워두고 강아지와 함께 놀고 있는데 코끼리가 나타나 기차에 오른다. 그러자 소년과 강아지가 외친다 — "야, 우리 기차에서 내려!" 코끼리는 기차에 타야 하는 사연(사람들이 상아를 약탈해서 살 수가 없다고 사정을 호소함)을 늘어놓는다. 결국 소년은 코끼리를 기차에 태운다. 여행하다가 더운 곳을 지날 때 함께 수영한다. 이번에는 물개가 기차에 타려고 하자 소년과 강아지와 코끼리가 다 함께 외친다 — "야, 우리 기차에서 내려!" 물개는 기차에 타야 하는 사연(사람들이 물을 더럽히고 물고기를 많이 잡아가서 더 이상 바다에서 살 수 없다고 호소함)을 늘어놓는다. 소년은 물개를 기차에 태운다.

그리고 바람 좋은 곳에서 함께 연鳶을 날리며 논다. 여행을 계속하면서 다양한 동물을 만나 각각의 사연을 들은 후 이들을 기차에 태운다. 새로운 동물과 장소와 놀이가 연속으로 등장해 독자의 호기심을 지속한다.

이런 방식으로 버닝엄은 인간과 동물이 환경과 공존하는 세상을 펼쳐 보인다. 재미와 교훈, 시각적·청각적 즐거움을 준다. 시각적 삽화는 상상의 날개를 달아준다. 그리고 언어 습득은 청각을 통해 이루어진다. 듣기의 '능동성selectivity'에 주목해야 한다. 어린이책은 상상력을 유발하며, 눈과 귀를 자극한다는 점에서 영어 학습에 좋은 벗이다. 자연스럽게 영어를 배우는 방법을 권한다.

3 창작 방식

브론테 자매들의 창작 방식

브론테 자매들The Brontë sisters이 살았던 영국 웨스트요크셔주 하워스 Haworth, West Yorkshire에 있는 목사관은 창작의 산실이다. 세 자매는 고독과 질병 속에서 창작했고 명작 소설을 남겼다. 외부와 단절된 채 창작에 몰입했고, 서로의 작품을 읽어주고 격려했으며, 각자의 소설을 출판했다. 1847년 한 해에 샬럿은 『제인 에어Jane Eyre』, 에밀리는 『폭풍의 언덕』, 그리고 앤Anne Brontë, 1820~1855은 『애그니스 그레이Agnes Grey』를 출간했다. 자매들의 협업이 서로에게 큰 힘이 되어주었다. 낮에 책상과 탁자와 침대에서 글을 쓰고, 밤 9시면 거실에 모여 피드백을 주고받았다. 그런 다음 늦은 밤까지 각자의 방에서 원고를 다듬었다. 세 자매의 글쓰기 고역苦役과 필명筆名 출판은 빠름과 편리함과 인맥을 추구하는 현대인들에게 경종을 울린다. 창작에서 몰입과 협업이 무엇보다 중요하다.

셰익스피어의 성공 비결

윌리엄 셰익스피어는 영국의 뛰어난 문학가이다. 이름만 보면, shake +spear(e)는 '창을 흔들다'라는 뜻으로 직업이 기사騎士 같다. 그는 영어와 시 문학의 품격을 한껏 높였다. 이 장갑 제조업자 아들은 그래머 스쿨을 다녔다. 그 후 1599년 개관한 런던 '글로브 극장'에서 극작가로서 부와 명성을 얻었다. 주옥같은 희곡과 소네트를 썼다. 14행의 시, 소네트에서 그의 재능이 빛났다. 그를 언어의 연금술사, 감정의 백만장자로 부르는 것이 놀랍지 않다. 하지만 그의 위대성과 천재성을 의심하는 시각도 존재한다. 세 가지 중요한 질문을 제기할 수 있다. 첫째, 그가 약 2만 1000개의 어휘를 구사할 수 있었던 비결은. 둘째, 그가 극작가로서 성공할 수 있었던 비결은. 셋째, 그가 수많은 작품을 생산해 낸 비결은. 순서별로 대답해 보자.

첫째, 15세기부터 17세기에 이르는 대항해 시대에 영어의 어휘가 급속도로 팽창했다. 멜빈 브래그는 영어의 가장 교묘하고 무자비한 특성으로 "다른 언어들을 흡수하는 능력"을 꼽는다(브래그, 2019: 20). 셰익스피어가 독창적으로 어휘를 만든 것이 아니라는 의미다.

다음으로 셰익스피어는 재미없는 종교극과 신비극에서 탈피해 대중이 즐길 수 있는 대중적인 연극을 상연했다. 당시 청교도인들은 연극을 '악마의 짓'으로 비난했다. 더구나 1658년 권력을 장악한 크롬웰은 연극 공연을 탄압했다. 다행히 왕정복고로 연극 문화가 부활했다(하지만 당시에는 남성만이 무대 위에서 연기를 할 수 있었다). 셰익스피어는 대중적 연극이라는 새로운 플랫폼을 발명해 성공했다. 오늘날 시각에서 보면 기업가 정신의 발현이었다.

마지막으로 셰익스피어의 대본은 개인의 산물이 아니었다. 공연을 거듭하면서 협업을 통해 개작했다. 또한, 그는 그리스와 로마의 위인들을 다룬 『플루타크 영웅전Plutarch's Lives』을 토대로 비극 『줄리어스 시저 Julius Caesar』(1599) 대본을 완성했다. 셰익스피어가 독보적인 천재가 아니라는 뜻이다. 그는 시대를 잘 만나 협업을 통해 창의성을 발현했다.

토머스 칼라일Thomas Carlyle, 1795~1881은 『영웅숭배론On Heroes, Hero-Worship and the Heroic in History』(1841)에서 "셰익스피어를 인도와도 바꾸지 않겠다"(Carlyle, 1966: 113)고 말해 인도에 굴욕을 안겼다. 실제 원문은 "(영국은) 인도를 언젠가 잃을 것이지만 셰익스피어는 사라지지 않는다"로 자국 문학의 영원성을 강조한 표현이다. 셰익스피어를 독보적인 천재로 너무 미화하지 말자.

베스트셀러 작가, 조앤 롤링

어린이 문학 작가인 조앤 롤링은 비틀스The Beatles 이후로 많은 외화를 벌어들인 베스트셀러 작가다. 그녀는 엑서터 대학교University of Exeter에서 불문학과 고전학을 전공했다. 2008년도 하버드 대학Harvard University 졸업식 축사에서 그녀는 인문학의 장점인 상상력의 힘을 강조했다. 이 자리에서 그녀는 상상력을, 타인의 고통을 내 것으로 삼는 감정 이입empathy의 능력으로, 부당함에 맞서는 힘으로 확장했다. "문송합니다"(취업이 잘 안 되는 문과 출신이라서 죄송하다는 뜻) 시대에 용기를 주는 말이다. 차가운 논리(과학) 못지않게 상상의 힘(판타지)과 따뜻한 가슴(인문학)이 필요하다.

롤링은 1990년 여름, 맨체스터에서 런던으로 향하는 4시간 동안 지연된 열차 안에서 마법 학교에 다니는 소년 해리 포터와 론Ron, 헤르미온느Hermione 세 명의 인물을 구상했다. 기차 속 권태로움이 상상력에 날개를 달아준 셈이다. 해리는 열한 살 생일에 마법사라는 출생의 비밀을 알고 호그와트 마법 학교에 입학한다. 그런데 이 마법 학교는 귀족 학교(퍼블릭 스쿨)다. 마법의 능력을 지니지 못한 머글Muggle은 입학할 수 없다. 부모가 둘 다 머글이면 잡종Mudblood으로 취급당한다. 마법 학교는 순수 혈통주의와 엘리트주의가 팽배한 배타적 공간이라서 문제가 된다. 해리 포터가 비판받는 지점이다.

첫 작품 『해리 포터와 마법사의 돌Harry Potter and the Sorcerer's Stone』

(1997)이 출간 후 후속작인『해리 포터와 비밀의 방Harry Potter and the Chamber of Secrets』(1998),『해리 포터와 아즈카반의 죄수Harry Potter and the Prisoner of Azkaban』(1999),『해리 포터와 불의 잔Harry Potter and the Goblet of Fire』(2000)이 출간되었다. 해리 포터 시리즈가 베스트셀러가 되면서 롤링은 등단 5년 후 무일푼에서 갑부가 되었다. 해리 포터 시리즈는 대략 400만 부가 팔렸고 전 세계 60개 이상의 언어로 번역되었다.

부와 명예를 얻은 롤링이 끼친 또 다른 영향력을 살펴보자. 첫째, 해리 포터 시리즈는 전 세계의 문맹률 퇴치, 즉 문해력 증진에 이바지했다. 해리 포터 시리즈에는 약 1만 단어가 등장한다(참고로 셰익스피어는 약 2만 1000개 단어를 구사했다). 해리 포터 시리즈는 문맥 속에서 어휘력을 학습하는 데 매우 유용하다. 예를 들면, 클러치clutch(손으로 꽉 쥐다)와 그랩grab (손을 내밀어 잡다)의 뉘앙스 차이를 알 수 있다. 조앤 롤링은 현대판 셰익스피어로 불린다. 영국 문화원은 해리 포터 시리즈를 문화 외교의 아이템으로 활용한다. 영국이 문화 강국이라는 점을 널리 홍보한다. 영국은 해리 포터 보유국이다.

4 디자인 강국

영국이 즐겨 사용하는 표어가 Creative UK(창조적 영국) 혹은 Global UK(글로벌 영국)이다. 그만큼 창조성과 전 지구성을 강조한다. 1997년 토니 블레어 정부는 제조업을 탈피해 미래 경제를 이끌 창조 산업에 주목했다. 당시 내세운 표어가 Design or Resign(디자인을 못하면 그만두라!)이었다. 그리하여 혁신성과 창조성이 건축과 패션, 미술과 문학 분야에서 빛을 발했다. 본래 디자인design은 데생dessin(본뜨다)에서 유래했다. 디자인은 견고하면서 우아한 설계를 의미한다. 실용성과 내구성에 미학성을 추가했다.

영국의 대중교통과 관련된 디자인은 단순하고 명료하고 창의적이다. 몇 가지 예를 살펴보자. 1916년 에드워드 존스턴Edward Johnston, 1872~1944이 만든 지하철 로고 라운델은 둥근 터널을 지나는 직사각형 전동차를 단순화했다. 지역을 오가는 인터시티InterCity 기차는 선로를 오가는 화살표를, 그리고 영국 항공은 꼬리에 유니언 잭과 몸통에 새처럼 하늘을 날렵히 나는 매끈한 선을 빨강과 로열블루 색으로 새겼다. 심지어는 미니 자동차의 후방 등을 국기 유니언 잭을 양분해 만들었다. 유니언 잭은 자긍심의 표현인 동시에 애국주의 마케팅이다.

런던시는 칙칙한 회색 도시 런던을 밝게 하고 야간 경제를 활성화하기 위해 다양한 색채와 야간 조명을 사용하는, 일명 '일루미네이션 프로젝트'를 진행 중이다. 런던 중심부에 연필처럼 솟은 브리티시 텔레콤 타워 상단부를 보라색으로 채색해 전광판으로 사용한다〔코로나19 팬데믹 시기에 NHS 의료진을 격려하는 Clap for Carers(돌보는 사람들을 위한 박수) 문구가 등장했다〕. 템스강의 타워 브리지의 연결 철선은 밝은 하늘색으로, 웨스트민스터 브리지의 교각은 은은한 미라지그린 색으로 칠했다. 호그와트행 기차가 출발하는 킹스크로스King's Cross 기차역 내부 홀 천장은 보랏빛이다. 환상적인 분위기를 자아낸다. 마치 도심 속에 헤더 꽃밭 같다. 색상을 통해 사람들의 기운을 돋워준다는 점이 인상적이다.

이제 문화 콘텐츠 강국 영국의 대표적인 디자이너, 화가, 영화감독, 가수, 작가 들의 창의성에 대해 알아보자.

팝 아티스트, 줄리언 오피

한국의 일상생활 속 영국 예술의 흔적을 살펴보자. 먼저, 서울 동대문 플라자DDP다. 영국 국적의 자하 하디드Dame Zaha Hadid가 설계했고 2014년에 개관했다. 금속 외관에 동굴 같은 내부를 지닌 환상적인 이 건물은 곡선미와 기능성을 갖춘 혁신적 디자인의 표본이 되었다.

다음으로 2011년 서울역 맞은편 서울스퀘어(구대우빌딩)의 미디어 파사

드에는 줄리언 오피Julian Opie의 〈군중Crowd〉이 등장했다. 〈군중〉은 도시인의 익명성과 걷는 동작을 잘 보여준다. 평면을 액정 표시 장치LCD를 이용한 움직이는 그림, '렌티큘라lenticular'(양면이 볼록한)로 확대할 수 있다. 오피는 '떠다님drifting'(드리프팅) 혹은 '움직임'에 주목한다.

오피의 작업 방식을 알아보자. 그는 사진을 스캔한 다음 컴퓨터로 생략과 단순화 과정을 거친다. 일정한 두께의 선으로 표준화하고 더욱 단순화시켜 윤곽 안에 색을 다듬는 방식으로 작업한다. '픽토그램'처럼 동그라미와 선만으로 인체를 그린 후 경쾌한 색을 입힌다. 복제 생산도 가능하다. 이런 점에서 실용적이다. 오피는 2012년 런던 올림픽 기념우표를 디자인했다.

패션 디자이너, 알렉산더 매퀸

알렉산더 매퀸Alexander Lee McQueen, 1969~2010은 해골 스카프skull scarf 디자이너로 유명하다. 해골 스카프는 오토바이를 타는 사람을 위해 만든 품목이다. 검은 천에 하얀 해골을 빼곡히 그린 이 스카프는 '메멘토 모리Memento mori'(죽음을 기억하라는 뜻의 라틴어)를 떠올린다. 시크한 분위기를 자아내는 아이템이다.

매퀸은 죽음을 동경했고, 결국 죽음이 그를 빨아들였다. 『햄릿Hamlet』 속에 등장하는 해골이나 매퀸의 해골 스카프는 죽음을 소재로 인간의 유한성을 표현한다. 매퀸은 평범함을 거부하고 늘 새로운 것을 모색했다. 아이디어를 최대치까지 밀고 나가는 실험 정신과 열정과 대담성이 단연 도드라진다.

매퀸은 평범한 노동 계층의 아들에서 세계적 디자이너로 도약했다. 그는 1969년 런던의 남동부 루이셤Lewisham에서 태어나 이스트 엔드 스트랫퍼드East End Stratford에서 자랐다. 아버지의 직업은 택시 운전사였다. 열여섯 살 때 학교를 그만두고 어느 날 신문 광고를 보고 런던의 고급 양복점 거리인 새빌로Savile Row 양복점 앤더슨 앤 셰퍼드Anderson & Sheppard를 찾아가 재킷 만드는 법을 배우기 시작했다. 프랑스 최고급 패션 하우스 지방시 Givenchy가 20대 애송이인 그를 대표 디자이너로 영입했다. 그런데 승승 장구하던 그가 2010년 2월 11일 추운 겨울 자택에서 자살로 생을 마감했다. 당시 그의 나이는 40세였고 어머니가 죽고 열흘 뒤였다. 매퀸의 삶을 설명하는 데 우울증은 빼놓을 수 없다.

무엇이 매퀸을 죽음으로 내몰았을까. 우울증 외에도 직업과 연관된 정신적 압박감도 고려할 수 있다. 그는 경력의 정점에서 언제 자신이 추락할 수 있다는 생각에 늘 불안했다. 여기에 노동 계층 출신인 자신이 여성들을 위해 한 벌에 최소 1만 파운드 하는 옷을 만드는 일이 그를 혼란스럽게 했다. 더더욱 아이디어를 짜내고, 살인적인 일정을 소화하고, 혹독한 평가를 감내해야 했다. 이런 중압감이 그의 창작 혼을 자극하는 동시에 그를 죽음으로 재촉했다.

그라피티 화가, 뱅크시

우리 시대 가장 주목받는 '그라피티graffiti'(낙서) 화가는 뱅크시이다. 브리스톨Bristol 출신이고 익명으로 활동한다. 그는 어디든 출몰하고 재빨리 작업 후 사라진다. 그가 스텐실 기법stenciling(벽에 스프레이 페인트를 뿌려 그림을 그리는 방식)을 주로 사용하는 이유는 재빠르게 원하는 그림을 그린 후 빨리 도망칠 수 있기 때문이다. 영국에서 그라피티는 범법 행위다.

뱅크시는 1993년부터 이름을 알리기 시작했다. 최근 ≪비비시≫는 과거 2003년 방송 녹음테이프를 복원하면서 뱅크시 본명은 로버트 뱅크스 Robert Banks이며, 애칭이 로비Robbi라는 사실을 확인했다. 그의 전매특허는 날카롭게 찌르는 풍자다. 그는 스텐실 기법으로 그림을 제작한 후 메시지를 남긴다. 인상적인 작품으로는 길거리 담장에 오염된 눈雪을 먹는 아이들, 전쟁으로 폐허가 된 우크라이나 도시의 건물 잔해 속에서 체조하는 소녀, 유도 대련에서 푸틴Vladimir Putin을 패대기치는 소년, 쇼핑 카트를 미는 원시인, 분단 장벽 앞에서 이스라엘군에 꽃을 던지는 팔레스타인 시위대, 영국 의회를 점령한 침팬지들을 꼽을 수 있다. 그는 환경, 반전과 평화, 정치, 상업주의 등 첨예한 사회적 이슈를 가시화한다. 그에게 그라피티는 국가와 권력을 향한 일종의 앙갚음, 게릴라 전술이다. 다음은 뱅크시가 한 말이다 — "나는 다른 모든 사람처럼 그저 반체제주의자anti-Establishment가 되고 싶을 뿐이다". 예술이 정치와 분리될 수 없음을 확인할 수 있다.

국가 대표 디자이너, 폴 스미스

폴 스미스Paul Smith는 박지성이 속했던 맨체스터 유나이티드 FCManchester United FC 정장 슈트를 디자인했다. 영국 총리는 영국산 재규어Jaguar 차를 타고 폴 스미스 셔츠를 입는다는 말이 있다. 그는 2012년 런던 올림픽 개최를 축하하는 포스터도 제작했다. 이 정도면 영국의 국가 대표 디자이너로서 손색이 없다. 그의 시그니처는 색동 무늬를 모티프로 한 '멀티 스트라이프 패턴multi-stripe pattern'(줄무늬)이다. 노팅엄 출신의 스미스는 1997년 도쿄 모터쇼에 색동 무늬를 입힌 로버 미니Rover MINI를 출품했다.

스미스는 '클래식을 살짝 비트는classic with twist', 즉 전통을 현대식으로 해석하는 디자인 방식을 선호한다. 옷의 안쪽에 화사한 색상의 안감이나 보라색 단춧구멍을 만들었다.

스미스는 열여섯 살에 학업을 중단한 후 노팅엄 지역의 의류 매장에서 허드렛일을 시작했다. 본래 사이클링 운동선수였는데 열여덟 살 때 자동차 사고로 크게 다친 후 패션 디자이너의 길로 들어서게 되었다. 호기심이 많은 그는 모든 것에서 영감을 찾았다. 그가 한 말이다 — "세상의 모든 것에서 영감을 찾을 수 있어요! You can find inspiration in everything!" 전 세계를 다니며 수집한 다양한 천 쪼가리에서 실을 한 가닥씩 뽑아내 봉에다 실패 감듯이 두르다가 우연히 줄무늬 패턴을 발견했다고 한다. Paul Smith 브랜드 서체도 실을 부드럽게 풀어놓은 것 같다. 그는 2000

년 영국의 패션 산업에 이바지한 공로로 엘리자베스 2세로부터 기사 작위Sir를 받았다.

신형 이층 버스 디자이너, 토머스 헤더윅

토머스 헤더윅은 런던의 명물인 빨간색 이층 버스를 현대식으로 디자인한 장본인이다. 적어도 세 가지 면에서 자신의 이름을 확실하게 알렸다. 첫째, 1947년 처음 등장한 이층 버스(더블데커 혹은 루트 마스터)를 현대적으로 디자인했다. 둘째, 2010 상하이 엑스포 영국관British Pavilion, 〈씨앗의 성전Seed Cathedral〉을 설계했다. 셋째, 2023년 6월에 서울 한강의 '노들 예술섬 디자인 공모전'에 〈소리풍경Soundscape〉을 응모해 당선되었다. 자연 풍경과 음악이 조화를 이룬 휴식처를 만들겠다는 생각을 녹여낸 출품작이다. 그를 '영국의 다빈치da Vinci'로 부르는 것이 놀랍지 않다. 위에서 언급한 주요 디자인의 특징과 창의성에 대해 좀 더 자세히 알아보자.

첫째, 영국은 2012년 런던 올림픽을 앞두고 신형 이층 버스를 운행했다. 디젤을 사용하던 구형 이층 버스를 친환경 현대식 차량으로 새롭게 디자인했다. 버스의 외관 구조와 전통적인 빨강은 유지하되, 앞 검정 유리를 비대칭으로 배치하고 연료 효율성을 높였다. 전통과 현대를 잘 조화시켰다.

둘째, 〈씨앗의 성전〉은 환상적인 외관을 선사한다. 20m 높이의 구조물에 6만 개의 아크릴 촉수가 광섬유처럼 빛을 전달해 내부를 밝혀준다. 7.5m 길이의 막대 끝에 씨앗이 담겨 있다. 바람이 불면 씨앗이 머리카락처럼 부드럽게 움직여 역동적인 분위기를 자아낸다. 광섬유를 사용해 녹색 정원을 만드는 창의성이 단연 돋보인다. 런던 큐 왕립식물원Royal Botanic Gardens, Kew의 밀레니엄 종자種子 은행을 표현한 것으로 녹색(정원) 강국인 영국의 이미지를 잘 연출했다. 과학 기술과 생태 환경을 조화시킨 능력이 단연 돋보인다.

셋째, 최근 노들섬 디자인 당선작 〈소리풍경〉도 헤더윅 스튜디오의 작품이다. 그는 공간을 중시하는 자신을 '3차원적인 디자이너'로 정의한다. 1994년에 설립한 헤더윅 스튜디오가 디자인 프로젝트를 수행한다. 헤더윅은 창의적 아이디어로 세상을 놀라게 한다.

펑크의 여왕, 비비언 웨스트우드

비비언 웨스트우드Vivienne Westwood, 1941~2022는 패션계에서 저항의 아이콘으로 불린다. 영국 언론은 그녀를 '영국 패션계의 여왕', '펑크punk의 일인자', '살아 있는 국보'로 불렀다. 왜 그럴까. 웨스트우드의 삶과 패션은 인습을 거부하는 파격성을 지닌다. 파격성의 예를 들어보자. 그녀는 자신보다 스물여섯 살이 어린 연하의 남자와 결혼했다. 51세에 속이 훤히 들여다보이는 드레스를 입고 엘리자베스 2세 여왕을 알현했다. 스코틀랜드의 독립을 지지했다. 68세의 나이에도 붉은 곱슬머리와 익살스러운 표정을 지녔다. 짧은 속바지에 허벅지까지 올라오는 긴 부츠를 신었고, 블라우스 위에 브래지어는 걸쳤다. 염색한 머리와 찢은 옷으로 대변되는 펑크 패션은 '노이즈 마케팅'으로 비난을 받았다. 하지만 펑크 패션은 주류 문화에 대항하는 하위문화로 확실하게 자리매김했다.

웨스트우드는 패션을 정치적 메시지를 전하기 위한 선전 도구로 활용했다. 2009년 4월 2일 런던 시내에 약 4000명이 운집해 G20에 반대하는 시위를 벌였다. 당시 눈에 띄는 피켓 문구 중 하나가 "자본주의가 제대로 작동하지 않는다Capitalism Isn't Working"였다. 시위대는 임원들에게 막대한 성과급을 준 은행들을 비난하며 은행 창문을 깼다. 계급적 구조의 고착화로 인한 불평등에 문제를 제기했다. 당시 그녀는 알몸 수준으로 모습을 드러내어 변화를 촉구했다. 그래서 "레이디 고디바처럼 비비언 웨스트우드처럼Like Lady Godiva, like Vivien Westwood!"이라는 문구가 등장했다. 늙어서도 저항하는 삶이 아름답다는 생각이 든다.

더비셔Derbyshire에서 출생해 한동안 교사 생활을 했던 웨스트우드가 펑크의 선구자가 된 것은 반전이다. 제도권의 여왕ER II이 펑크 여왕의 가치와 존재감을 인정했다. 왕실은 그녀에게 1992년에 OBEOfficer of the Order of British Empire를, 2006년에 DBEDame Commander of the Order of the British Empire 훈장을 각각 수여했다. 전통과 혁신이 공존하는 영국 사회가 부럽다.

386세대 미술가, 마크 퀸

마크 퀸Marc Quinn은 실험적인 현대 시각 예술가이다. 그의 조각상 〈임신한 앨리슨 래퍼Alison Lapper Pregnant〉(2006)가 런던 트래펄가 광장의 네 번째 좌대the fourth plinth에서 2년(2005.9.15~2007.10.5) 넘도록 전시되어 이목을 끌었다. 임신한 지 8개월 된 선천성 장애를 지닌 임신부를 모델로 제작한 것이다. 완벽한 몸매의 모델이나 두 팔 없이 태어난 장애인의 임신은 장애인에 대한 편견을 바꾸는 데 이바지했다.

또한, 퀸은 자기 피 약 4L(8파인트)를 얼린 자신의 두상 〈셀프Self〉(1991)와 아이 태반으로 만든 갓난 아들 루카스Lucas의 두상 〈루카스〉(2001) 등 엽기적 작품을 만들어 미술계에 큰 반향을 일으켰다. 충격적이며 획기적인 작품을 만들어 전시회를 열었다. 이렇게 그는 삶과 죽음이라는 화두를 정면 돌파했다. 퀸은 데이미언 허스트Damien Hirst 등과 함께 영국의 386세대 미술가 그룹인 '젊은 영국 작가들yBa, young British artists'의 주역으로 꼽힌다.

실험 작가, 데이미언 허스트

데이미언 허스트는 실험 정신을 지닌 yBa에 속한다. 그는 그로테스크한 작품들을 주로 선보였다. 대표적인 예가 실제 사람의 해골에 다이아몬드를 빼곡히 붙인 〈신의 사랑을 위해For the Love of God〉(2007)와 죽은 상어를 포름알데히드(방부제)가 담긴 유리 상자 안에 넣어서 전시한 〈산자의 마음속에 있는 신체적 죽음의 불가능The Physical Impossibility of Death in the Mind of Someone Living〉(1991)이다. 죽음을 인정하고 싶지 않은 욕망을 엽기적이며 대담하게 표현했다. 상어 사체는 비싼 가격에 샀다고 한다.

yBa와 사치Saatchi의 후원

yBa는 런던 대학교 골드스미스 칼리지Goldsmiths, University of London에서 주로 활동했다. 미술사학자 겸 『서양미술사The Story of Art』(1950)의 저자인 언스트 곰브리치 경Sir Ernst Gombrich이 이 대학에서 교수로 재직했다. 데이미언 허스트는 영국 광고업자인 사치 & 사치 광고 회사Saatchi & Saatchi의 소유주인 찰스 사치Charles Saatchi의 후원을 받았다. 그는 1988년 런던의 재개발 지역인 도클랜드의 빈 창고를 얻어 소위 '프리즈Freeze'라는 전시를 열어 데뷔했다. 운이 좋게도 사치가 yBa의 작품들을 사들였다. 찰스 사치는 이 소장품으로 1997년 말에는 런던 로열 아카데미에서 '센세이션' 전을 열었다. 쌍방을 만족시키는 전략이었다.

yBa의 냉소주의는 1979년 영국의 경제 공황과 연관이 있다. 영국은 1976년 IMF 구제 금융(약 39억 달러)을 받았다. 신자유주의를 내세운 대처 정부의 개혁 탓에 예술가들이 보조금을 지원받기가 어려웠다. 이른바 '대처의 아이들', yBa 예술가들은 스스로 홍보해야 하는 '두 잇 유어 셀프Do It Yourself'(줄여서 DIY로 부르며, 스스로 알아서 하라는 뜻) 전시를 모색해야만 했다. 작품 속 냉소주의는 팍팍한 시대적 분위기를 잘 반영한다.

터너 프라이즈

재능 있는 젊은 예술가들은 재정 후원이 필요하다. 예술을 하려면 창작을 위한 작업 공간과 일정한 수입이 있어야 한다. 찰스 사치는 이들을 후원했고, 터너 프라이즈Turner Prize는 이들의 창작 의욕을 고취했다. 1984년 제정된 터너 프라이즈는 yBa를 대중에게 널리 홍보할 수 있었다. ≪텔레비전 채널 4 Channel 4 Television Corporation≫도 터너 프라이즈의 주요 후원 기관이 되어 토론이나 작가의 인터뷰 형식으로 젊은 예술가들의 인지도를 높였다. 사치는 구매한 작품 전시전을 열었다. 이렇게 선순환 구조를 만들었다. 젊은 예술가들을 고려하는 문화가 부럽다.

왕립예술대학 교육 방식

왕립예술대학RCA, Royal College of Art은 디자인 교육의 산실이다. 1837년 정부 디자인 학교Government School of Design라는 이름으로 출발해 1896년 지금의 교명으로 바뀌었다. 학교는 런던 사우스켄싱턴South Kensington의 조용한 주택가에 있다. 건물 바로 앞에 앨버트 홀과 하이드 파크Hyde Park 에 위치한다. 작은 건물 하나에 모든 과가 모여 있다. 그런데도 이 작은 공간에서 우수 디자이너와 예술가 들이 배출되었다. 그 비결이 무엇일까. 첫째, 창의적 사고력을 훈련한다. 둘째, 자료 조사를 많이 시킨다. 자신이 추구하는 예술에 대한 근거와 철학을 지니도록 돕는다. 셋째, 이론이 아닌 프로젝트 실행을 독려한다. 곧바로 비즈니스를 할 수 있을 정도로 학생들이 현장 경험을 쌓을 수 있게끔 한다. 넷째, 다양한 문화적 배경을 지닌 학생들과 교류하도록 한다. 다양성과 융합적 사고가 학생들을 창조적 인재로 만든다. 영국의 초등학교 교과 과정에 '디자인과 테크놀로지Design & Technology'를 필수 과목으로 편성했다는 점에도 주목할 필요가 있다.

5 문화 콘텐츠 산업 강국

뮤지션, 스팅

스팅Sting은 영국의 가수이자 작곡가이다. 스팅(벌침 따위로 '쏘다'라는 뜻) 은 예명藝名이고, 본명은 고든 섬너Godon Sumner다. 그는 1977년 결성된 밴드 더 폴리스The Police의 리드 보컬이었다. 딱정벌레 비틀스처럼 스팅도 곤충에서 이름을 따왔다. 그래서 친근하고 기억하기도 쉽다. 스팅이라는 이름은 벌의 줄무늬 패턴에서 영감을 받은 것이 아닌가 추측해 본다. 스팅은 뉴캐슬Newcastle의 노동 계층 출신이다. 어려서부터 뉴캐슬 축구팀을 응원했다. 뉴캐슬 팀의 유니폼은 흰색과 검은색 줄무늬 패턴을 새겼다. 이 셔츠 패턴이 벌의 줄무늬 패턴과 닮았다.

창작자는 사유의 힘을 지니지 못하면 존경받기가 어렵다. 여기서 사유의 힘이란 부조리한 현실에 맞서는 정치적 소신을 의미한다. 스팅은 예명에 걸맞게, 음악을 통해 전쟁과 폭력을 날카롭게 비판한다. 물론 다른 예술가들도 예술을 통해 부조리한 세상을 비판한다. 존 바에즈Joan Baez는 전쟁 중인 우크라이나 키이우Kyiv에서 「우리 승리하리라We Shall Overcome」를 부르며 힘을 보탠다. 낙서 화가인 뱅크시는 현실 정치의 문제점(예를 들면, 전쟁과 환경 오염과 자본주의 등)을 다루는 데 있어 가장 창조적이며 정치적이다. 조지 오웰은 "예술이 정치와 무관해야 한다는 의견 자체가 정치적 태도이다"(Orwell, 2004: 5)라고 일갈했다. 스팅은 현실 정치를 어떻게 '찌르는가'? 그의 대표곡 가사를 살펴보자.

「프래자일」

2001년 9월 11일 뉴욕 세계무역센터 테러로 쌍둥이 건물이 완전히 무너졌다. 당일 그는 「프래자일Fragile」(1987)을 부르는 것을 제외하고는 모든 공연을 취소했다. 그는 이 곡을 9·11 테러 비극의 희생자들을 위해 헌정했다. 인간은 폭력과 테러와 전쟁 앞에 '연약한' 존재다. 그는 후렴구인 "우리가 얼마나 연약한 존재인지 잊지 말기를"을 반복한다. 노래의 주제인 삶의 연약함이 이런 비극적 상황과 잘 맞물려서 전 세계에 큰 울림을 주었다. "계속해서 비는 내리고/ 별이 떨어뜨리는 눈물처럼/ 별이 떨어뜨리는 눈물처럼"이라는 가사는 듣는 이의 심금을 울렸다.

「프래자일」을 작곡한 배경을 알아보자. 1987년 4월 28일, 니카라과 북부의 수력 발전용 댐 건설 현장에서 한 미국인 엔지니어가 총에 맞아 죽었다. 28세의 미국 젊은이가 자신의 조국인 미국이 지원하는 니카라과 반군에 의해 살해당했다. 스팅은 이 비극을 애도 곡으로 만들었다. 그는 인간을 연약한 존재로 만드는 폭력과 테러를 비판했다. 그는 "폭력 사용은 소용이 없다"라고 넋두리를 한다. 이런 점에서 그는 사유하는 고독한 음악가다. 철학적 사유가 없는 예술이 공허하다.

「내 마음의 모양」

스팅의 「내 마음의 모양Shape of My Heart」(1993)은 사랑으로 인해 상심한 화자가 사랑의 여러 본질에 대해 사유하는 곡이다. 인간은 '상처를 입기 쉬운vulnerable' 존재다. 그래서 스스로 보호하기 위한 갑옷과 무기가 필요하다. "나는 스페이드가 군인의 칼이라는 것을 알아"라는 대사가 바로 이 점을 은유적으로 표현한 것이다. 또한 "난 너무 많은 얼굴을 한 사람이 아니야/ 내가 쓰는 가면은 하나야"라는 가사는 화자가 사랑에 모든 것을 거는 도박을 벌일 수 있음을 은유적으로 표현한 것이다. 이처럼 「내 마음의 모양」은 인간의 연약함과 사랑, 그리고 복합적인 감정의 결을 드러낸다.

영화감독, 크리스토퍼 놀런

크리스토퍼 놀런은 모두를 깜짝 놀라게 한 역량 있는 영화감독이다. 런던 대학UCL에서 영문학을 전공한 탓인지 영화 속에 다양한 문학 작품이 등장한다. 인류의 미래와 위기에 대해 사유하는 감독이다. 흥행에 성공한 그의 영화에 대해 살펴보자.

〈인터스텔라〉

영화 제목 〈인터스텔라Interstellar〉(2014)는 별과 별 사이, 항성과 항성 사이라는 뜻이다. 엄청나게 먼 거리를 의미하는 천문학 용어. 간단히 줄거리를 파악해 보자. 황사와 가뭄, 그리고 식량 부족으로 인류가 멸망 위기에 처한다. 더 늦기 전에 인류의 자손이 이어질 수 있도록 쿠퍼 Joseph Kooper 팀이 인간이 살 수 있는 새로운 행성을 찾아 나선다. 이들은 화성 탐사선 퍼시비어런스Perseverance를 타고 탐사선 이름에 걸맞게 꾸준히 일명 '나자로 프로젝트' 임무를 수행한다.

놀런 감독에게 영감을 준 깜짝 놀랄 만한 시가 바로 딜런 토머스Dylan Thomas의 「즐거운 밤을 쉬이 받아들이지 마시고Do not go gentle into that good night」(1951)이다. 이 시는 아버지의 임종을 앞두고 쓴 생명 시다. 아버지가 죽음과 치열하게 맞서 싸우길 바라는 아들의 마음을 잘 드러낸 시다. 시의 한 부분을 읽어보자 — "즐거운 밤을 쉬이 받아들이지 마시고/ 꺼져가는 불빛에 맞서 분노하고 또 분노하시길"(Arp, 1997: 336에서 재인용). 여기서 "꺼져가는 불빛"은 기후 변화로 인한 지구의 종말을 의미한다. 이 시는 죽음에 적극적으로 저항하라는 메시지를 전한다.

천문학자 브랜드 박사Professor Brand(마이클 케인Michael Caine 분)가 쿠퍼(매슈 매코너헤이Matthew McConaughey 분)를 우주에 보낼 때 이 시를 읽어준다. 지구의 종말에 순순히 굴복하지 말고 적극적으로 저항하라는 메시지를 전한다. 이렇게 SF 영화와 순수시가 만난다. 둘 다 상상력이 필요한 장르다.

〈덩케르크〉

놀런 감독의 〈덩케르크〉는 제2차 세계대전 당시 1940년 5월 26일부터 6월 4일 사이에 프랑스 됭케르크 해안에 고립된 약 33만 명의 영국군과 연합군을 구하기 위한 사상 최대의 철수 작전을 다룬다. 긴박감이 흐르는 영화다. 개개인의 생존을 위한 필사적인 노력을 화면에 생생하게 담았다. 해안에 고립된 상황에서 살아남아야 하는 군인들, 탈출을 돕기 위해 배를 몰고 됭케르크로 항해하는 민간인들, 스핏파이어를 타고 적의 전투기와 맞서는 조종사들의 노력이 합쳐져 철수 작전의 기적을 이룬다.

놀런 감독의 〈덩케르크〉 이전에 됭케르크 퇴각을 다룬 영화로는 조 라이트Joe Wright 감독의 〈어톤먼트Atonement〉(2007)가 있다. 마지막 장면에서 됭케르크에서 철수하는 압도적인 스펙터클이 등장한다. 스코틀랜드 노동 계층 출신의 제임스 매커보이James McAvoy가 로비 터너 역을, 키

라 나이틀리Keira Knight가 세실리아 탤리스 역을, 시얼샤 로넌Saoirse Ronan
이 브리오니 탤리스Briony Tallis 역을 각각 맡았다. 세실리아가 로비에게
하는 "기다릴게. 돌아와"(McEwan, 2003: 197)라는 말은 고통 속에서 그의
삶을 지탱시켜 준 '레종 데트르raison d'être', 즉 존재 이유였다.

〈오펜하이머〉

〈오펜하이머Oppenheimer〉(2023)는 이른바 '원자 폭탄의 아버지'로 불
리는 J. 로버트 오펜하이머J. Robert Oppenheimer, 1904~1967에 관한 이야기를
바탕으로 만든 영화다. 우크라이나와 러시아 간 전쟁이 핵전쟁으로 확산
할지 모른다는 불안감이 팽배한 시기에 개봉되었다. 핵으로 패전국이 된
일본에서는 좀 늦게 2024년 개봉이 확정되었다. 제2차 세계대전(1939~
1945) 중 천재 과학자 오펜하이머가 미국의 핵 개발을 위한 '맨해튼 프로
젝트'에 참여해 겪는 일을 연대기로 다뤘다. "나는 이제 죽음이요, 세상
의 파괴자가 되었다"라고 오펜하이머가 명징하게 인식하며 괴로워한다.
오펜하이머는 히틀러의 악에서 세상을 구하기 위해서 일명 '선한 사마리
아인'이 되어 핵폭탄을 만들었다. 하지만, 자신이 세상의 파괴자라는 두
려움에 사로잡힌다.

킹 크림슨King Crimson의 곡 「묘지명Epitaph」(1969)의 가사처럼, "아무도
규칙을 정하지 않는다면 지식은 치명적인 친구일 뿐이다". 핵 단추를 만
지작거리는 바보들이 인류의 운명을 결정짓는 것을 우려하는 묵시론적
비전을 전하는 곡이다. 마이클 온다체Michael Ondaatje의 소설 『잉글리시
페이션트The English Patient』(1996)에서 인도 출신의 공병, 킵Kip(키리팔 싱
Kirpal Singh)은 일본에 원자 폭탄(히로시마廣島에 '리틀보이Little boy', 나가사키에
'팻맨Fat man') 투하 소식을 접한 후 "새로운 전쟁, 문명의 죽음"(Ondaatje,
1992: 286)을 명징하게 인식한다. 그는 서구의 원자 폭탄 투하를 "서구의
지혜가 일으킨 전율"(284)로 간결하게 정리한다.

놀런 감독은 지구와 문명의 멸망을 재촉하는 가뭄과 전쟁과 핵무기 개

발 등 굵직한 인류의 현안을 영화의 주제로 삼는다는 점에서 사유하는 감독이다.

주디 덴치

주디 덴치Judi Dench는 위풍당당한 영국의 대표적 여배우다. 노스요크셔North Yorkshire 출신으로 퀘이커 교도다. 연극 무대에서 연기력을 쌓은 후 영화에서 배우로 성장했다. 하얀 머리, 허스키 목소리, 강렬한 눈빛, 상대방을 압도하는 카리스마가 압권이다. 이름과 연관된 영어 단어 denched는 최소한의 말로 누군가를 '때려눕히다'라는 뜻이다. 예를 들면, 상대방을 "selfish girl"(이기적인 여자)이라고 말해 제압하는 식이다. 현재 나이 87세인 그녀는 노화로 시력이 저하되어 대본을 읽거나 상대방의 얼굴을 분간할 수 없는 정도이나 여전히 열연 중이다. 그녀는 연극 공연은 단판 승부가 아니라 더 나은 연기가 가능하리라는 기대를 품게 한다고 말했다. 연극이 영화와 다른 점이다.

주디 덴치는 그간 여러 역을 소화했다. 1957년 9월 올드빅 극장The Old Vic에서 〈햄릿〉의 오필리아Ophelia 역으로 무대에 올랐다. 연극 〈맥베스Macbeth〉(1978)에서 레이디 맥베스, 영화 〈셰익스피어 인 러브Shakespeare in Love〉에서 엘리자베스 1세, 〈미세스 브라운Mrs Brown〉(1997)에서 빅토리아 여왕, 〈제인 에어〉(2011, 캐리 후쿠나가Cary Fukunaga 감독)에서 가정부 페어팩스 부인Mrs Fairfax, 〈오만과 편견Pride & Prejudice〉에서 공작 부인 레이디 캐서린 드 버그Lady Catherine de Bourgh, 〈아이리스Iris〉(2002)에서 알츠하이머 환자인 소설가 아이리스 머독Iris Murdoch, 1919~1999, 〈007 스카이폴Skyfall〉(2012)에서 해외정보국MI6의 수장 M 역할을 맡았다. 그녀는 자타가 공인하는 영국 최고의 여배우다.

〈미세스 브라운〉과 〈빅토리아 & 압둘〉

빅토리아 여왕의 삶을 다룬 두 편의 영화로는 〈미세스 브라운〉과 〈빅토리아 & 압둘Victoria & Abdul〉(2017)이 있다. 두 영화에서 주디 덴치가 빅토리아 여왕의 역을 맡았다. 빅토리아 여왕은 150cm 단신이었고 뚱보였으며 고집이 셌다. 남편 앨버트 공과 사별 후 그녀는 항상 검은색 상복을 입었다. 마부 존 브라운John Brown(빌리 코널리Billy Connolly 분)과의 우정 때문에 사람들이 여왕을 '미세스 브라운'으로 수군거려 붙여진 별명이다. 마부는 근접 거리에서 슬픔에 빠진 여왕을 보좌하면서 두터운 신임을 얻었다. 브라운은 1883년 폐렴으로 사망했다.

영화 〈빅토리아 & 압둘〉은 마부 브라운이 죽은 후 그의 자리를 대신한 인도 청년과 여왕과의 관계를 다룬다. 1887년 24세의 압둘 카림Abdul Karim(알리 파잘Ali Fazal 분)은 여왕의 재위 50주년 기념식에 참석하기 위해 금화 선물을 들고 영국에 도착한다. 그는 81세인 인도의 여황제를 모시면서 신임을 얻고 우정을 나눈다. 카림은 여왕의 '콩피당트confidant'(절친한 친구)이었다.

〈아이리스〉

〈아이리스〉는 옥스퍼드를 배경으로 영문학 교수이자 문학 비평가인 존 베일리John Bayley, 1864~1931와 소설가이자 철학가인 아이리스 머독 부부의 삶을 그린 영화다. 존 베일리 원작 『아이리스를 위한 비가Elegy for Iris』(1999)를 리처드 에어Richard Eyre 감독이 영화로 만들었다. 베일리와 머독 커플은 영국 최고 지성의 결합으로 많은 사람의 부러움을 샀다. 그런데 어느 날 아이리스가 집을 찾아오지 못하게 되고, 〈텔레토비〉를 보며 천진난만하게 미소를 짓는다. 머릿속에 안개가 가득 낀 것처럼 멍하고, 집중력이 떨어지는 증상, 즉 '브레인 포그brain fog' 현상으로 진행된다. 존의 억장이 무너진다. 알츠하이머 진단을 받은 아이리스는 죽음에 이른다. 영국 최고의 철학가이자 소설가인 그녀의 두뇌가 텅 비어간다. 그녀는 1999년 2월 특수 요양원에서 조용히 숨을 거두었다. 애잔하다. 남편이 하는 말이다 ─ "우린 진 거야. 망할 알츠하이머We're lost. Fucking

Alzheimer".

〈007 스카이폴〉

〈007 스카이폴〉에서 주디 덴치가 영국 비밀 정보국 수장을 의미하는 다부진 M 역을 맡는다. 거대한 적, 실바Silva의 공격으로 런던의 정보국이 파괴된다. M이 퇴출 위기에 놓인 순간, 죽음의 고비를 넘긴 제임스 본드James Bond(대니얼 크레이그Daniel Craig 분)가 나타난다. 의회 청문회에 출석한 M은 앨프리드 테니슨 경Sir Alfred Tennyson, 1809~1892의 시 「율리시스Ulysses」(1833)의 마지막 구절을 인용한다 ― "한결같은 영웅적 기백/ 세월과 운명에 의해 쇠약해졌지만/ 분투하고 추구하며 발견하고 굴하지 않겠다는 의지만은 강하다". 노쇠한 제국이 '영웅적 기백'과 진취성과 자존심을 선언하는 대목이다. 그런데 이런 덕목은 제국적 열정으로 이어지는 위험성을 지닌다.

에마 톰슨

배우 에마 톰슨Emma Thompson은 케임브리지 대학교에서 영문학을 전공했다. 그간 수많은 영화에 출연해 다양한 역을 맡아 강한 인상을 남겼다.

〈아버지의 이름으로〉

영화 〈아버지의 이름으로In the Name of the Father〉(1993)에서는 길퍼드포 소송건The Gilford Four Case으로 억울하게 기소된 게리 콘론Gerry Conlon(대니얼 데이루이스Daniel Day-Lewis 분)을 변호한다. 이 영화는 영국 길퍼드 지역 선술집에서 발생한 폭탄 테러로 죄 없이 기소된 네 명의 삶을 다룬 영화다.

강압에 의한 허위 자백confession under duress으로 기소된 콘론은 변호사에게 "자비, 정의, 사면과 같은 영어 단어를 도무지 이해할 수 없다"라고 잘라 말한다(박종성, 2001: 128). 하지만 변호사인 피어스Peirce(에마 톰슨 분)의 끈질긴 노력으로 그는 항소심에서 무죄로 석방된다. 영화의 마지막에서 변호사는 "분명히 이 소송 사건은 영국의 사법 제도 전체를 불명예스럽게 만들었다"라고 일갈한다.

〈남아 있는 나날〉

에마 톰슨은 가즈오 이시구로 원작 소설을 바탕으로 만든 영화 〈남아 있는 나날〉(1993)에서 하녀장 켄튼Kenton 역을 맡았다. 집사장 스티븐스(앤서니 홉킨스Anthony Hopkins 분)와 호흡을 맞추었다. 그녀는 감정을 절제하는 스티븐스와 로맨스를 이루지 못하고 다른 남자(벤Benn)와 결혼한다.

영화의 마지막 장면에서 스티븐스는 벤 부인(과거의 켄튼 양)을 만나서 이야기를 나누고 작별한다. 그녀의 두 눈이 눈물로 얼룩진다. 벤 부인이 "다시 뵙게 되어 정말 반가웠습니다"(Ishiguro, 1989: 252)라고 말한다. 그러자 스티븐스가 "저도 정말 기뻤습니다, 벤 부인"(295) 하고 화답한다. 절제된 표현이 작별의 슬픔을 더한다. 영화는 두 사람의 애틋한 감정선이 잘 드러낸다.

〈칠드런 액트〉

에마 톰슨이 이언 매큐언 원작을 바탕으로 만든 영화 〈칠드런 액트The Children Act〉(2017)에서 메이Maye 판사로 등장한다. 메이 판사는 대법원장이 추천하고 군주가 임명하는 왕실 변호사QC, Queen's Counsel로 세간의 이목을 끄는 중대하고 복잡한 사건을 심리한다. 그녀는 가정 부서에서 이혼, 아동, 의료 치료 등의 소송을 전담한다. 제목 '칠드런 액트'는 1989년에 제정된 영국의 '아동법'을 의미한다. 아동법의 요체는 18세 이상 아동은 부모의 동의 없이 자기 결정권을 지니며, 자기 존엄성을 지킬 수 있는 인격적 주체라는 점이다.

메이 판사는 원즈워스 이디스 캐벌 병원에 백혈병으로 입원한 여호와의 증인 신도인 17세(정확히 3개월이 부족한 18세) 소년의 수혈 거부로 인한 소송건을 맡는다. 이 소송건과 관련해 메이 판사는 여호와의 증인 신도인 부

모의 수혈 거부로 생명이 위태로운 애덤Adam(핀 화이트헤드Fionn Whitehead 분)
의 치료를 요구한 병원 측의 손을 들어준다. 즉, 부모가 종교적 신념을
이유로 아이의 희생(수혈 거부)을 강요하는 것은 폭력이라는 취지의 판결
이다. 이처럼 메이 판사는 "아동은 섬이 아니다"(McEwan, 2014: 213)라고 강
조하며 아동의 복지를 최우선으로 생각한다.

메이 판사는 지금까지 "법정을 벗어나면 내 책임도 끝난다고 생각했
어"(McEwan, 2014: 213)라고 남편에게 말한다. 하지만 그녀는 소설의 결말
에서 이런 질문을 한다. 소송 사건 당사자가 더 호소할 곳이 없어 죽었
다면 판사의 일정한 감정적 '거리 두기'는 과연 옳은 것일까? 공적 책무
와 사적 감정 사이에서 위태롭게 외줄을 타는 판사의 고민을 확인할 수
있는 지점이다. 판사가 감성이 배제되면 법 기술자, 일명 '법꾸라지'가
된다.

6 암호와 코드 사랑

영국인들은 암호와 코드를 사랑한다. 이런 점에서 창의적이다. 암호의
실체를 밝혀보자.

런던 브리지 이즈 다운

암호명 "런던 브리지 이즈 다운London Bridge is down"은 여왕 엘리자베
스 2세가 서거했다는 뜻이다. 역사적으로 런던 브리지는 매우 중요한 곳
이다. 노르웨이의 올라프Olaf Haraldsson 왕은 같은 바이킹족이면서 경쟁
상대인 데인족의 런던 접근을 막기 위해 고심을 했다. 그래서 그는 밧줄
에 매어 끌어 내릴 수 있는 목조 다리를 만들었다. 하지만 빠른 유속 탓
에 템스강에 놓인 다리들이 떠내려가고 무너지는 일이 흔했다. 12세기에
헨리 2세가 다리를 건설했고, 1831년에 새 다리로 교체했다. 이 다리는

런던이 무역의 중심지, 주요 도시로 성장하는 데 중요한 역할을 했다. 당시 런던의 안전이 전적으로 런던 브리지에 달렸다. '런던 브리지 이즈 다운'이 국가의 위기를 알리는 암호명으로 자리 잡은 이유다.

007

007은 간결하고 은밀한 코드다. 이 코드를 처음 사용한 사람은 엘리자베스 1세의 신하, 존 디John Dee, 1527~1608이었다. 그는 여왕에게 "이 편지는 당신만 보시고 행운이 함께하시길 바랍니다"라고 쓰고 007을 덧붙였다. 두 눈00으로 보시고 럭키 세븐7을 덧붙여 코드 007이 생겨났다. 스코틀랜드 군인 출신의 작가 이언 플레밍Ian Fleming, 1908~1964은 가상의 인물 제임스 본드를 창조했다. 숀 코너리Sean Connery가 제임스 본드로 등장하는 〈닥터 노Doctor No〉(1962)로 007 시리즈를 시작했다. 여기서 No는 살인 번호의 약자다. 본드는 첩보 요원으로 007 코드로 식별된다. 00은 영국 정보국이 허가한 '살인 면허licence to Kill'이고, 7은 일곱 번째 요원이라는 뜻이다.

여담으로 제임스 본드의 007가방 속에는 무엇이 들어 있을까. 당연히 현금과 금괴, 무기나 기밀문서를 떠올리기 쉽다. 하지만 샌드위치와 바나나가 담겨 있다면 웃을 수밖에 없다. 반전이 있는 영국식 유머의 다른 예를 들어보자. 여왕 즉위 70주년 기념 때 버킹엄 궁전에서 여왕이 패딩턴 베어Paddington Bear와 티타임을 가졌다. 베어가 모자에서 샌드위치를 꺼내자 여왕도 핸드백에서 마멀레이드 샌드위치를 꺼낸다. 유머(웃음) 코드도 영국인들을 이해하는 데 매우 중요하다.

SAS

SASSpecial Air Service(특수 부대)는 007과 함께 영국인의 침착함과 대범함을 잘 보여준다. SAS는 "겁 없는 자 승리한다Who dares wins"를 신조로 삼는다. 표어는 위기 상황에서 대범한 작전을 수행하겠다는 의지를 담았다. 데이비드 스털링David Stirling, 1915~1990이 창설한 이 부대는 4인 1조로 특수 임무를 수행한다. 제2차 세계대전 당시 SAS는 북아프리카 사막에서 에르빈 롬멜Erwin Rommel, 1891~1944 장군이 이끄는 독일 전차 군단에 맞서 공을 세웠다. 낙하산을 이용한 사막 침투가 어려워지자 SAS는 지프를 타고 적진에 침투해 성공적으로 작전을 수행했다. 이런 발상의 전환에서 창의성을 확인할 수 있다. 007, 킹스맨, SAS, 셜록은 모두 영국의 비밀 요원(탐정)이다. 모두 오락용 탐정물 시리즈 콘텐츠로 활용되었다.

1962년 시작한 스파이 액션 영화 '007 시리즈'는 그간 변화를 겪었다. 첫째, 본드는 냉전 시대가 끝나자, 불량 국가나 국제 마피아를 상대로 임무를 수행한다. 둘째, 여성의 사회적 지위 상승을 반영해 전문 지식과 전투력을 겸비한 본드걸이 등장했다. 본드걸을 성적 이미지로만 소비하지 않는다는 뜻이다. 하지만 007 첩보물은 영국인 우월주의를 드러내고, 오리엔탈리즘을 강화하기 때문에 비판을 받는다.

본드맨의 대척점에 위치하는 인물이 있다. 바로 일명 '웃음 제조기', 미스터 빈(본명은 로완 앳킨슨Rowan Atkinson)이다. 그는 '익살극slapstick'을 통해 웃음과 행복을 선사한다. 그는 무성 영화 시절 찰리 채플린 이후 1990년대에 텔레비전을 통해 최고의 웃음을 자아낸 희극 배우다. 미스터 빈이라는 예명은 007처럼 간단하고 친근하고 기억하기 쉽다.

7 컴퓨터 과학의 아버지, 앨런 튜링

영국은 과학에서도 창조성이 돋보인다. 인공 지능 시대 영국이 자국 과학계의 자랑으로 앨런 튜링Alan Turing, 1912~1954을 내세웠다. 튜링은 현대 컴퓨터 과학의 아버지로 불린다. 현재 그는 영국 파운드화 £50 지폐 속 도안 인물이다. 제2차 세계대전 때는 독일의 암호(코드) 체계인 에니그마를 해독해 나라를 구했다. 타자기처럼 생긴 에니그마 기계enigma machine에 문장을 입력하면 기계가 자동으로 암호를 만든다. 역으로 암호문을 입력하면 원래의 내용으로 해독할 수 있다. 그는 케임브리지 대학 킹스 칼리지 출신으로 블레츨리 파크Bletchley Park 저택에서 원시적 컴퓨터인 튜링 머신을 만들었다. 이곳이 암호 해독이 이루어진 비밀 기지다. 영화 〈이미테이션 게임The Imitation Game〉(2014)은 앨런 튜링(베네딕트 컴버배치Benedict Cumberbatch 분)이 암호를 해독하는 장면을 생생하게 보여준다.

블레츨리 파크 AI 안전성 정상 회의

2023년 11월 1일부터 이틀 동안 리시 수낵Rishi Sunak 총리의 제안으로 인공 지능 안전성 정상 회의A Safety Summit가 처음 열렸다. 회의 장소는 영국 밀턴 킨즈Milton Keynes에 위치한 블레츨리 파크 저택이었다. 이곳은 컴퓨터 과학의 발상지라는 상징성을 지닌다. 정상 회의에서 "고도의 능력을 갖춘 인공 지능에 의해 재앙에 가까운 피해가 발생할 수 있기에 포괄적 방식의 국제 협력이 필요하다"라는, '블레츨리 선언'이 발표되었다. 이 선언문은 향후 거대 기술 기업 간 인공 지능 개발 경쟁이 안전하고 책임감 있게 나가야 한다는 기대를 담았다. 디지털 규범을 정립한다는 것은 새로운 기준을 만드는 일이다. 영국이 이 분야의 주도권을 잡았다. 이것이 권력이고 국력이다. 급기야 2024년 구글은 데이터 센터를 영국 월섬Waltham 지역에 만들겠다고 발표했다.

한편 1989년 3월 인터넷망 월드 와이드 웹World Wide Web(줄여서 WWW로 표기함)을 만든 사람도 영국인 팀 버너스리Tim Berners-Lee이다. 그는 영국 옥스퍼드 대학의 교수이자, 컴퓨터 과학자였다. 월드 와이드 웹은 사이트의 정보를 웹 브라우저를 통해 입수하고 전송하는 것을 가능하게 했다. 전 세계적인 정보 공간이 새로이 만들어졌다. 실로 창의적이며 획기적인 일이었다. 그 밖에도 과학 분야에서 영국인의 창의성은 뉴턴Isaac Newton, 1642~1727의 만유인력, 아인슈타인Albert Einstein, 1879~1955의 상대성 이론, 호킹Stephen Hawking의 블랙홀 이론에서 확인할 수 있다.

새로운 교환 학생 프로그램, 튜링 스킴

'튜링 스킴Turing scheme'이 1987년부터 운영되어 온 유럽 연합의 기존 학생 교류 제도인 에라스뮈스 프로그램Erasmus programme을 대체했다(2014 년부터 에라스뮈스 플러스Erasmus + exchange programme로 새로 출범했다). 영국(북 아일랜드는 제외)은 유럽 연합을 탈퇴하면서 자국 청년들이 교환 학생 자격으로 유럽에서 학업을 할 수 있도록 새로운 명칭의 프로그램을 선보였다. 우선, 르네상스 시대 네덜란드 인문학자인 에라스뮈스를 자국의 수학자 앨런 튜링으로 대신했다. 인문학자가 지고 컴퓨터 과학자가 뜨는 시대의 흐름을 반영한 것이다. 다음으로, 영국의 주권 회복 및 AI 시대에 필요한 인재 양성 의지를 반영했다. 기발한 착상이다. 하지만 에라스뮈스 프로그램을 통해 연간 약 2000명 학생을 유럽 연합에 파견하던 스코틀랜드가 기존 제도의 폐지에 크게 반발했고, 웨일스도 가세했다. 미래 세대가 몹시 혼란스러워한다.

인공 지능 시대의 교육

인공 지능의 발전과 대두로 인해 인간은 비인격적인 기술에 종속당할 위험에 처했다. 그렇다면 인간에게 어떤 교육이 필요할까. 19세기 산업 사회와 21세기 인공 지능 시대는 기계 시대라는 공통점을 지닌다. 하지만 각각의 시대를 구성하는 맥락과 결이 다르다. 예를 들면, 산업 혁명 시대는 환경 오염과 비인간화, 비위생 등의 문제점을 낳았다. 그리고 인공 지능 시대는 불평등(디지털 격차), 디지털 성폭력, 디지털 중독과 인간 소외, 인터넷 혐오 표현, 가짜 뉴스fake news, '딥페이크deepfake(딥 러닝deep learning과 가짜fake의 합성어로 인공 지능을 기반으로 한 인간 이미지 합성 기술)' 등의 문제점을 낳는다. 창의성과 협업, 그리고 도덕적·윤리적 감정 교육이 대안으로 떠오른다. 사유하는 주체가 인공 지능을 통제할 수 있어야 한다. 그렇지 않으면 디스토피아가 된다.

여가와 스포츠의 순기능

슬로 라이프 스타일

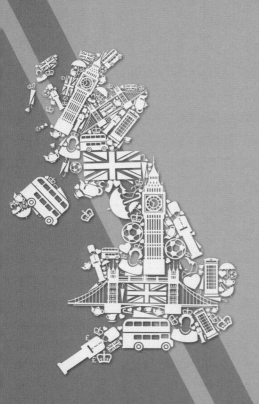

1 티 브레이크

차茶는 영국인이 즐기는 국민 음료다. 독일은 맥주, 프랑스는 와인, 그리고 영국은 티tea의 나라다. 영국의 전역에서 오후 3시 반경이면 주전자에 물이 끓는 합창 소리로 요란하다. 공장과 실험실, 사무실과 가정에서 일제히 차를 마시는 범국민적 행동이 벌어진다. 물론 법으로 정해진 것이 아니라 관습일 뿐이다. 영국인들은 부부 싸움을 하다가도 심지어는 적군과 대치하는 진지에도 차를 마시려고 하던 일을 잠시 중단할 정도다 (박종성, 2003.2: 66).

영국인이 밋밋한 차를 마시는 일에 그토록 집착하는 이유는 무엇일까. 먼저 생각해볼 수 있는 것은 춥고 습한 날씨 탓에 영국인들은 몸을 따뜻하게 해주는 음료가 필요했다. "비가 올 때는 당연히 차가 필요해When it rains, you just need tea"라는 영어 표현이 생겨났다. 다반사茶飯事라는 말처럼 차를 마시는 일이 흔한 일이 되었다. 차를 마신 후 몸이 달아오르는 영어 단어가 '글로glow'(온몸에 열기가 쫙 퍼진다는 뜻)다.

물의 맛이 차의 맛을 결정한다. 잉글랜드 지역에서 마실 수 있는 물은 일반적으로 경수硬水, hard water다. 도버 해안의 백악질 흰색 절벽white cliff을 보면 잉글랜드 남부 지역의 물이 경수임을 짐작할 수 있다. 경수에는 칼슘과 마그네슘, 미네랄이 높은 농도로 포함되어 있다. 센물로 내린 차는 더 진하고 풍부한 맛을 우려낼 수 있다. 진한 맛을 내기 위해 피라미드 형태의 티백도 등장했다(기존에는 원형이나 사각형이었다).

1956년 최초로 원형과 사각형 티백을 발명해 차를 대중화하기 시작했다. 노동 계층은 머그잔에 마시고, 상류 계층은 은쟁반 위에 놓인 본차이나 잔에 마신다. 차로 인한 계급 차이를 의미하는 일명 '티 디바이드tea divide' 용어까지 생겨났다. 상류 계층은 차를 꼭 마시기 위해 '팁TIPS'(Tea Insured Prompt Service의 첫 글자의 줄임말로 '차 즉시 서비스를 보증함'이라는 뜻)을 주었다. 티 테이블 위에 예약석임을 알리는 문구를 새긴 나무토막 아래에 감사의 뜻으로 동전을 남겨 두고 간 데서 팁 문화가 유래했다. 그리고 하이 티high tea는 높은 탁자 위에서 격식을 갖추고 마시는 티타임을 의미한다.

영국인들의 차 사랑은 유별나다. 영어 표현 a cup of tea는 '좋아하는 것'을 의미한다. 그래서 "You are my cup of tea"는 이성이 마음에 들 때 사용하는 표현이다. 티 브레이크는 조급증과 (울)화병을 앓고 있는 사람들, 특히 한국인에게 신선한 충격으로 다가온다. 카리브해 흑인들은 차를 '노란색 말의 오줌'으로 부르며 차를 마시는 백인 주인을 경멸했다. 이들은 차 대신에 '황소의 피'로 불리는 커피를 선호했다.

흔히 영국을 특징짓는 세 개의 키워드가 있다 — wet, cut, break. 비가 자주 내려 늘 "축축하다wet". 돈벌이가 안 되는 기업과 공장의 일자리는 "감축한다cut". 아무리 바빠도 반드시 "잠시 쉰다break". 비가 내리거나 실직으로 우울할 때 일단 따뜻한 차 한잔을 마시고 나면 세상이 놀랍게도 긍정적으로 보일 수 있다. 브레이크brake가 제대로 작동하지 않는 자전거나 자동차가 사고로 이어질 수 있는 것처럼, 쉼 없는, 브레이크break 없는 인생은 쉽게 망가질 수 있다. 초콜릿을 씌운 웨이퍼 바 과자인 킷캣Kit Kat에 새긴 카피 문구는 "레츠록 더 브레이크Let's Rock the Break", 즉 '실컷 즐기다'라는 뜻이다.

이제 티 브레이크 효과에 대해 알아보자. 케임브리지 분자 생물학 연구소LMB, Laboratory of Molecular Biology는 '영국의 노벨상 제조 공장'이라는 명성을 지닌다. 1947년 설립 이래 이 연구소는 2010년 기준으로 열네 명의 노벨상 수상자를 배출했다. 19세기 말에 설립된 캐번디시 연구소Cavendish Laboratory도 2011년 기준으로 29명의 노벨상 수상자를 배출한 일명 '물리학의 메카'로 불린다. 2020년 기준으로 영국은 모두 134명의 노벨상 수상자를 배출해 미국(388명)에 이어 2위를 기록했다. 이 연구소에서는 매일 모든 연구생이 모여 티 브레이크를 가졌다. 연구생 리더, 물리학자 J. J. 톰슨J. J. Thomson, 1856~1940 또한 차를 마시며 연구생들과 자유롭게 토론할 수 있었다. 그는 음극선 연구(음극에서 나와 양극으로 빠른 속도로 흐르는 전자의 흐름)로 1906년 노벨 물리학상을 받았다.

영국이 연구에서 탁월한 성과를 내는 비결 중 하나로 티 브레이크를 꼽는다. 갈색 음료인 티 브레이크가 연구자들에게 재충전과 의견 교환을 통한 시너지 효과를 창출하는 데 큰 도움을 주기 때문이다. 노벨상 선정 기준이 '최초의 질문자the first questioner'인가 여부인 만큼 창의성을 중시한다. 그런데 이 창의성은 의견 교환을 통한 시너지 효과의 산물이다.

≪인디펜던트≫지의 스티브 코너Steve Connor 기자의 기사 내용에 따르면, 분자 생물학 연구소가 일명 '영국의 노벨상 제조 공장'이라는 명성을 지니게 된 비결은 다음 세 가지다(Connor, 2009.10.8). 첫째, 티 브레이크. 둘째, 국적을 불문한 인재 영입. 재능이 있다면 국적을 개의치 않는 실용주의를 엿볼 수 있다. 셋째, 호기심을 통한 연구의 자유 보장과 장기적 안목에서 기초 학문 전폭 지원. 과학 강국이 되기 위한 성공의 법칙은 차, 인재, 돈이라고 할 수 있다.

작가 조지 기싱George Gissing, 1857~1903은 『헨리 라이크로프트 수상록 The Private Papers of Henry Ryecroft』(1903) 속 「오후의 티Afternoon tea」에서 이렇게 차를 예찬했다 — "첫 잔에서 얻을 수 있는 위안이며, 다음 잔을 조금씩 마시는 즐거움을 어디에 비할 것인가! 싸늘한 빗속에서 산책을 마치고 돌아오면 한잔의 차가 몸을 얼마나 후끈하게 해주는가"(기싱, 2000: 333). 기싱은 차 한잔이 주는 여가leisure와 위안solace과 후끈함glow이라는 마법의 순간을 언급하고 있다. 이제 따끈한 차를 마셔야 하는 이유가 명확해졌다. "큰 기쁨glory"을 위해 건배. 으랏 차차차! 티티티!

2 슬로 패션

영국의 패션은 좀처럼 변하지 않는다. 슬로 패션은 매년 변하는 패스트 패션fast fashion을 비웃는 것 같다. 영국인들은 색이 바래지 않는, 오래 견디는 옷을 만든다. 슬로 패션을 대표하는 것으로는 면사에 방수 처리한 개버딘 원단을 이용한 버버리와 오일스킨으로 방수 처리한 바버 Barbour 재킷이 있다.

버버리 코트

비와 바람이 잦은 영국 날씨가 방수 코트를 탄생시키는 계기가 되었다. 버버리 창립자인 토머스 버버리Thomas Burberry, 1835~1926는 포목상이었다. 그는 통풍과 보온과 방수가 잘되는 가벼운 개버딘gabardine 천을 개발해 코트를 만들었다. 그는 농부와 양치기의 작업복 리넨에서 착안했다. 개버딘은 19세기에 먼저 발명된 고무 입힌 방수포防水布를 사용한 매킨토시Macintosh를 개량한 것이다. 매킨토시 방수 외투는 무겁고 통풍이 되지 않았다. 사냥꾼 모자를 쓰고 담배 파이프를 문 탐정 셜록 홈즈가 입은 것은, 체크무늬에 길고 무거운 후줄근한 방수 외투다. 영어 단어 endurable은 '사람이나 물건이 견디다'는 뜻이다. 스코틀랜드의 말 없는 사람과 거친 자연환경이 이 내구성을 지닌 명품을 만들어냈다. 토머스 버버리는 "영국이 낳은 것은, 의회 민주주의와 스카치위스키, 그리고 버버리 코트다"라고 말할 정도로 자신이 발명한 코트에 대해 자부심을 지녔다.

제1차 세계대전이 토머스 버버리에게 돈을 벌 기회를 만들어주었다. 그는 영국군과 연합군 장교들이 입을 수 있는 50만 벌의 방우防雨 외투를 납품했다. 참호trench에서 입는 옷이라는 뜻으로 일명 '트렌치코트'로 불린다. 이 코트에는 여러 장식이 돋보인다. 장총이 닿는 어깨에서 가슴까지 단gun patch을 덧대고, 흙 파편이 들어오지 못하게 손목 벨트를 달고, 수류탄과 쌍안경, 그리고 가스 마스크와 지도를 걸게끔 D자형 고리를 달았다. 춥고 오래 끄는 전투에서 입기에 아주 요긴한 실용적이며 창의적인 코트였다.

오늘날 버버리 코트는 럭셔리 패션 브랜드로 자리매김했다. 초창기 로고는 창과 방패를 든 '말 탄 기사'다. 깃발에 새긴 '프로섬prorsum'(전진 혹은 혁신이라는 뜻)은 경영 철학을 반영한다. 가장 비싼 상위 라인을 '버버리 프로섬'으로 부른다. 과거 버버리는 군인과 탐험가 들을 지원했다. 1911년 12월 14일 노르웨이의 탐험가인 아문센Roald Amundsen은 52마리의 개를 이끌고 썰매를 이용해 인류 최초로 남극점에 도달해 그곳에 버버리 텐트를 남겼다. 버버리가 '전진', 즉 진취성을 강조하는 회사임을 홍보하는 데 제격이었다.

버버리의 상징은 날실과 씨실을 직각으로 조밀하게 만든 체크무늬다. 사각형의 교차 패턴은 반듯한 성격을 반영한다. 그리고 버버리는 체크무늬를 안감으로 사용한다. 허세를 드러내지 않기 위한 것이다. 이렇듯 반듯하고 겸손한 성격이 버버리 옷에 담겨 있다.

타탄tartan은 여러 가지 색의 실을 다양하게 조합해 십자 방향으로 엇갈려 꼬아 만든 울 원단이다. 킬트kilt는 스코틀랜드 전통 복장으로 원래 고지대 사람들이 입었다. 킬트는 스코틀랜드다움Scottishness의 구성 요소다. 스코틀랜드에서는 특정한 패턴의 타탄을 가문clan의 상징으로 사용했다. 하인은 단색을, 그리고 왕족은 일곱 가지 색을 넣는다. 흥미로운 점은 시인이 여섯 가지 색을 넣는 타탄을 사용할 정도로 존중받는 직업이었다(스코틀랜드의 대표적 시인은 로버트 번스다).

영화 〈애수Waterloo Bridge〉(1940)에는 트렌치코트를 입은 스물다섯 살의 젊은 대위, 로이 크로닌Roy Cronin(로버트 테일러Robert Taylor 분)이 등장한다. 그는 제1차 세계대전이 한창일 무렵인 1914년 프랑스 전선에서 싸우다 잠시 휴가를 얻어 런던에 온 스코틀랜드 귀족 출신 장교다. 그는 워털루 다리 위를 지나가던 중 공습경보에 놀라 대피하다 핸드백을 떨어뜨려 당황하는 발레리나, 마이러 레스터Myra Lester(비비언 리Vivien Leigh 분)를 본다. 마이러는 다음 날 전쟁터로 떠나야 하는 로이에게 작은 상아ivory 마스코트를 주며 행운을 빌어준다. 하지만 나중에 워털루 다리에서 우연히 서로 만나지만 그녀가 구급차에 치여 죽는다(이건 지독한 아이러니다). 애수哀愁를 자아낸다. 동시에 트렌치코트를 입고 공군 모자를 쓴 멋진 군인은 일명 '로이 열풍'을 불러왔다.

버버리를 위협하는 차브족

버버리는 위기를 맞이한 적도 있다. 2021년 버버리는 중국 신장新疆의 위구르Uighur 자치구 인권 탄압 문제와 관련해 신장에서 생산한 면화를 사용하지 않겠다고 양심선언을 했다. 그 결과 버버리가 중국 시장으로부터 외면당했다. 다음으로 '차브chav족'〔라틴어 chavi(집시 아이)에서 유래함〕의 도전도 있었다. 운동복 차림에 버버리 체크무늬 모자를 쓴 양아치 집단의 길거리 패션이 버버리의 하이패션을 위협했다. 이런 점에서 차브족은 1960년대 등장한 '모드족Mods'(modernification의 줄임말로 비틀스처럼 세련된 패션)과는 다르다.

영어 표현 "You look like a chav"(차브처럼 보이네요)는 '너 꼭 양아치 같다'는 뜻이다. 양아치는 품행이 불량스러운 사람을 속되게 이르는 말이다. 영화 〈킹스맨, 시크릿 에이전트Kingsman: The Secret Service〉에 등장하는 에그시Eggsy(태런 에저턴Taron Egerton 분)는 차브 패션을 잘 보여준다. 그는 운동복을 입고 버버리 체크무늬 모자(볼캡)를 쓴다. 차브족은 공영 주택에 살며 폭력과 다툼에 연루된 저소득, 저학력 젊은이를 일컫는 말이다. 이들은 계급적 패배주의를 명품 소비로 되받아친다. 주급으로 브랜드 옷을 사고, 가격표를 떼지 않는다. 또한, 그는 코크니 잉글리시Cockney English를 사용한다〔반면 코드명 갤러해드Galahad를 사용하는 해리 하트Harry Hart(콜린 퍼스Colin Firth 분)는 'RP영어'(Received Pronunciation의 줄임말로 표준적 발음이라는 뜻)를 사용한다〕. 이렇게 차브 패션은 계급적 패배자의 반항 심리를 표현한다.

버버리는 차브 패션을 짝퉁으로 여기고 강력하게 대응했다. 고심 끝에 헌팅캡의 생산을 중단했다. 버버리 고객을 차브족과 구별 짓기를 위한 전략적 판단이었다. 상류 문화를 저질스럽게 소비하는 차브족이 버버리의 눈엣가시였다. 정장 슈트 차림의 킹스맨은 차브족 에그시를 깔본다. 하지만 에그시는 계급적 패배주의 속에서 명품을 소비하는 방식으로 거침없이 하이 킥을 날린다. 그는 발랄하고 자유롭다. 이처럼 차브 패션은 지배 문화에 대항하는 하위문화에 속한다.

에그시는 조직을 결성하는 아지트, 헌츠맨 양복점Huntsman & Sons을 찾아간다. 이 양복점은 런던 새빌로에 있다. 1780년부터 왕실의 대관복과 군복을 제작했던 곳이 바로 새빌로다. 1806년 재단사들이 모여 문을 열었다. 이곳에는 100여 개의 '수제 맞춤형' 양복점들이 몰려 있다. 이곳 맞춤 양복은 유행에 매이지 않는 전통적인 멋스러움을 지닌다. 버버리, 차브족, 모드족, 그리고 새빌로는 영국 패션의 특징과 다양성을 잘 보여준다.

영화 〈킹스맨〉(2015)에서 원탁의 기사 중 한 명인 갤러해드가 에그시에게 영국 신사에게 꼭 필요한 구두가 '브로그가 없는 옥스퍼드 구두 Oxfords not Brogues'라는 대사가 등장한다. 이 신발은 옥스퍼드 대학생들이 즐겨 신었던 펀칭한 구멍 장식이 없는 구두를 의미한다. 본래 브로그 구두는 생가죽을 사용해 물이 스며들어도 잘 빠지게끔 만든 오돌토돌한 구멍을 뚫어 만든 일상용 단화이다. 비 때문에 생겨난 품목이다.

바버 왁스 필드 재킷

카키색 '바버'(방수 코트)는 영국의 대표적인 아웃도어 재킷이다. 오일스킨에 방수 처리를 한 까닭에 대를 물려 입는다는 옷이다. 이 검소한 재킷은 내구성이 뛰어난 슬로 패션의 대명사다. 이집트산 면에 왁스 코팅waxed cotton을 했다. 그래서 일명 '왁싱 재킷'으로 불린다. 본래 험한 비바람에 노출된 어부와 노동자들이 입던 옷으로 항구 도시 사우스실즈South Shields에서 유래했다. 그러다가 왕실 조달 허가증Royal Warrant을 받으면서 사냥을 즐기는 귀족들이 이 재킷을 입기 시작했다. 오늘날 바버 재킷은 가랑비가 잦은 영국 시골 생활에서 필수 아이템이다. 영국인들이 말하는

barbour way of life는 대를 물려가며 바버 재킷을 입는다는 뜻이다.

3 슬로 푸드

프레타망제 샌드위치 숍

'프레타망제Pret A Manger'(먹을 준비가 되었다ready to eat는 뜻)는 샌드위치 가게로서 슬로 푸드의 대명사다. 프레타망제 상호는 프랑스어 '프레타포르테prêt à porter'(기성복ready to wear)에서 유래했다. 따라서 프레타 망제는 샌드위치를 고르고 돈을 지불하고 가져가는 프로세스 간소화를 알리는 상호다. 상점은 접근성이 좋은 곳에 있다. 미국의 경제 전문지 《포천Fortune》은 프레타망제를 비틀스 이후 최고의 영국산 수출품으로 평가했다.

런던은 프레타망제 천국이라 해도 지나친 말이 아니다. 이 프랜차이즈 체인의 성공 비결은 자연산 재료를 사용해 손으로 음식을 당일 제조해 (따라서 유통 기한도 재고도 없다) 낮은 가격에 판매하는 데 있다. 프랑스의 고급 요리와 미국의 햄버거, 영국 노동 계층의 피시앤칩스fish & chips와 차별화를 꾀한다. 웰빙 푸드를 만들어 틈새시장을 찾아내는 데 성공했다. 샌드위치 전문점, 프레타망제가 버거킹이나 맥도날드를 대체하는 속도가 무척 빠르다. 프레타망제의 슬로건은 "Eat with your head"(머리로 따져보고 먹으라)다. 이처럼 자사 상품의 품질에 대해 자부심을 지닌다. 바삭한 바게트, 색소 없는 햄과 방목해 기른 닭의 달걀, 그리고 천연 재료 포장지를 사용한다. 당일 남은 음식은 노숙자에 제공한다. 나아가 노숙자 자립 기금을 마련하며, 노숙자 직원을 교육하고, 우크라이나 난민들에게 일자리를 제공한다. 개념 있는 가게다.

급식 혁명 셰프, 제이미 올리버

영국인과 프랑스인은 음식을 먹기 전 하는 말이 다르다. 프랑스인은

"보나페티!Bon appetit!", 영국인은 "네버 마인드Never mind"라고 말한다. "많이 들어요!"와 "괜찮아요!"는 음식을 대하는 두 민족의 차이를 극명하게 드러낸다. 쾌락 추구를 삼가는 청교도주의가 영국인의 음식 문화에 영향을 끼친 것 같다,

제이미 올리버Jamie Oliver는 영국 공립 학교 급식에서 '정크 푸드junk food'(열량은 높으나 영양가가 낮은 인스턴트식품)를 추방하는 혁명을 일으킨 장본인이다. 그는 어린아이들의 비만을 추방하고자 치킨너깃nugget(닭의 찌꺼기 살과 껍데기를 갈아서 만든 덩어리 음식)과 콜라와 과자를 추방하고, 유기농 식재료를 활용한 식단을 제공했다. 그는 ≪비비시≫에서 제작한 〈네이키드 셰프The Naked Chef〉(1999)에 출연해 유명해졌다. 이어 레스토랑 피프틴Fifteen을 열어 마약과 알코올 중독 청년들에게 일자리를 제공했다. 이런 선한 영향력을 인정받아 왕실에서 수여하는 훈장MBE을 받았다.

영국인은 음식을 날로 먹거나 삶아서 먹는 자연주의 방식을 선호한다. 주식은 감자이고, 향신료를 많이 사용하지 않으며, 간편한 오븐 요리를 선호한다. 영국에는 요리할 공간인 키친이 없다는 말은 영국인이 요리에 열정이 없다는 뜻이다. 음식을 만드는 일을 손이 많이 가고 시간을 내야 하는 불편한 일로 여긴다.

영국에서 음식 문화가 덜 발달한 이유를 알아보자. 열악한 기후 조건 탓에 식재료가 부족하다. 생과일을 구하기 쉽지 않은 영국에서는 잼과 푸딩과 스콘과 파이가 인기다. 디저트 푸딩은 대표적인 영국식 음식이다. 그 이유는 푸딩이 과일을 오랫동안 보관하기 위해 만들어진 음식이기 때문이다(전원경, 2008: 188). 산업 혁명 때 노동 시간이 부족했고, 전쟁 때 식량 배급에 의한 내핍austerity 생활에 익숙해졌다. 카드 도박 중독자 샌드위치 백작이 즐겼던 햄롤(샌드위치로 발전)과 노동자들에게 필요한 열량을 공급하는 데 제격인 피시앤칩스도 간편식이다. 고기를 삶은 스튜stew는 선원들이 즐겨 먹던 요리다.

4 처칠의 취미 생활, 수채화 그리기

윈스턴 처칠 경이 정치인이라는 것은 잘 알려진 사실이다. 하지만 그가 상당한 수준을 지닌 화가였다는 사실은 덜 알려져 있다. 그는 수채화 그리기를 취미 생활로 즐겼다painting as a pastime. 처칠은 '블랙독black dog' 증후군(검은 개의 입양을 기피하는 현상을 말하는데, 우울증을 의미함)을 앓았다. 그래서 치료 차원에서 수채화를 그리며 마음을 안정시키려 애썼다. 물론 그는 제대로 미술 교육을 받지 못한 아마추어였다. 이에 더해 일에 집중하고 유머를 잃지 않으려고 노력했다.

정치와 예술은 상관성을 지니는가. 이 질문에 답해 보자. 처칠은 그림 그리는 작업을 전쟁을 치르는 과정에 비유한다. 둘 사이의 공통점으로 "얽히고설킨 쟁점들을 하나씩 풀어 나가는 과정이라는 점, 그리고 많든 적든 부품들이 하나의 통일된 개념 아래 일사불란하게 유기적인 연관을 맺으며 진행된다는 점"(처칠, 2003: 450)을 꼽는다. 여기서 키워드인 '유기적인 연관성'을 파악하려면 관찰력과 기억력과 집중력이 요구된다. 이런 습관화된 능력은 군사 작전을 펼칠 때 유용하다.

처칠의 삶을 지탱시켜 준 소소한 즐거움이 있었다. 다름 아닌, 시가cigar 한 대 피우고, 한 시간의 낮잠을 즐기며, 그림을 그리는 취미 생활을 영위하고, 유머를 구사하는 것이었다. 그는 긴장의 순간에도 호흡을 고르고, 생각의 실타래를 풀고, 부분을 전체와 유기적으로 연결하며, 서두르지 않는 여유를 지녔다. 개미의 부지런함보다 베짱이의 여유를 중시해야 하는 것은 지독한 역설이다.

조 라이트 감독의 영화 〈다키스트 아워〉에서 게리 올드먼Gary Oldman은 외롭고 강인한 처칠 역을 훌륭하게 해냈다. 1940년 5월 9일 처칠 수상은 독일과 평화 협상을 체결할지 전쟁을 선포해야 할지 선택의 갈림길에 선다. 5년 뒤 1945년 5월 8일 연합군이 독일에 승리한다. 그는 미소를 지으며 승리의 V자를 그렸다. 하지만 경제 파탄으로 12월 선거에서 패배한 처칠은 물러난다. 그렇게 한 시대가 막을 내린다.

5 녹색 국가

윔블던 테니스 잔디 코트

영국은 녹지가 잘 보존된 나라다. 마치 녹색 혁명을 이룬 나라 같다. 영국 전역을 돌아다니다 보면 늘 아름다운 자연 풍광을 만나게 된다. 푸른 초지 위에 풀을 뜯는 양 떼의 모습은 평화롭다. 시골 잔디밭에서 하는 크리켓 경기는 전원적 분위기를 자아낸다.

윔블던Wimbledon 테니스 잔디 코트lawn court는 영국이 녹색 국가임을 인증한다. 런던의 SW19 윔블던은 테니스의 성지다. 1877년 시작한 윔블던 테니스 대회는 전통적으로 양탄자 같은 8mm 잔디 코트에서 진행된다. '드레스 코드dress code'(복장 규정)는 '올인 화이트all in white', 즉 흰색 복장 착용이다. 잔디 코트는 부상을 방지할 수 있지만, 공이 빠르고 강하게 튀어 기술적으로 뛰어난 선수에게 유리하다. 2023년 남자 단식 우승 챔피언은 스무 살 스페인 출신의 카를로스 알카라스Carlos Alcaraz였다. 그는 가장 어린 나이(21세)에 3대 메이저 대회를 석권했다(2022년 하드 코트, 2023년 잔디 코트, 2024년 클레이 코트). 이제 호주 오픈 우승만 남았다. 한편 클레이(흙) 코트clay court의 강자, 라파엘 나달Rafael Nadal은 높고 느린 공을 잘 다룬다. 그리고 하체가 발달한 노바크 조코비치Novak Đoković는 공이 빠른 하드 코트hard court에 강하다.

흥미롭게도 평화로운 자연 풍경은 심성을 차분하게 만들어준다. 가즈오 이시구로의 소설 『남아 있는 나날』의 집사장은 영국 서남부 지역을 자동차로 여행하던 중 아름다운 풍경에 압도당한다. 영국의 차분한 그림과 같은 경치는 미국의 나이아가라Niagara 폭포나 그랜드 캐니언Grand Canyon처럼 "꼴사납게 과시하는"(Ishiguro, 1989: 29) 경관이 아니다. 산업 혁명을 이룬 나라에 녹색 혁명이 공존한다는 사실을 믿기 어렵다.

식물원, 에덴 프로젝트

2001년 새천년을 앞두고 영국 정부는 낙원을 만들겠다는 프로젝트를 진행했다. 이 프로젝트 중 하나가 바로 에덴 프로젝트Eden Project다〔다른 두 개는 런던의 초대형 회전 기구인 런던 아이와 밀레니엄 돔(지금은 실내 공연장 'O2 아레나')〕. 콘월Cornwall 지역의 고령토 폐광 위에 '바이옴biome'(생물군계)으로 여섯 개의 온실을 만들어 2001년 3월 17일 개관했다. 세인트오스틀 St Auetells 지역민에게 지어준 위로의 선물이었다. 이곳은 2021년 G7 정상 회의 때 여왕이 참석한 만찬장으로 사용되었다. 정원 대신 프로젝트라는 명칭을 사용한 것은 에덴을 만들기 위한 지속적 도전을 의미한다. 식물 원은 돔 모양의 구조물 안에 1000여 종 열대 우림을 재연했고, 계곡과 연못을 갖췄다.

영국인들의 취미는 정원庭園 가꾸기다. 과거 빅토리아 시대 사람들이 가 장 좋아했던 식물은 "대부분 습기를 좋아하는 식물이거나 양치식물이었 다"(해리스, 2018: 538). 화창한 날씨를 포기한 영국인들은 아예 그늘진 숲 을 찾았다. 자연과 친화적인 영국인은 꽃무늬를 이용한 가방(캐스 키드슨 Cath Kidson)과 의류(로라 애슐리Laura Ashley)를 영국의 대표적 브랜드로 만 들었다.

파빌리온, 씨앗의 성전

식물 강국 영국의 이미지를 잘 보여주는 것은 토머스 헤더윅이 디자인 한 <씨앗의 성전>이다. 이 성전은 2010년 상하이 엑스포 영국관 '브리티 시 파빌리온'의 이름이다. 세계 최대의 식물원인 런던의 큐 왕립식물원 의 밀레니엄 종자 은행은 2020년까지 전 세계 종자 표본의 25%를 확보 한다는 목표를 세웠다. 이 성전은 이런 의지를 기발한 아이디어로 발전 시켰다. 파빌리온은 초록을 중시하는 영국적 산물이다.

6 청정 지대, 콘월 카비스베이

코로나19 시국인 2021년 6월 11일부터 13일까지 G7 정상 회의가 영국 남서부의 콘월 카비스베이Carbis Bay 호텔에서 개최되었다(한국은 인도와 호주, 남아프리카공화국과 함께 참관국으로 초청을 받았고 문재인 대통령 내외가 참석했다). 이로써 청정 지대, 콘월 카비스베이는 전 세계에 이름을 알렸다.

애당초 콘월은 선주민인 켈트족의 거주지였다. 코니시Cornish는 2014년 소수 민족으로 공식 지정되었다. 인구 70만 명 중 약 1만 5000명이 콘월 말을 구사한다. 코니시는 지금은 사어死語가 되었다. 카비스베이는 세인트아이브스St Ives만이 보이는 인구 4000명의 작은 어촌으로 영국의 땅끝 마을이다. 사구가 발달한 청정 지대인 세인트아이브스는 콘월주에서도 가장 서쪽에 있는 도시다. 영화 〈어바웃 타임About Time〉(2003)에서 주인공 팀Tim이 "영국이 장화 모양이라면, 장화의 앞코 부분"이라고 설명한 곳이다.

세인트아이브스는 멕시코만에서 불어오는 멕시코 난류의 영향으로 기온이 온화한 휴양지다. 런던에서 기분 전환을 원하는 사람들이 즐겨 찾는 대표적 장소는 윈드미어Windermere의 호숫가, 레이크 디스트릭트Lake District와 콘월의 펜잰스Penzance다. 세인트아이브스에 가려면 런던 패딩턴역에서 기차를 타고 펜잰스역에서 내린다. 밤 12시 침대 기차를 타면 아침 8시에 도착한다. 펜잰스에서 내려 기차를 갈아타고 약 30분을 더 가면 세인트아이브스에 도착한다. 인근에 뉴키Newquay 공항이 있다.

세인트아이브스에는 테이트 브리튼 미술관 분원(테이트 세인트아이브스)이 있다. 이 지역 출신의 도예가와 예술가 들의 작품을 전시해 상생을 모색한다. 영국에는 테이트 분원이 모두 네 군데 있다(런던 핌리코에 있는 테이트 브리튼과 사우스뱅크에 있는 테이트 모던 브리튼, 그리고 테이트 리버풀과 테이트 세인트아이브스). 놀랍게도 외진 곳에 예술가 마을을 만들었다. 청정 바다와 미술관, 식물원과 야외 극장을 갖춘 세인트아이브스는 영국인이 선호하는 여행지다.

콘월의 주요 산업은 과거에는 어업과 광업이었지만 지금은 관광업이다. 영국에서 가장 가난한 주의 하나였다. 잉글랜드는 영국 산업 혁명의 핵심 광물을 웨일스(석탄과 철)와 콘월(아연, 주석과 구리)에서 집중적으로 채굴했다. 그런데 채굴업을 통해 쌓은 부富가 이 지역에 머물지 않았다. 최근 이곳에 매장된 2차 전지 소재인 리튬 등 핵심 광물이 주목받고 있다. 리튬은 일명 '하얀 금'으로 불린다. 이제 리튬이 과거 사치재인 설탕으로 대접받는다. 코로나 시대와 제4차 산업 혁명 시대를 맞이해 콘월의 가치가 높아졌다. 콘월은 휴양지와 광산 덕분에 경제적 이득을 본다.

세인트아이브스는 로맨틱 코미디 영화 〈어바웃 타임〉의 배경이다. 스물한 살이 된 팀(도널 글리슨Domhnell Gleeson 분)은 아버지(빌 나이Bill Nighy 분)로부터 놀라운 이야기를 듣게 된다. 팀의 아버지는 아들에게 '타임 슬립time slip'(시간 여행)을 통해 과거로 돌아갈 수는 있지만, 여신과 만나 사랑을 나누는 일은 불가능하다고 일러준다. 어두운 곳에 들어가 두 주먹을 꼭 쥐고 돌아가고 싶은 순간을 떠올리면 시간 여행이 가능하다고 말해준다. 제대로 연애를 해보지 못한 팀은 첫 시간 여행지로 얼마 전 참석했던 송년 파티를 선택한다. 이 영화는 과거로 시간 여행을 멈추고 현재에 집중하라는 메시지를 전달한다. 2021년 G7 정상 회담 때 보리스 존슨 총리의 부인 캐리 시먼즈Carrie Symonds가 여주인공 메리Mary의 빨간색 드레스를 입었다. 영국의 홍보 마케팅 수완이 뛰어나다.

콘월에는 바다가 보이는 노천 극장, 미낙 시어터Minack Theatre가 있다. 가파른 절벽의 화강암을 깎아서 다져 만든 계단식 극장이다. 미낙은 코니시 말로 '돌이 많다'는 뜻이다. 로웨나 케이드Rowena Cade, 1893~1983와 그녀의 정원사 빌리 롤링스Billy Rawlings가 50년 동안 다져 만들었다. 이곳에서 셰익스피어 연극과 고대 희랍 비극 등을 공연한다. 바다와 하늘과 구름을 바라보며 다양한 극 작품을 감상하는 것은 환상적이다. 가파른 절벽의 야외극장에서 에메랄드빛 망망대해를 바라보며 한 편의 연극을 즐기는 호사는 모두의 로망이다. 콘월 G7 정상 회의에 참석한 정상들의 부인들이 이곳을 방문했다.

콘월은 아서왕 전설의 배경이다. 그가 태어난 곳은 콘월의 북쪽에 위치한 작은 섬, 틴타겔Tintagel성으로 알려져 있다(하지만 스코틀랜드인들은 아서왕이 명검 엑스칼리버를 뽑은 곳이 에든버러라고 믿는다). 아서왕은 앵글로색슨족에 의해 밀려나 콘월에 정착했다. 콘월 사람들은 자신들을 아서왕의 후손으로 여긴다. 더구나 역사적으로 영국 왕실은 콘월 지역을 특별히 관리해 왔다. 1300년 이후로 잉글랜드의 왕은 장남을 콘월 공작으로 지명했다. 『리어왕King Lear』(1606)의 둘째 딸 리건Regan의 남편이 콘월 공작이다. 찰스 왕세자(현 국왕 찰스 3세)의 부인 카밀라 파커 볼스는 왕비가 되기 전에는 콘월 공작 부인을 공식 호칭으로 사용했다. 장남 찰스와 아들 윌리엄William의 이름에 아서Arthur가 들어간다. 통합 왕국에 콘월을 포함하려는 결연한 의지를 확인할 수 있다.

7 술 이야기

'생명수' 위스키

차와 온천과 함께 술酒은 긴장을 푸는 휴식에는 제격이다. 기분 좋은 따뜻함으로 마음을 적셔주는, 혈색을 돌게 하는 술 이야기를 해보자. 『영국사A History of England』(1937)의 저자인 역사학자이자 작가 앙드레 모루아André Maurois의 표현을 빌리자면 18세기 런던 시민들에게 술은 "가장 보편적인 쾌락"이었다. 영국은 위스키의 나라다. 위스키는 생명수the water of life라는 뜻이다. 그런데 위스키는 알코올 함량이 높은 독주毒酒, liquor다. 조니워커Johnnie Walker의 알코올 함량은 43%다. 위스키병 라벨에는 중절모와 지팡이 차림의 활보자striding man를 새겼다. 삽화가 톰 브라운Tom Browne, 1870~1910이 큰 걸음으로 성큼성큼 걸어가는 모습이다.

조니워커 술병 모양을 사각형으로 만든 것은 병이 상자에 잘 들어가고 배로 운송하기 편하기 때문이었다. 실용성을 중시한 발상이다. 국제적으로 판매율 1위인 조니워커의 연간 판매량은 연간 약 1억 병이다. 그리고 아서왕이 총애하는 기사 랜슬롯은 오늘날 고급 양주 브랜드로 둔갑했다. 상술이 대단하다. 이 고급 양주를 마시면 마치 기사knight가 된 대리 만족을 얻게 되는 것일까.

현대 위스키의 원조는 아일랜드와 스코틀랜드 켈트족이 만든 증류주다. 스코틀랜드 '자코바이트Jacobites'(제임스 2세1633~1701를 옹립한 사람들)들이 위스키를 즐겨 마셨다. 위스키를 만들려면 곡물, 물, 효모 등 세 가지 원료가 필요하다. 투명한 원액을 오크oak통에 담아 최소 3년 이상 숙성시켜야 한다. 조니워커 블랙 라벨은 12년 숙성을 숙성시킨 블렌디드 위스키다.

몰트malt의 일부인 맥아malted barley를 건조할 때 석탄 대신 식물이 탄화한 이탄peat을 사용하는 탓에 훈연薰煙이 스며들어 향을 지닌다. 탐스러운 황금빛 위스키는 어떻게 만들어졌을까. 증류된 투명한 원액을 셰리 와인의 빈 오크통에 넣어 오랫동안 숙성maturation시킨 후 뚜껑을 열었더니 투명했던 증류주 원액이 호박색으로 바뀌어 있었다. 위스키는 풍부한 향과 맛을 지니지만, 같은 증류주인 보드카는 냄새가 없고 투명하다. 제임스 본드는 깨끗한 맛을 지닌 보드카를 기본으로 삼은 칵테일을 즐겨 마신다.

위스키는 영국의 주력 수출 상품 중 하나다. 스코틀랜드산 위스키Scotch whisky는 Whisky로, 아일랜드산 위스키Irish whiskey는 Whiskey로 표기한다. 서로가 원조라는 자존심 싸움을 벌인다. 글렌피딕Glenfiddich은 사슴이 사는 협곡이라는 뜻이다. 게일Gael어로 글렌은 협곡을, 피딕은 사슴을 의미한다. 글렌피딕은 한 증류소에서 30년간 숙성시킨 싱글 몰트다. 싱글 몰트란 발아 보리만 사용한 알코올, 즉 몰트를 사용해 한 곳 증류소에서 만든 위스키를 말한다. 이것이 정통 스카치위스키다.

흔히 "영국인들은 위스키처럼 투명한 지성을 지녔다"라고 비유적으로 말한다. 이것은 영국인의 지성知性이 매우 깊고 투명하다는 뜻이다. 지성은 사고하고, 이해하고, 판단하는 능력을 의미한다. 반면 극작가 버나드 쇼Bernard Shaw, 1856~1950는 "아일랜드인의 진수는 상상력 그 자체이다"라고 말했다. 영국은 과학 강국이고, 아일랜드는 문학 강국이다. 아일랜드 문호, 제임스 조이스James Joyce, 1882~1941가 즐겨 마신 음료는 흑맥주 기네스Guinness였다. 감성이 거품처럼 풍부하다. 마시는 술에서 두 민족의 차이가 확연히 드러난다.

진 광풍

진gin은 네덜란드에서 제조된 무색투명한 증류주다. 진은 위스키처럼 숙성이 필요하지 않아 증류 후 바로 상품화가 가능하다. 진이라는 이름은 네덜란드어 주네브르genevre에서 생겨났다. 영국군이 진을 국내로 들여왔다. 진은 증류주에 감귤류인 시트러스 껍질과 주니퍼베리와 허브 등 다양한 향초를 넣은 술이다. 알코올 도수가 높고 가격이 싸 서민의 술로 불린다. 1886년 설립된 송진松津의 향을 풍기는 헨드릭스 진Hendrick's Gin의 알코올 도수는 무려 44도다(런던 드라이진London Dry Gin은 47도다). 헨드릭스 진의 병에는 "특별한 술을 책임지고 즐기세요Please enjoy the unusual responsibly"라는 문구가 있다. 진 과잉 섭취로 인한 '진 광풍Gin Craze'이 영국에서 사회 문제로 대두되었고, 저소득층 빈민들의 건강이 나빠졌다. 그래서 1720년에 진 규제법Gin Acts이 도입되었다. 진 판매를 허가제로 바꾸고, 세금을 네 배로 인상하는 특별 조치를 했다. 점차 맥주가 진을 대체하기 시작했다.

인디아 페일 에일

인디아 페일 에일IPA, India Pale Ale은 '밝고 연한pale' 색 술이다. 구리색 혹은 옅은 갈색이 아니다. 이전에는 맥아를 건조할 때 석탄이나 나무 등의 불로 가열했다. 이 때문에 맥아가 그을려 비교적 어두운 색상을 띠게되었다. 맛 좋은 페일 에일을 만들려면 물과 밝은 맥아 제조가 필요하다. 페일 에일의 본산은 물이 좋은 버턴 온 트렌트Burton-on-Trent 지역이다. 하면下面 발효로 만드는 라거lager와 달리, 페일 에일은 상면上面 발효 맥주다. 그런데 에일은 살균이 어렵고 쉽게 부패했다. 그래서 도수를 강화해 저장성을 높였다. 두 달 동안 인도로 항해하는 동안 상하지 않도록 도수를 높이고 맛과 향을 진하게 만든 술이 바로 IPA다. 그래서 에일은 일반 맥주에 비해 맛이 쓰다.

하지만 18세기 들어 고체 탄소 연료인 코크스cokes를 사용한 건조 방식을 사용했다. 이로써 더 밝고 깨끗한 맥아를 이용해 에일 맥주를 생산했다. 19세기 초반에는 열풍 건조에 의한 맥아 제조법으로 페일 에일을 생산하게 되었다.

보드카와 007

보드카와 진은 모두 증류주이다. 보드카는 일반적으로 곡물이나 감자를 발효시켜 만든다. 보드카의 특징은 무취, 무미, 무색이다. 반면에 진은 중성 증류주를 증류한 다음 주니퍼 열매와 같은 향초를 넣어 만든다. 따라서 풍미를 지닌다.

007 영화 시리즈의 주인공 제임스 본드는 칵테일을 주문할 때 "보드카 마티니, 젓지 말고 흔들어서Vodka martini, shaken, not stirred"라고 말한다. 마티니는 드라이 진에 '베르무트vermouth'(프랑스어로 , 백포도주에 향초 등으로 가미한 술) 따위를 타고 올리브 열매를 띄우는 칵테일이다. 마티니를 진이 아닌 보드카로 흔들어 마시게 되면 약간은 묽게 느껴지면서 섬세한 맛을 느낄 수 있다.

한편 영화 〈킹스맨〉에서 주인공 태런 에그시는 "마티니, 당연히 보드카 말고 진으로, 베르무트는 개봉하지 말고 10초간 저어서"라고 말한다. 이것은 제임스 본드를 비꼬는 정반대의 마티니 주문 방식이다. 보드카와 진의 계급성이 잘 드러난다. 차브족인 에그시가 슈트 정장 차림의 제임스 본드와 차이를 드러내는 지점이다. 영국은 마시는 술로, 읽는 신문으로, 입는 복장으로 계급을 구분한다.

8 스포츠와 계급

귀족 스포츠: 승마

영국 상류층은 의식주와 언어(영어), 스포츠에서 대중과 차이를 드러낸다. 스포츠sports는 '방향 전환' 또는 '오락'이라는 뜻을 가진 중세 영어 'sporten'에서 비롯한다(이영석, 2003: 179). 축구가 대중 스포츠라면 승마와 폴로Polo, (여우) 사냥은 대표적인 귀족 스포츠이다. 귀족 스포츠는 말을 타고 움직인다는 공통점을 지닌다. 승마를 즐겼던 고 엘리자베스 2세 여왕, 폴로 경기를 하는 찰스 3세, 그리고 귀족들의 여우 사냥에는 말이 필요하다. 승마를 즐기려면 말 관리인과 최고급thoroughbred 말이 필요하다. 승마는 말을 잘 다루고 호흡을 맞추는 기술이 필요하다. 말에게 애정을 베푸는 인간성이 더 필수적이다. 엘리자베스 2세 여왕이 서거했을 때 윈저궁에서는 여왕의 애마인 에마Emma가 운구 행렬을 기다리며 작별 인사를 나누었다. 서로를 보살피는 마음이 기억에 남는다.

귀족 스포츠: 폴로

폴로는 말과 호흡을 맞추고 팀원과 협력해 나무 막대기로 공을 쳐 넣는 놀이다. 본래 폴로는 기마 민족이 활동하던 페르시아에서 유래되고, 인도에서 발전했고, 식민지 시절 영국인들이 즐겼다. E. M. 포스터E. M. Forster, 1879~1970 원작의 영화 〈인도로 가는 길A Passage to India〉(1984)에는 폴로 경기 장면이 등장한다. 폴로는 위험하고 역동적인 경기이다. 국왕 찰스 3세는 왕세자 시절 폴로 경기를 하다가 팔과 다리가 부러진 적이 있다. 폴로는 체력, 속도, 지구력 및 팀플레이가 요구될 뿐만 아니라, 말과 안전 장비를 갖추어야 경기에 나설 수 있기 때문에 귀족 운동으로 여겨진다(박종성, 2003.6: 120). 축구처럼 공 하나로 간편하게 어느 곳에서든지 할 수 있는 스포츠가 아니다.

한편 여우 사냥을 할 형편이 아닌 신사층은 귀족의 특권에 도전해 그들 자신의 게임을 만들었는데, 이것이 승마와 사격이다(이영석, 2003: 179). 돈이 있고 여가를 누릴 수 있는 신사층은 승마와 사격 등을 통해 자신의 문화적 정체성을 드러냈다. 여우 사냥은 전통적인 귀족 스포츠이다. 영화 〈남아 있는 나날〉에는 귀족 달링턴 경Lord Darlington의 여우 사냥 장면이 등장한다. 주인과 일행이 사냥개 폭스 하운드foxhound를 수십 마리 데리고 여우를 쫓는다. 고 엘리자베스 여왕은 아직 숨이 붙어 있는 꿩의 목을 맨손으로 비틀어 동물 애호 단체의 거센 비난을 받았다. 동물 애호가들은 잔인성을 이유로 여우 사냥 금지법 제정을 계속 요구해 왔다. 마침내 2004년부터 여우 사냥을 금지했다. 단 스코틀랜드와 북아일랜드 일부 지역에 예외를 두었다.

귀족 스포츠: 조정

북유럽 저지대인 영국에는 수많은 수로가 있다. 운하와 강을 따라 이동하는 물길은 주요 운송로다. 영국 전역이 수로로 연결되어 있다. 수로가 없는 지역에는 아쿠아 덕트aqueduct(물길 다리)가 만들어져 있다. 비좁은 수로를 이용하는 배를 '내로 보트narrow boat' 혹은 '캐널 보트canal boat'라고 부른다.

조정rowing(보트 레이스)과 펀팅punting은 모두 수로와 연관되어 있다. 여울목과 다리를 건너야 하는 일도 잦다. 옥스퍼드Oxford는 소ox가 여울목ford을 건너는 곳이고, 케임브리지Cambridge는 캠Cam강을 건너는 다리bridge라는 뜻이다. 펀팅은 긴 막대pole를 강바닥에 대고 물길을 거슬러 앞으로 나아간다.

조정漕艇은 물 위에서 노櫓, oar를 저어 속도를 경쟁하는 단체 경기다. 펀팅과 달리 조정은 나아가는 방향을 응시하며 노를 힘껏 젓는다. 조정은 대학 생활의 한 축을 담당한다. 옥스퍼드 대학교 내 각 칼리지의 낮고 좁은 출입문 입구 위 돌에는 역대 전적과 지느러미 모양의 노가 그려져 있다. 매년 런던에서는 옥스퍼드와 케임브리지 대학의 대표 팀이 조정 대항전을 치른다. 그렇다면 조정 경기의 특징은 무엇일까. 첫째, 키잡이, '콕스cox'(coxwain의 줄임말로 조타수) 역할이 중요하다. 콕스는 체중이 많이 나가지 않아야 하고 방향을 잘 설정해야 한다. 둘째, 팀플레이와 지구력이 중요하다. 배의 균형과 속도와 방향을 미세하게 잘 조정調整해야 속도를 낼 수 있다. 거친 바다를 가로지르는 요트 레이스도 마찬가지다.

대중 스포츠: 크리켓

근대 스포츠 종주국 영국에서 인기가 많은 크리켓과 테니스, 그리고 축구를 차례로 살펴보자. 영국의 국민적 스포츠는 축구와 크리켓이다. 물론 남성 중심 스포츠다. 2012년 런던 올림픽에서는 야구를 정식 종목에서 아예 뺏다. 영국인들은 야구가 아닌 크리켓을 한다. 시골 어느 마을을 가도 크리켓 경기장이 있다. 스포츠 종주국인 영국은 전 세계에 많은 스포츠를 전파했지만, 크리켓은 그리 번성하지 못했다. 외국인의 눈에 크리켓은 그저 신기한 구경거리다. 크리켓은 인도와 파키스탄에서 인기가 높다. 파키스탄의 전 총리였던 임란 칸Imran Khan은 크리켓 국가 대표 선수였다(개혁적 총리였던 그는 현재 군부에 의해 수감 중이다).

크리켓이 식민지에서 살아남은 이유는 무엇일까. 첫째, 식민지는 크리켓이 위협적이지 않다고 여겨 용인했다는 설이 있다. 둘째, 영국은 식민지에 크리켓을 보급해 호전성을 누그러뜨려 제국주의를 지탱하는 수단으로 사용했다. 오늘날 영연방 크리켓 국제 대회는 영국에서 관심이 높은 최대 행사 중 하나다.

영국 전역에서 여름철이면 푸른 잔디 위에서 하얀 플란넬 셔츠와 면바지를 입고서 크리켓 경기를 하는 모습을 자주 볼 수 있다. 이런 모습은 "순백의 백합처럼 순수하고 남성다워 보였다"(박지향, 2006: 205). 여기서 백인 우월주의와 남성성 예찬의 낌새를 알아챌 수 있다. 크리켓 경기의 특징은 느림과 여유에 있다. 아마도 운동 경기 중 크리켓이 가장 긴 시간 동안 진행되는 느슨한 스포츠에 해당할 것이다. 크리켓은 거친 스포츠인 럭비와 다르고, 돼지의 오줌보를 차는 "백정의 자식들에게 적합한 운동"인 축구와도 다르다.

크리켓 경기자들의 흰색 의상은 백인의 특권과 여유의 기표로 여겨진다. 아프리카 초원에서 수렵 여행을 하거나 인도에서 코끼리 등을 올라타고 여행할 때, 영국인 남녀의 복장은 한결같이 흰색이다. 왜 흰색일까. 첫째, 흰색은 햇빛을 반사해 시원하게 해준다. 이것은 실용적 측면이다. 둘째, 흰색 옷을 입으려면 세탁과 다림질을 해줄 하인이 필요하다. 즉, 경제적 여유가 있어야 흰옷을 입을 수 있다. 이것은 경제적 측면이다.

런던의 크리켓 주 경기장인 오벌Oval과 로드스Lord's에서 경기가 열릴 때면 영국인들은 가족과 친구 들과 함께 간다. 경기장에서 음식을 먹으며 담소를 나누며 경기를 관람한다. 우리 눈에는 너무 지루하게 보이지만 영국인들은 크리켓 경기를 너무 사랑한다. 존 메이저John Major는 총리에서 물러난 후 크리켓 해설을 하고 싶다고 말했을 정도다.

크리켓 경기의 운영 방식을 알아보자. 각 팀 열한 명으로 구성한다. 투구자bowler, 타자batsman, 포수wicket keeper로 나누어 공격과 수비를 한다. 아홉 명이 수비를 한다. 타자가 공을 치거나, 투구자가 던진 공이 위킷(삼주문三柱門)을 맞추는 방식으로 득점한다. 친 공을 손으로 받거나, 던진 공이 위킷을 치면 아웃이다. 크리켓에서 투수가 세 타자를 연속 아웃시키면 해트 트릭hat trick이라고 부른다. 본래 이 용어는 모자를 사용하는 요술에서 나왔다. 열한 명이 모두 아웃이 되어야 1이닝이 끝난다. 한 게임에 5일도 걸리는 크리켓은 슬로 스포츠의 전형이다.

크리켓과 야구의 차이점을 알아보자. 첫째, 크리켓 투구자는 팔을 뻗어 어깨 위로 바운드 공을 던진다. 둘째, 크리켓은 코르크 심心에 마사를 감고 쇠가죽을 씌운 공을 사용한다. 따라서 공을 글러브가 아닌 손으로 받는다. 셋째, 타자의 방망이가 야구 방망이처럼 둥글지 않고 넓다. 크리켓은 미국에서 야구로 발전했다. 야구는 크리켓 경기에 비해서 역동적이다.

마지막으로 영국의 스포츠 사랑은 어떤 결과를 낳았나. 영국에서 축구·럭비·크리켓·골프·테니스·경마 등 대부분의 근대 스포츠가 탄생했다. 스포츠는 자국민에게 활력과 역동성을 제공했다. 퍼블릭 스쿨은 스포츠를 통해 남성성을 훈련시켜 남자다운 엘리트를 배출했다. 스포츠에도 계급적·민족적 이데올로기가 작동한다는 점에 주목할 필요가 있다.

대중 스포츠: 테니스

테니스는 본래 상류층 스포츠였다. 초창기에 여자들은 결혼 상대자를 구하려고 테니스장을 출입했다. 테니스의 복장 규정도 크리켓처럼 '올 인 화이트'다. 흑인이 우승하면 하나의 '현상(사건)'이 된다. 주최국 선수가 아닌 외국 선수가 우승하면 일명 '윔블던 현상'으로 부른다. 흑인 여성이 우승하면 '흑진주'라는 인종 차별적 찬사를 부여한다. 잔디 테니스의 성지, 윔블던에서는 매년 테니스의 황제 혹은 샛별이 등장한다. 영국의 테니스 스타로는 스코틀랜드 출신의 팀 헴먼Tim Henman과 중국계 에마 라두카누Emma Raducanu가 있다. 팀은 2002년 윔블던 남자 단식 4강에 진출했다. 에마는 2021년 US 오픈 테니스 대회 여자 단식에서 우승했다.

테니스의 경기 규칙과 득점 표기 방식은 아주 복잡하다. 일반인이 쉽게 배울 수 없도록 만들었다. 테니스에는 계급을 구분하는 전략이 작동한다. 경기match는 '점수point → 게임game → 세트set'로 구성된다. 한 경기는 보통 3세트(3전 2선승제)이다. 한 게임은 4점을 먼저 얻으면 승리하고, 한 세트는 여섯 게임을 먼저 이겨야 승리한다. 다만, 게임 스코어가 3:3이면 듀스deuce(동점)가 되어 연속해서 2점을 먼저 얻어야 게임을 이기게 된다. 듀스 상태에서 선수들이 각각 한 포인트를 얻었을 경우 다시 듀스 상태가 된다. 게임이 5:5이면 게임 듀스가 되어 7:5로 이겨야 세트의 승자가 된다. 만약 게임이 6:6이 되면, 타이 브레이크tie break에 따라 서로 번갈아 서브service해서 7점을 먼저 얻는 선수가 승자가 된다. 세트 계산 시 상대가 다섯 게임을 이기기 전에 먼저 여섯 게임을 이기는 쪽이 승리한다. 게임이 5:5를 이루면 먼저 일곱 게임을 이기는 쪽이 그 세트의 승자가 되며, 다시 6:6이 되면 타이 브레이크로 세트의 승자를 가린다. 일반인이 따라 하기에는 경기 규칙이 매우 복잡하다.

테니스 용어도 좀 복잡하다. 0점을 러브love, 0, 1점을 피프틴fifteen, 15, 2점을 서티thirty, 30, 3점을 포티forty, 40라고 하며, 4점을 먼저 얻는 쪽이 이긴다. 3:3은 듀스가 되며, 듀스 다음에 1점을 득점하면 어드밴티지ad-vantage(유리한 입장)라 부른다. 어드밴티지에서 다시 같은 선수가 연속으로 1점을 더 얻으면 그 게임의 승자가 되고, 반대의 경우 다시 듀스가 된다. 만약, 3:3 듀스가 되었을 때 먼저 상대방보다 2점을 얻었다면 게임game이라 부른다.

흥미롭게도 0점을 러브라고 부르는데 프랑스어 '뇌프l'oeaf'(타원형 알 모양을 의미함)에서 유래했다. 그리고 점수가 0-15-30-45 순서로 규칙적으로 가지 않고, 45 대신 40을 사용해 불규칙적으로 만들었다. 계급을 구별 짓는 상류층의 못된 심성이 반영된 것으로 읽힌다. 크리켓과 테니스에 작동하는 계급과 인종 구별의 정치학을 읽어낼 필요가 있다.

대중 스포츠: 축구

축구는 대리전쟁이다. 축구 선수들은 전사처럼 공격성을 발휘하고, 관중들은 이에 환호한다. 축구의 특징을 알아보자. 첫째, 축구는 호전성을 해소하는 좋은 수단이다. 둘째, 축구는 노동 계급을 위한 스포츠다. 데이비드 베컴David Beckham과 알렉스 퍼거슨Alex Ferguson 감독은 노동 계급의 사투리 영어를 구사하는데 이는 축구의 계급성을 잘 보여준다. 셋째, 노동 계급은 연고 팀을 정해 응원해 승리를 통해 대리 만족을 얻는다. 넷째, 축구를 통해 페어플레이fair play(정정당당한 행동) 정신을 배울 수 있다. 국가 입장에서는 축구 활성화를 통해 다음 두 가지 효과를 노릴 수 있다. 먼저 거친 노동 계급이 사회적 불만을 해소할 수 있는 장을 제공한다. 다음으로 노동 계급에 페어플레이 정신을 내재화해 이들을 쉽게 통치할 수 있다. 이것이 축구가 지닌 정치성이다.

영국에서 축구의 유래는 8세기경 바이킹족의 침입 시기로 거슬러 올라간다. 당시 브리튼 사람들은 바이킹족인 덴마크족의 잔인성에 치를 떨었다. 적장의 유골을 파내 두개골을 발로 차던 풍습이 바로 축구의 기원이다. 집단 운동이다 보니 당연히 부상자가 생겼다. 그러자 1310년부터 축구 금지령이 내려졌다. 점차 돼지 오줌보가 축구공으로 발전했다. 눈 덮인 축구장에서 공이 잘 보이도록 오렌지색 축구공까지 등장했다. 그런데 1960년대 축구가 크리켓을 대신했다. 1966년 잉글랜드가 월드컵에서 우승했다. 당시 우승의 주역이었던 보비 찰턴Bobby Charton이 2023년 세상을 떠났다. 장례 행렬은 맨체스터 유나이티드 경기장이 있는 올드 트래퍼드Old Trafford를 지나 맨체스터 대성당으로 향했다. 이렇게 축구 레전드의 장례식을 치렀다.

축구는 전투 대형을 취한다. 공격수는 스트라이커, 중원은 미드필더, 수비 진영은 스위퍼, 문지기는 골키퍼로 부른다. '초고속 오토바이' 음바페Kylian Mbappé, '핵 이빨' 수아레스Luis Suárez, '태풍' 해리 케인Harry Kane, '손세이셔널' 손흥민, 신체 조건이 좋은 호날두Cristiano Ronaldo, 축구 천재 메시Lionel Messi가 스트라이커에 속한다. 스트라이커의 숙명은 골을 넣는 것이다.

각 나라의 국가 대표 선수단은 군단으로 불린다. '무적함대' 스페인, '오렌지 군단' 네덜란드, '아주리 군단' 이탈리아, '레블뢰 군단' 프랑스, '삼바 군단' 브라질, '삼사자 군단' 잉글랜드, '바이킹 군단' 아이슬란드, '태극 전사' 대한민국 등 다양하다. 한국은 투혼 축구다(파울루 벤투Paulo

Bento 전 대한민국 축구 감독(2022~2023년 역임)은 '빌드업' 축구를 만들었다). 체계적·과학적·조직적인 축구를 하는 팀이 상대하기 어려운 팀 중 하나다.

축구는 페어플레이를 강조한다. 야비한 백 태클에 레드카드를, 가벼운 반칙에는 옐로카드를 준다. 선수의 인성을 중요하게 여긴다. 어린이들도 어떤 반칙에 레드 혹은 옐로카드를 주어야 하는지를 안다. 이리하여 비신사적·폭력적인 행동을 다스린다. 최근에는 인종 차별적 언행은 매우 엄하게 다스린다. FIFA 월드컵을 발전시키는 데 이바지한 쥘 리메Jules Rimet, 1873~1956는 "축구 앞에는 계급주의도 민족주의도 없다"라는 말을 남겼다. 축구는 모든 계층·인종·국가가 참여할 수 있는 평등을 상징하는 스포츠다. 공이 둥글고, 구장은 평평하고 끝날 때까지 승부를 알 수 없다. 보는 묘미를 만끽할 수 있다. 또한 축구는 가장 경제적인 스포츠다. 땅, 공, 두 다리만 있으면 어디서든 할 수 있다.

9 영국식 축구의 특징

영국 국가 대표 축구 감독, 사우스게이트

축구 이야기를 좀 더 해보자. 영국은 축구 종주국이다. 영국 축구의 특징은 롱 킥에 의한 헤딩숏 방식이다. 2010년 남아프리카공화국 월드컵 국가 대표였던 피터 크라우치Peter Crouch의 키는 무려 201cm다. 영국은 득점 위주의 매우 실리적인 축구를 한다. 왜 이럴까. 또한, 가레스 사우스게이트 Gareth Southgate와 알렉스 퍼거슨 축구 감독의 스타일에 대해 알아보자.

과거 잉글랜드는 월드컵에서 승부차기penalty shoot out에서 부진을 면치 못했다. 1990년 이탈리아 월드컵 4강전에서 당시 서독(현 독일)에 승부차기로 4:3으로 패했다. 사우스게이트 자신도 1996년 월드컵에서 승부차기 마지막 키커로 나서 실축한 경험이 있다. 1998년 프랑스 월드컵 16강전에서 아르헨티나에 승부차기로 4:3으로 패했다. 또다시 2006년 독일 월드컵 8강전에서 승부차기로 포르투갈에 3:1로 패했다. 이어 2018년 러시아 월드컵에서 4강전에서 벨기에에 2:0으로 졌다. 유로EURO 2020 결승전에서 잉글랜드가 이탈리아를 만났다. 영국의 웸블리Wembley 구장은 흥분의 도가니였다. 1:1로 경기가 종료된 후 승부차기에서 잉글랜드가 3:2로 졌다. 초보 키커들이 심리적 압박감을 극복하지 못했다. 승부차기에서 골을 넣지 못한 마커스 래시퍼드Marcus Rashford와 제이든 산초Jadon Sancho, 부카요 사카Bukayo Saka 등 세 선수에게 인종 차별 발언이 쏟아졌다. 이것이 페널티 킥 실축 잔혹사다.

사우스게이트 감독은 이 고질적인 승부차기 '징크스jinx'(불운)를 극복하고자 특별한 조치를 했다. 그는 3단계 방식을 취했다. 첫째, 선수들의 심리 테스트를 거쳐 키커를 정한다. 둘째, 과학적인 분석을 통해 공을 차는 순서를 정한다. 셋째, 골키퍼의 타이밍을 빼앗는 '퍼트pert'(골프에서 공을 가볍게 치는 경타輕打) 훈련을 한다. 2018년 러시아 월드컵에서 골키퍼 조던 픽퍼드Jordan Pickford의 선방과 전략이 빛났다. 코칭스태프가 그에게 건네준 물병에는 키커가 즐겨 차는 공의 방향이 족보처럼 줄줄이 적혀 있었다. 그는 물병을 비밀 병기로 활용하는 철저함을 보였다. 이 정도면 축구는 투혼보다는 과학이다.

승부차기 훈련

승부차기는 잔인한 방식이다. 월드컵에서는 조별 리그가 끝나고 16강부터는 토너먼트 방식으로 진행된다. 무조건 한 팀이 탈락하는 방식이다. 11m 앞 지점에 공을 두고 차는 사람이나 공을 막는 사람이나 모두 극도로 불안하다. 오스트리아 출신 소설가로 2019년 노벨 문학상을 받은 페터 한트케Peter Handke는 『페널티킥 앞에 선 골키퍼의 불안Die Angst des Tormanns beim Elfmeter』(1970. 영어 제목은 The Goalkeeper's Fear of the Penalty)에서 현대인의 불안을 읽어냈다. 슈팅 평균 속도는 90~100km, 공의 골라인 통과 시점 0.4~0.5초, 골키퍼의 반응 속도 0.6초이다. 고도의 심리전이다. 키커의 심리적 안정과 방향 설정이 중요하다.

스위스의 시계 제조사 태그 호이어TAG Heuer는 완전 방수가 되는 견고한 시계를 만들겠다는 철학을 홍보 문구로 표현했다. 서울역 내 광고판에도 붙어 있던 문구다 — "압박을 견디라Don't Crack Under Pressure", "성공은 심리전이다Success. It's a Mind Game". 광고 모델로 호날두 등이 등장한다. 이 문구는 불안에 시달리는 현대인들에게 주술적 도구인 부적 역할을 한다.

세트 피스 집중 연습

2018년 러시아 월드컵에서 잉글랜드가 득점한 아홉 골 중 일곱 골이 페널티 킥을 포함해 세트 피스set play(맞춤 전술) 골이었다. 그것도 해리 케인이 혼자 여섯 골을 득점했다. 세트 피스는 골문 앞에서 득점을 위한 전술 훈련이다. 예를 들면, 코너킥 상황에서 골문 앞에 一자형 가로 대형으로 정렬했다가 세 명은 앞으로, 나머지 세 명은 뒤로 갈라치기를 하면서 상대 진영의 수비 방어선을 흔든다. 대인 방어가 어렵다. 이런 창발성은 배구 경기에서 속공을 처음 선보였을 때의 놀라움에 비교할 수 있다. 사우스게이트 감독은 선수들이 유기적인 움직임을 통해 공간을 창출하고 약속된 플레이를 완수하는지를 연구했다. 그는 미국의 슈퍼볼NFC과 농구NBA를 참관해 배운 지식을 대표 팀 훈련에 적용했다. 이처럼 그는 다른 스포츠를 연구해 축구 전술에 전용하는 융합형 사고를 했다. 마지막으로 사우스게이트 감독은 부적을 지닌다. 그는 과거의 영광을 되찾기 위해서 양복 안감에 Coming Home을 새겼다. 영어 표현 (It's) Coming home은 우승 트로피를 들고 귀국한다는 뜻이다. 자부심과 기대를 드러내는 이 문구는 1966년 런던에서 개최된 유럽 축구 선수권 대회에서 처음 사용되었다. 독일 올림피아슈타디온Olympiastadion Berlin에서 열린 유로 2024 결승전에서 사우스게이트 감독이 이끄는 잉글랜드는 스페인에 2:1로 패했다. 이로써 58년 만에 메이저 대회 우승의 문턱에서 좌절했다.

하지만 그의 매너와 헌신은 칭송을 받았다.

알렉스 퍼거슨 감독

알렉스 퍼거슨은 '축구계의 대부'로 통한다. 그는 맨체스터 유나이티드(유나이티드는 노동조합을 의미함) 구단의 감독을 역임했다. '맨유' 열혈 팬들은 그를 神으로 추앙했다. 심지어는 죽어서 맨유의 유니폼을 수의 삼아 입고 관에 들어가겠다는 열광적인 팬까지 등장했다. 한때 전성기에 맨유의 유니폼에 새긴 스폰서, AIG를 Alex Is God로 자의적으로 해독할 정도였다(AIG는 American International Group의 약자로 미국계 다국적 보험 회사다). 미국 자본이 영국의 명문 구단의 유니폼 전면에 등장한 것을 지켜보는 것은 씁쓸하다. 현재 맨체스터 유나이티드는 자금력을 앞세운 맨체스터 시티 FC에 밀린다. 예기치 않았던 일이다.

퍼거슨 감독은 몇 가지 별명을 지닌다. 그중 하나는 '껌 씹는 할아버지'다. 긴장할수록 껌을 씹는 속도가 빨라진다. 또 다른 별명은 '헤어드라이어'다. 경기력이 좋지 않을 때 라커룸에서 선수들을 호되게 질책한다. 1999년에 영국 왕실은 축구 분야에서 두드러진 업적을 남긴 그에게 Sir 칭호를 수여했다. 그의 선수 훈련과 경영 기법은 꿈나무 육성, 사전 계획, 강한 정신력, 카리스마, 칭찬하기로 요약된다.

퍼거슨 감독이 성공 신화를 쓴 비결에 대해 알아보자. 그는 스코틀랜드의 한 조선소에서 수습공으로 일하며 축구를 시작했다. 포지션은 스트라이커였다. 그는 1957년 퀸스파크 레인저스 FCQueens Park Rangers FC에 선수로 입단했다. 그는 전업 축구 선수가 되기 위해 한때 캐나다 이민을 고려했다. 33세에 주급 40파운드(약 7만 원)의 임시직 감독이었던 그가 37년 후 연봉으로만 400만 파운드(약 70억 원)를 받게 되었다. 놀라운 인생의 반전이다. 1986년에 맨유 감독으로 부임한 후 그는 25년 동안 전술, 선수 관리, 선수 영입, 판촉 등에서 탁월한 성과를 일구었다. 그리하여 영국인들이 아끼는 '인간 골동품'이 되었다. 퍼거슨 감독의 자랑스러운 아이들로는 악동 루니Wayne Rooney, 프리 킥의 달인 베컴, 무회전 킥의 달인 호날두, 멋진 조각남 베르바토프Dimitar Berbatov, 작은 도토리 치차리토(에르난데스Javier Hernández), 노장 긱스Ryan Giggs, 거미손 골키퍼 판 데르 사르Edwin van der Sar, 성실파 박지성 등이다.

10 축구장 내 인종 차별 금지

축구와 월드컵은 평등하고 평화로운 세상을 만드는 데 이바지한다. 축구장 내 인종 차별을 금지한다. 아시아 선수를 향해 '째진 눈slant eyes' 제스처를 하거나 흑인 선수를 향해 바나나를 던지는 행위는 명백한 인종 차별이다. 잉글랜드 프리미어 리그EPL는 경기장 내 인종 차별과 폭력을 엄격하게 금지하고 이를 위반하면 단호하게 징계한다.

2020년 6월 ≪비비시≫는 자메이카 출신의 라힘 스털링Raheem Sterling(당시 맨체스터 시티 FC 소속)과 인터뷰를 가졌다. 사회자가 그에게 축구계에 인종 차별주의가 작동하는지를 묻자, 스털링이 이를 인정하며 근거를 제시한다. 즉, 영국 축구계에서 유능한 백인 축구 선수(제라드Steven Gerrard, 램파드Frank Lampard)는 유능한 흑인 축구 선수(캠벨Sol Campbell, 콜Ashley Cole)에 비해 축구 감독이 될 기회가 더 많다는 점을 지적했다. 그러면서 그는 인종과 무관하게 균등한 기회 제공을 대안으로 제안했다.

인종 차별의 희생자, 로멜루 루카쿠

인종주의를 숙주로 삼는 축구계의 행태를 살펴보자. 로멜루 루카쿠Romelu Lukaku는 콩고계 벨기에 국가 대표 선수이다. 현 소속팀은 AS 로마이다. 그는 벨기에 황금 세대의 주역이다. 그가 공을 잡는 모습을 보면 마치 축구화가 스펀지 같다. 공이 자석처럼 발에 착 달라붙는다. 그는 인종 차별에 분개한다. 루카쿠는 1993년 벨기에 안트베르펜에서 콩고 이민자 집안에서 태어나 가난과 인종 차별을 겪었다. 구멍 뚫린 축구화를 신고, 쥐가 돌아다니는 집에서, TV로 챔피언스 리그도 볼 수 없는, 아주 열악한 환경에서 자랐다. 그는 "자신을 키운 건 분노다"라고 말했다. 벨기에 언론은 루카쿠가 경기력이 좋으면 "벨기에의 공격수"라고 말하지만, 경기력이 나쁘면 "콩고인의 피가 흐르는 선수"로 조롱한다. 그에게 축구는 위선과 차별을 되받아치는 수단이다. 마치 탈식민주의 전사戰士 같다.

루카쿠가 겪는 차별과 분노를 콘래드의 중편 소설 『암흑의 핵심』과 연결해 설명할 수 있다. 악명 높은 벨기에 레오폴드 2세는 콩고를 개인의 영지로 삼았다. 원주민들에게 고무와 상아 채집을 강요했으며, 실적이 저조한 자들과 반란자들의 손목을 자르는 끔찍한 만행을 저질렀다. 과거 벨기에는 콩고를 수탈했고 지금은 콩고계 루카쿠를 차별한다. 하지만 "흑인의 목숨도 소중하다!"라는 인종 차별에 항의하는 운동의 나비효과로 인해 2020년 벨기에에서 예기치 않은 변화가 있었다. 벨기에의 공공장소에서 레오폴드 2세의 동상이 철거되었다.

인종 차별의 희생자, 메수트 외질

인종 차별을 당한 또 다른 선수는 터키계 독일인, 메수트 외질Mesut Özil이다. 외질은 독일 국가 대표팀의 미드필더(당시 소속팀은 영국의 아스널 FCArsenal FC)이다. 2018년 7월 23일에 그가 돌연 은퇴했다. 그는 "독일이 이기면 나는 독일인이지만, 지면 이민자가 되었다"라고 푸념했다. 급기야 그가 이렇게 폭탄선언을 했다 ─ "인종 차별과 무례함을 느끼는 상황에서 더 이상 독일 팀을 대표해서 뛸 수 없다". 그는 독일 훌리건들의 잠재된 무슬림 혐오에 분노했다. 포돌스키Lukas Podolski와 클로제Miroslav Klose는 모두 폴란드계 독일인이었지만, 인종 차별의 집중포화는 외질을 향했다. 왜 그랬을까. 외질이 터키 에르도안Recep Tayyip Erdoğan 대통령에게 "우리 대통령"이라는 표현을 썼고 둘이 함께 사진을 찍었다는 이유였다. 외질은 이렇게 변명했다 — "부모님의 나라의 최고 지도자에 대한 예의였다". 이건 틀린 말이 아니다. 그런데도 2018년 러시아 월드컵 예선에서 자국 팀이 탈락하자 독일 훌리건들이 외질을 먹잇감으로 삼았다. 부끄러운 짓이다. 혐오와 차별의 문화가 종식되어야 한다.

11 펍과 클럽 문화

선술집 펍pub은 대중이 출입하는 선술집이다. 펍의 본명은 퍼블릭 하우스public house로 공공장소라는 뜻이다. 술집과 술의 변천사에 대해 알아보자. 펍은 로마 시대에 생긴 선술집tavern에서 유래했다. 앵글로색슨 시대에는 에일 하우스alehouse가 생겼다. 그 이후로 순례자들의 숙박 공간인 여인숙inn이 생겼다. 산업 혁명으로 도시 노동자들이 출현하면서 펍도 크게 번성했다. 18세기 이후로 맥줏집beerhouse이 등장했다. 값싼 독주인 진을 마시고 주정을 부리는 사람들이 늘어나자, 비어하우스가 생겼다. 라거 개발 이전의 맥주는 에일이었다. 오늘날 비어헌터Beerhunter와 호프만스 하우스Hofmann's House 같은 재치 있는 맥줏집 상호가 등장했다.

펍 이름에 암스arms(가문의 상징인 문장紋章이라는 뜻)가 붙은 경우는 18세기에 생겨난 귀족 등의 높은 지위를 가진 자의 보호(허가)를 받는 '고급 펍'을 의미한다. 1736년 설립된 윌트셔 롱릿Longleat의 바스 암스The Bath Arms를 예로 꼽을 수 있다. 인상적인 펍 이름이 있다. 이스트런던 화이트채플Whitechapel의 Blind Beggar와 그리니치의 Gipsy Moth(요트 집시 모스 4호 Gipsy Moth IV에서 따온 이름)를 예로 들 수 있다. 전자는 '눈먼 거지', 그리고 후자는 '집시 나방'으로, 즉 떠돌이들이 각각 목을 축이던 안식처다. 둘 다 낭만적인 간판이다. 그냥 단순히 Take Courage!(힘을 내!)라는 간판을 내건 펍도 있다. 옥스퍼드 메도Meadow 근처에 있는 펍, Perch는 민물고기 농어를 의미하지만 새의 횃대roost, 즉 휴식처로도 읽힌다. 부인 없이는 살아도 펍 없이는 못 산다는 말처럼, 영국인의 펍 사랑은 실로 대단하다.

19세기 말 영국 재무부 장관을 지낸 윌리엄 하코트William Harcourt 경은 "펍은 영국 역사에서 하원 역할을 했다"라고 말했다. 대화와 토론의 장으로 펍의 역할을 지적한 말이다. 그런데 맥줏값 자율화로 영국의 전통 펍이 사라진다. 펍이 사라진다는 것은 사교와 공론의 장이 사라지고 공동체가 붕괴한다는 것을 의미한다. 마을의 구심점, 즉 서민의 사랑방이 사라진다는 뜻이다. 런던 남동부 덜위치Dulwich 마을의 사거리에는 펍 플라우Plough, 은행, 공동 도서관, 교회(성당)가 위치한다. 일상생활에 꼭 필요한 네 가지, 즉 사회적·경제적·지적·영적 활동의 공간을 집약해서 보여준다.

이제 펍 출입 시 유의 사항에 대해 알아보자. 마지막 주문 시간은 밤 10시 45분이다. 주인이 "라스트 오더! Last order!"를 외친다. 밤 11시에 영업시간 종료를 알린다. 주인이 "Time!" 또는 "Time, gentlemen, please!" 라고 말한다. 14세 이하는 성인과 동행 시 펍을 출입할 수 있다. 펍에서는 비격식으로 그럽grub이라 부르는 음식을 먹을 수 있다. 18세 이하는 술을 마실 수 없다. 마지막으로 펍에서는 팁을 줄 필요가 없다. 1파인트 (568cc) 혹은 1/2파인트를 직접 주문해야 하기 때문이다.

이제 전문직 종사자들이 출입하는 클럽club에 대해 알아보자. 독일인 세 명이 모이면 군대를 만들고, 프랑스인 세 명이 모이면 혁명을 모의하고, 영국인 세 명이 모이면 클럽을 만든다는 말이 있다(박종성, 2003.8: 25). 영국인은 혼자면 홍차를 마시면서 신문을 읽거나 사색하고, 둘이면 서로 무관심하지만, 셋이면 동호인 클럽을 만든다고 할 정도다. 동호인 클럽은 문화적 취향 혹은 '취미 문화taste culture'를 공유한다.

본래 클럽은 도박장에서 발전했다. 담배 연기가 자욱한 남성만 출입하는 공간이었다. 그런데 점차 여성이 클럽을 운영하기 시작하면서 댄스가 도박을 대신했고, 여성만의 공간이 자연스레 생겼다. 1864년 수상과 대주교가 출입하는 클럽이 처음 등장했다. 18세기와 19세기에 귀족과 '댄디dandy'(멋쟁이)와 작가와 기자가 출입하는 전용 클럽이 생겨났다. 클럽의 회원이 되려면 위원회의 심의와 승인을 얻어야 하고 연회비도 내야 한다. 돈만 있으면 누구나 가입할 수 있는 것이 아니라, 품격과 신용이 검증된 경우에만 회원으로 받는다. 회원이 아닌 사람이 출입하려면 회원의 손님 자격으로서 가능했다. 하지만 특정 주제를 토론하는 클럽은 배타적이며 은밀한 공간이었다. 그래서 클럽은 도시 하층민에게 적대감의 표적이 되었다. 1880년대 런던에서 집주인들이 임대료를 인상하자 이에 격분한 하층민이 클럽의 유리창에 돌을 던지며 폭동을 일으켰다.

문인 클럽은 서재와 안락의자, 응접실과 식당을 지닌 편안한 공간이다. 오래된 가구와 벽지와 괘종시계로 내부를 꾸몄다. 런던에서 클럽이 밀집해 있는 곳은 웨스트엔드West End의 세인트제임스 스트리트다. 이곳에는 왕립 자동차 클럽, 옥스퍼드와 케임브리지 동문 클럽, 명문 사립고 동문 클럽, 보수당의 회합 장소인 칼턴 클럽Carlton Club 등이 즐비하다.

기사도와 신사도의 전통
품격 유지

1 기사도

기사도chivalry는 중세 유럽의 기사가 지켜야 할 가치 혹은 행동 규범을 의미한다. 기사도는 19세기에 신사의 도리를 의미하는 신사도紳士道, gentle-manship로 발전했다. 하지만 신사도가 국가주의와 결합하면서 문제가 되었다. 백승종(2018: 27)은 "19세기에 기사도가 애국주의를 고양하는 하나의 방편이 되었다"는 점을 지적한다. 신사도는 기사도를 전유해 근대 시민의 덕성을 함양하는 데 이용되었다. 하지만 제국주의 시절에 다른 인종을 지배하는 관리 경영자를 낳는 엉뚱한 결과를 낳았다. 퍼블릭 스쿨이 체육(스포츠 활동) 교과목 운영을 통해 신사도를 교육하는 중추적 역할을 담당했다. 이튼 칼리지 운동장에는 이런 웰링턴 공작의 말을 비석에 새겼다 ― "워털루 전투의 승리는 이튼 운동장에서 시작되었다". 스포츠 활동이 체력과 용기, 전술과 지도력을 기르는 데 큰 도움이 되었다는 뜻이다.

신사 계급을 의미하는 '젠트리'(어원인 gentilis는 좋은 가문 출신이라는 뜻)는 본래 기사의 후예다. 과거 봉건 영주는 봉토를 기사에게 나눠 주었다. 그런데 젠트리는 귀족의 작위를 물려받지 못했다. 15세기에 귀족 못지않은 부를 축적한 젠트리가 등장했다. 이들의 호칭은 '마스터Master=Mr'로, 귀족을 가리키는 '로드Lord'와 달랐다(이영석, 2003: 179).

젠트리는 '인클로저enclosure'(양을 효율적으로 기르기 위해 공유지를 일정 구획으로 정리해 산울타리로 만들기) 운동을 일으켰다. 젠트리는 금융 자본가나 산업 자본가로 변모했고, 자녀 교육에 아낌없이 투자했다. 여기서 자본가, 즉 부르주아bourgeois는 근면industry과 자본(이득)을 중시하는 중간층을 형성했다. 영국 산업 혁명의 주축은 젠트리였다(백승종, 2018: 83). 수공업이 기계화된 생산의 과정으로 바뀌면서 근면이 '산업'으로서 의미를 획득했다. 여기서 두 개의 형용사, 즉 산업의industrial와 근면한industrious이 생겨난다. 자본 계급을 의미하는 부르주아지bourgeoisie(성에 사는 사람,

즉 상인과 수공업자를 포함한 도시민)는 젠트리와 귀족의 행동 양식을 물려받았다. 이렇게 '신사적 자본가gentlemanly capitalist'가 출현하면서 자본과 계급의 구분이 완화되었다. 신사적 자본가의 주류를 형성한 것은 런던시의 은행, 보험, 투자, 해운업과 직접 관련된 부유한 인사들이었다(이영석, 2003: 245). 그리고 이들은 제국주의를 촉진했다. 자본가는 정치적으로는 의회를 중심으로 자신들의 정치적 요구를 관철했다. 이 과정에서 절충과 타협의 덕목이 빛을 발했다.

19세기 무렵 신사는 출신 계급과 무관하게 마음이 온화한 사람을 의미했다. 디킨스Charles Dickens, 1812~1870는 『위대한 유산Great Expectations』(1861)에서 대장장이 조 가저리Joe Gargery(핍Pip의 매형)를 따뜻한 마음을 지닌 신사로 제시한다. 더구나 탈옥수 매그위치Abel Magwitch를 핍의 은인으로 제시한다. 핍은 사형 선고를 받은 매그위치를 위해 탄원서를 제출하는 신사의 면모를 지닌다. 전형적인 영국 신사는 "점잖고 정직하고 선량한"(Ishiguro, 1996: 106) 사람을 의미한다. 21세기에 신사도는 세계 시민 교육의 바탕이 된다.

기사 계급의 사고방식과 행동 양식은 여전히 지속된다. 기사도와 신사도는 군대 지휘관을 의미하는 사관士官,officer의 행동 규범에 그대로 적용되었다. 페어플레이를 강조하는 스포츠 규칙에도 적용된다. 적을 뒤에서 공격하지 말라는 기사도의 덕목은 축구에서 백 태클을 하면 퇴장시키는 경기 규칙과도 연결된다. 백승종(2018: 101)은 스포츠맨십의 핵심으로 세 가지를 꼽는다 ― 경기자의 감정 억제, 상대방 존중, 페어플레이. 이것이 스포츠맨십과 기사도가 공유하는 가치다.

아서왕과 원탁의 기사들

토머스 맬러리가 쓴 『아서왕의 죽음』은 기사도의 변질로 인한 아서 왕국의 몰락을 보여준다. 아서왕이 가장 신뢰하는 랜슬롯 경은 기니비어 왕비와 불륜을 저지른다. 아서왕의 사생아인 모드레드가 이들의 불륜을 폭로한다. 먼저 줄거리를 간결하게 살펴보자. 아서왕이 랜슬롯과 싸우기 위해 프랑스로 출정하면서 모드레드와 기니비어에게 왕국을 맡긴다. 그 사이에 모드레드가 반란을 일으켜 왕권을 찬탈한다. 그러자 아서왕이 급히 귀국길에 오른다. 양쪽 진영이 만나 휴전에 들어가는 순간 상호 불신 탓에 난데없이 전투가 벌어진다. 협상 중 천막으로 들어온 독사에게 물린 한 기사가 검을 빼는 바람에 상대편이 이를 공격 신호로 오인하자 순식간에 협상이 깨진다〔장기 저리의 주택 융자를 의미하는 '모기지mortgage'는 (사냥감의) 죽음mort과 약속을 맺다gage가 합쳐져서 만들어진 단어다. 즉, 목숨을 담보로 맺은 약속이라는 의미다(김인성, 2002: 215)〕.

아서왕은 반역자 모드레드의 칼에 정수리를 맞아 죽는다. 죽기 전 아서왕은 베디비어Bedivere 경에게 명검인 엑스칼리버를 호숫가에 버리라고 명령한다. 하지만 명검을 탐낸 베디비어 경은 아서왕의 명령을 두 번이나 어기고 거짓말을 한다. 왕이 하사한 Sir卿라는 칭호가 무색해진다. 이처럼 부인과 아들과 신하가 모두 기사도를 잃는다. 이렇게 아서 왕국이 해체된다. 작가는 기사도가 유지되었던 좋았던 시절을 떠올린다.

가웨인 경의 오각형 별★ 갑옷

가웨인 경의 갑옷과 방패에는 다섯 개의 별이 새겨져 있다. 각각의 별 끝은 다음과 같은 이상적인 가치를 표방한다 — 관대함generosity, 동료애fellowship, 순결chastity, 예의 바름courtesy, 동정심compassion. 군대 장성將星이 별을 다는 이유는 본인이 이런 가치를 구현한 사람이라는 뜻이다. 부하에게 책임을 전가하는 장성은 속된 말로 똥별이다. 서비스 업종인 고급 호텔도 오성급이다. 이처럼 별의 의미를 제대로 알아야 한다.

아서왕의 궁전에 거인(녹색 기사green knight)이 등장해 끔찍한 제안을 한다. 그는 자기 목을 치는 자는 1년 뒤 자신의 도끼질을 받아야 한다고 협박한다. 이것이 유명한 '목을 베는 승부beheading game'이다. 그러자 용맹스러운 아서왕의 조카인 가웨인 경이 이 도전을 받아들여 그의 목을 친다. 그러자 녹색 기사는 1년 후 약속을 지키라고 말하며 사라진다. 가웨인 경이 죽음을 각오하고 녹색 기사의 땅으로 험난한 모험을 떠난다. 여정 중 그는 여자의 유혹을 물리치고 순결의 가치를 지킨다.

원탁의 기사들

아서왕은 원탁에서 회의를 진행했다. 왕 자신을 포함해 모두 열두 명의 기사가 빙 둘러앉았다. 단 현자인 마법사 멀린Merlin은 원탁에 포함되지 않는다. 원탁은 위계질서가 없는 민주적 관계의 상징이다. 여기서 원탁회의가 유래되었다. 원탁회의란 상호 존중과 숙의熟議 과정을 중시한다. 회의에서 '의장 노릇을 하다preside'라는 단어에서 프레지던트president라는 명사형이 생겼다. '의장'에서 '대통령'으로 바뀌면서 위계적 질서가 되살아났다. 오늘날 포퓰리스트 지도자들과 독고다이獨固多異(혼자서 결정하고 실행하는 사람) 지도자들의 출현을 보면서 과거보다 못한 현재를 사는 느낌이다.

기사 문학

에드먼드 스펜서Edmund Spencer, 1552~1599가 쓴 『선녀 왕The Faerie Queene』(1590) 1권은 붉은 십자가 기사red cross knight를 묘사하며 시작한다. 그는 진정한 기독교인이 지녀야 할 미덕인 '신성神性, holiness'을 대표하는 영국의 수호성인 성 조지Patron Saint George이다. 해마다 12일 동안 축제가 열릴 때 여왕의 기사들이 모험을 떠나는데, 그도 그중 한 명이다. 『선녀 왕』은 엘리자베스 1세와 신교와 애국주의를 칭송하는 문학이다. 스펜서는 선녀 왕(엘리자베스 1세)을 성모 마리아 다음 위치에 올려놓는다. 작가가 당대의 지배 질서에 복종한 느낌이다. 스펜서는 여왕에게 아첨하는 글을 써서 연간 50파운드의 상당한 연금을 받았다. 작가와 후원자 간의 비판적 거리가 눈 녹듯 사라진다.

기사들이 가장 즐겼던 것은 '토너먼트tournament'(마상 창 시합馬上槍試合)

였다. 두 무리의 기사들이 서로에게 달려들어 완력으로 말과 갑옷을 빼앗는 방식이다. 오늘날 운동 경기에서 토너먼트 방식은 승자 진출 방식을 뜻한다. 여러 편이 겨루면서 경기할 때마다 진 편은 떨어져 나가고 마지막으로 남은 두 편이 우승을 다툰다. 토너먼트는 목숨과 사랑과 명예가 달린 아찔한 단판 승부였다. 마상 창시합은 좋은 구경거리였지만 희생자가 많이 생겨나자 차츰 사라졌다. 펜싱 경기는 기사들의 결투를 소환한다.

아서왕과 영화 〈킹스맨〉

영화 〈킹스맨〉의 광고 문구는 "Manners Maketh Man"이다. 즉, 매너를 지녀야 진정한 인간이라는 뜻이다. 스팅의 곡 「난 뉴욕의 영국인English-man in New York」(1988)에 이 문구가 등장한다. 왕의 신하를 의미하는 킹스맨은 기사를 의미한다. 킹스맨은 현대에 와서 일급비밀 요원을 의미한다. 이 영어 문구의 특징을 자세히 살펴보자. 첫째, manners는 불가산 명사라서 단수로 취급한다. 둘째, maketh는 makes의 중세 영어 형태다. 중세 영어에서 3인칭 단수에는 -s대신 -th를 붙였다. 셋째, 추상 명사에는 관사를 사용하지 않는다. Man은 특정한 남자를 지칭하는 것이 아니라 추상적으로 사람(인간)을 의미한다. 넷째, 두운 m-으로 시작하는 단어 세 개를 나열해, 즉 두운을 살려서 발음하기도 쉽고 소리음도 귀에 잘 감긴다. 뒤로 갈수록 세 개 단어가 점점 짧아져 호흡하기에 편하다. 다섯째, 각운 -s와 -th가 사용되었다. 영어는 아름다운 언어라는 생각이 든다.

2 언어의 품격

조지 6세의 킹스 스피치

영화 〈킹스 스피치The King's Speech〉(2010)는 국왕의 대국민 연설의 중

요성을 잘 보여준다. 고 엘리자베스 2세 여왕의 아버지인 조지 6세1895~
1952(콜린 퍼스 분)는 1933년 졸지에 왕위에 오른다. 그의 형이 미국인 이
혼녀, 심슨 부인Mrs Simpson과 사랑을 위해 왕위를 포기했기 때문이다. 그
런데 그는 사람들 앞에 서면 그는 "더더더…" 하며 말을 심하게 더듬는
다. 그리하여 그는 "미친 말더듬이 조지 국왕mad King George stammer"으로
불린다. 이를 안쓰럽게 지켜보던 왕비가 치료를 위해 국왕을 괴짜 언어
치료사인 라이오널 로그Lionel Logue, 1880~1953에게 데려간다.

1939년 9월 3일에 조지 6세는 라디오 방송으로 중대한 대국민 연설을
해야만 했다. 연설의 내용은 영국이 독일과 맞서 싸우겠다고 선언하는
것이었다. 그런데 국왕은 무거운 책무를 수행할 수 없을 것 같아 고민한
다. 우선 말더듬증을 치료해야만 했다. 양조장 아들인 언어 치료사, 라이
오널 로그가 그의 증세를 치료한다. 국왕의 말더듬증은 억압적인 환경의
산물이었다. 선천적으로 왼손잡이였던 국왕은 오른손 사용을 강요받았
다. 더구나 안짱다리를 고치기 위해 보철을 착용해야만 했다. 더욱 유
모로부터 냉대를 받았다. 그렇다면 치료 비법은 무엇일까. 언어 치료사가
국왕에게 권한다 — "심호흡하시고, 어깨를 푸시고, 가슴을 펴시라Take a
nice deep breath, wrist your shoulders, and expand your chest". 치료의 핵심은 근육
이완과 호흡 조절이었다. 즉, 몸과 마음을 옥죄지 말고, 긴장을 풀어줘야
한다는 뜻이다. 마침내 국왕은 "목소리를 냈다I got a voice"라고 외친다.
이를 지켜본 치료사는 충격을 받아 "말문이 막힌다I'm speechless"라고 응
답한다.

엘리자베스 2세의 퀸스 스피치

고 엘리자베스 2세의 육성을 들 수 있는 때는 매년 크리스마스와 의회
개원일, 그리고 국가 위기 때이다. 코로나19 팬데믹 위기 때 왕실이 할
수 있는 일은 매우 제한적이었다. 국가 의료서비스NHS에 종사하는 의료
진을 격려하거나 사회적 거리 두기를 촉구하는 일이 전부였다. 마침내

여왕이 대국민 연설을 했다. 과거와는 달리 온라인 매체나 광고 전광판을 이용했다. 런던의 번화가인 피커딜리 서커스 전광판에 여왕의 사진과 대국민 메시지가 등장했다(본래 이곳은 위스키나 코카콜라, 그리고 삼성이나 소니가 자사 제품을 광고하던 곳이다). 2019년 12월 19일 의회 개원식the state opening of parliament에서 행한 연설Queen's speech에서 여왕은 2023~2024년까지 국가 의료서비스에 연간 339억 파운드(약 51조 3000억 원)의 재정 지원을 보장한다는 급진적인 안을 존슨 정부에 권고했다. 공공 의료를 강화하라는 국정 방향을 제시한 것이다.

찰스 3세의 킹스 스피치

2023년 11월 7일 찰스 3세가 의회 개원식에서 왕위 즉위 후 첫 연설, 즉 이른바 킹스 스피치를 했다. 영국에서는 의회가 개원할 때마다 국왕이 직접 정부의 최우선 과제를 소개한다. 여기에는 북해 석유·가스 신규 개발 승인 등의 주요 법안이 포함된다. 입헌 군주제에서 "군주는 군림하지만 통치하지 않는다". 국왕의 의회 개원식 참석 행사는 군주와 의회 간 긴장 관계를 상징적으로 보여준다. 국왕이 웨스트민스터 의사당에 도착하면 의전을 담당하는 의회 고위 관료, 즉 '블랙 로드Black Rod'(권위의 상징인 흑단黑檀, the ebony staff을 지닌 사람)의 안내를 받아 상원에 있는 왕좌에 앉는다. 블랙 로드는 하원이 군주로부터 독립성을 강조하기 위해 만들었다.

3 역대 총리들의 리더십 스타일

윈스턴 처칠

윈스턴 처칠 수상의 별명은 '불독'이다. 처칠 하면 떠오르는 것은 시가(여송연呂宋煙), 승리의 V자 손가락, 유머 구사, '스타카토staccato'(음절을 짧게 끊어 발성하는 방식) 연설, 수채화 그리기 등이다. 그는 여유와 유머와 결단력을 지닌 지도자였다. 그는 나치 독일에 맞서 제2차 세계대전을 승리로 이끈 위인으로 평가를 받는다. 특히, 그의 스타카토 연설은 압권이다. 1941년 9월 9일 하원 연설에 그가 한 말이다 — "우리는 여전히 운명의 주인이며, 영혼의 선장이다". 1941년 10월 29일 모교인 해로 스쿨에서 이런 말을 했다 — "결코, 포기하지 말라. 결코, 결코, 결코, 결코". 그래서 그를 '미스터 네버Mr Never'로 부른다.

국가가 위기에 처한 시기에 처칠의 연설문이 영국민에게 희망과 용기를 불어넣어준 점은 인정한다. 단순명료한 문장을 사용해 "발음과 청취 사이에 혼란의 여지가 없다"(박종성, 2023a: 93). 하지만 정치인에게 노벨문학상을 수여한 것은 생뚱맞다. 스웨덴 한림원은 그에게 상을 수여하는 이유로 "역사적이고 전기적인 글에서의 탁월한 묘사 능력과 인간의 가치를 옹호하기 위한 눈부신 웅변술"을 꼽았다. 처칠은 좋은 때를 만났다.

마거릿 대처

마거릿 대처 총리에 대한 평가는 호불호가 갈린다. 그녀는 추종자들에게는 '철의 여인'이었고, 비판자들에게는 '신자유주의 전도사'였다. 보수당 출신의 영국 최초의 여성 총리로서 11년(1979~1990) 동안 세 번 연속 집권하며 기세가 등등했다. 그녀는 확신에 가득 찬 우파 정치인으로 평가받는다. 그녀가 이룬 업적 중 하나는 미국과 손을 맞잡고 냉전을 종식해 인류를 핵전쟁으로부터 구해낸 것이다. 외모는 여성적이나 목소리는 남성적 지도자였다. 그녀가 남긴 대표적인 어록이다 — "안 돼, 안 되고 말고, 절대 안 돼No, no, no"와 "다른 방법이 없다There Is No Alternative"(줄여서 TINA라고 부른다). 대처는 노조에 강력히 대처한 '티 나는' 지도자였다. 욕도 많이 먹었고, 적도 많았다.

대처 총리의 성장 과정을 살펴보자. 식료 잡화점의 딸로 태어나 옥스퍼드 대학의 여학생 전용 서머빌 칼리지Somerville College를 다녔다. 그녀는 중산층의 근면, 노력, 자기 규율, 책임을 통한 돈벌이와 성공을 이루는 것을 가치 있는 삶으로 여겼다. 그녀는 "국가는 국민에게 젖을 주는 유모가 아니다"라는 유명한 말을 남겼다. 이처럼 그녀는 개인이 국가의 복지 정책에 지나치게 의존하는 문화, 일명 '영국병' 퇴치를 주도해 찬사와 비판을 모두 받았다. 좌파 관점에서 보면 대처는 복지 국가(무상 의료, 무상 교육, 실직 수당, 공공 주택 정책 등) 이념의 파괴자였다. 퇴임 후 폭음설이 나돌았고, 이제는 고인이 되었다. 워낙 물의를 일으킨 인물이라 그녀의 동상을 의회 광장에 세우지 못하고 있다.

대처 총리의 개혁 드라이브가 초래한 부작용도 컸다. 무엇보다도 그녀는 경쟁을 통해 효율성을 높이려고 했다. 적자가 나는 탄광을 폐쇄했고, 노조를 강경하게 대처했으며, 국영 기업을 사영화했다. 급기야 1989년에는 빈부의 차이와 관계없이 사람 머릿수에 맞추어 걷는 세금을 징수하는, 이른바 '인두세人頭稅, poll tax'(순화된 표현으로 지역 주민세)를 도입해 국민의 거센 저항에 직면했다. 게다가 개인적 성취를 강조한 결과 일명 '여피족Yuppie, Young Urban Professionals＋(hip)Pie'(대도시에 사는 젊고 수입이 많은 전문직 종사자)이 탄생했다. 계급의 양극화와 위화감이 심해졌고 공동체 정신이 체계적으로 파괴되었다. 대학에서는 돈벌이가 안 되는 순수 학문(예를 들면, 언어학과와 지중해 학과)이 폐과 위기로 내몰렸다. 급기야 그녀를 마귀할멈으로 조롱하는 사람들까지 생겨났다〔그녀는 찰스 디킨스 소설 『위대한 유산』에서 정지된 시간 속에 사는 '미스 해비샴Miss Havisham(어감상 have a shame을 떠올리며 '부끄러운 줄 알아야지'를 의미한다)'에 비유되곤 했다〕.

대처 총리는 민족주의에 불을 지핀 우파 지도자였다. 1982년에는 아르헨티나 최남단 영국령 포클랜드섬을 탈환하기 위해서 전쟁을 불사했고 승리했다. 이를 선거에 이용해 재선에 성공했다. 그리고 1981년에는 영국에서 태어난 모든 아이에게 자동으로 부여해 오던 시민권 폐지를 골자로 한 국적법을 도입해 이민자 유입을 억제했다. 전 세계를 영국의 활동 무대로 생각했던 그녀는 당연히 유럽과의 통합에 반대했다. 그녀는 국익과 주권을 확실히 챙긴 강경 보수주의자였다. 보리스 존슨 전 총리가 그녀의 이런 생각을 계승했다.

그렇다면 대처 총리가 사임하게 된 주된 이유는 무엇일까. 유럽 통합을 둘러싼 보수당 내부의 분열과 반발 때문이었다. 2016년 보수당 내 브렉시트 찬성파 대부분이 대처의 정책을 지지했던 의원들이었다. 2020년 1월 31일 영국이 유럽 연합에서 공식적으로 탈퇴할 때까지 장장 30년이 넘는 지루한 소모적인 정쟁이 전개되었다. 무덤 속에서 그녀가 존슨 총리에게 미소를 지으며 "보리스, 참 잘했어요"라고 말을 건넬 것 같다.

존 메이저

존 메이저 총리의 별명은 '회색인'이다. 왜 이런 별명을 갖게 된 것일까. 우선 흰 머리카락이 많다. 다음으로 중요 안건에 대해서는 미루는 태도를 지녔다. 침착하고 차근차근 말하는 점잖은 사람이다. 대처 총리 덕분에 운이 좋아 47세에 총리가 되어 1990년부터 1997년 5월까지 총리로 재임했다. 고등학교 졸업 최종 학력을 지닌 그는 1979년 하원 의원에 당선되면서 정치계에 입문했다. 말하자면 대처 총리가 그의 후견인이었다. 가정 형편이 어려웠던 그는 '계급 없는 사회classless society'를 내세운 서민적 지도자였다. 그는 선거 유세 기간 시장터를 돌며 네모난 나무 상자 위에 올라 휴대용 스피커를 사용하는 방식을 택했다. 유랑 서커스단의 단원이었던 그의 부친의 서민적 이미지를 충분히 활용했다. 그래서 그의 스타일은 답답할 정도로 "좀 기다려보자wait and see"였다. 하지만 정직함이 그의 큰 자산이었다. 그는 '정직한 존'으로 불렸지만, 카리스마와 쇼맨십이 부족했다.

영국은 1992년 9월 16일(수) 유럽 각국의 환율을 좁은 변동 범위로 고정하는 '유럽 환율 조절 메커니즘ERM에 가입한 후 6년 만에 탈퇴했다. '공포의 수요일' 하루 동안 영국 중앙은행이 파운드화를 사들이며 파운드화 가치를 방어하려 했다. 하지만, 파운드화가 폭락했고 금융 시장이 패닉 상태에 빠졌다. 그런데 당시 투자의 귀재이자 갑부인 소로스George

Soros는 10억 달러 이상을 벌어들였다. 이 악몽을 겪은 후 영국은 유로화와 함께 자국의 파운드화 사용을 고수했다. 퇴임 후 메이저는 브렉시트를 공개적으로 반대했다. 그는 그것이 '현실적practical' 방안이라고 생각했다.

토니 블레어

토니 블레어 총리의 별명은 '밤비' 사슴이다. 2003년 미국과 함께 이라크 전쟁에 참전하면서, 그는 '부시의 푸들'이라는 굴욕적인 별명을 얻었다. 1994년 44세의 최연소로 노동당 당수가 되었다. 1997년 5월 총선에서 보수당에 압승을 거둠으로써 18년 만에 노동당 출신의 총리가 되었다. 이른바 '젊은 피'의 출현이었다. 3기 연속 집권하면서 10년 동안 총리로 재임했다. 달변가 블레어는 '새로운 노동당New Labour' 건설과 '제3의 길Third Way'을 비전으로 제시했다. 노동당의 변신은 신선했고, 개혁안은 지지를 얻었다. '전 산업의 국유화'를 명기한 노동당의 당헌 4조를 삭제하고, 자유 시장의 원리를 수용해 당의 경제 정책을 시대의 흐름에 맞게 혁신했다. 보수당의 정책을 몰래 베낀, 이른바 '정당의 옷 갈아입기 political transvestism'(복장 도착服裝倒錯) 전략을 택해 중도 노선을 표방했다. 시대의 흐름을 읽는 감수성을 지녔기에 블레어는 집권에 성공할 수 있었다. 하지만 블레어의 끝은 좋지 않았다. 제3의 길은 다름 아닌 현란한 수사로 판명되었다.

블레어가 존경할 만한 정치인으로 남지 못한 이유를 알아보자. 첫째, 그는 재임 중 치명적인 잘못을 저질렀다. 그것은 다름 아닌 2003년 3월 20일에 영국의 이라크 전쟁 참전 결정이었다(미국은 2011년 12월 18일 이라크에서 철수했다). 2016년 6월 6일에 「이라크 전쟁 조사보고서」, 일명 「칠콧 보고서」가 발간되었다. 이 보고서는 영국이 이라크 전쟁에 참여하기로 한 결정은, 설령 그것이 국익을 위한 것이라 해도 명백히 불법이라고 결론을 내렸다. 블레어 총리와 정보국장이 허위 정보(사담 후세인의 이라크 정권이 인명 대량 살상용 무기를 보유하고 있다는)에 기반해 이라크 정권을 교체하기 위해서 미국과 전쟁에 참전했다. 총체적 진실을 밝혀내는 데 무려 13년이 걸렸다.

퇴임 후 블레어의 처신도 비판을 자초했다. 그는 전 세계를 돌며 고액 강연료를 챙기고 자서전을 써서 인세를 챙겼다. 그렇게 해서 번 돈으로 카리브해에서 주택 쇼핑을 했다. 이것은 노동당 당수의 진정성을 의심하게 만든 '스모킹 건smoking gun'(직접적 증거)이다. 그가 표방했던 제3의 길(사회주의와 자본주의의 결합)의 민낯을 보는 것 같아 씁쓸하다.

고든 브라운

고든 브라운Gordon Brown 총리의 별명은 히스클리프다. 히스클리프는 에밀리 브론테의 소설 『폭풍의 언덕』에 등장하는 음울한 낭만적 기질의 영웅이다. 스코틀랜드 출신으로 56세에 총리가 된 그는 늘 과묵하고 침울한 표정을 지녔다. 하루 18시간씩 일하는 일벌레였다. 불도저식으로 일을 밀어붙이는 럭비 선수 스타일을 지닌 정치인이었다.

2007년 총리 취임 연설에서 고든 브라운은 어린 시절을 이렇게 회고했다 — "가정 형편이 어려웠는데도 명문 에든버러 대학을 나오고(그는 대부분의 영국 정치가와는 달리 드물게 '공립 학교' 출신이다). 럭비 경기 중 다친 두 눈 중 한쪽 눈이라도 살릴 수 있었던 것은 무상 교육과 국가 의료서비스 덕분이었다". 강한 울림을 주는 말이다. 그래서 그는 정책의 우선순위를 의료·교육·주택 분야에서 공공성 강화에 두었다. 정책의 방향을 옳았다. 퇴임사에서 그는 자신이 총리직을 사랑했던 이유로 "이 나라를 좀 더 공정하고, 더 푸르고, 더 민주적인 국가가 될 잠재성"을 꼽았다. 데이비드 캐머런 보수당 총리가 후임자로 등장하면서 1997년부터 2010년까지 13년 동안 지속한 블레어·브라운 노동당의 집권은 대단원의 막을 내렸다.

데이비드 캐머런

데이비드 캐머런 총리의 별명은 '칠랙스' 데이비드다. 칠랙스chillax (chilled out과 relax의 합성어)는 '느긋하게 쉰다'라는 뜻이다. 그는 일에 중독된 총리가 전혀 아니다. 그냥 취미 삼아 정치를 하는, 엘리트 코스를 밟은 귀공자, 즉 금수저 출신이다. 이런 점을 의식한 듯 그는 간편한 복장으로 자전거를 즐겨 타는 서민적 이미지를 자주 연출했다. 말솜씨가 좋은 캐머런은 39세에 보수당 대표가 되었다. 취임사에서 그는 "강하고, 안정된, 품격을 갖춘, 정부"를 표방했다. 정책적 우선순위를 재정 감축과 내핍 정책을 통한 경제 안정, 재정 적자 감소, 사회 정의 실현, 국가 통합에 두었다. 하지만 하원 의석 650석 중 과반인 326석을 확보하지 못해 '형 의회hung parliament'(절대 다수당이 없는 의회)가 되자 자유 민주당과 연립 정권을 구성해 국정을 운영해야만 했다.

돌이켜보면 캐머런의 가장 큰 패착은 재집권에 필요한 유럽 통합 반대파의 지지를 얻기 위해 궁여지책으로 브렉시트를 국민 투표에 부치겠다고 한 약속이었다. 이것은 명백히 포퓰리즘이었다. 국민 투표 시행 결정은 대의 민주주의의 실행이지만, 이것이 초래할 여파를 고려한다면 피해야 할 위험한 도박이었다. 브렉시트는 영국을 브렉시트(탈퇴파) 대 브리메인Bremain(잔류파)으로 분열시켰다. 그의 만용과 미숙한 정치적 판단으로 초래된 당연한 결과다. 퇴임사를 마친 후 그는 콧노래를 부르며 총리 관저로 안으로 들어갔다. 이런 무책임한 모습이 국민의 공분을 자아냈다. 캐머런은 너무 일찍 총리가 되어 꽃길만 걷다가 불명예를 안았다. 브렉시트를 후회하는 사람들은 캐머런이 나라를 망쳤다고 원망한다. 그런데 2023년 11월 13일 리시 수낵 총리가 개각을 단행하면서 경험과 식견을 지닌 캐머런을 외무 장관에 기용했다. 수낵이 캐머런의 6년 총리 경력이 필요할 만큼 위기 상황에 놓였다. 캐머런은 우크라이나·러시아 전쟁, 팔레스타인(하마스)·이스라엘 전쟁이 진행되는 중요한 시점에 국익을 위해 외무 장관직을 수행했다. 어찌 보면 '파워 셰어링power sharing'(권력

분담)이다. 수낵 총리는 경제를, 외무 장관은 외교를 담당하는 모양새다. 그런데 문제는 누가 총리인지 가끔 헷갈린다.

테리사 메이

테리사 메이Theresa May 총리는 성공회 목사의 딸로 '깐깐한 기숙사 사감' 스타일이다. 과묵하고 원칙적이며 금욕적이다. 공립 학교 졸업 후 옥스퍼드 대학에서 공부했다. 취임사를 보면 유머 감각이 부족하고, 회색빛이 주조를 이루며, 너무 진지하다. 그녀가 개인적 불행을 겪은 탓이다. 25세에 졸지에 부모를 잃었고, 불임의 고통이 뒤따랐으며, 당뇨병을 앓고 있다. 하지만 고통을 딛고 일어선 단단한 사람이다.

메이 총리가 취임사에서 두 가지를 강조했다. 첫째, 브렉시트 탈퇴 결정을 잘 이행해 통합 왕국 영국의 해체를 막겠다. 하지만 탈퇴와 해체는 서로 충돌한다는 점에서 자충수다. 브렉시트 찬성 결과가 나오자〔투표율 72.2%에 탈퇴 51.9%, 반대(잔류) 48.1%〕, 유럽 연합에 남길 원하는 스코틀랜드(62%가 잔류를 희망함)가 독립을 위한 국민 투표를 다시 시도하겠다고 했다. 둘째, 계급, 인종, 성 차별이 없는 공정한 사회를 만들겠다. 즉, 특권을 지닌 소수의 이득을 견고히 지키는 것이 아니라, 국민 개개인의 이득 먼저 챙기겠다는 뜻이다. 하지만 그녀는 원대한 비전을 지니지 못한 채 특정 시기에 필요한 위기관리용 총리가 되었다. 의회에서 브렉시트 완결을 위해 심한 내홍을 겪다 결국 사임했다. 이어 포퓰리스트 보리스 존슨이 총리가 될 기회를 잡았다. 마치 왕권 찬탈을 주제로 한 셰익스피어의 사극을 보는 것 같다.

보리스 존슨

보리스 존슨 총리의 별명은 '리틀 트럼프'와 '바퀴벌레 총리'다. 정치 평론가들은 그의 정치 스타일을 우파 보수주의적·기회주의적·포퓰리즘적으로 평가한다. 본래 기자 출신인 그는 런던 시장을 역임한 후 2019년

7월 23일에 제77대 총리가 되었다. 전광석화電光石火 전술로 2019년 12월 12일에 조기 총선을 실시해 무난하게 의회의 과반을 확보했다. 그러나 2022년 7월에 위증僞證이 문제가 되자 사임했다. 코로나19 봉쇄 기간 중 총리 관저에서 여러 번 파티를 열었다(일명 파티 게이트). 2023년 6월 하원 특권위원회는 만장일치로 존슨이 파티 게이트와 관련해 그가 의회에 고의적·반복적으로 거짓말했다는 보고서를 채택했다. 그러자 그는 '정치적 암살'이라고 반발하면서 위원회 결정이 나기에 하루 전 총리직을 사임했다. 정확하게 말하면 쫓겨났다.

영국에서는 브렉시트를 둘러싼 갈등과 분열로 2016년부터 2022년까지 6년 동안 모두 네 명의 총리(데이비드 캐머런, 테리사 메이, 리즈 트러스Liz Truss, 보리스 존슨)가 물러나는 사상 초유의 사태가 벌어졌다. 존슨은 브렉시트를 2020년 1월 31일에 공식적으로 완결했다. 유럽 연합의 행정 수반인 우르줄라 폰데어라이엔Ursula von der Leyen은 영국의 브렉시트 공식 탈퇴 결정에 대해 "영국의 멋진 고립이 장점이 되지 않는다"라고 뼈 있는 말을 했다. 허둥대고 떠벌리는 존슨 총리는 '광대'의 모습을 보여주었다. 옥스퍼드 대학 출신의 엘리트가 나라를 망쳤다는 볼멘소리가 나온다. 존슨은 불명예스러운 정치인이 되었다.

리즈 트러스

리즈 트러스 총리는 재임 기간은 불과 50일이었다(2022.9.6~10.25). 금융 위기를 촉발한 경제 정책 실책으로 보수당 내 지지를 잃어 결국 사임했다. 그래도 책임을 지고 사임하는 자세는 좋다. 그녀의 성급한 급진적 경제 정책이 화근을 불렀다. 무엇보다도 그간 유지해 온 재정 건전성을 심하게 흔들었다. 그녀의 감세 정책이 국채 가격 폭락을 초래했고, 이에 따라 국채 판매가 추가로 진행되면서 가격이 하락했다. 파운드화가 급락하자 당황한 영국 중앙은행이 긴급히 개입했다. 국제 통화 기금을 비롯한 외국 전문가들의 비난이 쏟아졌다. 취약한 리더십을 만회하기 위해 설익은 경제 정책을 내놓았다가 거센 후폭풍에 직면했다. 마법이 작동하지 않았다.

4 하원 풍경

영국의 의회는 상원The House of Lords과 하원The House of Commons 양원제로 운영된다. 상원은 세습 귀족으로, 그리고 하원은 지역구에서 선출된 국회 의원MPs, Members of Parliament으로 구성된다. 여기서 '커먼스Commons'는 평민ordinary people을 의미한다. 착석하는 소파의 색을 기준으로 하원은 초록색이고, 상원은 카디널 레드cardinal red이다. 토니 블레어의 노동당 정부는 상원 개혁을 단행했다. 세습 귀족이 자동으로 상원 의원이 될 수 없도록 했다. 1459명 중 759명을 탈락시켜 약 500명이 남았다.

하원은 여당과 야당, 보수당과 노동당 양당 제도를 기본 틀로 삼는다. 여당을 지배당the ruling party, 그리고 야당을 반대당the opposition party으로 부른다. 이처럼 각 당의 역할이 분명하다. 중요 사항을 최종적으로 심의하고 의결하는 곳은 상원이다. 입헌 군주제에서는 여왕의 요청과 허락이 있어야만 다수당의 총리가 정부와 내각을 구성할 수 있다.

하원의 특징을 살펴보자. 첫째, 하원에 지정석이 없다. 명패와 금배지와 이름표가 없다. 의원들은 그냥 초록색 소파에 앉는다. 필요시 발언권을 얻는다. 여당과 야당이 양쪽 진영으로 나뉘어 앉고 의장이 중앙 연단에 앉는다. 단 장관들은 맨 앞줄에 앉는다. 그래서 이들을 프론트벤처스front benchers라고 부른다. 보직이 없는 의원들을 백벤처스back benchers라고 부른다.

둘째, 질의응답에서 의원들은 언행의 품위를 유지한다. 화가 나도 항상 "나의 올곧고 훌륭한 신사분 혹은 숙녀분My right and honourable gentleman or lady"이라는 경칭을 붙인다. 감정을 절제하기 위한 장치다. 날카로운 질문과 비난을 할 때도 재담과 위트를 구사한다. 웃을 일이 많아 하원이 마치 '서커스 공연장' 같다. 분위기가 과열되면 의장이 "질서, 질서, 질서order, order, order"를 외친다. 하원의 발언대 앞 여당석과 야당석 사이에 그어진 두 개의 붉은 선이, 일명 '소드 라인sword line'으로 설전 중에 칼싸움이 벌어져도 넘어서면 안 되는 선이다(이식·전원경, 2000: 21). 그리고 토의 장면을 텔레비전으로 생중계한다. 유권자들이 의원들의 일거수일투족을 지켜볼 수 있다. 의원은 능력으로 평가를 받는다.

셋째, 국정 운영의 공백을 최소화하고 효율을 기하기 위해 일명 '그림자 내각shadow cabinet'(예비 내각)을 구성한다. 야당이 수권 정당이 되면 그림자에서 빠져나와 빛을 본다. 공백 없이 국정을 수행할 수 있도록 만든 장치다. 넷째, 총리는 하원 회기 중 매주 수요일 12시부터 30분 동안 총리질의응답PMQs, Prime Minister's Question(공식 명칭은 Questions to the Prime Minister) 시간을 갖는다. 이것은 '약식 기자 회견doorstepping'보다 훨씬 실속 있다.

장관의 소신 발언

같은 당 소속으로 내각의 일원(장관)이라 할지라도 총리와 의견 차이로 소신 발언을 하고 사임하는 경우가 종종 있다. 특히, 총리와 외무 장관 사이에 불협화음은 국가의 미래를 우려하는 마음에서 생긴다. 두 가지 예를 들어보자. 로빈 쿡은 토니 블레어 정부에서 외무 장관이었다. 그는 블레어를 수상으로 옹립한 사람이었다. 하지만 그는 "이라크 전쟁은 영국 외교의 최대 실수"라고 공개적으로 맹비난하며 장관직을 그만두었다. 그는 영국이 미국의 가장 신뢰할 수 있는 우방임을 입증하기 위해 이라크 전쟁에 참전했다고 쓴소리를 했다. 총리의 아집과 독선을 비난할 만큼 그의 양심과 소신이 남달랐다. 또 다른 예는 마거릿 대처 정부에서 외무 장관이었던 제프리 하우Geoffrey Howe, 1926~2015 경이다. 그는 대처 총리의 최측근이었지만 영국의 미래가 유럽에 있다고 보았다. 그래서 총리의 반유럽 통합 정책을 비난하며 사임했다. 그 역시 개인의 의리보다 국가의 장래를 먼저 걱정한 사람이었다. 정치인의 양심과 품격을 확인할 수 있는 지점이다.

전 하원 의장, 존 버커우

지난 10년간(2009~2019) 하원 의장을 역임했던 존 버커우John Bercow는 중립성 위반 여부로 늘 논쟁의 중심에 섰다. 보수당 출신이지만 인권과 여권, 브렉시트 등 중요 현안에 대해서는 소신껏 발언해 강한 인상을 남겼다. 그런데 본인은 자신이 좌파 성향으로 분류되는 것을 부인한다. 하원 의장이 지녀야 할 중요한 덕목 중 하나가 바로 '중립성 유지'이다. 의장이 되면 당적을 버려야 한다. 퇴임 후에도 원래 소속 정당으로 복귀할 수 없다. '크로스벤처cross bencher'(즉, 무소속 의원)로 남아야 한다. 단 캐스팅 보트를 행사할 수는 있다. 그는 2019년 10월 31일 의장직을 사임했다.

우선 버커우의 성장 배경을 살펴보자. 그는 택시 운전사의 아들로 태어나 1985년 에식스 대학을 졸업했다. 조부모는 루마니아에서 피난을 온 유대인이었다. 테니스를 즐기며 화려한 넥타이를 즐겨 맸다. 배우처럼 능변이라 호감이 가는 인물이다.

버커우를 둘러싼 아래 세 가지 논쟁점 ─ 브렉시트 찬반 관련, 트럼프의 영국 의회에서 연설 찬반 관련, 메건 마클Meghan Markle에 대한 인종 차별 여부 관련 ─ 에 관한 그의 소신 발언을 살펴보자. 그는 좌고우면하거나 의사 결정을 하지 못하는 사람은 아니다. 소신파일 뿐이다.

하원에서 보수당의 한 의원이 버커우의 부인 샐리 버커우Sally Bercow가 차량 범퍼에 브렉시트 반대 스티커Bollocks to Brexit(브렉시트는 개소리!)를 부착하고 다니는 것을 문제 삼았다. 추궁당한 버커우 의장이 이렇게 답변했다.

저는 영예로운 의원께서 부인이 절대로 남편의 부동산이거나 소유물이라는 걸 넌지시 말씀하시는 것은 아닐 것으로 생각합니다. 제 아내도 자기 목소리를 낼 자격이 있습니다.

정치적 입장이 선명한 아내(샐리는 노동당 지지자임)를 둔 남편의 재치 있는 대답이다(그의 표정은 매우 진지했다). 일순간 하원이 웃음바다로 변했다. 마치 의장이 서커스 공연자 같다.

버커우는 2019년 6월 트럼프 미국 대통령의 영국 국빈 방문 중 의회 연설에 반대했다. 일부 보수당 의원들은 영국의 국익을 위해 트럼프에게 연설할 수 있는 영예를 주어야 하며, 그렇지 않으면 그가 의장직 수행이 어려울 것이라고 으름장을 놓았다. 그러자 총리실은 "의회가 결정할 문제"라고 짧게 논평을 냈다. 버커우는 다음과 같은 원칙을 밝혔다.

첫째, 어떤 사안에 대해 의회가 결정을 내릴 때는 3주체(상원 의장, 하원 의장, 궁내 장관)의 합의가 필요한데 하원 의장인 본인은 반대할 의사가 있다.

둘째, 자신이 반대하는 이유는, 평소 인종 차별과 성차별을 일삼는 트럼프가 영국 의회가 존중하는 가치에 부합하지 않는다. 자신은 트럼프의 이민자 유입 금지법에 반대한다고 덧붙였다. 그는 이렇게 소신 발언을 이어 갔다 ― "하원이 중시해야 하는 가치는 법과 독립적인 사법부에 우선하는 평등인데, 자신은 이 가치를 지지한다. 하지만 트럼프는 이 가치에 부합하지 않는다".

셋째, 그는 국빈 방문자라고 모두가 의회에서 연설할 수 있는 "영예를 자동으로 부여받는 것은 아니다"라고 단호하게 말했다.

결국 버커우의 정치적 중립성이 문제가 되었다. 하지만 외교적 결례로 보일 수 있는 것이 규정과 원칙에 따라 '트럼프의 의회 연설 불허'로 정리되었다. 입법과 사법과 행정의 삼권 분립이 잘 작동하고 있음을 확인할 수 있다. 세계 최강국 지도자에 머리를 조아리지도 않는 하원 의장의 모습이 멋지다. 정치인으로서 품격을 지녔다.

마지막 예를 들어보자. 영국 왕자 해리Harry와 미국 여성 메건 마클이 결혼을 했다. 아들 아치Archie도 태어나 영국 왕실 내에서 잘 적응하고 있는 것처럼 보일 무렵 이들 부부가 돌연 폭탄선언을 했다. 영국 왕실의 혜택과 특권을 모두 포기하고 캐나다로 가서 독립해서 살겠다는 내용이다. 왜 그랬을까. 이들의 분노 이면에는 영국 타블로이드tabloid 신문과 왕실의 유색인, 결혼 경험자, 미국인 여성 메건에 대한 뿌리 깊은 제도적 인종 차별주의가 작용했다. 그렇다면 이 사안에 관한 버커우의 입장은 무엇일까. 그는 메건을 인종 차별, 성차별, 여성 차별의 희생자로 보기 때문에 그녀를 동정한다고 솔직하게 말했다. 이건 매우 인간적인 모습이다. ≪선데이 타임스 매거진The Sunday Times Magazine≫은 그녀가 미디어의 공격을 받게 된 이유로 영국에서 "속 좁은 파벌들"을 화나게 했기 때문이라고 지적했다. "속 좁은 파벌들"은 그녀가 과거에 트럼프 대통령을 비난했던 점과 페미니즘의 가치를 지지했던 점을 문제 삼았다. 그는 "해리와 마클은 희생을 감수하더라도 변화를 선택할 권리가 있다"라고 당당하게 소신을 밝혔다.

하원 의장의 중립성 위반 논쟁

하원 의장의 별명은 '미스터 오더Mr Order'다. 의장이 되면 가장 빈번하게 하는 말이 "질서, 질서, 질서"이다. 의장의 주된 책무는 회의장 내 질서와 중립성 유지, 수상에게 질문자 배정, 일정 안내 등이다. 질서를 유지하는 과정에서 의장은 의원들의 부적절한 언행을 질타한다. 중요한 쟁점을 다룰 때 의장의 판단과 입장이 중요하다. 그래서 의장은 의회의 전통 존중과 의회 규칙의 폭넓은 적용 사이에서 균형 감각을 지녀야 한다. 예를 들면, 브렉시트처럼 첨예한 사안을 다룰 경우, 버커우 의장은 동일한 내용으로 3일 이내 제출된 수정안을 표결에 부칠 수 없다고 판단했다. 그러자 ≪데일리 메일≫은 "국익보다 의장 자신의 브렉시트 반대 성향을 부끄러운 줄 모르고 드러낸 것"이라고 맹비난했다. 극우 신문, ≪더선≫은 의장을 "악마의 대변인"이라고 원색적으로 비난하고 나섰다. 하지만 버커우는 상식과 이성에 따른 판단이라는 점을 강조했다.

　그런데 버커우 의장이 동료 의원을 초등학생 다루듯 하고, 훈계하며, 화를 내는 태도가 문제가 되었다. 예를 들면, 나이가 든 의원에게 했던 "교정 불가능한 비행 청소년", "참선, 자제, 인내", "침착하시고요, 요가를 좀 하세요"라는 고압적 발언과 빈정대는 어투가 문제가 되었다. 모독인지 유머인지 애매한 측면도 있다. 의장은 강온 전략, 유머와 규율, 가벼움과 진지함을 구사하는 유연한 전략이 필요하다. 실제로 그가 의장이었을 때 하원은 생기가 넘치고 웃을 일이 많았다. 하지만 의장의 입장이 명료하고 단호할수록 그에 대한 반감도 커지고 적도 생겨났다. 그가 부하 직원에게 '고압적'이었다는 비난도 제기되었다. 보수당 정부는 그의 '불공정한' 언행과 '중립성' 위반, '고압적' 태도를 구실로 퇴임하는 하원 의장에게 귀족의 지위를 주는 안을 부결시켰다. 그는 영국 역사에서 230년 만에 처음으로 귀족 지위를 받지 못하는 하원 의장이 되었다. 한마디로 치졸하다.

　이로써 버커우는 230년 만에 처음으로 귀족 지위를 받지 못하는 하원 의장이 되었지만 그는 당당하게 이렇게 변호한다 ― "10년 동안 의장을 하면서 적을 많이 만든 것은 사실이지만, 난 누구에게도, 어디서든, 어떤 식으로, 언제든, 부하 직원을 못살게 했다고 생각하지 않는다". 그리고 이런 말도 덧붙였다 ― "나는 옳다고 생각하는 바를 했으며, 명분을 위해서 나섰고, 중요한 원칙을 존중했다. 그게 전부다". 비굴하지 않고 당당하다. 버커우는 귀족 작위를 잃고 더 큰 존경을 얻은 셈이다.

5 후원 제도

　서양에는 14세기부터 상류층에 속하는 왕과 귀족, 자본가가 예술인을 경제적으로 돕는 후원 제도patronage가 존재했다. 본래 이런 후원제는 가톨릭 종교 내의 '관대한 정신'의 실천과 깊은 연관이 있다. 부를 사회에 환원해야 한다는 윤리 의식의 발현이었다. 경제 자본을 소유했어도 문화적 자본을 갖추지 못하면 상류층이나 명문가로 인정받지 못했다. 예를 들면, 코로나19 팬데믹 시기에 세실 가문은 런던의 세실 코트Cecil Court에 있는 고서점의 임대료를 동결했다. 이렇게 해 '젠트리피케이션gentrification'(영세 업체가 주를 이루던 지역이 개발되는 과정에서 고급 주택과 대형 문화·상업 시설이 들어서면서 땅값과 임대료가 상승해 원주민이 쫓겨나는 현상)의 문제를 해결했다. 명문가다운 결정이었다.

갈릴레이Galileo Galilei, 1564~1642에 대한 후원을 연구한 UCLA 교수이자 작가 마리오 비아지올리Mario Biagioli는 "후원제는 선택이 아니라 사회적 지위에 이르는 데 필요한 열쇠였다"라고 말했다. 후원제 덕분에 가난하지만, 재능 있는 예술가들이 문학, 음악, 그림, 조각, 건축 등 다양한 분야에서 위대한 작품을 창조해 인류의 문화유산으로 남겼다. 신에 대한 경외심과 후원 제도가 예술 창조와 과학 연구의 자양분이 되어주었다.

이탈리아의 피렌체Firenze(플로렌스Florence)에서 인본주의가 번성할 수 있었던 비결은 다름 아닌 후원제 덕분이었다. 평민 출신의 로렌초 데 메디치Lorenzo de Medici, 1449~1492는 피렌체 군주로서 재능 있는 예술가들을 후원했다. 그는 환전 거래를 통해 축적한 부를 예술 작품의 제작을 위탁하거나 저술 지원에 사용했다. 메디치 가문은 부가 피렌체에서 유출되는 것을 금지했다. 메디치 가문은 단테, 갈릴레이, 다빈치1452~1519, 미켈란젤로Buonarroti Michelangelo, 1475~1564, 마키아벨리 등을 적극적으로 후원해 피렌체를 아름답고 위대한 도시로 만들었다. 피렌체를 '천재들의 도시'로 부르는 이유가 바로 여기에 있다. 하늘로 치솟은 첨탑과 거대한 돔, 통일된 연주황 지붕 색은 탄성을 자아낸다. 율리우스 카이사르는 꽃봉오리 돔 지붕을 보고 피렌체를 '꽃의 도시'라 불렀다. 미소년 다비드의 조각상이 세워진 언덕에서 바라본 피렌체의 전경은 아름답다. 2003년 일본 로맨스 영화 〈냉정과 열정 사이〉의 배경이 바로 피렌체다. 르네상스 초기의 역사학자 레오나르도 브루니Leonardo Bruni, 1370~1444는 도시 국가 "피렌체는 성공의 순간에 절제를, 역경의 순간에는 끈기를, 그리고 모든 행동에는 정의와 분별력을 보여주었다"라고 예찬했다(박종성, 2016: 116).

돈을 바탕으로 문화를 일군 도시는 비단 피렌체만이 아니다. 오스트리아의 소금 산인 잘츠부르크Salzburg와 스페인의 오렌지 주산지인 세비야Seville도 있다. 잘츠부르크는 암석에서 채취한 정제된 귀중한 소금을 판매해 부를 축적해 모차르트Wolfgang Amadeus Mozart, 1756~1791를 비롯한 예술가들을 후원했다. 항구 도시 세비야는 해외 식민지에서 들여온 재물과 부를 바탕으로 웅장한 건축물과 성당을 지어 문화 도시로서 면모를 지니게 되었다(박종성, 2003.10a: 18). 로시니Gioacchino Antonio Rossini, 1792~1868는 세비야의 거리를 배경으로 오페라 「세비야 이발사Il barbiere di Siviglia」(1816년 초연)를 작곡했다.

후원 제도는 오늘날 '기업체 후원corporate patronage' 제도라는 형태로 존속한다. 스폰서sponsor, 패트론patron, 메세나mécénat는 모두 기업이 행하는 예술 문화 지원 활동을 지칭하는 용어들이다. 프랑스어인 메세나는 고대 로마 황제 아우구스투스Augustus, BC 63~AD 14를 섬기던 마에케나스Gaius Clinius Maecenas, BC 68~AD 8가 시인과 예술가를 적극적으로 옹호하고 지원한 데에서 유래했다. 1967년 미국에서 기업 예술 후원회가 발족하면서 메세나 용어를 처음 사용한 뒤로 이 용어가 세계 각국에 정착되었다. 한국에서도 1994년 창설된 기업 메세나 협의회가 예술, 문화, 과학, 스포츠 등에 걸친 전반적인 지원과 후원을 해오고 있다.

테이트 모던 갤러리와 후원사 BP

런던 템스 강변 테이트 모던 갤러리는 과거 화력 발전소 터빈실을 도시 재생 사업을 통해 대규모 갤러리로 바꾼 성공적인 사례다. 갈색 벽돌과 높다란 사각형 굴뚝은 그대로 두었다. 높다란 사각형 굴뚝은 세인트 폴 성당을 마주한다. 시간의 켜를 지닌 기이한 조화다.

재생 사업의 또 다른 예는 2013년 공사를 시작해 복합 시설로 변신한 배터시 화력 발전소Battersea Power Station다. 30년 동안 방치된 이 건물의 103m 높이의 둥근 굴뚝 네 개를 남겨두고 전면 수리했다. 밝은 야간 조명도 켰다. 이 새로운 복합 공간에 애플Apple 영국 본사가 입점했다. ≪내셔널 지오그래픽National Geographic≫은 배터시 발전소를 세계 '최고의 문화 명소'로 선정했다. 2023년에 1120만 명이 넘는 방문객이 이곳을 찾았다. 놀라운 변신이다.

테이트 모던 갤러리는 고철 덩어리를 들어내어 내부 터빈실을 전시실로 꾸몄다. 내부 공간이 높고 넓다. 무료입장free and open to all으로 연간 400만 명이 방문한다. 초등학생들이 이곳을 학습장으로 활용한다. 갤러리와 박물관은 영국을 예술과 디자인 강국으로 만드는 핵심 인프라다.

코로나19 팬데믹 기간 마크 로스코Mark Rothko, 1903~1970와 클로드 모네의 전시가 테이트 모던 갤러리에서 열렸다. 러시아 태생의 유대인인 로스코는 극단적 슬픔에 관한 연상 혹은 명상을 은은한 색으로 표현했다. 그리고 거대한 캔버스에 담긴 빛의 화가 모네의 〈수련The Water-Lily Pond〉(1917~1920)이 인상적이다. 〈수련〉은 자연의 축소판 같다. 그림을 보고 있으면 블랙홀처럼 연못 속으로 빨려 들어가는 느낌이다. 발전소를 갤러리로 바꾼 창의성이 돋보인다.

갤러리 바로 앞에 넓은 템스강 산책로가 있다. 벤치에 앉아 세인트폴 성당과 유람선을 바라보며 한가롭게 시간을 보낼 수 있는 곳이다. 모네는 〈런던 국회 의사당Houses of Parliament〉(1904)에서 햇빛과 안개 속 고딕 건물을 몽환적으로 표현했다. 강 건너편 저 멀리 우뚝 솟은 국회 의사당 실물이 보인다. 과거와 현재, 그림과 현실(실물)이 만나는 일상생활 속에서 '블리스'(더없는 기쁨)를 누릴 수 있다.

테이트 모던 갤러리는 핌리코에 있는 기존의 '테이트 갤러리'와 달리 동시대의 작품들을 전시한다. 후원사는 영국 국영석유회사인 BPBritish Petroleum다. 그런데 기업의 예술(가) 후원에 관해서는 찬성과 반대 의견이 공존한다. 과거에는 예술가를 후원하는 이유가 3Ps, 즉 '경건함Piety', '위신Prestige', '즐거움Pleasure' 때문이었다. 오늘날 세속화된 시대에 종교적 경건함은 사라졌다. 후원 기업은 무엇보다도 위신威信을 중시한다. 오일 회사라서 오일 페인팅을 후원한다는 단순한 차원이 아니다. 공공선을 행하는 사회적 기업이라는 점을 강조하기 위해서다.

2010년 6월 남아프리카공화국 월드컵 기간 중 멕시코만에서 원유 유출 사태가 발생했다. 역사상 최악의 해안 환경 오염 사례로 꼽힌다. 당시 BP사가 기름 유출의 책임 당사자였다. 그러자 환경 단체가 테이트 모던 갤러리 내부에 원유를 뿌리며 항의하는 기습 퍼포먼스를 벌였다. 시위대는 "Art Is Not Oil"(예술은 원유가 아니다)이라는 문구를 새긴 펼침막을 들고 BP사의 예술 후원에 항의했다. 시위대는 BP사의 "정의가 없는 자선charity without justice"에 반대했다. 이로 인해 해양 오염의 주범인 BP의 '검은돈'을 받지 말아야 한다는 논쟁이 한동안 지속되었다. BP는 갤러리 운영에는 일절 간섭하지 않고 독립성을 부여해 왔다고는 항변했다. 반면 반대 진영에서는 BP의 돈을 받아서 대중이 무료로 동시대의 수준 높은 그림을 감상할 수 있는 혜택을 누리는 것이 전혀 문제가 되지 않는다고 주장했다. 특히 ≪가디언≫지의 조너선 존스Jonathan Jones 기자는 비록 돈의 출처가 악마라 해도 그걸 받아야 한다는 극단적인 논지를 펼쳤다 (2010.6.29). 대단히 실리적 생각이다. 예술(가) 후원을 둘러싸고 벌어지는 책임 윤리와 공공선의 문제에 대해 곰곰이 생각해보게 된다.

예술 후원금 배정을 둘러싼 논쟁

2011년 필자는 앤터니아 바이어트Antonia Byatt와 인터뷰를 진행한 적이 있다. 당시 그녀는 영국예술위원회의 문학 담당 국장Director, Literature, Arts Council of England이자 국제교류 담당자Hold the International Brief였다. 인터뷰 중 예술 후원에 대한 질문과 대답을 주고받은 일부를 인용한다(박종성, 2011: 474~488).

질문: 일전에(2010년 9월) 영국의 거대 석유 회사 비피BP가 멕시코만
　　에서 원유 대량 유출 사고를 일으켰을 때, 테이트 모던 갤러
　　리의 후원사인 비피사의 돈을 받을 것인가, 말 것인가 논란이
　　촉발된 적이 있었습니다. 대중이 무료로 예술을 향유할 수 있
　　다면 도덕적 흠결이 있는 단체로부터 예술 후원금을 받을 수
　　도 있다고 생각하시는지요?

대답: 제가 알고 있기로, 영국에서 대부분의 문학 단체는 담배 회사
　　로부터는 지원금을 받지 않습니다. 해킹 사건으로 문제를 일
　　으켰던 통신사들로부터 지원금을 받는 일도 꺼리는 것 같습니
　　다. 예술가들은 결국 인간이 어떤 식으로 살아야 하는가에 대
　　한 윤리 의식을 만들어주는 존재들이기 때문에 그들에게 자금
　　을 지원하는 방식에 대해서도 예술위원회는 신중한 판단과 고
　　려를 해야 한다고 생각합니다.

귀족 마인드

영국 귀족 문화는 내구력이 강하다. 하루아침에 만들어진 것도 당장
사라지는 것도 아니다. 전 세계 많은 나라에서 귀족 제도가 폐지되었다.
프랑스는 1848년 대혁명 후에, 그리고 러시아는 1917~1918년 볼셰비키
혁명 후에 귀족 제도를 폐지했다. 미국에서는 1776년 독립 혁명 덕분에
시민의 자유와 평등의 권리가 존중되면서 귀족 제도가 아예 들어서질 못
했다. 이와는 달리 영국에는 군주제와 귀족 제도가 여전히 존속한다. 영
국 귀족 품성과 생활 방식의 특징을 알아보자.

먼저 귀족의 종류와 호칭에 대해 알아보자. 귀족에는 세습 귀족과 종
신 귀족이 있다. 세습 귀족은 조상을 잘 만나 운 좋게 귀족의 지위를 세
습한 경우다. 반면에 종신 귀족은 자신의 노력과 공적으로 귀족이 된 사
람으로서 죽을 때까지만 한시적으로 귀족 신분을 유지한다. 세습 귀족에
는 공작duke, 후작marquess, 백작earl, 자작viscount, 남작baron 또는 lord의 지

위가 있다. 이런 지위는 지명 앞에 붙여서 사용한다. 예를 들면, 작고한 여왕 남편이었던 필립 공Prince Philip은 에든버러 공작Duke of Edinburgh으로 불렸다. 종신 귀족에는 준남작baronet, 기사knight, 경sir이라는 칭호를 부여한다. 이런 칭호는 세습 귀족을 잘 보필했거나 생전에 자신의 직업 분야에서 '두드러진distinguished 업적을 이룬 존경할 만한 사람들에게 수여된다. 처칠 수상과 레이건Ronald Reagan, 1911~2004 대통령, 가수 폴 매카트니Paul McCartney와 축구 감독 알렉스 퍼거슨은 여왕으로부터 경卿 칭호를 받았다. 여성에게는 데임dame이라는 칭호가 수여된다. 종신 귀족은 자신의 노력으로 칭호를 얻었다는 사실에 대해 대단한 자부심을 지닌다.

귀족이 지닌 몇 가지 특질을 알아보자. 우선 귀족은 부와 재산과 혈통을 소유한 특권 계층이다. 이들의 3대 필수품은 저택城과 말馬과 책冊이었다. 의식주 차원에서만 보더라도, 귀족은 평민과 확연히 다르다. 귀족은 고급 옷을 입고, 식사 테이블에서 은 제품을 사용하며, 공원이 딸린 곳에서 말을 타고 여우 사냥을 즐긴다. 그런데 귀족은 안락함과 특권을 누리기도 하지만 배타성과 폐쇄성을 지닌다.

둘째, 귀족은 육체노동을 하지 않아 흰 피부에 푸른 혈관이 돋보이는 부류다. 그래서 이른바 '푸른 피blue blood'(영어 단어 blue-blooded는 귀족 태생이라는 뜻)로 불린다. 하지만 이제 왕족과 귀족도 스스로 재정 자립을 마련해야 한다. 시대가 변했다. 엘리자베스 2세 여왕은 1992년 11월 20일 발생한 화재로 인해 윈저궁 일부가 전소되었을 때 국민의 세금에 의존하지 않고 복구 비용을 스스로 마련했다. 버킹엄 궁전의 일부 방을 여름철에 관람객에게 유료로 개방했다. 영국 남서부의 윌트셔에 위치한 장원 롱릿의 소유주인 바스 남작Lord Bath도 자구책을 마련했다. 건물 보수와 유지 비용을 충당하기 위해 저택의 내부를 유료로 개방하고, 영지에 동물원과 캠프장을 열고, 휴양 시설 운영 전문 업체인 센터 파크Centre Parc를 유치했다.

셋째, 귀족은 대중 앞에서 감정 표현을 자제하는 능력이 뛰어나다. 슬품 속에서도 위엄을 지닌다. 다이애나가 죽었을 때, 어린 두 아들 윌리엄과 해리는 대중 앞에서 눈물을 자제했다. 잔인하고 부자연스럽다. 이들은 냉정함과 침착성을 잃지 않게 어려서부터 교육과 훈련을 받았다.

넷째, 귀족은 자선 사업과 사회봉사에 적극적으로 관여한다. 이들은 후원과 '노블레스 오블리주Noblesse oblige'(높은 신분에 따르는 도덕상의 의무)를 실천해 대중한테서 존경받는다. 1982년 4월부터 2개월 간 벌어진 포클랜드 전쟁 때 앤드루 왕자는 헬리콥터 조종사로 참전했다. 제1차 세계대전 때 영국 귀족의 20% 이상이 전쟁터에서 죽었다. 이튼 칼리지와 옥스퍼드와 케임브리지 대학은 많은 학생을 잃어 '유령 학교'가 되었다.

레이디 고디바

오래전 영국행 비행기를 탔는데 기내식 후식으로 금종이로 싼 초콜릿이 나왔다. 포장지를 자세히 들여다보니 알몸으로 말을 탄 여인 레이디 고디바의 그림이 있었다. 1926년 창업한 벨기에 고디바 초콜릿이었음을 나중에 알게 되었다. 고디바는 신의 선물이라는 뜻으로 색슨어 Godgifu에서 유래했다.

11세기의 영국 코번트리Coventry 영주의 아내였던 백작 부인이 명품 초콜릿 이름을 얻게 된 이유가 무엇일까. 당시 16세였던 고디바 백작 부인은 주민들을 불쌍히 여겨 남편에게 무거운 세금을 철회해 달라고 요청했다. 그러자 남편이 짓궂게 부인에게 알몸으로 백마를 타고 거리를 돌면 그러겠다고 약속했다. 그러자 부인이 이를 즉각 실행했다고 한다. 레이디 고디바는 상류층의 솔선수범을 잘 보여주는 사례다.

마을 사람들이 모두 커튼을 드리우고 백작 부인의 알몸을 보지 않기로 약속했다. 그런데 마을 양복 재단사였던 톰이 이 모습을 훔쳐보았다(전설에 따르면, 톰은 시종이 쏜 화살에 맞아 눈이 멀었다고 한다). 그래서 '피핑 톰 peeping Tom(엿보는 톰)'이라는 용어가 생겼다. 그는 관음증觀淫症, voyeurism의 대명사이다. 단어 어감이 놀랍게도 '보이어'리즘이다.

현대판 고디바도 있다. 패션 디자이너, 고 비비언 웨스트우드는 고디바가 되기로 작정했다. 그녀는 G20(주요 20개국 회의)을 반대하는 데모에 알몸 수준으로 모습을 드러냈다. 반자본주의 행보를 비난하는 데모였다. 당시 "레이디 고디바처럼 비비언 웨스트우드처럼!"이라는 문구가 등장했다. 데모는 정치적 견해와 불만을 드러내는 것이 본질이다. 즉, 가려진 이슈를 가시화하고, 침묵의 카르텔을 깨는 것이다. 그러려면 파격적인 웨스트우드처럼 일명 '지렛대 효과leverage effect'가 필요하다.

조앤 롤링의 기부

롤링은 2017년 세계 최고 소득 작가 1위에 올랐다. 해리 포터 시리즈는 대략 400만 부가 팔렸고 전 세계 60개 이상의 언어로 번역되었다. 그녀는 2010년에 에든버러 대학에 1000만 파운드(약 185억 원)를 기부했다. 자신이 25세 때 45세 나이로 숨진 모친의 불치병(중추 신경계 질환인 다발 경화증) 연구를 위해서 거액을 기부했다. 에든버러 대학의 관계는 "우리 대학이 그동안 받았던 기부금 가운데서도 가장 많은 금액이다"라고 말했다. 명분이 있는 기부다. 싱글 맘이었던 그녀는 에든버러에 정착해 글을 써서 성공했다. 카페 엘리펀트 하우스와 자료 검색이 가능한 길 건너편 국립 도서관에서 글을 썼다. 그녀의 기부는 자신이 빚진 에든버러에 대한 애정과 감사의 표현이다.

롤링은 2016년에 집권 노동당에 100만 파운드(약 20억 원)를 기부했다. 노동당이 보수당보다는 아동의 빈곤 퇴치에 적극적이라고 믿었기 때문이었다. 스코틀랜드 출신의 고든 브라운 전 총리와 친분도 작용했다. 싱글 맘이었던 그녀는 글을 쓰는 동안 주당 70파운드(약 10만 원)의 생활 보조금을 받아 딸의 분윳값과 생활비를 충당했다. 이런 물적 토대 없이 작가가 된다는 것은 불가능했을 것이다. 복사비가 없어 타자기로 원고를 다시 쳤을 정도로 경제적으로 어려웠다. 그런 그녀가 글쓰기 하나로 바닥을 치고 일어나는 데 성공했다. 자신이 번 돈을 사회에 환원했다는 점에서 그녀는 현대판 뷰티풀 마인드다.

채러티 숍의 원조, 옥스팜

옥스퍼드 대학교 밸리올 칼리지Balliol College 맞은편에는 영국의 대표적인 '채러티 숍charity shop'(자선 가게)으로 '옥스팜Oxfam'(The Oxford Committee for Famine Relief의 줄임말)이 있다. 어감이 주는 일명 '황소 농장'과는 무관한 국제 구호 단체다. 이곳이 1947년에 생긴 1호점이다. 책과 옷, 액세서리와 생활용품의 기부와 나눔을 통해 전 세계 어려운 사람들을 돕고자 생겼다. 제2차 세계대전 중이던 1942년 옥스퍼드 주민들이 나치 치하의 그리스인들을 경제적으로 돕기 위해 결성했다. 그전까지는 구세군이 채러티 숍을 운영했다.

옥스팜은 100% 기부로 운영되며, 모든 수입을 기부한다. 아름다운 순환이 이루어진다. 옥스팜의 지원 사업은 99%가 해외에서 이뤄진다. 옥스팜이 지향하는 목표는 "모두를 위한 더 공정한, 더 안전한, 더 나은 세상"을 만드는 데 있다. 옥스팜은 다음 다섯 가지를 실천한다 ― 채소 재배, 학습 지원, 우물 파기, 여성 지위 향상, 가난 퇴치. 예를 들면, 2022년 크리스마스카드 판매 수익금을 가뭄으로 피해를 본 소말리아에 사는 4500명에게 1년 동안 오염되지 않은 물을 공급하는 데 사용했다. 1953년에 한국 전쟁 고아와 빈민에게 6만 파운드 액수의 구호 물품을 지원한 적도 있다. 1995년에 북한에 식수와 식량을 지원했지만 1999년 북한에서 철수했다.

영국에 등록된 채러티 숍은 6000개 이상이고, 이곳에서 활동 중인 자원봉사자는 10만 명 이상이다. 대표적인 채러티 단체로는 캔서 리서치 UKCancer Research UK, 브리티시 적십자사British Red Cross, 국경 없는 의사회 MSF, 국제 원조 구호 기구CARE, 옥스팜이 있다. 연평균 영국민 1인당 기부액은 100파운드(한화 약 15만 원) 정도라고 한다. 이처럼 옥스팜은 풀뿌리 네트워크로 작동한다. 가톨릭 국가인 아일랜드도 기부 문화가 잘 정착된 곳이다.

채러티 숍은 나라마다 다른 이름을 지닌다. 예를 들어, 미국에서는 '스리프트 스토어thrift store'(절약 상점), 호주와 뉴질랜드에서는 'OP숍 opportunity shop'(중고품 판매점), 한국에서는 '아름다운 가게'로 각각 불린다. 채러티 숍과 기부 문화가 없다면 세상은 더욱 삭막해질 것이다. 공공선과 이타심은 문명을 발전시키는 힘이다.

옥스팜은 가난 퇴치와 불평등 시정을 위해 적극적으로 관여한다. 옥스팜은 2023년 11월 20일 「기후 평등, 99%를 위한 지구」 보고서를 발표했다. 이 보고서는 제28차 COP(유엔 기후 변화 협약 당사국 총회)에 맞춰 세계가 기후 위기로 인한 지구 난민 발생과 불평등 심화 위기를 해결할 방안으로 부유세 도입을 담고 있다. 미국의 자국 우선주의와 영국의 브렉시트에서 확인할 수 있듯이, 작금의 세상은 공동 번영과는 정반대 방향으로 간다.

6 예절 교육과 초대 문화

신사의 나라 영국의 일상 속 예의와 범절에 대해 알아보자. 초등 교육 과정부터 말끝에 please와 thank you를 붙이도록 교육을 받는다. 이것이 일명 'Ps & QsPleases and Thank-yous', 즉 예절 교육이다. 예절은 대화에 윤활유 구실을 해 상대방의 감정을 상하게 하지 않는다. 일종의 안전한 '기포 공간bubble space' 혹은 '완충 지대buffer zone'를 만든다. 예의가 꼭 진심을 의미하는 것이 아니라는 점에서 위선일 수 있다. 하지만 위선 혹은 '화이트 라이즈white lies'(선의의 거짓말)가 인간관계와 세상을 부드럽게 해주면 그것을 굳이 나쁘다고 말할 수는 없다. 철학자 버트런드 러셀 Bertrand Russell, 1872~1970은 자서전에서 "영국인의 가장 큰 장점은 위선"(김규원, 2003: 170에서 재인용)이라고 말했다

다음으로 영국인의 주특기 줄 서기queuing 문화에 대해 알아보자. 은행과 버스 정류장, 우체국과 아이스크림 가게 등 거의 모든 곳에서 줄을 선다. 한 사람만 있어서도 줄을 선 것으로 여겨야 한다. 그렇지 않으면 굴욕을 당하기가 십상이다. 2022년 엘리자베스 2세 여왕이 서거했을 때 13시간 동안 줄을 선 축구 스타 데이비드 베컴의 일화는 유명하다. 영국인들은 '줄 서기에 열광한queue-mania' 사람들이다.

영국의 건물 안에 들어서면 문이 많다. 외풍과 화재를 막기 위해서다. 회전문이나 자동문이 아닌 경우 손으로 육중한 문을 직접 열어야 한다. 손잡이에 pull(당기다)과 push(밀다)가 표시되어 있다. 매너상 밀기보다는 당겨야 한다. 그래야 맞은편에서 오는 사람이 다치지 않는다. 또한, 맞은편에서 사람이 오면 문을 잡고 잠시 기다려준다. 이런 배려가 기분을 좋게 한다. 은행이나 우체국 등 돈을 취급하는 곳에서는 밖으로 나가려면 문을 당기도록 해놓았다. 강도가 문을 열고 도망가기 어렵게 만든 측면도 있다. 창구에서 현금을 찾을 때도 유리막 아래 파인 둥근 금속 원통을 돌려 현금과 수표를 내주고 받는다. 경우의 수에 대비한 일종의 안전장치를 마련해두었다.

그 밖에 일상생활에서 우리와 다른 면이 눈에 띈다. 가령, 영국에서는 문을 열려면 열쇠를 시계 반대 방향anti-clockwise으로 돌려야 한다. 한국은 이와 반대다. 수도꼭지 개폐 방향이 한국과 정반대다. 그리고 영국에서는 재래식 전등 스위치를 내리면 켜고on 올리면 끈다off. 불을 켜는 동작이 더 자연스럽다.

마지막으로 리프트lift나 엘리베이터elevator에서 지켜야 할 예절에 대해 알아보자. 승강기의 층수 표지판 단추에 G와 U가 새겨졌다. 3층을 가려면 2를 눌러야 한다. G가 1층을 의미하기 때문이다. G는 그라운드ground로 1층, 퍼스트 플로어first floor는 2층, 그리고 U는 언더그라운드underground로 지하를 의미한다. 바쁜 사람들이 승강기 안에 탑승했을 때 층수를 잘못 누르면, 영국인이 이렇게 불평한다 — "당신은 지금 영국에 있는 거요 아니면 미국에 있는 거요?Are you in Britain or America right now?" 일상 생활 속 영국 문화를 잘 숙지해야 난감한 상황을 피할 수 있다.

아이스 브레이커

사람을 처음 만났을 때 어색함을 깨는 말을 일명 '아이스 브레이커ice-breaker'라고 한다. 한 예를 들면, "화창한 날씨군요It's a lovely day, isn't it?"라고 말문을 여는 것이다. "형편없는 날씨foul weather"가 아니라서 기뻐서 하는 말이기도 하다. 긴장감과 어색함을 깨려면 대화의 기술이 필요하다. 한 가지 흥미로운 점은 대학의 포멀 디너formal dinner인 경우, 메인 코스 후 디저트 타임에 새로운 사람들과 사귈 수 있도록 좌석의 이름을 다시 배치한다. 사교에서는 티키타카 방식으로 주고받는 가벼운 대화, 즉 '스몰톡small talk'(잡담)이 필요하다. 한국처럼 좌석 붙박이 모임이 아니다.

영국식 유머

영국인들은 칭찬인지 비판인지 구분이 어려울 정도로 애매한 표현을 쓴다. 그래서 자신의 상황을 우스꽝스럽게humorous 혹은 자기 비하적self-deprecating으로 표현하는 경우가 흔하다. 한 예를 들면, 옥스퍼드 대학의 우등생으로 칭찬을 받을 경우, '책벌레bookworm'로 자신을 표현하는 경우다. 또 다른 예를 들면, 놀랍지도 않은 일에 대해서 "와, 놀랍군Wow, that's a surprise"이라고 반어적으로 반응하는 경우다. 영국인들은 아주 좋을 경우, "나쁘지 않아not bad"라는 어법을 구사하기 때문에 행간을 잘 읽어야 한다. 이렇듯 영국인들은 자기 생각을 직접적으로 말하길 꺼린다. 이것이 위선적인 두루뭉수리 화법이다(전원경, 2008: 209).

영국은 계층 간 사용하는 단어와 표현이 다르다. 상대방의 말을 알아듣지 못했을 때 what? sorry? pardon?을 사용할 수 있다. 갑甲인 상류층은 what?을 사용하지만, 을乙인 노동 계층은 pardon?을 사용한다. 중산층은 sorry?라고 말한다. 화장실을 의미하는 단어도 계층 간 달리 사용한다. 화장실을 말할 때 상류층은 loo를 사용하나 노동 계층은 toilet을 사용한다. 중산층은 restroom 혹은 washing room 단어를 사용한다.

계급에 따라 즐기는 스포츠도 다르다. 축구는 노동 계층이 하는 거친 스포츠다. 신사 계급은 크리켓을, 중산층은 럭비를 즐긴다. 해리 포터의 마법 학교에서 하는 '퀴디치quidditch'(각각 일곱 명으로 구성된 두 팀이 빗자루에 올라탄 채 겨루는 구기 종목)는 크리켓과 럭비를 결합한 것으로 보인다. 계층마다 서로 다른 단어를 사용하고, 서로 다른 스포츠를 즐기고, 서로 다른 신문을 읽는다. 과장이지만 이런 정도면 계층 간 소통과 사교가 불가능하다.

초대 문화

초대 문화에 관해 알아보자. 사생활을 중시하는 영국인들은 좀처럼 친한 사이가 아니면 손님을 집으로 초대하지 않는다. "영국인의 집은 성과 같다An Englishman's home is his castle"라는 속담처럼, 영국 남자의 집은 견고한 요새 같아서 내부로 들어가기가 쉽지 않다. 집 안에서 타인의 간섭 없이 사생활을 즐길 수 있다. 그러나 일단 초대받으면 안락한 분위기 속에서 가족처럼 대접받는다.

초대 문화의 몇 가지 특징을 알아두면 결례를 피할 수 있다. 손님 초대는 계획에 따라 이루어진다. 초대자는 최소 2주일 전에 '참석 여부RSVP'(Répondez S'il Vous Plaît라는 불어의 앞 글자를 딴 '답장 주세요'라는 뜻)를 묻는 초대장을 보낸다. 손님이 채식주의자인지, 아이들이 함께 참석해도 좋은지 등을 미리 알아본 후 준비한다. 초대를 받은 사람은 꽃이나 와인 혹은 초콜릿을 준비해 간다. 초대자는 방명록을 준비한다. 방명록을 보면 누가 언제 머물다가 갔는지, 누구한테 어떤 인상을 받았는지, 누굴 언제 다시 초대할지를 파악할 수 있다. 기록을 중시하는 문화를 엿볼 수 있다.

주인은 손님이 도착하면 집주인은 집 안의 이곳저곳을 먼저 소개한다. 벽에 걸린 초상화와 풍경화의 의미를 설명하고, 손님이 묵게 될 방과 욕실을 보여준다. 화장실과 침실 한쪽 구석에는 손님의 취향을 고려한 꽃과 책과 잡지를 놓아둔다. 초대 손님을 세심하게 배려한다. 초대란 복장 규정과 식탁 예법과 배려심이 요구되는 종합 예술이다.

초대 손님은 자기 집으로 돌아오면 손 글씨로 감사의 카드를 보낸다. 전화나 이메일이나 메신저 앱으로 감사를 표시하는 것과는 차원이 다르다. 집주인은 감사 카드를 집 안의 유리 창가나 탁자 위에 놓아둔다. 이를 바라보며 머물다 간 사람의 따뜻한 마음을 오랫동안 간직할 수 있다. 초대는 외로움을 극복하고 삶의 활력을 더해준다(박종성, 2003.9: 26).

7 영국 신문과 방송

신문의 정치적 성향

일반적으로 신문을 브로드시트broadsheet와 타블로이드로 구분한다. 타블로이드판은 브로드시트의 절반 크기다. 타블로이드는 신문 판형을 '알약tablet처럼oid(~모양의) 작게 압축한다는 뜻이다. 브로드시트가 정치나 시사 문제 등에 진지한 관심을 두는 정론지라면, 타블로이드는 연예인들의 스캔들, 가십 등의 인간적인 관심사에 더 비중을 둔다. ≪더선≫, ≪데일리 미러The Daily Mirror≫, ≪데일리 메일≫, ≪데일리 익스프레스Daily Express≫는 타블로이드 신문에 속한다. 반면 ≪더타임스≫, ≪데일리 텔레그래프Daily Telegraph≫, ≪가디언≫, ≪인디펜던트≫, 경제와 금융 분야에 특화된 ≪파이낸셜 타임스The Financial Times≫, 주간지 ≪옵저버The Observer≫는 브로드시트 신문에 속한다. 영화 〈남아 있는 나날〉에는 집사장이 달링턴 경을 위해 브로드시트 신문의 주름을 펴는 다림질하는 장면이 나온다.

신문은 읽는 사람의 정치적 성향과 계급과 젠더를 구분하는 기준이 된다. ≪데일리 메일≫은 노동 계층을 위한 신문이다. ≪데일리 미러≫는 점잖은 여성들을 위한 신문이다. 1964년에 창간한 ≪더선≫은 대표적 지라시(전단지) 신문이다. '3면page three girl'에 선정적인 여성 상반신 누드를 싣는 태양처럼 '화끈한' 신문으로도 유명하다. 논조도 우파 정부를 지지하며, 민족주의 성향이 강하다. ≪더선≫은 이른바 '옐로 저널리즘yellow journalism'(황색 언론)의 대명사다. 놀랍게도 가십과 선정적인 사진과 기사로 넘쳐나는 ≪더선≫이 판매 부수가 가장 많다. 하루 발행 부수가 약 400만 부에 달한다.

루퍼트 머독Rupert Murdoch은 호주 출신의 미디어 재벌이자 거물mogul이다. 그는 1969년에 ≪더선≫을 인수했다. 신문사 운영 방침으로 사생활 노출, 상금 게임 도입, 정치 관여를 정했다. 또한, 머독은 1785년 창간된 영국의 대표적 신문이자 보수지인 ≪더타임스≫의 소유주다. 그는 미국 미디어계에서도 활동 중이다. 폭스 코퍼레이션Fox Corporation의 설립자이자 전 CEO였다. 1985년에는 미국 ≪폭스 뉴스≫를 인수했다.

이번에는 정론지의 정치적 노선을 알아보자. ≪더타임스≫는 제목에서 알 수 있듯 전 세계의 시류를 논평하겠다는 의지를 표명한다. 영국을 지배하는 사람이 읽는 신문이다. ≪데일리 텔레그래프≫는 극단적 보수주의와 복고주의를 지향한다. 정론지 중 판매 부수가 가장 많다. 영국의 옛 영광을 그리워하는 사람이 읽는 신문이다. 한편 양심의 목소리라 불리는 ≪가디언≫은 좌파 논지를 편다. 영국을 지배하려는 사람이 읽는 신문이다. 한편 ≪파이낸셜 타임스≫는 영국을 소유하는 사람이 읽는 신문이다. ≪인디펜던트≫는 정치색이 없는 독립적 목소리를 내려 한다. ≪인디펜던트≫는 보수지인 ≪더타임스≫를 떠난 기자들이 창간한 신문이다.

그 밖에도 런던에는 석간신문인 ≪이브닝 스탠더드Evening Standard≫가 있다. 이 신문은 재생지를 사용한 핑크색이다. 노숙자들을 위한 ≪빅이슈Big Issue≫와 사회주의자들을 위한 ≪소셜리스트 워커The Socialist Worker≫도 있다. 이처럼 영국의 신문은 정치적 노선과 계급적 취향의 차이를 고려해 세분화가 이루어졌다. 『구별 짓기La Distinction』(1979)의 저자인 부르디외는 "문화적 취향과 선호도가 개인의 교육 수준 및 사회적 계급에 상응하는 방식을 보여준다"(롱허스트 외, 2023: 191에서 재인용)라고 보았다. 영국이 다양성을 추구하는 사회임을 알 수 있다.

하지만 지금은 1인 미디어 시대다. 사람들은 정보를 텔레비전과 신문을 통해서만 접하는 것이 아니라, 실시간으로 인터넷과 스마트폰을 통해 더 많이, 더 다양하게, 더 빠르게 접한다. 종이 신문의 시대가 저물어 간다. 1990년대 후반 이후 영국의 신문들은 발행 부수가 감소하자 대안으로 온라인 서비스를 통해 독자의 욕구를 만족시키기 위해 노력하고 있다. 기사를 엄선한 콤팩트판 창간을 예로 들 수 있다.

인공 지능 시대를 맞이해 가짜 뉴스가 활개를 치자 믿을 만한authentic 뉴스를 제공하는 것이 더욱 중요해졌다. 진정한 저널리즘journalism은 '처널리즘churnalism'〔churn out: (우유·크림을) 교유기로 휘젓다〕과는 다르다. 처널리즘은 현장 취재를 생략하고 자료 조사나 팩트 체크(진실 검증)를 하지 않고 기사를 대량으로 내보낸다. 여기에 조회를 늘리려는 '클릭 저널리즘'이 가세해 실재와는 엉뚱한 정보를 양산한다. 결국 언론의 생태계가 오염된다. AI 시대 언론의 보도 준칙을 지키고 진실을 추구하며 양심의 목소리를 내는 일이 더욱 중요해졌다.

공정 보도의 대명사, ≪비비시≫

≪비비시≫는 영국을 대표하는 공영 방송사다. 정확하고 공정한 보도로 신뢰를 받는다. 공정 보도는 민주주의의 시금석이다. 영국민의 94%가 ≪비비시≫를 시청한다고 한다. 텔레비전을 보유한 가구를 대상으로 수신료를 징수해 프로그램을 제작한다. 여기에 보조금 없이 자발적 기부와 광고 수익으로 운영한다. 1922년 라디오 방송을 시작했고, 1991년에 ≪비비시 월드 서비스≫ 텔레비전 방송을 시작했다. ≪비비시≫는 시사, 사회, 교양, 자연, 다큐 프로그램 제작에 약 20%를 할당한다. 이처럼 장

기적 안목을 지닌 공익 방송을 지향한다. ≪비비시≫는 지배 계급의 관점만을 보도하지 않는다. 당연히 정부에 충성하지 않는다. 그렇기에 정부의 언론 장악은 상상할 수도 없다.

기자의 본분은 현장 취재와 팩트 체크, 그리고 자료 조사를 바탕으로 기사를 작성하고 보도하는 데 있다. 이것이 저널리즘의 문법이다. ≪비비시≫는 기자의 전문성을 중요한 자산으로 삼는다. 예를 들면, 존 심슨 John Simpson은 예루살렘 주재, 중동 특파원 출신으로 현재 ≪비비시≫ 뉴스의 세계 문제 편집장이다. 그는 1980년에 입사한 후 지금까지 40년이 넘게 ≪비비시≫에서 일했으며 30곳 전쟁 지역을 포함해 120여 개국에서 취재하고 많은 세계 지도자들을 인터뷰했다. ≪비비시≫는 국제 정세를 정확하게 분석하고 공정하게 보도할 수 있는 중요한 인적 자원을 확보하고 있다.

≪비비시≫는 중요한 사건을 취재할 때 특파원 보도에만 의존하지 않는다. 본사에서 약 여덟 명으로 구성된 '특별 취재팀forensic team'을 파견해 취재한다. 한국의 이태원 참사 취재 때도 그랬다. 그런데 한국 정부의 강력한 항의로 방송을 유보했다. ≪비비시≫는 뉴스의 주제가 되지 않는다, 즉 자사 뉴스를 만들지 않는다는 원칙을 고수했다.

≪비비시≫의 공정 보도 사례를 살펴보자. ≪비비시≫는 국가 의료서비스NHS와 함께 공공성을 표방하는 영국민의 자랑거리다. 1922년 존 리스John Reith, 1889~1971가 초대 방송국장을 맡았다. 지금도 매년 그를 기리는 '존 리스 강연 시리즈John Reith Lecture Series'를 진행한다. 1992년에는 『오리엔탈리즘Orientalism』(1978)의 저자, 에드워드 사이드가 연사로 선정되었다.

≪비비시≫는 보도의 독립성과 객관성, 정직성의 원칙을 엄정하게 준수한다. 세 가지 예를 들어보자. 첫째, 포클랜드 전쟁 중 영국군을 '아군'이 아닌 '영국군British troops'으로 부를 정도로 보도의 객관성을 유지했다. 그리고 제2차 세계대전 때 나치를 '적'으로 노골적으로 표현하지

않았다. ≪비비시≫가 정부와 충돌할 수 있는 지점이다. 둘째, 2024년 5월 ≪비비시≫는 하마스를 테러리스트가 아닌 무장 정파로 표현했다. 단인터뷰에 응한 사람이 테러리스트라고 말한 경우에는 인용 부호를 사용해서 그대로 내보냈다. 그런데도 팔레스타인 동정론자들은 ≪비비시≫가 이스라엘 편을 든다고 강하게 항의했다. 그러자 ≪비비시≫는 시청자가 판단하도록 사실을 제시할 뿐이라고 항변했다.

셋째, 2020년 11월 25일(현지 시각) '축구의 신', 마라도나Diego Maradona가 심장 마비로 사망했을 때 ≪비비시≫의 보도 방식을 살펴보자. 당시 세계 각국의 언론과 축구 팬은 그를 추모했다. 하지만 영국은 '신의 손'(핸들링 반칙) 사건 탓인지 그에게 악감정을 드러냈다. ≪더선≫은 '악동' 마라도나의 코카인 중독과 금지 약물 양성 반응을 부각했다. 왜 그랬을까. 악감정을 유발한 일명 신의 손 사건에 대해 알아보자. 1986년 월드컵에서 아르헨티나와 잉글랜드가 8강전에서 만났다. 1m 65cm의 단신인 마라도나가 골문 앞에서 헤딩 자세로 점프한 후 왼손 주먹으로 득점했다. 반칙을 보지 못한 주심 탓에 결국 축구 종가인 잉글랜드가 탈락했다(VAR, 즉 '비디오 보조 심판' 도입 이전이었다). 아르헨티나는 1986년 월드컵에서 우승했고 마라도나가 최우수 선수가 되었다. 영국은 마라도나의 '교활한 손'을 쉽게 용서할 수 없었다.

그런데 2005년 마라도나가 "신의 손을 맞고 들어갔다"라고 시인했다. 설상가상으로 그는 자서전에서 신의 손 사건은 "포클랜드 전쟁에 대한 복수였다"고 밝혔다. 포클랜드 전쟁은 1982년 영국과 아르헨티나 사이에 포클랜드 제도의 영유권을 둘러싸고 벌어졌다. 당시 수천 명의 사상자가 발생했고 영국의 승리로 끝났다. 이 때문에 아르헨티나가 축구를 통해 잉글랜드에 복수했다는 마라도나의 발언은, 전쟁에 패배했던 아르헨티나 국민의 울분을 달래주기에 충분했다. 아르헨티나 대통령실은 그에 대한 각별한 애정의 표시로 3일간 국가 애도 기간을 선포했다.

≪비비시≫는 마라도나를 "가장 재능 있는 선수 중 한 명으로 눈부시

고, 악명 높고, 특별하고, 천재적이지만 흠결이 있는 축구 영웅으로 범상치 않은 삶을 살았다"라고 보도했다. 타블로이드 ≪더선≫과는 분명한 차별성을 보였다.

≪비비시≫ 50:50 프로젝트

유네스코UNESCO는 지난 2012년에 미디어 젠더 감수성 원칙을 통해 방송 프로그램에 등장하는 전문가, 대변인, 일반인 등의 성비 균형을 맞출 것을 권고했다. 프로젝트의 창시자는 ≪비비시≫ 뉴스 프로그램 진행자인 로스 앳킨스Ros Atkins였다. 그는 2017년 프로그램에서 자발적으로 시작했다. 그러자 2018년에 ≪비비시≫가 공식적으로 출연자의 최소 50%를 여성으로 구성하겠다는 50:50 프로젝트50:50 The Equality Project를 시작했다. 이후 ≪비비시≫ 내 500개의 팀이 동참했다. 참여 팀 중 74%가 여성 출연자의 비율 50%를 추구하는 50:50 프로젝트의 목표를 달성했다. 여성 기자와 앵커와 진행자 수를 늘려 방송사 내 젠더 평등을 실현했다. 이러한 성공 덕분에 유럽과 전 세계 언론사들이 50:50 프로젝트를 벤치마킹했다. 한편 한국에서는 2023년 11월 KBS 신임 사장 임명과 동시에 메인 여성 앵커가 돌연 교체되었다. 시청자들과 작별할 수 있는 기회조차 주지 않았다. 젠더 평등에도 어긋나며 비민주적 처사다.

8 부커상의 공정성 유지 비결

부커상은 소설 부문 영국 최고의 권위를 자랑하는 문학상이다. 노벨문학상, 공쿠르Goncourt상과 더불어 세계 3대 문학상에 속한다. 1968년 부커 매코널사Booker McConnell에 의해 제정되어, 1969년 1회 수상자 배출했다. 해마다 지난 1년간 영국, 아일랜드, 영연방 국가들(단 미국은 제외)에서 영어로 쓴, 영국에서 출판된, 생존 작가들의 소설 중 수상작을 선정해 수상한다. 이 문학상의 상금은 5만 파운드(약 8200만 원)이다. 부커상은 돈, 명예, 독자층을 확보해 준다.

부커상이 제정된 유래와 현재의 모습을 살펴보자. 부커상을 후원하는 부커 그룹은 식민지(영국령 기아나British Guiana)와 교역(농산물, 식료품 유통, 건강식품, 주류, 농업 경영과 자문 등)하고, 사탕수수 농장을 소유해 부를 모았다. 부커 그룹은 이 돈 일부를 문학상 후원 기금으로 정했다. 1980년대 들어서 경기 침체로 재정적인 어려움에 직면하자 아이슬란드의 냉동식품 회사에 매각되었다. 그런데 아이슬란드 회사가 문학상 후원을 거절했다. 이에 2002년 런던에 본부를 둔 국제 금융사인 맨 그룹The Man Group이 부커상을 후원하기로 했고, 상금도 5만 파운드로 인상했다. 그래서 현재 부커상의 정확한 표기는 The Man Booker Prize(맨부커상)이다. 1975년부터 1993년까지 영화배우 마이클 케인 경이 부커상을 성공적으로 운영해 왔다. 2005년부터 격년제(현재는 매년)로 '맨부커상(인터내셔널)The Man Booker International Prize'을 신설해 운영해 오고 있다.

부커상과 맨부커상(인터내셔널) 간 차이점을 알아보자. 우선, 부커상은 영연방 국가들 출신의 생존 작가들만을 대상으로 하지만, 맨부커상(인터내셔널)은 작가들의 국적과는 무관하다. 다음으로, 부커상은 영어로 쓴, 영국에서 출판된 장편 소설들을 심사 대상으로 삼지만, 맨부커상(인터내셔널)은 전 세계 생존 작가들의 영어로 발표된 작품들(영역된 작품들을 포함해)을 심사 대상으로 삼는다. 따라서 한국 작가들도 영역본으로 지원할수 있다. 셋째, 부커상의 상금은 5만 파운드인데, 맨부커상(인터내셔널)의 상금은 6만 파운드이다(번역자도 상금의 1/2을 받는다). 넷째, 부커상 심사위원은 다섯 명이나, 맨부커상(인터내셔널) 심사 위원은 세 명이다(2024년 현재 다섯 명이다). 2007년 후원사인 맨 그룹의 하비 맥그래스Harvey McGrath 회장은 "이 새로운 상[맨부커상(인터내셔널)]이 영국 중심 부커상의 영향력을 전 세계로 확대할 것"이라고 포부를 밝혔다(박종성, 2007.7: 250).

2016년에 한강의 『채식주의자The Vegetarian』(2007)가 수상작으로 선정되었다. 2018년 한강의 『흰The White Book』(2016)이 최종 후보에 올랐다. 이어 2022년에는 정보라의 『저주 토끼Cursed Bunny』(2017)가, 그리고 2024년에는 황석영의 『철도원 삼대Mater 2-10』(2023)가 최종 후보에 올랐다. 양질의 작품이 좋은 번역자를 만나 일군 성과다. 케이K-문학의 약진을 보여준다. 한국번역문화원이 중추적인 역할을 한다.

그렇다면 부커상이 명성을 유지하는 비결은 무엇일까. 심사 과정의 완전무결성과 철저한 독립성에 있다. 지금까지 심사 위원들이 외부의 영향력과 매수 및 타락에 연루된 일이 없었다. 부커상은 작품만을 보고 수상자를 선정한다. 심사 규정과 심사 위원 선정은 자문 위원회가 맡는다. 5인의 심사 위원은 종신제가 아니라 매년 바뀌며, 2년 연속 심사 위원이 되는 경우는 아주 드물다. 심사 위원에는 평론가, 학자, 신문사 문학부 기자, 소설가, 명사 등이 골고루 포함된다. 후원자나 후원사의 경영자와 관리자의 간섭이 없어 독립성을 유지할 수 있다. 특정인 밀어주기, 주례사 비평, 종신 심사제, 문단 권력이 없다는 점에 주목할 필요가 있다(박종성, 2007.7: 251).

수상작 발표도 런던의 길드홀Guildhall에서 ≪비비시 2≫ 생방송으로 진행했다(2011년부터는 저녁 10시 뉴스에서 수상작 발표 부분만 방송한다). 일반 대중의 관심을 끌고, 수상자를 투명하며 공개적으로 결정한다. 이런 방식으로 부커상은 명성을 얻는다(박종성, 2007.7: 249~260).

9 여왕 국장과 애도 문화

여왕 서거

2022년 9월 8일 여왕 엘리자베스 2세가 96세 나이로 스코틀랜드 발모럴Balmoral성에서 서거했다. 한 시대를 마감하는 국장國葬이 엄수되었다. 당시 애도 방식을 살펴보자. 여왕은 1952년 25세에 왕위에 올라

1953년 6월 대관식을 거행했다. 즉위 70주년Platinum Jubilee을 맞이한 해세상을 떠났다. 그녀 재임 시 모두 15명의 총리가 여왕 정부HM Government를 위해 봉사했다(그녀가 26세 때 총리였던 처칠은 86세였다). 군주가 되는 것은 영광스러운 자리지만 막중한 책무를 감당해야 하는 극한 직업이었다. 9월 6일 발모럴성에서 리즈 트러스를 총리로 임명한 후 이틀 뒤에 서거했다. 마지막 순간까지 책임을 다하는 군주의 모습이 인상적이다.

여왕의 서거를 알리는 시점부터 장례까지 모든 과정을 짚어보자. 이 과정에서 드러난 영국적 특징인 준비성과 애도 문화를 살펴보자. ≪비비시≫가 먼저 서거 소식을 전 세계에 알렸다. GMT 18시 30분 진행자 휴 에드워즈Huw Edwards가 "버킹엄궁이 방금 여왕이 서거했다고 발표했다" 라는 속보를 전했다. 누구나 알 수 있는 명료한 단어인 'died'를 사용했다. 여왕은 왕실의 공식 별장인 스코틀랜드 발모럴성에서 사망했다. 장례 미사는 에든버러 세인트자일스St Giles' 성당에서 진행되었다. 드레스코드는 '올인 블랙all in black', 즉 검은색 상복 착용이다. 여왕의 관을 실은 C-17 수송기가 런던 근교 노솔트Northolt 공군 기지에 도착했다. 유해가 안치된 웨스트민스터 홀에서 조문받았다. 웨스트민스터 사원에서 국장을 치른 후 운구 행렬이 윈저성으로 향했다. 그곳 가족 교회에서 장례 미사를 치른 후 유해를 지하 납골당에 안장했다. 이로써 한 시대가 막을 내렸다.

여왕 서거에 따른 암호명: 런던 브리지 이즈 다운

암호명 "런던 브리지 이즈 다운"은 여왕 엘리자베스 2세가 서거했다는 뜻이다. 과거에 런던의 안전이 전적으로 런던 브리지의 건재함에 달렸다는 뜻에 유래한 암호명이다.

유니콘 작전

이마에 뿔이 하나 있는 전설적인 동물 유니콘unicorn, 一角獸은 스코틀랜드를 상징한다. 유니콘 작전Operation Unicorn은 여왕이 런던이 아닌 다른 지역에서 서거했을 경우 시신을 이동하는 작전명이다. 옥에 티는 영구차가 독일제 메르세데스-벤츠Mercedes-Benz였다는 점이다. 영국은 더 이상 영국제 리무진 운구차를 생산하지 않는다. 출발지인 발모럴성부터 에든버러 세인트자일스 성당까지 생중계되었다.

Royal Air Force ZZ177

여왕의 관을 운송하는 공군 수송기C-17의 식별 번호다. 수송기의 기종은 보잉 글로브마스터Boeing C-17 Globemaster III이다. 엘리자베스의 애칭은 리즈LIZ다. 식별 번호를 뒤집으면 중앙의 세 글자Z17가 리즈LIZ와 부합한다. 007의 나라 영국인들은 코드를 좋아한다. 코드를 해독하면 비밀을 알 수 있다. 여왕의 관을 운반하는 수송기라는 뜻을 어렴풋이 감지할 수 있다. 평소 매사에 준비가 잘된 민족이라는 생각이 든다.

국장에 따른 일상의 변화

여왕이 서거하자 '아르엠티'RMT, National Union of Rail, Maritime and Transport Workers(철도 해상 및 운송 노동조합)가 파업을 철회했다. 역대 총리들과 전 세계 지도자들의 추도사가 이어졌다. 하지만 800년 동안 영국 식민 지배를 당한 아일랜드는 여왕의 죽음을 반기는 분위기다. 더블린 축구 경기장에는 샘록 로버스 FCShamrock Rovers FC 팀 지지자의 "여왕이 뒈졌어Lizzy's in the box"라는 조롱 문구가 등장했다. 여왕이 아일랜드를 처음으로 방문한 시기는 2011년 5월 17일이었다. 영국에게 아일랜드는 가깝고도 먼 나라다.

베컴의 여왕 조문

2022년 미디어가 한동안 기억에서 사라진 데이비드 베컴을 소환했다. 베컴은 영국의 전설적 축구 스타다. 그는 오른발 프리킥의 달인으로 영국민의 사랑을 받았다. 누구든 어느 세대든 우상이 있기 마련이다. 이런 영어 표현이 "누구든 비틀스를 지니지Everyone has a Beatles"다. 웨스트민스터 홀에 안치된 엘리자베스 2세의 유해를 참배하려는 8km에 달하는 긴 대기 행렬 속에 그의 모습이 포착되었다. 그는 모자와 코트 차림에 장우산을 들고 13시간 줄을 서서 여왕을 참배했다. '영국인의 줄 서기English queue'는 관습법이나 다름없다. 베컴은 스포츠 경기나 조문에서 페어플레이가 무엇인지를 몸소 보여줬다.

존경하는 사람의 죽음을 대하는 태도에서 베컴의 품격을 확인할 수 있다. 축구 스타 데이비드 베컴은 2003년 11월 27일 버킹엄궁에서 엘리자베스 2세 여왕으로부터 영국 제국 훈장OBE을 받았다. 잉글랜드 축구 국가 대표팀 주장으로 스포츠 분야에서 국가의 위상을 높인 점을 공로로 인정했다. 그는 "오늘은 굉장한 날이다. 꿈이 실현되었다. 훈장은 내가 지닌 메달과 다름없다"라고 자랑스럽게 말했다. 당일 그는 검은색 연미복 정장에 꽁지머리를 했다. 정장에 자신의 개성을 살렸다. 원래는 이렇게 입지 않는다. 베컴은 상류층 출신이 아니라서 관습에 구애받지 않는 것 같다.

애도 문화

버킹엄 궁전이 서거 소식을 알린다. ≪비비시≫가 여왕의 서거 소식을 속보로 알린다. 이어 버킹엄 궁전은 부고를 나무 액자에 담아 궁전 출입문의 철책에 내건다. 이어 조기를 게양하고 예포禮砲, royal salute를 발사하고, 조종弔鐘을 울린다. 국빈 방문 시 예포는 통상 41발에서 62발을 발사한다. 하지만 예외적으로 여왕의 나이를 상징하는 96발을 하이드 파크에서 발사했다. 이어 통합 왕국을 구성하는 주요 도시의 성 ─ 스코틀랜드의 에든버러성, 웨일스의 카디프Cardiff성, 북아일랜드의 힐즈버러Hillsborough성 ─ 에서 경의를 표하는 예포를 발사했다(공포탄을 발사하는 예포는 본래 군에서 공격할 의사가 없다는 표시다).

철야 밤샘

유해가 안치된 웨스트민스터 홀에서 일반인의 조문을 받는 동안 왕실의 자녀들과 근위대와 궁수대弓手隊가 네 모퉁이에 서서 관을 지킨다. 이른바 '철야 밤샘vigil'이다. 로열 궁수대의 복장이 특이하다. 스코틀랜드 전통 의상에 꿩 깃털 모자를 쓰고 긴 창을 들고 있다. 밤샘 교대 근무 중 쓰러지는 일도 벌어진다. 근위병처럼 극한 직업이다.

묵념

국장일 11시 55분에 영국 전역에서 2분간 묵념silence이 진행되었다. 조용한 애도를 위해 런던 서쪽 히스로 공항에서는 묵념 전후 15분씩 총 30분간 항공기 이착륙을 멈췄다. 장례 행렬이 지나는 40여 분간 빅벤에서 1분마다 타종했다. 빅벤의 타종 소리는 런던의 숨소리다.

해군의 운구 포차

여왕의 관은 해군의 포차砲車에 실려 이동한다. 이 포차는 빅토리아 여왕 장례식 때 사용했던 것과 같은 것이다. 체구가 작은 해군 장병 142명이 포차를 이끌고, 스코틀랜드와 아일랜드 연대, 구르카Gurkha 여단, 공군 군악대 200명이 백파이프와 드럼을 연주하며 운구 행렬을 이끈다. 찰스 3세 왕과 윌리엄 왕세자 등 왕실 가족 10여 명이 포차 뒤를 따른다.

의전장과 백파이퍼

윈저궁의 가족 채플인 세인트조지 교회에서 캔터베리 대주교가 여왕의 마지막 장례식을 진행한다. 관 위에 놓은 것은, 관을 감싸는 왕실기royal standard, 화환wreath, 왕관crown, 홀笏, scepter, 보주寶珠, orb이다. 지팡이 모양의 홀은 왕권을, 십자가가 달린 동그란 보주는 기독교 왕국의 수호자임을 각각 상징한다. 대관식 때 받았던 왕권을 상징하는 물품들regalia이다. 의전장Lord Chamberlain이 이 모든 물건을 거둔 후 마법의 지팡이wand

를 반으로 접어 관 위에 놓는다. "임무 완결, 책임 완료Mission completed. Duty done"다. 마치 마법사 멀린처럼 자신의 임무를 끝냈다는 뜻이다.

관이 지하 납골소에 안치된다. 단 한 명의 백파이퍼가 장송곡을 구슬프게 연주한다. 음악 소리가 점점 작게 사라진다. 마치 여왕의 영혼이 원소처럼 우주 속으로 흩어지는 것 같다. 발모럴성에서 서거와 백파이프 연주는, 왕실이 스코틀랜드인의 정서를 특별히 다독인다는 강한 인상을 준다. 왕실의 존재 이유가 통합 왕국을 유지하는 데 있기 때문이다.

10 여왕의 유머 감각과 우환

2012년 영국은 제30회 런던 올림픽을 개최했다. 런던은 1908년과 1948년에 이어 올림픽을 3회 개최한 도시가 되었다. 2012년 7월 28일 개막식에 선보인 동영상에서 007 대니얼 크레이그가 여왕과 함께 출연했다. 런던 동부의 스트랫퍼드 스타디움 상공에서 여왕이 헬리콥터에서 대범하게 점프해 낙하산을 펼치는 본드걸로 변신한다. 반전이 있는 장면이다. 당시 함께 촬영했던 대니얼 크레이그는 여왕이 한 농담을 회고했다. 함께 사진을 찍자고 하자 여왕이 "아니, 유일하게 웃지 않는 사람과 사진이라니"라고 농담을 했다고 전했다.

여왕은 즉위 70주년 기념 영상 촬영에도 응했다. 버킹엄 궁전의 티타임에 초대받은 패딩턴 베어가 실수로 찻주전자를 놓친다. 곰이 빨간색 펠트 모자에서 뭔가를 꺼내며 "전 비상용으로 마멀레이드 샌드위치를 숨기고 다녀요"라고 말하자, 여왕이 "나도 넣고 다니지. 여기에"라고 호응한다. 그러면서 핸드백을 열어 샌드위치를 보여준다. 웃음 코드가 있다. 불과 1분짜리 영상을 통해 여왕은 미래 세대 아이들에게 친근한 할머니 이미지를 심어주었다. 여왕이 대니얼 크레이그와 패딩턴 베어와 나눈 말은 영국식 유머를 잘 보여준다.

여왕은 생애 마지막 몇 년 동안 큰 변화를 겪었다. 2021년 4월 7일 남편 필립 공이 99세의 나이로 세상을 떠났다(그녀는 18세에 그리스 왕자인 필립 공과 사랑에 빠졌다). 그로부터 약 1년 반 뒤에 여왕이 세상을 떠났다. 2020년 1월 31일 영국은 공식적으로 유럽 연합에서 탈퇴했다. 설상가상으로 코로나19 팬데믹을 겪으며 준비가 덜 된 영국이 최대 위기를 맞았다. 모든 외부 행사가 취소되었다. 여왕은 2020년 11월 11일 공식 석상에 처음으로 모습을 드러냈다. 검은색 마스크를 착용하고 웨스트민스터 사원 내 무명용사 묘소에 헌화했다. 무명용사 안장 100주년 행사에 나 홀로 참석했다. 여왕은 모자, 코트, 장갑, 가방, 신발까지 모두 검은색으로 맞춰 입는 드레스 코드를 선보였다. 결국 여왕은 2022년 2월 22일 코로나 바이러스에 걸렸다. 2022년 6월 2일부터 나흘간 즉위 70주년인 플래티넘 주빌리 기념행사를 치렀다. 그로부터 3개월 후 세상을 떠났다. 말년에 근심 걱정이 많았지만 죽음을 차분하게 받아들였다.

11 찰스 3세 대관식

엄마가 돌아가시고 약 8개월 후 장남이 왕위에 올랐다. 너무 늦게 국왕이 되었다. 2023년 5월 6일 웨스트민스터 사원에서 찰스 3세의 대관식이 거행되었다(마지막 대관식은 엘리자베스 2세가 즉위한 1953년 6월 2일이었다). 당일 찰스 3세는 왕권을 상징하는 레갈리아 - 왕관, 홀, 십자가가 달린 보주 - 를 들고 황금색 옷을 입었다. 이날 그는 아주 특별한 존재가 되었다. 웨스트민스터 사원은 1066년 정복왕 윌리엄이 대관식을 거행한 곳이다. 대관식은 국왕의 '서약oath', '성유 바르기anointing', '왕관 쓰기crowning', '신하의 예 표시하기homage' 순서로 진행된다. 성유는 축성祝聖한 올리브유를 사용한다. 저스틴 월비Justin Welby 캔터베리 주교가 왕관을 수여한다. 성직자, 왕족, 귀족 등이 무릎을 꿇고 국왕에 충성을 맹세한다.

대주교가 국왕으로서 승인recognition을 요청하면 참석자들이 "신이여 국왕을 보호하소서God save the King"라고 화답한다. 국왕이 영국을 포함한 15개 영연방의 군주로 등극하는 순간이다. 영국과 영연방 소속 군인 4000여 명이 황금 마차를 따라 거리 행진을 한다. 마지막으로 국왕이 버킹엄 궁전 발코니에서 감사 인사를 한다.

대관식 의자는 에드워드 1세가 훔친 스코틀랜드 왕권의 상징인 '운명의 돌Stone of Destiny' 혹은 '스콘석Stone of Scone'(스코틀랜드 왕이 즉위 때 앉았던 바위)을 아래에 넣기 위해 제작한 것이다. 이 돌은 150kg 사암으로 그가 전리품으로 얻은 것이다. 그리고 대관식에 사용하는 왕관은 성 에드워드 왕관이다. 보석 444개가 박히고 무게가 2.23kg에 달하는 왕관이다. 성 에드워드 사파이어, 블랙 프린스 루비, 컬리넌Cullinan II 다이아몬드가 박혀 있다〔가장 큰 보석인 컬리넌(남아프리카공화국 광산 창시자) I 다이아몬드는 92cm로 홀笏에 박혀 있다〕. 국왕이 황금 마차로 이동할 때는 별도로 제작한 1kg 무게의 좀 더 가벼운 일명 '제국의 왕관the state crown'을 쓴다. 1762년 제작된 황금 마차는 4톤 무게로 말 여덟 필이 걷는 속도로 끈다. 대관식은 시대착오적 의식이지만 화려한 볼거리를 제공한다.

12 영국 경찰의 역할

영국 경찰의 애칭은 보비Bobby다. 보비의 견장에 표시된 PC는 Police Constable의 줄임말이다. PC는 가장 낮은 직급에 속한다. 컨스터블constable의 라틴어 어원은 come stabuli로 황실에서 말 관리 담당관을 의미했다. 5세기 로마와 비잔틴 후기 시대의 관직이었다. 컨스터블 성씨는 1066년 노르만 정복 이후 프랑스어인 cunestable에서 영국으로 전해졌다.

기마경찰대의 줄임말인 기마대騎馬隊는 말을 타고 근무하는 군인이나 경찰 부대를 의미한다. 기마경찰은 시위를 진압하거나 지역 순찰 의무를

행한다. 말 위에서 아래를 굽어볼 수 있어서 시위 현장에서 시야를 확보하거나 안전을 꾀하는 데 유리하다. 하지만 말을 관리하는 데는 비용이 많이 든다.

경찰과 관련된 영어 표현으로는 on the beat가 있다. 여기서 명사형 beat는 순찰 구역regular round을 의미한다(곤봉으로 '때린다'는 뜻이 아니다). 따라서 the policeman on the beat란 '순찰 중인 경찰'을 의미한다. 경찰은 법질서의 수호자이자 국민의 보호자다. 그런데 영국 경찰은 미국 경찰과 다른 점이 있다. 미국에서는 경찰의 총기 소유와 총기 발사가 경찰의 정당한 권리에 속한다. 미국 경찰은 전투 장비를 착용하고 총기를 휴대한다. 강압적이고 무시무시한 이미지다. 반면 영국 경찰은 총기 대신 짤막한 방망이, 곤봉truncheon을 착용한다. 안전 강화 방안으로 경찰 곤봉의 길이를 조금 늘렸다. 사형 제도도 폐지했다. 이로써 문명국임을 자부한다.

영국 경찰은 예의 바르고 공손하다. 예를 들면, 즉석에서 벌금을 물리지 않는다. 대신 경찰서에 와서 소명하거나 법정에 출두하라고 안내한다. 음주 운전 단속도 술집 앞에서 미리 진행해 불행한 사고를 예방한다. "예방이 치료보다 낫다Prevention is better than cure"라는 영국 속담에 부합하는 조치다. 사고나 사건이 발생하면 경찰은 안전을 위해 사람들을 대피시키고, 증거를 확보를 위해 현장에 폴리스 라인police line 띠를 두른다. 그런 다음 증인과 제보자의 진술을 확보한다. 초기 대응과 증거 수집을 매우 중시한다. 이후 모든 수사가 증거와 증인 위주로 진행된다.

일상 속 범죄

이제 일상 속 범죄의 종류를 알아보자. 첫째, '그라피티'(낙서)는 불법이다. 공공건물과 공중화장실, 그리고 지하철 벽면에 스프레이로 낙서한 것을 흔히 본다. 그라피티는 하위문화의 한 양상이다. 예외가 있다면, 그라피티 화가 뱅크시의 낙서는 예술로 취급받는다.

둘째, '반달리즘vandalism'(예술과 문화의 파괴 행위)은 불법이다. 전화 부스와 버스 정류장의 유리를 깨뜨리는 행위를 자주 보게 된다. 반달리즘은 5세기에 로마를 침략해 문화·예술을 파괴한 반달족(게르만족의 한 족속)의 기질을 의미한다. 그 외 '머깅mugging'(등 뒤에서 목을 졸라 돈을 빼앗는 강도 행위)와 '마약 거래drug trafficking', 칼부림은 당연히 범죄에 해당한다. '불법 거주squattering'와 '버스킹busking'(거리 공연)은 불법이나 단속하지 않는 경우도 많다. 잉글랜드 지역에서 하룻밤에 약 8000명의 홈리스, 즉 '러프 슬리퍼rough sleeper'가 있어 대책이 필요하다. 문명 세계에 범죄와 가난이 상존한다.

영국은 '안전한 도시를 만들기 프로그램SCP, Safer Cities Program'을 도입했다. 런던시는 거리의 조명을 밝게 하거나, 거리와 주차장에 '하늘의 눈 eye in the sky'으로 부르는 폐쇄 회로CCTV를 설치했다. 제러미 벤담Jeremy Bentham, 1748~1832이 계획한 '파놉티콘panopticon'(원형 감옥)의 작동 원리처럼, 폐쇄 회로에 노출되다 보면 "항상 감시당하고 있다는 생각이 내면화되고 이를 정상적인 것으로 받아들이게 된다"(롱허스트 외, 2023: 470). 바로 이 지점에서 "인간의 신체를 길들이는, 즉 '몸에 기재된inscribed' 권력이 작동한다"(박종성, 2023b: 84). 경찰이든 검찰이든 국정원이든 국가가 국민의 사생활을 지나치게 감시하거나 통제하는 것은 끔찍한 일이다. 이런 점에서 폐쇄 회로는 양날의 칼이다.

조용한 주택가에서는 '이웃 감시제neighborhood watch'를 실행한다. 노인들이 반투명 커튼을 통해 범죄를 신고한다. 커튼 뒤에서 훔쳐보기를 즐기는 사람을 '커튼 트위처curtain twitcher'라고 부른다(이순미, 2012: 28). 조용한 마을에 비록 보는 사람이 없지만 모든 감시 체계가 은밀하게 작동한다. 감시당하고 있다고 생각하면 범죄를 저지르기 어렵다. 그리고 런던에는 뭘 하지 말라는 수많은 표지판이 설치되어 있다. "런던은 진짜 처벌 중심의 문화다"(테일러, 2012: 526)라는 말에 수긍한다.

한편 뉴욕시는 사소한 범죄 행위 등에 대해 '무관용 경찰 활동zero tolerance policing'을 펼친다. '깨진 유리창 이론broken window theory'(범죄자가 깬 유리창 하나가 건물 전체의 파괴와 지역 사회의 황폐화를 초래한다는 이론)에 따라 방치된 지역과 우범 지대redzone를 순찰해 범죄를 예방한다.

끝으로 잉글랜드 런던에 있는 메트로폴리탄 경찰청MPS, Metropolitan Police Service 본부를 스코틀랜드 야드Scotland Yard로 부른다(공식적으로는 뉴스코틀랜드 야드New Scotland Yard로 부른다). 이름이 좀 생뚱맞다. 이름의 유래를 살펴보자. 경찰청 정문이 그레이트 스코틀랜드 야드Great Scotland Yard에 위치하기 때문에 그렇게 불리게 되었다. 한때 이곳에 스코틀랜드 왕의 궁전이 있었다고 한다. 경찰청 입구에는 순직 경찰을 추모하는 분수가 있다. 정중앙에 영생을 의미하는 불eternal flame이 타오른다. 애도 문화의 한 단면을 엿볼 수 있다.

연쇄 살인마, 잭

세계 최초의 연쇄 살인마로 불리는 '살인마 잭Jack the ripper'(칼로 찢는 자)은 1888년 8월 31일부터 11월 9일까지 런던 동부의 화이트채플에서 매춘부 여섯 명을 죽이면서 영국인들을 공포에 떨게 했다. 그의 범행 동기는 여전히 미스터리다. 여기서 잭은 특정인이 아닌 사람, 즉 아무개, 녀석, 놈이라는 뜻이다. 즉, 영어 단어 가이guy와 같은 뜻이다. 영국은 살인이 일어난 화이트채플을 관광 명소로 만들었다. 영국인들은 살인 사건 이야기를 좋아한다. 성공한 추리 소설 작가로는 코난 도일Conan Doyle, 1859~1930 경과 애거사 크리스티Agatha Christie, 1890~1976가 있다. 코난 도일은 셜록을, 그리고 애거사 크리스티는 푸아로Poirot라는 탐정을 창조했다. 코난 도일이 탐정 소설의 이정표를 세운 인물이라면, 애거사 크리스티는 탐정 소설의 여왕이다. 영국인은 문제를 해결하려는 추리력과 집념이 강한 민족이다.

명탐정, 셜록 홈즈

작가 코난 도일 경은 명탐정 셜록 홈즈라는 가상의 인물을 만들었다. 셜록의 직업은 사설탐정consulting detective이었다. 셜록 홈즈의 모델은 의과 대학 시절의 은사인 조지프 벨Joseph Bell, 1837~1911 교수로 전해진다. 영어 단어 sherlock은 일반 명사로 '수수께끼를 잘 푸는 사람'이라는 뜻이다. 셜록의 친구인 왓슨John Watson은 의학 박사다. 그리고 집주인은 허드슨 부인 Mrs Hudson이다. 코난 도일은 1859년 에든버러 대학에서 의학을 전공한 안과 의사였다. 그는 보어 전쟁에 군의관으로 참전했다. ≪비비시≫가 2010년부터 2017년까지 제작해 방영한 〈셜록〉 시리즈에서 베네딕트 컴버배치가 셜록 역을 맡으면서 명탐정 셜록이 재소환되었다.

셜록은 디테일 분석과 추론에 강하다. 논리 정연한 사고 체계를 유지하기 위해 연애와 결혼을 하지 않는 금욕주의자다. 깃을 세운 코트는 마치 정보를 수집하는 안테나 같다. 파이프 담배 연기를 내뿜으며 생각의 실타래를 푼다. 셜록은 무더운 여름날 살인하는 『죄와 벌Crime and Punishment』(1866)의 라스콜니코프Raskolnikov와 『이방인L'Etranger』(1942)의 뫼르소Meursault와 사뭇 다른 냉철한 인물이다. 더운 날씨는 도덕성을 느슨하게 한다. 반면 런던의 안개와 비는 심심한 셜록을 더욱 이지적으로 만든다. 여행 버킷 리스트에 꼭 넣어야 할 곳은 셜록 홈즈 박물관이다(런던 베이커 스트리트Baker Street 221b번). 베이커 스트리트 지하철역을 나오면 셜록 청동상을 만난다. 그리고 지하철 역내 타일 벽면에서 파이프를 문 셜록을 만날 수 있다(금연 광고에 전혀 도움이 안 되는 인물이다).

그리니치 천문대 폭파 음모 사건

영국 경찰의 타락과 공모를 다른 소설로는 조지프 콘래드의 『비밀 요원The Secret Agent』(1907)이 있다. 『비밀 요원』은 1894년 2월 15일 발생한 그리니치 왕립 천문대 폭파 미수 사건(마르시알 부르댕Martial Bourdin의 천문대 폭파 이야기를 재구성함)에서 영감을 얻어 1886년 빅토리아 시대 런던을 배경으로 쓴 소설이다. 히트Heat 수사 반장은 자신의 정보원 벌록Verloc를 보호한다. 벌록은 생계를 보조하기 위해 '아나키스트anarchist'(무정부주의자)를 단속하기 위해 혈안이 된 러시아 대사관에 몰래 고용된다. 러시아 대사관은 아나키스트 단속에 느슨한 경찰에 경종을 울리고자 벌록에게 천문대 폭파 계획을 지시한다. 강한 압박을 받은 벌록은 백치 처남인 스티비Stevie를 사주해 천문대 폭파를 실행한다. 하지만 스티비가 천문대 언덕을 오르다가 나뭇가지에 걸려 넘어지면서 폭사한다. 승진이 절실한 히트는 벌록이 범인이라는 점을 알면서도 그를 보호한다. 상호 거래에서 공모의 낌새를 감지할 수 있다. 히트 반장이 도덕적으로 외줄 타는 곡예를 한다.

『비밀 요원』에서는 경찰의 타락과 경찰에 대한 불신감을 엿볼 수 있다. 히트 수사 반장은 절도를 "인간 근면성의 한 형태"(Conrad, 1990: 110)로 여기는 왜곡된 시각을 지닌다. 그리고 위니Winnie는 남동생 스티비에게 경찰의 존재 이유를 이렇게 알려준다 ─ "경찰은 아무것도 가진 것이 없는 사람들이 뭔가를 가진 사람들한테서 아무것도 빼앗지 못하도록 있는 것이란다"(1990: 170). 히트와 위니는 삐딱한 마르크스주의 시각을 공유한다.

여기서 아나키스트의 지향점과 전략에 관해 잠시 알아보자. 무정부주의자는 국가를 거부하고 개인의 자유를 극단적으로 추구한다. 대표적 무정부주의자인 피에르 조제프 프루동Pierre Joseph Proudhon, 1809~1865은 "아나키를 혼동이 아닌 새로운 질서"로 보았다. '완벽한 무정부주의자'로 불리는 교수Professor라는 인물은 체포되는 순간 언제든지 기폭 장치를 눌러 자폭할 준비가 되어 있다. 다음 문장은 그의 냉소적 비관주의를 잘 드러낸다 ─ "그에게는 미래가 없었다. 그는 미래를 경멸했다. 그는 힘이었다"(Conrad, 1990: 269). 작가 콘래드는 영국적 요소인 경찰의 타락과 러시아적 요소인 무정부주의자의 광기를 모두 비판한다. 이런 두 겹의 비판 시각은 그가 폴란드 출신의 망명자이자 영국 내 국외자이었기 때문에 가능했다.

7·7 런던 폭탄 테러

2005년 7월 7일 런던 중심부 지하철역과 버스 정류장에서 동시다발 폭탄 테러가 발생했다. 그러자 일간지는 테러에 굴복하지 않겠다는 결연한 의지를 표명했다. 당시 한 가지 인상적인 점은 에지웨어 로드Edgware Road 지하철역에서 의료진이 화상을 입은 부상자들에게 피부 보호용 마스크를 즉시 제공했다는 사실이다. 영국인의 준비성을 방증하는 예이다.

또 다른 인상적인 점은 희생자들을 추모하는 마음, 즉 애도 정신이다. 2005년 7월 7일 오전 8시 50분에 극단적 무슬림들이 태비스톡 스퀘어 Tavistock Square 버스 정류장에서 자살 폭탄 테러를 범했다. 범인은 영국에서 태어나고 성장한 가난하고 교육받지 못한 네 명의 영국계 '지하디스트Jihadist'(이슬람 성전주의자)로 밝혀졌다.

테러의 동기는 영국의 이라크 침공에 대한 분노 탓이다. 당일 런던의 지하철과 버스 연쇄 자살 폭탄 테러로 열여덟 개 국적의 무고한 52명의 영국 거주자가 죽었다. 당시 사고를 당한 30번 버스의 승객 열세 명의 희생을 기리는 명판에는 다음과 같은 문구가 쓰여 있다 ─ "런던은 당신들과 그날 고통을 당한 분들을 기억하겠습니다". 이런 유대감은 테러를 물리치는 억제력이 된다.

2020년 런던 테러가 발생한 후 15주년을 맞이했다. 런던 시장과 경찰청장이 2009년 하이드 파크 내 건립된 7·7 추모비에 헌화했다. 추도사에서 사디크 칸 시장이 한 말이다 ─ "공동체를 분열시키고, 우리의 삶의 방식을 파괴하려 시도하는 자들은 결코 성공하지 못할 것이다". 테러에 단호히 맞서는 태도와 무고한 시민들의 희생을 기리는 애도 문화의 한 단면을 본다.

런던은 안전지대가 아니다. 1990년대 유학 시절에 북아일랜드 해방군 IRA은 북아일랜드의 분리를 요구하며 영국 본토에서 테러를 서슴없이 자행했다. 영국 정부는 테러를 정당화하는 신페인 정당의 당수인 게리 애덤스Gerry Adams의 목소리를 공중파에서 내보내지도 않았다. 당시 런던의 여러 기차역과 지하철역에서 시한폭탄이 자주 터져 불안감이 극에 달했다. 이층 버스를 표적으로 삼은 테러도 빈번하게 일어났다. 지하철역 스테인리스 휴지통은 아예 철거되었다. 폭탄이 터지면 휴지통이 오히려 파편이 되어 흉기로 돌변하기 때문이었다. 당시 무수한 폐쇄 회로가 설치되었다. 헐 대학교University of Hull의 범죄 심리학과 조사 결과에 따르면, 보통의 런더너는 30초당 한 번 CCTV에 찍히며 하루 평균 약 300회 폐쇄 회로에 노출된다(전원경, 2008: 233). 문명의 중심에서 감시 체계 속에서 살고 있다고 생각하면 오싹한 느낌이 든다.

13 사법 제도와 정의의 여신상

영국의 중앙형사법원The Central Criminal Court(올드 베일리The Old Bailey) 건물의 정면 꼭대기에는 천칭scale과 칼sword을 든 눈을 가린 여인(마리안느 Marie-Anne)의 정의의 여신상statue of justice이 서 있다. 천칭은 죄의 유무를 공평히 판가름하려 의지를, 칼은 정의의 집행 의지를 각각 상징한다. 영어 표현에 천칭의 기능인 weigh up은 '숙고한다'라는 뜻이다. 안대眼帶로 눈을 가린 것은 편견 없는 공정한 재판을 의미한다. 법 판결에서 '피상적인 어떻게'보다는 '근본적인 왜'라는 점을 더 고려해야 한다(소설 『로드 짐』에서 침몰하는 파트나호에서 뛰어내린 짐이 제기했던 문제다). 그렇지 않으면 법 기술자가 된다.

한편 한국 대법원 청사의 중앙홀 전면에 있는 정의의 여신상(박충흠 작)은 서구의 정의의 여신상과는 다르다. 한국판은 전통 복장을 한 여인이 좌상을 한 채 왼손에 칼 대신 법전을, 오른손에 천칭을 들고 있다. 눈을 뜨고 있다. 서구는 입상立像이고 우리는 좌상坐像이다.

공포 정치의 상징적 도구로는 작두와 기요틴guillotine(1792년 정식 사형 도구로 사용된 자동 참수 기계 혹은 단두대)을 꼽을 수 있다. 중국 개봉부開封府의 판관 포증包拯, 999~1062(별명 포청천)과 프랑스인 기요탱J. I. Guillotin, 1738~1814은 공포를 자아내는 방식으로 법을 집행했다. "처형의 침울한 축제"(롱허스트 외, 2023: 279)는 군주의 권위와 지배를 강화하는 방식이다.

법원의 종류

상급 법원으로 고등법원The High Court of Justice, 항소법원The Court of Appeal, 형사법원The Crown Court, 귀족원The House of Lords이 있다. 하급 법원으로는 군郡법원The County Courts과 경범죄재판소Magistrates' Courts가 있다. 과거에는 지역의 지주인 젠트리가 치안 판사를 겸했다. 일상적인 법적 문제를 다루기 위해 세 명의 지역민이 판결할 수도 있었다. 이들 봉사자(일반 시민)를 '지방 사법관Justices of the Peace'으로 불렀다. 항소 건 최상위 심의 기관은 상원의 귀족원이다. 다만 귀족원은 판결할 수 없고 의견을 첨부해 사건을 사실심 법원에 이송할 수 있다. 한편 이혼과 채무 등 소송 사건을 다루는 민사 법원으로는 왕립재판소Royal Courts of Justice가 있다.

법정 변호사의 양털 가발

법정 변호사barrister-at-law, 줄여서 barrister는 상급 법원에 출석할 때 법복을 입고 양털 가발wig을 쓴다. '왕실 변호사는 실크silk 가운을 입을 권한을 얻기에 일명 '실크'로 부른다. 이처럼 법조인은 눈에 띄는 가발과 가운으로 자신의 지위를 드러낸다.

한편 사무 변호사solicitor는 법정 변호사와 소송 의뢰인 사이에서 주로 사무만을 취급하는 법률가lawyer를 의미한다. 의뢰인에게 법률 조언을 하고 재판에 필요한 서류나 사례를 준비한다. 한편 내각에 속하는 법무부 장관attorney general은 정부의 법률 및 법적 문제에 대한 최고의 고문이자 대리인으로 역할을 담당한다.

법정 변호사가 양털 가발을 쓰는 이유는 무엇일까. 첫째, 머리를 따뜻하게 유지하기 위한 차원이다. 과거 영국의 법정은 야외에 만들어졌고, 천장이 높아서 매우 추웠다고 한다. 17세기부터 가발을 본격적으로 착용하기 시작했다. 둘째, 시각적으로 지위와 신분을 돋보이게 하기 위해서다. 과거에는 가발의 크기가 권위의 크기에 비례했다. 셋째, 법복과 가발은 법정 변호사를 단정하고 진지하며 객관적으로 보이게 하는 드레스 코드다.

잘못 집행된 정의

영국의 대표적인 '잘못 집행된 정의'에 해당하는 두 건의 소송은 길퍼드포 소송건과 버밍엄 식스 소송건The Birmingham Six Case이다. 1974년 10월 5일 길퍼드 지역 펍에서 폭발물이 터져 일곱 명이 사망하고 75명이 다쳤다. 이 참극은 영국의 북아일랜드 직접 지배 결정에 반발한 북아일랜드 해방군IRA의 테러에 의한 것이었다. 영국 경찰은 아일랜드계 청년인 게리 콘론을 포함한 네 명의 젊은이를 살인 혐의로 무리하게 기소했다. 15년이 지난 후 게리 콘론은 무죄로 석방된다. '강압에 의한 허위자백'으로 무고한 사람들을 죄인으로 몰아간 것은, 테러범을 응징하려는 과잉 의욕 탓이었다. 이 소송건은 영국의 사법 제도를 불명예스럽게 만들었다.

토니 블레어 영국 총리는 1974년에 발생한 사건에 대해 30년이 지난 시점인 2005년에 비로소 공식적으로 사과했다. 잘못된 정의miscarriage of justice를 바로잡으려는 정부의 의지를 확인할 수는 있지만, 너무 오랜 시간이 걸렸다는 것은 이해하기 어려운 일이다.

1974년 11월 21일 버밍엄 펍 두 곳에서 폭탄이 터져 21명이 사망하고 182명이 다쳤다. 벨파스트 출신 여섯 명이 종신형을 받는다. 이들은 경찰의 강압에 못 이겨 거짓 진술을 한다. 이들은 세 번째 항소심에서 무죄 판결을 받는다. 이 버밍엄 식스 소송건도 잘못 집행된 정의를 잘 보여준다.

14 국가 의료서비스

팬데믹 시기에 선진 공공 의료 붕괴

1948년에 출범한 국가 의료서비스NHS는 2023년에 창립 75주년을 맞이했다. 국가 의료서비스는 영국의 자랑, 선진 공공 의료의 상징이다. 그런데 오늘날 운영상에 적지 않은 문제점이 드러난다. 코로나19 팬데믹으로 인해 전 세계가 미증유의 총체적 위기 상황에 직면했다. 눈에 보이지 않는 적, 즉 전염병에 대한 공포로 일상이 멈추었다.

2020년 3월 11일 WHO(세계보건기구)가 코로나19 팬데믹을 선언한 후 1년 만에 사망자 267만 명, 확진자 1억 2000만 명으로 집계되었다. 특히 미국과 영국의 피해가 매우 컸다. 오만함과 늑장 대응이 화를 키웠다. 2021년 3월 16일 기준으로 영국은 사망자 약 12만 명에 확진자 약 426만 명, 미국은 사망자 약 54만 명에 확진자 3000만 명이었다(한국은 사망자 약 1678명에 확진자 약 6830명이었다).

영국은 코로나19 감염증 확산에 늦게 대처한 탓에 사망자가 많았다. 특히 노약자가 머무는 케어 센터에서 집단 감염에 의한 사망자가 많았다. 존슨 총리는 케어 센터 직원들에게 책임을 전가하다 여론의 뭇매를 맞았다. 유족은 총리 면담을 요청했으나 거부당했다. 위기관리를 제대로 해야 할 총리의 늑장 대응에 책임을 물어야 한다는 의견이 지배적이었다.

낙후한 공공 의료 체계, 한 발 늦은 감염자 추적 시스템, 그리고 초기 진단 검사 수 절대 부족 현상이 맞물려 암울한 상황이 벌어졌다. 영국 정부가 너무 안이하게 대처했다. 더구나 전 국민 봉쇄 기간 때 총리실에서 파티(파티 게이트)를 벌였다. '도덕적 해이moral hazard'가 정말 심하다. 집단 면역을 해결책으로 제시하며 노인들이 먼저 걸려야 한다는 막말을 했다는 내부 제보까지 나왔다. 오만하고 무례하다. 영국이 이토록 무능함을 드러낸 적은 역사상 유례를 찾기가 어렵다.

설상가상으로 2020년 12월에 또다시 영국 내에서 코로나 변종이 확산했다. 그러자 유럽을 포함한 세계 각국이 영국 편 비행기 입국을 봉쇄하면서 영국이 천덕꾸러기 신세로 전락했다. 프랑스가 변종 바이러스를 막기 위해 영국발 트럭의 입국을 금지했다. 이로 인해 영국 남동부 맨스턴 Manston 공항 활주로에는 컨테이너 트럭들이 빼곡히 들어찬 진풍경이 벌어졌다. 코로나19 3차 대확산 때 입원실이 절대적으로 부족해지자 런던에서는 단층 시내버스를 구급차로 개조해 사용했다. 이 정도면 전시 비상 상황이다.

국가 의료서비스 운영의 문제점

영국은 과학 선진국, 안전 결벽증의 나라, 공공 의료 서비스가 100%인 나라이다(하지만 한국은 공공 의료 기관이 국가 전체의 10%이다). 이 때문에 국민적 자부심이 대단하다. 그런데 팬데믹 상황에서 국가 의료서비스 운영의 문제점이 드러냈다.

첫째, 영국은 애당초 감염병을 후진국 질병으로 여길 만큼 자만했다. 섬나라이기 때문에 감염에서 비교적 안전할 것으로 오판했다. 자만이 도움이 된 적은 없다.

둘째, 그간 긴축 재정으로 인해 국가 의료서비스에 지원금이 줄어들어 공공 의료 체계가 부실했다.

셋째, 영국은 기본적인 개인위생 품목과 의료진의 개인 보호 장구PPE, Personal Protective Equipment를 제때 확보하지도 구매하지도 못하고 허둥댔다. 유럽 연합을 탈퇴한 직후라서 영국 정부는 유럽 연합과 공조해 자국의 의료진에 필요한 개인 보호 장비를 확보할 의지도 없었다. 유럽 연합과 공조에 대한 정서적 거부감이 남아 있었기 때문이었다.

넷째, 브렉시트를 둘러싼 3년 반에 걸친 소모적 논쟁으로 정부의 위기관리 능력이 현저히 저하되었다.

다섯째, 검증되지 않은 코로나19 집단 면역을 대응 방안으로 진지하게 고려하다 사망자 수 급증을 우려해 하루 만에 번복했다. 정책 결정의 미숙함을 드러냈다. 애당초 집단 면역은 위험한 도박이었다. 국민의 절반 이상이 항체를 보유할 때까지 국민의 목숨을 방치하는 것은 끔찍한 직무 유기다. 뒤늦게 영국은 백신 접종에 속도를 냈다. 2021년 3월 13일 기준으로 백신 접종률은 2400만 명으로 미국에 이어 2위에 올랐다.

여섯째, 존슨 총리가 코로나 양성 판정을 받아 병원 집중 치료실에 입원하느라 제대로 위기관리를 할 수가 없었다. 본인이야 목숨을 구했지만 수많은 사람이 소중한 목숨을 잃었다. 국민의 신뢰를 잃은 존슨 총리의 지지율이 30% 선으로 급락했다. 존슨 총리가 하는 일이라고는 고작 총리 관저 앞에서 의료진의 헌신에 감사의 박수를 보내거나 이런 문구를 새긴 스티커를 페이스북Facebook 등 온라인 매체에 게재하는 것이다 — "사회적 거리 유지, 생명을 구하기, 국가 의료서비스 살리기". 말로 떠드는 건 누구나 할 수 있는 일이다. 더구나 코로나 쇼크로 영국은 11년 만에 경기 침체에 접어들었다. 무능한 지도자와 정부 탓이다. 능력주의를 표방하는 엘리트의 무능함이 드러났다.

NHS 트러스트의 이중 구조

영국의 국가 의료서비스 주체는 국가다. 하지만 재정 절감을 이유로 공급과 운영에 있어 국가 의료서비스의 시장화를 진행해 왔다. 영국이 그간 단행한 의료 개혁 중 하나가 민간 업체를 참여시킨 NHS 트러스트 NHS Trust 운영, 곧 의료 체계의 이중화였다. 보건부 산하에 NHS가 있고, NHS가 연간 120조 원 규모의 예산을 지역의 NHS 트러스트에 배분하는 방식이다. 보건부가 NHS와 먼저 계약을 맺고, NHS가 다시 NHS 트러스트에 서비스를 위탁하는 이중 구조다.

이런 의료 체계의 이중 구조는 우려를 낳는다. 예를 들면, 민간 업체가 재정 절감을 이유로 응급실 등을 없애면 공공 의료 서비스가 마비된다. 사정이 이렇다 보니 이번 코로나19 사태처럼 전국적으로 환자가 넘쳐나면 정부가 NHS 트러스트에 돈을 지급하고 병상을 임대해야 하는 황당한 일이 벌어진다. 더구나 NHS 트러스트가 이런저런 이유로(예를 들면, 개인 보호 장구 미지급으로 의료진이 코로나에 걸릴 수 있다는 등) 파업하면 환자가 방치된다. 이쯤 되면 복지 국가를 실현하기 위해 설립된 NHS의 취지인 "요람에서 무덤까지"라는 말이 무색해진다.

2024년 1월 NHS가 전공의junior doctor의 6일간 파업으로 위기를 맞았다. 영국의학협회BMA 소속 전공의들이 임금 35% 인상을 요구하고 나섰다. 현재 이들의 임금은 시간당 15파운드로 매우 열악하다. 공공 의료 예산 삭감으로 진료를 대기 중인 환자가 770만 명에 육박했다. 더구나 영국 의사의 65%가 이직을 고려 중이라고 한다. 이렇듯 공공 의료 체계가 위기다. NHS가 붕괴하면 집권당은 표를 잃을 것이고, 영국인들의 자존심이 무척 상할 것이다. 2024년 7월 조기 총선에서 노동당이 압승한 주요 원인 중 하나는 바로 공공 의료 악화에 대한 보수당에 대한 불만이 반영되었기 때문이다.

유품 정리사와 영화 〈스틸 라이프〉

요즘 유품 정리사라는 신종 직업이 생겨나고 있다. 사회의 사각지대에 방치되어 고독사한 고인의 장례를 치러주고 유품을 정리하는 일을 담당하는 직업이다. 영화 〈스틸 라이프Still life〉(2013)는 런던 케닝턴Kennington 구청 소속 사회복지과 직원인 존 메이John May(에디 마산Eddie Marsan 분)의 일상을 다룬다. 제목 '스틸 라이프'는 정물靜物, 즉 22년 동안 한자리에서 묵묵히 소임을 다해 온 붙박이 인간(공무원)의 은유적 표현이다. 정물은 매너리즘에 빠진 일상을 함축한다.

〈스틸 라이프〉에서 두 가지에 주목할 필요가 있다. 첫째, 고독사한 사람들에게 존엄성을 부여하는 일은 꼭 필요하다. 존 메이는 고인을 위해 추도문을 작성하고, 장례를 치러주며, 고인의 사진을 사진첩에 간직해 기억하는 일을 한다. 그가 "잊히는 게 두려운가요? 제가 기억해 줄게요"라고 말한다. 그는 존엄을 지키는 파수꾼인 셈이다. 둘째, 인간에게 마지막 예의를 표하는 직원이 구조 조정을 당한다는 점에 주목해야 한다. 그는 자본의 논리로 해고를 당해 잉여 인간이 된다. 우베르토 파솔리니Uberto Pasolini 감독은 효율성이라는 이름으로 공공성을 약화하는 현실을 날카롭게 비판한다. 코로나19 팬데믹이 가져온 역설 중 하나는 공공의료 체계의 강화다. 의료 체계가 사영화 혹은 민영화된 국가들의 경우 취약 계층이 건강의 사각지대로 내몰려 사망할 확률이 높다. 고독사와 감염병에 대비하는 사회 안전망을 제대로 갖추지 않으면 인간에 대한 예의나 품격을 지닌 사회를 기대하기 어렵다. 인간이나 죽음을 대하는 태도를 보면 그 사회의 수준이 드러난다. 뜻밖에 교통사고로 죽은 메이의 장례식에 그에게서 위로받았던 사람들이 참석한다. 놀라운 반전이다. 죽은 메이는 더 이상 외로운 사람이 아니다.

흥미롭게도 영국은 '외로움 부서The Ministry of Loneliness'를 신설했다. 이것은 고립된 개인의 외로움을 사회적 문제로 인식하고, 해결책으로 사회 공동체 참여 프로그램을 운영하겠다는 뜻이다. 영국은 사생활을 중시하는 칸막이compartment 문화와 웬만한 것은 각자 알아서 하는 DIY 문화가 발달했다. 이런 문화가 은둔과 고립을 질병으로 만든다. 외로움 부서는 고립된 개인에게 삶의 활력을 부여하고 사회 복귀를 도와준다. 고령화 사회에 접어든 한국에서도 외로움 부서 신설을 적극적으로 검토할 필요가 있다.

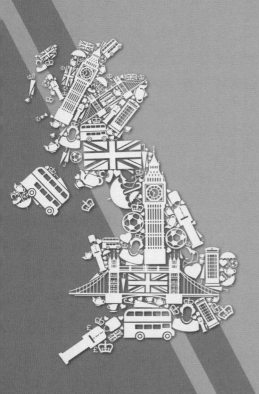

7장 | 다 多

개방성과 다양성 존중

다양성 추구

1 축제의 기원

올림픽과 월드컵

축제祝祭와 제전祭典은 신을 숭상하는 종교 의례에서 출발했다. 축제 원조는 고대 그리스의 올림피아Olympia 지방에서 4년마다 한 번씩 열렸던 올림피아 제전이다(후에 피에르 드 쿠베르탱Pierre de Coubertin, 1863~1937이 근대 올림픽을 설립했다). 지중해 지역에 퍼져 살던 그리스인들이 참가해 제우스 Zeus 신에 대한 기념제와 감사제를 올린 뒤에 다섯 개의 종목을 3일에 걸쳐서 실시했다. 이 제전은 지중해 지역 도시 국가들의 친선과 동맹을 강화하기 위한 하나의 장이었다. 네덜란드의 문화 사학자, 요한 하위징아 Johan Huizinga, 1872~1945는 인간을 '호모 루덴스Homo Ludens'(놀이하는 인간) 로 정의했다. 그는 인간이 놀이를 통해 창의성과 상상력을 발휘하며 사회적 상호 작용을 즐긴다는 점에 주목했다.

축제를 의미하는 영어 단어 페스티벌festival은 성일聖日을 의미하는 라틴어 festivals에서 유래되었다. 또한, 사육제謝肉祭를 의미하는 카니발carnival 도 40일 동안의 금식 기간, 사순절四旬節이 시작되기 직전에 3~7일 동안 술과 고기를 먹고 가장행렬假裝行列을 즐기는 것을 의미한다. 세속화된 오늘날 올림픽과 월드컵, 그리고 각종 음악제와 길거리 페스티벌은 대립과 갈등이 없는 화평을 누리기 위한 것이다. 이런 점에서 축제는 인간의 호전성을 억눌러 혐오와 전쟁 억제에 이바지한다.

노팅힐 카니발

런던의 노팅힐Notting Hill 카니발은 유럽 최대의 길거리 축제다. 브라질의 리우Rio 카니발 다음으로 세계에서 두 번째로 규모가 크다. 카리브해의 전통 음식과 다양한 음악 공연, 12km 가장행렬이 8월에 이틀 동안 펼쳐진다. 1964년 노팅힐 지역에 거주하던 아프리카계 카리브해 출신 흑인 이민자들이 자신들의 고유한 문화와 전통을 알리고 향수를 달래고자 시작한 축제이다. 이 축제의 볼거리는 화려한 복장의 무희들, 금속 타악기 스틸 밴드steel band, 노예들의 노동요勞動謠 칼립소calypso이다. 무희들의 복장은 인간과 곤충의 경계가 모호해진 모습을 드러낸다. 스틸 밴드는 드럼통으로 악기를 만들어 연주하는 방식으로 물방울이 번지듯 공명 소리를 낸다. 이처럼 카니발의 기운vibe을 발산한다. 이민자들은 이국적 문화를 들여와 런던에 활력을 불어넣었다.

본래 카니발은 백인 주인의 권위를 조롱하는 전복적 요소를 지닌다. 노예 시절 흑인 노예에게 허용된 유일한 행위는 북을 두드리는 '부루Burru'였다. 칼립소는 원주민이 춤추면서 부르는 즉흥적인 노래다. 재치 있고 풍자적인 가사를 2/4박자 경쾌한 발라드풍으로 부르는 민속 음악이다. 사탕수수 농장의 노예들이 백인 농장 주인을 풍자하던 방식에서 발전된 칼립소는 반식민주의 정서를 표출하는 한 방식이었다. 노팅힐 카니발은 카리브해 출신 흑인 이민자들이 런던 길거리를 임시 '점령'해 해방감을 누리는 행사다.

에든버러 축제

에든버러 축제는 프랑스의 아비뇽Avignon 축제와 오스트리아의 잘츠부르크 음악제와 더불어 세계 3대 공연 예술제로 불린다. 에든버러 국제 페스티벌은 1947년 제2차 세계대전의 종전을 기념하고, 평화를 염원하며, 상처를 치유하기 위해 시작했다. 매년 8월 중순이면 에든버러 국제 페스티벌과 전야제 성격의 '프린지fringe' 페스티벌(주변부, 즉 본 공연에 부가적인 것을 의미함), 군악대 연주인 '밀리터리 타투military tattoo'(군인들의 영내 복귀를 알리는 나팔에 맞추어서 하는 야간 분열 행진 혹은 군악 퍼레이드)가 열린다. 여기서 '타투'는 문신이라는 뜻이 아니다.

프린지 페스티벌은 에든버러 국제 페스티벌이 처음 열렸을 때 초청받지 못한 작은 단체들이 축제장의 주변부에서 자생적으로 공연을 하며 시작되었다. 프린지 공연은 사전에 기획된 것도 체계적인 조직을 갖춘 것이 아니라서 지원금을 받지도 못한다. 하지만 누구나 참여해 실험적이며 참신한 공연을 할 수 있다. 인구 50만의 에든버러에 매년 15만 명의 관광객이 방문해 공연을 감상한다.

프롬스

영국 국영 방송사 ≪비비시≫는 매년 여름 8주 동안 런던의 로열 앨버트 홀에서 '프롬스PROMS'(산책한다는 뜻을 지닌 promenade와 concerts의 합성어)를 개최한다. 클래식 음악의 대중화를 지향하는 프롬스에서는 걸어다니면서 음악을 들을 수 있다. 홀은 입석을 포함해 5272명을 수용한다. 1927년 이래로 지속해 온 세계 최대의 클래식 음악 축제다. 젊은 연주자도 소개한다. 시작 곡은 언제나 「위풍당당 행진곡」이다. 엘가Edward Elgar, 1857~1934의 지휘로 연주된 이 곡은 제1차 세계대전 후 실의에 빠진 국민들을 위로했다. 그런데 한국 대통령 취임식의 축가로 사용하는 것은 적절하지 않아 보인다. £20 지폐 속 도안 인물(2007년 이전 발행)이 바로 에드워드 엘가다.

로열 앨버트 홀은 고급 예술을 누리는 상류층의 전유물이 아니다. 영화 〈브레스드 오프Brassed Off〉(1996)의 마지막 장면에서 요크셔 그림리Grimley 탄광의 실직 광부들로 구성된 브라스 밴드가 앨버트 홀 경연 대회에서 우승한다. brassed off는 '화가 치밀다' 혹은 '머리 뚜껑이 열린pissed off'이라는 뜻의 속어다(박종성, 2001: 89). 실직 광부들의 분노가 포도알처럼 탱탱하다. 이른바 '대처 총리의 어둠의 자식들'이 경제성을 이유로 탄광을 폐쇄한 대처 정부를 신랄히 비난한다(이 과정에서 노조 지도부가 정부와 짜고 보상금을 챙기며 배신한다). 실직 광부들은 피켓을 들고 "실직 수당이 아니라 석탄(일자리)Coal not dole"을 요구한다.

지휘자 대니Danny(피트 포슬스웨이트Pete Postlethwaite 분)가 이렇게 작심하고 발언한다 — "음악만이 중요하다고 생각했는데, 더 중요한 것은 사람이다. 지난 10년간 정부는 탄광업뿐만 아니라, 공동체를, 가정을, 삶을 체계적으로 파괴했다. 진보의 탈을 쓰고 치사한 몇 놈을 위해서 말이지". 여기서 '치사한 몇 놈'은 고액 연봉을 받는 경영진, '살찐 고양이fat cats'를 의미한다. 대처 정부를 향한 총성 일발이 앨버트 홀 내부에 울려 퍼진다. 감동적인 연설이다.

글래스턴베리 음악 축제

세계 최대 규모의 노천 음악 축제의 양대 산맥은 미국의 우드스톡Woodstock 페스티벌과 영국의 글래스턴베리 페스티벌Glastonbury Festival이다. 이곳에서 4박 5일 동안 해방감을 맛볼 수 있다. 영국 서머싯주 인구 9000명의 작은 마을, 필턴Pilton에서 매년 6월 마지막 주 수요일부터 일요일까지 4박 5일 동안 드넓은 농장에서 음악 축제가 벌어진다. 참가자들은 진흙탕 밭에서 장화를 신고 질척거리며 걸어 다니고 텐트 속에서 잠을 잔다. 글래스턴베리는 브루Brue 계곡에서 158m 바위산 봉우리tor에 이르는 언덕에 있다. 근처 글래스턴베리 사원은 아서왕이 묻힌 곳으로 전해진다.

그렇다면 외진 시골구석이 록 음악 열광 팬의 성지가 된 비결은 무엇일까. 농장주 이비스Michael Eavis는 1970년부터 자신의 워시팜Worthy Farm 농장에 음악 축제를 열었다. 초기엔 필턴 페스티벌로 불렸지만, 점차 전 세계에 축제의 이름을 알리게 되었다.

축제 기간에 월드 뮤직, 레게, 힙합, 포크송, 팝, 댄스 등 다양한 장르의 공연이 펼쳐진다. 참석 인원은 약 15만 명에서 20만 명 규모이고, 표 가격은 5일권에 220파운드(한화 약 40만 원, 수수료 5파운드 추가)이다. 표 판매가 시작되면 1시간 만에 매진될 정도로 인기가 높다. 영국에서는 가족 3세대가 함께 이 축제에 참석해 아주 특별한 추억을 만든다. 마지막 날 본무대를 장식하는 '헤드 라이너headliner'(대표 출연자)로 레이디 가가Lady Gaga 등 유명한 음악가가 대거 등장한다.

록 음악은 기존 질서를 비판하는 저항과 전복을 바탕으로 삼는다. 그래서 뮤지션과 참석자는 반전, 반핵, 인종 차별과 성차별 반대, 신자유주의 반대, 지구 온난화 반대 등 정치적 메시지를 발언하고 공유하며 확산한다. 이렇게 음악과 정치가 만난다. 개념 있는 음악 축제다.

2 반문화의 목소리

노동 계급의 영웅, 존 레논

비틀스(1962~1970)는 비트beat를 전문으로 한 리버풀 출신의 4인조 팝 뮤직 그룹이다. 부둣가에서 자란 비틀스는 초월적 나비보다는 세속적인 딱정벌레가 되고자 했다. "세상을 뒤흔든 네 명의 사내들Four lads who shook the world"로 구성된 그룹의 리드 싱어는 존 레논John Lennon, 1940~1980이었다. 1966년 그는 "비틀스가 예수보다 더 인기가 있다The Beatles is bigger than Jesus"라는, 경박한 설화舌禍로 인해 비난받았다. 대범하게도 그는 노동 계급의 영웅, 계급의 구분이 없는 사회를 꿈꾸었던 반문화의 상징 인물이었다.

레논의 「노동 계급의 영웅A working class hero」은 반항기와 적개심이 덕지덕지 묻어나는 노래다. 그는 계급 의식이 강한 영국에서 열패감을 지닌 노동 계급자들에게 자신을 따르라고 이렇게 노골적으로 선동한다 ─ "영웅이 되고 싶다면 지금 날 따라와". 바로 이 지점에서 가수 레논Lennon은 볼셰비키 혁명가 레닌Lenin과 닮았다. 차이가 있다면 레닌은 총으로, 그리고 레논은 노래로 계급 혁명을 꿈꿨다. 레논은 "노동 계급의 영웅은 되어볼 만한 것이지A working class hero is something to be"라는, 짧은 가사를 반복한다. 미국의 병은 폭력, 유럽의 병은 섹스, 영국의 병은 계급이라는 말이 있다. 영국병 일소라는 정치색이 너무 분명한 곡이다. 이제 한국의 방탄소년단BTS이 60년 전 인기를 누렸던 비틀스를 대체했다.

그룹 퀸, 프레디 머큐리

영화 〈보헤미안 랩소디Bohemian rhapsody〉(2018)가 국내에서 개봉되었다(제목은 실험적인 곡 「보헤미안 랩소디」에서 따왔다). 이 영화는 록 그룹 퀸의 리드 보컬인 프레디 머큐리(라미 말렉Rami Malek 분)를 다룬 전기 영화다. 퀸은 제도권의 상징인 여왕이 아니라, 여자 옷을 입는 남성을 의미하는 은어다. 영국에서 퀸 칭호는 다층적 의미를 지닌다. 제도권의 상징인 여왕(고 엘리자베스 2세), 대중의 마음속 여왕(고 다이애나 스펜서), 펑크의 여왕(고 비비언 웨스트우드), 그리고 뮤지션 퀸(고 프레디 머큐리)이 있었다. '퀸'은 일반적으로 특정 분야에서 탁월한 재능을 지닌 사람을 지칭한다.

프레디 머큐리의 본명은 파로크 불사라Farrokh Bulsara다. 그는 여러 가지 기록을 세웠다. 첫째, 그는 남성과 여성 모두와 관계를 맺은 양성애자였다. 그는 소수자로서 성적 지향을 존중받고 인정받기 위해 투쟁했다. 둘째, 성관계로 인한 '에이즈AIDS'(후천성 면역 결핍증)로 사망했다. 셋째, 탄자니아 잔지바르에서 태어나고 성장한 영국 내 고독한 외부자였다. 넷째, 4옥타브를 넘나드는 화려하고 청아한 미성의 소유자였다. 다섯째, 특유의 카리스마와 퍼포먼스로 무대를 장악했던 예술가였다. 마지막으로 그는 제도권과 편견에 도전하는 반문화의 표상이었다. 우리에게 친숙한 「우린 이 세상의 승리자We are the champions」는 축구 응원가가 아니라 동성애자 혹은 양성애자를 위로하는 곡이다. 가사 일부를 살펴보자 — "우린 끝까지 싸울 거야/ 우리는 승리자/ 우리는 승리자/ 패배자에겐 설 곳이 없지/ 우린 이 세상의 승리자니까".

톨스토이Lev Tolstoy는 예술의 기능을 "상호 이해와 감정 결속을 가져오게 해, 폭력을 일소하고 인간을 행복에 이르게 하는 것"으로 정의했다. 프레디 머큐리는 음악을 통해 성 소수자의 권리를 대변했다. 그가 죽은 후 30년이 흘렀다. 그간 사회는 얼마나 변했을까. 성 소수자LGBTIQ+(레즈비언, 게이, 양성애자, 트랜스젠더, 간성間性, 퀴어, 다른 성적 지향의 약자)가 정체성과 권리를 인정받는 문화가 확산하고 있다. 예외가 규범이 되어간다.

2023년 12월 18일 교황청은 교리 선언문에서 "동성 연인이 원한다면 가톨릭 사제가 축복을 집전해도 된다"라고 변화된 자세를 보였다. 물론 일반 결혼식이나 미사 등 교회 공식적 행사에서 동성 연인에 대한 축복은 안 된다는 제한을 분명히 두었다. 가톨릭교회가 성 소수자의 정체성을 존중하는 쪽으로 인식의 변화를 보였다.

계관 시인, 캐럴 앤 더피

캐럴 앤 더피Carol Ann Duffy는 특이한 이력을 지닌다. 2009년에 '계관 시인桂冠詩人, poet laureate'으로 임명된 341년 만에 최초의 여성, 최초의 스코틀랜드인, 최초의 LGBTIQ＋ 성 소수자이다. 영국 사회의 포용성을 엿볼 수 있다. 그녀에게 '최초'라는 수식어가 따라붙는다. 계관 시인은 영국 왕실에서 뛰어난 시인에게 내리는 명예 칭호다. 과거 계관 시인은 왕실의 관혼상제를 시적 소재로 삼았다. 그런데 계관 시인, 더피는 "여왕 아들의 결혼식을 위해 시를 쓰지 않겠다"라고 선언했다.

대신 더피는 파격적으로 축구 스타 베컴(당시 34세)을 시적 소재로 삼았다. 2010년 남아프리카 월드컵을 앞두고 오른발 킥의 달인, 잉글랜드 축구의 아이콘, 데이비드 베컴이 부상으로 출전을 할 수 없게 되었다. 영국민이 실의에 빠졌다. 그러자 더피는 베컴을 현대판 아킬레우스Achilleus (아킬레스)에 비교한 시를 썼다. 「아킬레스Achilles」(2010)의 일부를 살펴보자.

그러나 건장한 체격의 오디세우스가
창과 방패를 들고 오자
그는 그를 따라 전쟁터로 나갔다.
군중의 환호성

그리고 이번에는 전쟁이 아닌, 스포츠
공을 다루는 마법의 발 …

하지만 이번에는 그의 뒤꿈치, 그의 뒤꿈치, 그의 뒤꿈치 …

— 캐럴 앤 더피, 「아킬레스」(Breslow, 2010.3.22에서 재인용).

과거와 현재, 전쟁터와 축구장, 아킬레우스와 베컴을 병치시킨 시다. 마지막 행에서 시인은 "그의 뒤꿈치"를 반복하면서 베컴의 뒤꿈치heel 치유heal를 기원한다. 절묘하게 동음이의어를 사용했다. 시인은 오디세우스Odysseus 장군을 국가 대표 축구팀 감독으로, 영웅 아킬레우스를 축구 스타 베컴으로 각각 치환했다. 신화에 따르면, 강철의 몸을 지닌 아킬레우스는 트로이Troy의 총사령관인 헥토르Hektor가 쏜 독화살을 맞고 죽었다. 하필 맞은 부위가 스틱스Styx의 신성한 강물에 닿지 않은 취약한 뒤꿈치였다. 더피는 베컴의 뒤꿈치 부상을 온 국민과 함께 애석해한다. 과연 계관 시인이 용서받지 못할 죄를 저지른 것일까.

왕실 훈장을 거부한 벤저민 제파니아

벤저민 제파니아Benjamin Zephaniah, 1958~2023는 왕실의 훈장을 거부했다. 그는 영국서 태어나 자메이카에서 어린 시절을 보낸 인권 운동가이자 시인이다. 그가 왕실과 제국을 비판하는 이유를 알아보자. 2003년 11월 27일 ≪가디언≫에 기고한 글에서 제파니아는 영국 제국 훈장OBE을 공개적으로 거부했다(베컴이 받은 훈장과 동등한 훈장이다). 그는 훈장 추천권을 지닌 블레어 총리를 향해 "당신은 우리를 대변해야 할 때 침묵을 지키고 미국의 목소리가 되는 쪽을 선택했다"라고 신랄하게 비판했다. 표면적인 이유는 영국의 이라크 침공 강행에 항의하는 차원이었다. 본질적 이유는 과거 식민주의에 반대하는 정서 탓이다. 그는 제국주의와 노예제를 노골적으로 비판했다. 그는 "제국이라는 말만 들어도 화가 난다. 그것은 노예 제도를 연상시키고 수천 년 동안 나의 할머니들이 어떻게 강간당했고 할아버지들이 잔혹하게 폭행당했는가를 상기시킨다"라고 서슴

없이 말했다. 우리도 일본의 과거사 왜곡과 종군 위안부comfort women 피해 보상 거부에 대해 비판의 목소리를 내야 한다. 그는 왕실(제국)과 거리를 유지함으로써 품위를 지켰다. 안타깝게도 2023년 세상을 떠났다.

3 윈드러시 스캔들과 불법 이민자 혐오증

윈드러시 스캔들

영국은 제2차 세계대전 후 피해를 복구하기 위해 많은 노동력이 필요해 카리브해 연안국에 대량 이민을 요청했다. 1948년부터 1970년까지 약 50만 명의 영연방 출신(특히 카리브해 트리니다드 토바고 및 바베이도스 출신) 이민자가 영국행을 택했다. 이들이 타고 온 배 이름이 엠파이어 윈드러시호Empire Windrush인데, '바람처럼 돌진한다'는 뜻이다. 그래서 이들을 일명 '윈드러시 세대'(1948~1971년 사이에 영국에 입국한 카리브해 이민자들)라고 부른다. 1948년 6월 22일 윈드러시호가 에식스 틸버리Tilbury에 도착했다. 승선 인원은 총 492명이었고, 이 중 많은 수가 어린이였다.

윈드러시호는 1930년 독일에서 취항한 여객 정기선 겸 유람선으로 제2차 세계대전 중에 독일 해군에 의해 병참선으로 운영되었다. 모터를 사용한 동력으로 작동하는 나치의 전함이었다. 전쟁이 끝나자 영국 정부가 이 배를 전리품으로 인수해 윈드러시호로 개명했다. 이 배는 1954년 3월 지중해에서 화재가 발생해 침몰할 때까지 군함으로 사용되었다. 영국은 전리품을 요긴하게 사용했다.

윈드러시 세대는 영국에서 수십 년간 일하고 세금을 내고 살아왔다. 그런데 영국 내무부가 2012년 불법 장기 체류를 막기 위해 강화된 규정을 도입하면서 신분 증명을 하지 못한 이들이 강제 추방을 당할 위기에 처했다. 이것이 일명 '윈드러시 스캔들'로 2018년 불거졌다. 무엇이 잘못된 것일까. 영국은 1971년 국적법에 따라 영국에 사는 영연방 소속 시민들에게 영주권을 부여해 왔다. 하지만 내무부는 관련 기록을 보관하지도 이를 확인하는 서류 작업도 진행하지 않고, 어느 날 이들을 '불법' 이민자로 취급했다. 이 적대적인 정책은 명백한 행정 부주의였다.

그러자 윈드러시 세대의 분노가 폭발했다. 이들은 영국의 여권이나 시민권을 정식으로 발급받지 못한 채 불법 이민자로 분류되어 추방되거나 국가 의료서비스를 받지 못하는 등 여러 차별을 당해 왔다. 그러자 자진 신고 기간을 두어 영국 내 거주 사실을 증명할 수 있는 기준을 내려야 한다는 국민 청원이 시작되었다. 제러미 코빈Jeremy Corbyn 당시 노동당 당수는 윈드러시 스캔들을 수치스러운 일이라고 맹비난했다. 벤저민 제파니아가 영국 정부에 정의와 평등의 정책을 촉구하고 나섰다. 영국에 값싼 노동력을 제공하고도 추방 위기에 놓인 식민지인들의 배신감과 충격은 실로 컸다. 2020년 7월 프리티 파텔Priti Patel 내무 장관은 윈드러시 스캔들이 일으킨 적대적 정치를 일소하겠다고 약속했지만, 좀처럼 포용성을 찾아볼 수가 없다. 이민자들을 관리와 통제의 대상으로 보았지, 이들의 사회 통합에는 신경을 쓰지 않았다.

2005년 11월 1일부터 영주권 신청자는 영어 능력 자격증과 함께 '영국에서의 삶Life in UK'이라는 시험을 통과해야 한다. 이 시험은 영국의 역사와 문화와 사회에 관한 전반적 지식을 측정한다. 45분 내 24문항 중 18문항을 맞춰야 한다. 문화적 동화同化를 도모하는 조치다. 그런데 시험 문제가 어렵다고 아우성 소릴 낸다. 이처럼 영국 내 거주 문턱이 높아졌다. 눈에 보이지 않은 또 다른 국경선인 셈이다. 이처럼 국가는 동질성에 기반한 국민 국가nation-state를 구성하려 한다. 하지만 국민 국가 담론이 총체화를 추구하는 과정에서 외국인들이 배제되는 문제가 생긴다.

이녹 파월의 극우 연설

1968년 4월 20일 버밍엄의 보수당 정치 센터에서 이녹 파월Enoch Powell, 1912~1998이 연설했다. 그는 영연방 국가들의 이민자들이 영국으로 대거 유입하는 걸 두려워했다. 그가 '버밍엄 연설'이라고 부르는 것은 일명 "피의 바다rivers of blood" 연설로 알려져 있다. 파월의 말을 인용하면 다음과 같다 ― "두려움에 찬 로마인처럼 나는 피거품이 이는 테베레Tevere 강을 보는 것 같다". "피의 바다"는 로마의 시인 베르길리우스Vergilius, BC 70~19가 기원전 30년에서 죽을 때까지 11년에 걸쳐 쓴 서사시 『아이네이스Aeneis』에서 가져온 문학적 인유引喩다. 그런데 그의 편협한 인종 차별적 발언이 지지층을 결집해 1970년에 보수당을 승리로 이끈다. 갈라치기 전략이 제대로 먹혔다.

4 난민 유입 차단 정책

바지선 스톡홀름호 도입

유럽 전역이 난민 증가로 인해 난민에 대한 혐오 문화가 확산 중이다. 이주를 도전으로 받아들이면서 환대라는 말이 갑자기 사라졌다. 하지만 이주의 근본 원인을 고려해야 한다.

아프리카나 중동 등에서 소형 보트를 타고 위험을 감수하며 일명 '죽음의 바다'인 영불 해협을 건너는 난민과 불법 이주자가 급증하는 추세다. 영국 내무부는 2023년에 영불 해협을 건너온 불법 이주자가 1만 9000명이 넘고, 난민 신청자는 6월 말 기준 총 17만 5000명으로 1년 전보다 44% 증가하며 사상 최대치에 달한다고 발표했다.

2023년 영국 정부는 남서부 도싯Dorset 지역 포틀랜드Portland항에 바지선 비비 스톡홀름호Bibby Stockholm를 임차해 난민 신청자의 입국 심사를 진행하고 있다. 영국 정부가 늘어나는 난민과 불법 이주민을 수용하는 비용을 줄이고 난민 심사를 진행하기 위해 만든 임시로 만든 거주 시설이다. 보수당 정부는 숙박비를 줄이기 위해 '땅 위'가 아닌, '물 위'에서 난민을 수용하기로 했다. 기이하고 기발한 발상이다. 이것은 과거에 감옥의 부족으로 '감옥선hulk'을 띄웠던 시절을 소환한다. 브리티시 드림을 지닌 사람들이 결국 감옥선에 갇힌다. 기막힌 아이러니다.

3층짜리 바지선은 220개 선실에 약 500명을 수용한다. 화장실과 체육관, 텔레비전을 갖춘 공용 거실이 딸린 이 바지선은 1990년대 중반에는 함부르크Hambrug에서 망명 신청자와 노숙자를 수용했다. 가장 마지막에 석유 노동자들의 수상 숙소로 사용되었다. 바지선에 수용된 사람들은 약 3개월에서 9개월 동안 영국에 입국하지 못하고 '물 위'에서 갇혀 지낸다.

그러자 바지선 도입을 둘러싼 논쟁이 벌어졌다. 지역 주민들은 혐오 시설이 들어서는 것을 반대한다. 국제앰네스티Amnesty International 영국 지부는 영국 정부가 사람을 비좁은 공간에 '보관 대상'으로 취급한다고 비난했다. 난민 지원 단체와 인권 운동가 들은 이를 잔인한 비인간적 처사라고 볼멘소리를 내질렀다. 더운 날씨 탓에 폐렴을 일으키는 레지오넬라균이 나오는 소동이 발생했다. 2023년 12월 한 망명 신청자가 추정하건대 극단적 선택을 했다.

그렇다면 영국 정부는 왜 바지선 도입안을 마련했을까. 표면적인 이유로는 비용 절감 효과를 든다(하루 운용비는 2만 파운드, 즉 한화 3358만 원). 하지만 본질적인 이유는 바지선 도입이 영국이 불법 이주민과 난민 신청자에게 우호적이거나 관대하지 않은 국가라는 점을 심어주는 데 효과적이기 때문이다. 보수당 강경파는 정부의 이런 과감한 조치를 반긴다. 영국은 자국의 국경을 걸어 잠그고, 불법 입국자를 강제로 추방하겠다는 명확한 신호를 보낸다. 난민을 밀어내는 정책은 보수당이 표를 얻는 데 도움이 된다. 반면에 키어 스타머 신임 총리는 바지선 스톨홀름호 임차 계약을 갱신하지 않기로 결정했다.

영국을 포함한 유럽 각국이 이제 난민 수용에 매우 인색하다. 유럽에 극우 정당이 득세하는 이유다. 하지만 지구 온난화로 인해 난민이 발생한다는 점을 고려해 볼 필요가 있다. 아프리카와 시리아와 우크라이나 등지에서 난민들과 불법 이주자들이 안전하고 부유한 북유럽 국가들로 향한다. 2016년 시리아 내전으로 대규모 난민이 발생했다. 이 사태는 영국이 브렉시트를 선택하는 데 적지 않은 영향을 끼쳤다. 브렉시트를 찬성한 영국인들은 난민 유입을 원하지 않았다. 이와는 대조적으로 독일의 앙겔라 메르켈 총리는 재임 기간 중 약 170만 명의 난민을 받아들이는 통 큰 결단을 했다. 소국小國 영국과는 달리, 독일은 대국大國의 면모를 보였다. 영국은 국경을 닫고, 독일은 국경을 열었다.

불법 입국자의 관문, 도버 해안

한 나라의 국경선은 해안선과 공항이다. 런던의 히스로 공항에는 입국 절차를 밟는 사람들이 UK Border(영국 국경)라고 쓴 안내판 앞에서 대기해야 한다. 그리고 선박이나 유로스타Eurostar 기차를 이용해 입국할 때는 도버 해안에서 절차를 거친다. 국경border이 이들을 '성가시게 한다bother'. 1991년 12월 1일 영불 해협을 잇는 '해저 터널the channel tunnel 또는 (두 단어를 합친) the chunnel'이 완공되었다. 영국은 '호버크라프트'(고압 공기로 물 위에 떠서 운행하는 쾌속정)를 발명해 운행 중이다. 1994년 11월 14일 이 해저 터널을 이용해 유로스타 기차가 영국의 런던 세인트판크라스 인터내셔널St Pancras International역과 프랑스의 파리 가르 드 노르Gare du Nord역을 처음으로 운행했다.

오늘날 영국행을 택한 난민들과 불법 이주자들은 고무보트를 타고 칼레에서 도버 해협을 건넌다. 2018년 봄부터 최근 5년 동안 도버 해안을 통해 들어온 불법 입국자는 약 10만 명에 이른다. 이들은 도버의 상징인 백악질 절벽 너머를 새 안식처new haven로 인식한다. 그런데 칼레와 도버는 너비 30~40km, 깊이 35~55m에 이르며 조류가 빠르다. 일명 '죽음의 바다'인 도버에서 익사 사고가 빈번하게 일어난다.

르완다 난민 이송 정책

르완다 난민 이송 정책은 영국에 온 난민 신청자들을 본국인 아프리카 르완다로 강제로 보내 그곳에서 망명 심사를 받게 하는 방안이다. 난민 아웃소싱으로 비난을 받는 이유다. 2022년 4월 보리스 존슨 총리 재임 당시 도입한 급진 정책이다. 그래서 영국 정부가 이들을 비행기에 태워 강제 송환을 추진하던 중이었다.

그런데 유럽인권재판소ECHR는 영국 정부는 이주민을 추방하는 항공편 운행을 유예해야 한다는 긴급 명령을 내렸다. 재판소는 리시 수낵 정부의 르완다 정책이 난민 협약에 명시된 강제 송환 금지 원칙에도 어긋난다는 점을 지적했다. 그리고 2023년 11월 15일 영국 대법원이 이들을 르완다로 강제 송환하는 것은 위법이라고 판결했다. 대법원도 르완다로 망명 신청자를 본국으로 돌려보내면 추방될 위험이 있다는 점을 적시했다. 그러자 대법원의 반대를 해소하겠다는 취지로 발의된 '르완다의 안전(망명 및 이민)' 법안이 12월 12일 하원에서 가결되었다. 키어 스타머 신임 총리는 르완다 난민 이송 정책을 폐기하는 대신 국경안보부를 신설하겠다고 선언했다.

5 지구촌 난민 이슈

아일란 쿠르디 어린이의 익사

때로는 비극적 사진 한 장이 전 세계의 시선을 집중시키고 큰 파장을 일으킨다. 이것이 비가시화된 이슈를 가시화하는 일명 '지렛대 효과'다. 2015년 9월 2일 튀르키예 해안에서 세 살배기 아이가 죽은 채 발견되었다. 아일란 쿠르디Ailan Kurdi, 2012~2015는 시리아의 쿠르드계다. 시리아 내전으로 인해 가족들과 유럽으로 이주하던 중 지중해에서 배가 난파되어 튀르키예 보드룸Bodrum의 해변에서 사망한 채로 발견되었다. 과거 유고 내전 때도 영국의 ≪가디언≫지는 나무에 목을 매 자살한 사람의 사진을 1면 톱으로 실어 전 세계의 관심을 끌었다. 때로는 이런 비극적 사진 한 장이 반전 운동과 난민 정책의 변화를 이끄는 결정적인 촉매제가 되기도 한다. 보도 사진의 힘이다.

시리아 난민 소녀, 리틀 아말

전쟁과 기후 위기, 그리고 경제난이 초래한 난민 문제의 심각성을 알리기 위해 '리틀 아말Little Amal'(아랍어로 희망이라는 뜻)이 2021년 7월부터 세계를 여행 중이다. 튀르키예부터 영국 글래스고Glasgow까지. 다시 멕시코 티후아나Tijuana의 국경 장벽 앞까지 여정the walk을 이어가며 난민 문제에 관심을 촉구한다. 리틀 아말은 열 살 시리아 난민 소녀를 형상화한 3.5m 높이의 대형 인형이다. 시선을 끄는 효과적인 전략이다.

아말은 튀르키예·시리아 국경에서부터 2021년 11월 9일 제26차 유엔 기후변화협약 당사국 총회COP26가 열린 영국 스코틀랜드 글래스고의 회의장 내 무대까지 기나긴 행진을 했다. 다시 2023년 11월 6일 아말은 미국과 멕시코 사이 리오브라보Rio Bravo강(리오그란데Rio Grande강) 국경 장벽 앞에 섰다. 아말은 미국을 횡단하며 난민을 위한 기부금을 모으고 있다.

멕시코계 미국 가수인 티시 이노호사Tish Hinojosa의 곡 「돈데보이Donde Voy」(1989)는 미국으로 불법 이민을 시도한 멕시코 남성이 본국에 두고 온 연인을 그리워하는 애잔한 곡이다. 「돈데보이」는 영어로는 '나는 어디로 가야 하나Where I go'라는 뜻이다. 사진 한 장, 노래 한 곡, 인형 한 개가 난민이 처한 궁지를 부각하는 데 매우 효과적이다. 예술이 무능하고, 무책임하며, 잔인한 정치보다 낫다.

북유럽 국가로 향하는 난민들이 택하는 루트는 크게 세 개다. 튀르키예를 통한 발칸Balkan 루트, 지중해 루트, 북유럽 루트다. 튀르키예가 내륙을 통하는 발칸 루트를 차단하면 난민들은 지중해와 영불 해협을 이용한다. 시리아 내전 이후, 우크라이나·러시아 전쟁과 팔레스타인(하마스)·

이스라엘 전쟁이 잇따르면서 대규모 난민이 연속적으로 발생했다. 여기에 내전과 경제난으로 아프리카에서 탈출하는 사람들까지 난민 대열에 가세하고 있다. 현재 벌어지고 있는 지구촌의 모습이다. 각 나라가 빗장을 걸어 잠그고, 극우파가 지지를 얻는다. 모두가 인색해졌다.

이런 시점에 압둘라자크 구르나가 이렇게 목소리를 냈다 — "난민은 빈손으로 오지 않는다". 이것은 난민도 이바지할 수 있다는 뜻이다. 난민을 받아들이는 국가는 이질성을 수용함으로써 새로운 문화를 창조할 수 있다.

더블린 폭동

2023년 11월 23일 더블린 폭동Dublin riot이 발생했다. 알제리계 아일랜드 시민의 흉기 난동으로 다섯 명이 다쳤다. 반이민 정서와 겹쳐 발생한 폭동이다. 성난 군중이 사건 발생 현장 근처에 모여 "저들을 쫓아내라get them out" 등 반이민 구호를 외치며 경찰과 충돌했다. 이 사건은 아일랜드의 반이민 정서를 극명하게 보여준다.

최근 유럽에서 반이민 정서를 숙주로 삼은 극우 정치 세력의 기세가 등등하다. '넥시트Nexit'(네덜란드 유럽 연합 탈퇴)와 '프렉시트Frexit'(프랑스 유럽 연합 탈퇴)로 이어질지 모른다는 우려감이 대폭 확산하고 있다. 시리아 난민을 받아들인 독일에서도 반이민 정서가 확산하고 있다. 동시에 난민 혐오를 반대하는 시위도 동시에 벌어지고 있다. 두 세력이 힘겨루기 한다. 전반적으로 유럽 내 극우 정당들이 약진 중이다. 우스갯소리로 북미에서 유럽을 갈 때 비행시간이 지연된다고 한다. 유럽이 오른쪽으로 to the right 이동했기 때문이다.

한국 내 난민

한국도 난민을 선별적으로 받아들이고 있다. 예멘 내전이 길어지면서 2018년 한 해 동안 6월 20일까지 제주도를 통해 한국에 입국하는 예멘 국적의 난민이 561명으로 급증했고, 이 중 549명이 난민 신청을 했다.

이들은 무비자를 통해서 제주도로 입국해 난민 신청 절차를 밟았다. 그러자 국내에서 무슬림 혐오가 일었고 예멘 난민들을 추방하자는 의견이 호응을 얻었다. 다시 2021년 미군이 아프가니스탄에서 철수하면서 생겨난 아프가니스탄 난민들이 '특별 기여자' 자격으로 한국에 입국했다. 예멘 난민 유입 때와는 달리, 이번에는 별다른 혐오 문화와 추방 의견이 생기지 않았다. 한국(군)에 협조한 사람들이라는 공통된 인식이 있었다. 난민이 한국 사회에 잘 적응할 수 있도록 이들을 차별하지 말아야 한다. 이것이 성숙한 세계 시민으로서 지녀야 할 소양이다.

6 영국 내각의 인종적 다양성

현재 영국 총리와 런던 시장, 정부의 몇몇 주요 각료들은 유색 인종이다. 보리스 존슨 정부는 역대 정부 중에서 인종적으로 가장 다양한 내각을 구성했다. 그런데 유색인 각료들이 보수당의 당론에 더욱 충실한 것은 다소 의외다.

런던 시장인 사디크 칸은 파키스탄계 이민자 가정 출신의 무슬림으로 2016년 5월 7일 시장에 당선되었다. 그는 노동당 소속 하원 의원으로 흙수저 출신이다. 파키스탄 출신의 이민자 부모 사이에서 8남매 중 다섯째로 런던에서 태어났다. 지금은 고인이 된 그의 부친은 25년간 런던에서 버스 기사였으며 모친은 재봉사였다. 칸 시장은 북런던 대학교University of North London에서 법학을 전공한 후 인권 변호사로 일했다. 그가 시장이 된 것은 런던이 다인종·다문화 도시임을 방증한다. 그는 늘 런던의 다양성을 찬미한다. 코로나19 팬데믹 확산에 대한 우려로 1년 연기된 런던 시장 선거에 재출마해 2021년 연임에 성공했다. 그리고 2024년 5월 2일 실시된 선거에서 3선 연임에 성공했다. 공립 초등학교 무상 급식과 대중교통과 주택 신축 분야에서 공공성 강화를 내세웠다.

다음으로 리시 수낵 전 총리는 인도계 영국인으로 힌두교 신도다. 2022년 10월 25일 제79대 총리로 취임했다. 부모 모두 인도계 이민자들이며, 아버지는 일반 의사GP로, 그리고 어머니는 약사로 근무했다. 그의 부모는 인도 펀자브Punjab 출신으로 1960년대 영국으로 건너와 사우샘프턴에서 정착했다. 할아버지는 케냐에서, 그리고 할머니는 탄자니아에서 각각 태어났다. 이들은 과거 인도 펀자브에서 동아프리카로 건너왔다. 수낵은 명문 퍼블릭 스쿨인 윈체스터 칼리지를 졸업한 후 옥스퍼드 대학에 진학해 PPE(정치·경제·철학)을 전공했다. 젊고 영어를 잘 구사한다. 그런데 그의 두 가지 과거 행적이 우려를 낳았다. 첫째, 그는 2016년 브렉시트 관련 국민 투표 당시 찬성파였다. 둘째, 그는 자본 친화적이다. 스탠퍼드 대학교에서 MBA를 취득 후 골드만삭스Goldman Sachs에서 헤지 펀드를 운용했다. 부인은 인도의 재벌 딸이다. 보수당은 집권 연장을 위해 어쩔 수 없이 수낵을 당수로 선출했다. 하지만 이후 그가 전임자인 보리스 존슨 지지자들의 마음을 얻지 못한다면 당내 내분은 지속될 것이라고 전망했다. 더구나 노동당은 실수와 혼란을 반복하는 보수당을 비난하며 총선을 요구했다. 그의 입지가 심하게 흔들릴 수 있다는 우려가 제기되자 수낵 총리는 2024년 7월 4일에 조기 총선을 실시하겠다고 발표했다. 하원 의석 650석 중 412석을 차지한 노동당이 압승했고(보수당 121석 확보), '변화'를 표방한 노동당 당수인 키어 스타머가 신임 총리 자리에 올랐다. 이로써 보수당의 14년 연속 집권이 끝났다.

전 내무 장관인 프리티 파텔은 우간다·인도계 영국인으로 힌두교 가정에서 자랐다. 그녀는 당시 재무 장관 리시 수낵과 함께 앵글로색슨족의 정치 무대에 화려하게 등극했다. 하지만 프리티 파텔은 대처 총리를 모델로 삼아 우파 정책을 추진하면서 비주류와 유색인을 덜 배려했다. 정치인들의 우경화 정책은 국익을 우선하고 법과 질서를 유지하기 위한 것이지만 속 좁은 자민족 우선주의라는 문제를 낳는다. 후임 내무 장관인 수엘라 브레이버먼Suella Braverman도 인도계 이민자 가정 출신으로 불

이렇게 재미있는 영국이라면

교 신자인데도 이민자와 소수자 들에게 극히 부정적인 태도를 보였다.

2023년 11월 11일 영국의 현충일에 런던에서는 30만 명이 팔레스타인 (하마스)·이스라엘 전쟁의 휴전을 촉구하는 집회가 열렸다. 평화적인 집회였음에도 브레이버먼은 언론 기고문에서 팔레스타인 지지 시위대를 폭도라고 부르고, 경찰이 집회를 금지하지 않는 특혜를 준다고 비판했다. 결국 이런 발언이 문제가 되어 해임당했다.

수낵 영국 총리와 칸 런던 시장은 영국 주류 사회에 진입한 대표적 이민자의 후손들이다. 특히 수낵 총리의 등장은 영국 역사의 변곡점을 이루는 중대한 사건이다. 어느덧 세상이 변했다.

7 해리 왕자와 메건 마클의 결혼

2018년 5월 19일 로열 웨딩(왕실 결혼)이 있었다. 고 다이애나 둘째 아들인 해리 왕자의 결혼식이다. 예식 장소는 윈저성 내 고딕 양식의 가족 예배당인 세인트조지 채플이다. 신부는 할리우드 텔레비전 스타 메건 마클이다. 그녀는 미국인, 이혼녀, 흑백 혼혈, 연상의 여인이다. 해리 왕자의 선택이지만 다소 의외이며 파격적이다. 영국의 타블로이드 신문은 신부에 대해 특히 비판적이었다.

영국식 전통과 미국식 흑인 문화를 적절히 결합한 예식이었다. 유서 깊은 윈저궁 예배당 내부는 스테인드글라스 유리 장식과 체스판 바닥을 지닌 경건한 곳이다. 주례자는 시카고Chicago에서 온 미국 성공회 소속 마이클 커리Michael Curry 주교였다. 그는 마틴 루서 킹Martin Luther King 목사의 「사랑의 힘Strength to Love」(1963) 연설을 인용하며 설교했다. 그 특유의 열정적인 설교 스타일은 엄숙한 영국적 분위기에 미국적 활력을 불어넣었다. 그리고 런던 합창단이 흑인 영가 「내 곁에 머물러줘요Stand by Me」(1961)를 불렀다. 신부 측에서는 모친만 참석했다. 그녀는 딸의 신데

렐라 꿈이 실현되는 순간을 자랑스럽게 지켜보았다.

결혼식에 블랙 요소가 가미된 것을 두고 영국 내에서는 일명 '흑인 문화 침략'이라는 막말까지 나왔다. 피로연 때 흑인 첼리스트, 세쿠 카네메이슨Sheku Kanneh-Mason이 연주했다. 신부 측 하객으로 토크쇼의 여왕 오프라 윈프리Oprah Winfrey와 테니스 스타 세리나 윌리엄스Serena Williams 등이 참석했다. 한편으로는, 흑인 문화가 보수적인 영국인들에게 적지 않은 당혹감을 주었다. 또 다른 한편으로는, 문화적·인종적 다양성을 받아들이는 왕실의 포용성과 개방성을 한껏 드러냈다. 그리고 미국 여성들은 혼혈 신부가 윈저궁의 드넓은 녹지를 따라 왕자와 함께 마차를 타고 달리는 현대판 신데렐라를 보며 열광했다. 동화 속에서 가능한 낭만적인 일이 실현되었다. 로열 웨딩이 가져온 경제적인 효과는 대단했다. 참여 인원 10만 명에 투입액 470억 파운드, 경제 효과 1억 4000파운드로 추산된다.

그런데 해리와 메건은 2020년 3월 말 왕실의 모든 공식 행사를 끝으로 왕실의 혜택과 특권을 버리고 돌연 캐나다로 이주했다. 해리와 메건은 자신들을 겨냥한 영국 언론의 인종 차별을 감당하기 어려워 그 같은 결정을 했다. 먼저 왕실이 하사한 서식스 공작 직위 사용을 포기했다. 이어 1년간 전환기를 거쳐 왕실과의 관계를 완전히 정리했다. 그리고 비영리 재단을 운영하면서 독립적인 삶을 시작했다. 메건은 여섯 살 때 부모가 이혼했고, 해리는 열두 살 때 엄마(고 다이애나비)를 잃었다. 둘 다 유년기의 아픈 상처를 지닌다. 이 때문에 감정의 삼투압 현상이 일어났다. 많은 사람이 이들의 결혼과 독립적인 삶의 선택을 존중하고 응원하는 이유다.

그렇다면 영국의 극우 언론이 메건에 대해 적대적인 이유는 무엇 때문일까. 메건은 미국 노스웨스턴 대학Northwestern University에서 연극과 국제학을 전공했고, 흑백 혼혈이며, 페미니스트다. 그녀는 평소 미국 행정부를 줄기차게 비판해 온 지성인 촘스키Noam Chomsky를 존경한다고 공언했다. 그리고 버락 오바마Barack Obama의 부인 미셸 오바마Michelle Obama를 존경해 이런 내용의 친필 편지를 보낸 적도 있다 — "어려울 때 함께 나누는 당신의 용기가 당신의 낙천주의와 친절한 성격만큼이나 훌륭하군요". 메건의 진보적 성향이 보수적인 언론과 왕실에는 눈엣가시로 보였다. 물론 영국 내 뿌리 깊은 제도적 인종 차별도 분명히 존재한다. 2023년 11월 그는 언론사를 상대로 소송을 제기했다. 2024년 2월 해리의 휴대 전화를 해킹해 기사를 작성한 모 신문사와 법적 다툼에서 승소했다.

영국의 로열 웨딩은 많은 볼거리를 연출한다. 아버지 찰스는 세인트폴 성당에서, 장남 윌리엄 왕자는 웨스트민스터 사원에서, 차남 해리 왕자는 윈저궁의 예배당에서 각기 다른 방식으로 결혼식으로 치렀다. 영국은 로열 웨딩을 통해 자국의 멋진 건축물과 오랜 전통을 전 세계에 과시하고, 국민적 정체성을 형성하며, 왕실의 포용적인 이미지를 보여준다.

해리와 메건의 결혼은 영국이 미국과 특별한 관계를 유지하고 왕실의 개방성을 보여주는 등 긍정적인 측면을 지닌다. 하지만 이들이 캐나다로 이주함으로써 왕실과의 연결 고리는 매우 약해졌다. 해리 왕자는 자서전 『스페어Spare』(2023)를 출간했다. 책의 제목은 차남인 자신이 '예비품'이라는 뜻이다. 첫날 영국에서 40만 권이 판매되며 비소설 부문 역대 1위를 기록했다. 글쓰기로 심리 치유를 하는 동시에 왕실의 민낯을 드러낸 책이다. 국왕인 아버지에게 해리는 '말썽꾸러기the black sheep'일 뿐이다.

8 공공 예술 전시 공간

이제 다양성을 배려한 영국의 공공 전시 정책에 대해 알아보자. 런던 국립 미술관을 정면에서 바라볼 때 트래펄가 광장의 왼쪽 모서리에 4.6m 높이의 네 번째 좌대가 있다. 본래 이곳은 조지 4세1762~1830의 동생인 윌리엄 4세1765~1837의 기마상이 들어설 예정이었으나 자금을 마련하는 일이 어려워 비어 있었다. 영국예술학회는 150년 동안 비어 있던 이곳을 대중에게 현대 미술을 알리는 전시 공간으로 활용해 왔다. 가시성과 공공성을 모두 확보할 수 있는 참신한 기획이다.

그간 이곳 좌대에 전시된 주요 작품을 일별해 보자. 2005년 9월부터 2007년 11월까지는 마크 퀸이 조각한 〈임신한 앨리슨 래퍼〉가 전시되었다. 두 팔 없이 태어난 구족화가의 임신한 모습은 많은 관심과 논쟁을 초래했고, 장애인에 대한 편견을 없애는 데 일조했다.

2010년에는 나이지리아 출신의 잉카 쇼니바레Yinka Shonibare의 〈유리병 속 넬슨 제독의 배Nelson's Ship in a Bottle〉(2010)를 전시했다. 넬슨 제독 함대의 돛을 아프리카 천으로 만들어 대형 유리병에 담았다. 박제된 시간 속 넬슨의 전함을 좌대에 전시하자 이를 두고 해석이 분분했다. 한쪽 진영에서는 제국주의에 대한 반감의 정서를 드러낸 것으로 보았다. 다른 진영에서는 다문화를 수용하는 영국의 개방성을 보여주는 전시로 여겼다.

2017년과 2018년에는 영국 작가, 데이비드 슈리글리David John Shrigley의 작품 〈정말 좋아요Really Good〉가 전시되었다. 7m 길이의 엄지척은 경제, 날씨, 사회, 삶 등 모든 것이 나아질 것이라는, 긍정의 믿음을 표현했다. 2020년에 엄지를 치켜세우는 포즈가 유행했다. 엄지척은 코로나19 팬데믹 감염증 환자 치료로 노고가 많은 의료진을 격려하기 위한 제스처로는 제격이었다.

2018년도 선정 작품은 이라크 출신의 미국인, 마이클 라코위츠Michael Rakowitz의 〈보이지 않는 적은 존재하지 않아야 한다The Invisible Enemy Should Not Exist〉(2018)였다. '라마수Lamassu'(다리를 다섯 개로 조각해 옆에서 보면 걷는 모습이고, 정면에서 보면 서 있는 모습이다)의 모습을 형상화한 작품이 전시되었다. 라마수는 사람의 얼굴과 새(독수리)의 날개와 황소의 몸체가 한데 어우러진 반인반수半人半獸이다. 라마수는 약 4000년 전 티그리스Tigris강 상류 지역을 중심으로 생겨난 아시리아Assyria 제국에서 왕궁과 도시를 지키던 수호신이다. 그런데 2015년 이라크 모술Mosul 지역에서

ISIS(급진 수니Sunni파 무장 단체 이슬람 국가)가 우상 숭배를 반대한다는 이유로 라마수 석상을 파괴했다. 이건 전형적인 반달리즘이다. 그러자 인류의 문화유산을 파괴하지 말아야 한다는 메시지를 전달하기 위해 이 조형물을 전시했다. 2024년에는 인종 차별을 비판하는 삼손 캄발루Samson Kambalu 작 〈영양Antelope〉(1975)을 전시 중이다. 아프리카인은 백인 앞에서 중절모를 착용할 수 없다는 조치에 항의하는 작품이다. 안경을 끼고 성경을 든 범아프리카 침례교 목사 존 칠렘브웨John Chilembwe, 1871~1915를 영국 선교사 존 콜리John Chorley에 비해 두 배 크게 만들어 서로 마주보게 했다. 매년 런던시가 전시 작품을 선정하는 데 이번에는 다양성의 여부를 기준으로 삼았다. 시의적이며 정치적인 이슈를 부각하는 공공 예술 전시 프로젝트에 딱 부합하는 작품이었다.

런던의 '네 번째 좌대'는 지구촌의 주된 이슈를 의제로 삼는 중계소, 전광판 역할을 톡톡히 한다. 노른자위에 해당하는 런던의 심장부에 공공성을 배려한 전시 공간을 마련한다는 것은 결코 쉬운 일이 아니다. 문화적 기질과 창의적 행정이 도시의 품격을 높이고 세계 시민 교육에도 이바지한다. 획일성보다 다양성이 낫고, 민족주의보다 다문화주의가 낫다. 문화는 '상호 비옥화cross-fertilization', 즉 이질 문화와의 교류를 통해 번성하기 마련이다.

에필로그

이 책은 필자와 영국과의 만남의 산물이다. 약 36년 동안(1988~2024년)의 지식과 관찰과 통찰이 이 책에 담겨 있다. 새뮤얼 콜리지Samuel Coleridge, 1772~1834의 시 「노수부의 노래The Rime of the Ancient Mariner」(1798) 속 화자처럼, 필자는 그간의 경험을 소환하고, 누적된 지식을 활용하며, 다양한 관찰을 분석해 영국 문화에 관한 이야기를 서술했다. 무엇보다도 영국의 국가 경영과 사고방식을 톺아보고 싶었다. 이 과정에서 한국 문화와 영국 문화를 비교하는 시각도 담았다.

1988년 9월. 윔블던 테니스 대회가 시작할 시점이었다. 영국행 비행기에 몸을 실었다. 당시만 해도 비행기가 공산 국가인 중국 상공을 날 수 없었다. 그리하여 앵커리지Anchorage를 경유해서 런던에 도착했다. 필자는 해외여행 자유화의 첫 세대다. 1년 후 노태우 정부는 해외여행을 전면 자유화했다. 비로소 하늘길이 활짝 열렸다. 덕분에 경험과 상상력을 확장할 수 있었다.

런던 도착은 당혹스러웠다. 템스강 도클랜드 근처 기숙사에서 강풍의 하울링 소리를 들었다. 매우 넓고 고독한 곳인 런던에서 8년을 보냈다. 1997년에 귀국해 그간의 경험과 관찰을 담아 2001년에 『더 낮게 더 느리게 더 부드럽게』를 출간했다. 문학청년의 풋풋한 생각을 책에 담았다. 안단테풍의 슬로 라이프 중심의 영국 문화 이야기를 소개했다.

2018년 20년 후 영국을 다시 방문했다. 신분이 유학생에서 교수로 바뀌었다. 그간 있었던 변화를 감지할 수 있었다. 그로부터 다시 6년이 지난 시점인 2024년 5월 다시 런던을 방문했다. 오늘날 영국은 변화와 위기의 소용돌이에 있다. 영국은 2020년 1월 30일 브렉시트를 공식적으로 완료한 후 홀로 섰다. 그리고 2022년 9월 국가의 통합과 안정의 상징이었던 여왕ER II이 서거했다. 다시 2022년 10월에 인도계 영국인 리시 수낵이 제79대 총리가 되었다. 유색인 총리 등장은 역사의 변곡점을 이룬다. 설상가상으로 팬데믹을 겪는 동안 물가가 치솟았다. NHS는 주기적으로 파업을 하고, 영국은 홍해와 우크라이나에서 미국과 함께 군사 작전을 하고 있다. 정년을 몇 년 앞둔 시점에 영국에 관한 그간의 지식과 관찰과 통찰을 담은 책을 내놓게 되었다.

이 책은 섬나라 영국의 2000년 역사의 흥망성쇠를 다룬다. 로마의 침공부터 대영 제국의 건설과 해체를 거쳐 브렉시트를 단행한 현재까지 영국의 역사와 문명의 흐름을 살펴보는 큰 그림을 제시한다. 또한, 이 책은 영국의 역사와 과학, 문학과 공학, 지리와 경제까지 여러 분야를 가로지르며 영국 문화를 구성하는 원형질을 규명한다. 융합 지식을 담아낸 이 책은 '확장된 문해력extended literacy'을 요구한다.

이 책의 구성 과정을 간단히 언급하겠다. 먼저 영국 문화의 특징이라는 대주제를 설정하고, 이를 뒷받침하는 일곱 개의 키워드, 즉 섬島, 선船, 광廣, 창創, 휴休, 격格, 다多를 골랐다. 그런 다음 각각의 키워드를 중심으로 스토리텔링을 전개했다. 이야기의 출발점인 섬島부터 도착점인 다多까지 각각의 키워드를 살피면서 영국의 변천사와 영국 문화의 특징을 서술했다. 책의 척추에 해당하는 것은 탈식민주의 비평 시각과 외부자의 시각이다. 마지막으로 글의 명료성과 가독성을 높이기 위해 문장과 표현을 손질했다.

필자가 붙잡은 화두는 국가(영국) 발전의 원동력을 규명하는 일이었다. 섬나라島 영국은 해양적 사고를 해 강한 선박船을 만들어 해상권을 제패했고, 산업 혁명을 주도해 전 세계의 엔진이 되었다. 동력의 발명과 시장의 개척을 통해 방대한 제국廣을 건설했다. 또한 과학과 예술의 분야에서 창의성創을 발휘했다. 그런데 창의성은 다양성多과 쉼休에서 나온다. 그리고 영국은 품격品格을 지닌 신사의 나라로 이미지를 포장까지 했다.

영국의 성공 신화가 가능했던 비결은 무엇일까. 왕권 견제를 통한 의회 민주주의와 '신사적 자본가'의 출현이 방증하듯 계급적 유연성은 정치적 안정을 가져다주었다. 영국식 타협과 절충의 덕목이 빛을 발한 지점이다. 정치적 안정을 바탕으로 영국은 해외로 눈을 돌렸다. 해양적 사고 덕택에 식민지와 시장을 개척할 수 있었다. 더구나 과학과 문학에서 창조적이었다. 지금은 국제 공용어인 영어의 덕을 톡톡히 보고 있다. 영국의 치국술은 본받고, 잘못과 오명은 타산지석으로 삼아야 할 것이다. 모쪼록 이 책이 한 국가의 성장 동력이 어디서 오는가를 조망하는 데 유익한 길잡이가 되길 소망한다.

참고문헌

강혜경. 2022. 『영어 스토리텔링과 미래교육』. 경문사.

기싱, 조지(George Gissing). 2000. 『헨리 라이크로프트 수상록』. 이상옥 옮김. 효형출판.

김규원. 2003. 『마인드 더 갭』. 이매진.

김인성. 2002. 『그대가 꿈꾸는 영국, 우리가 사는 영국』. 평민사.

롱허스트, 브라이언(Brian Longhurst) 외. 2023. 『문화 코드, 어떻게 읽을 것인가: 문화연구의 이론과 실제』. 조애리 외 옮김. 한울.

맥클라우드, 존(John McLeod). 2016. 『탈식민주의 길잡이』. 박종성 옮김. 한울.

모루아, 앙드레(André Maurois). 2013. 『영국사』. 신용석 옮김. 김영사

박영배. 2001. 『앵글로색슨족의 역사와 언어』. 지식산업사.

_____. 2005. 『영어산책』. 태학사.

_____. 2018. 『켈트인, 그 종족과 문화』. 지식산업사.

박종성. 2001. 『더 낮게 더 느리게 더 부드럽게: 절충과 완만의 미학 영국 문화 이야기』. 한겨레신문사.

_____. 2003.2. "영국인의 티 브레이크 문화". ≪좋은생각≫, 66쪽.

_____. 2003.6. "라이프스타일로 바라본 영국 귀족 마인드". ≪라비도르(La Vie D'or)≫, 118~120쪽.

_____. 2003.7. "누군가와 친밀감을 형성하고 싶다면". ≪라비도르≫, 26쪽.

_____. 2003.8. "영국인의 클럽문화". ≪라비도르≫, 25쪽.

_____. 2003.8.7. "〔여론칼럼 '왜냐면'〕영국 교실 풍경과 초등학교 개혁". ≪한겨레신문≫.

_____. 2003.9. "대화와 토론 문화의 장, 영국의 커피 하우스". ≪라비도르≫, 25쪽.

_____. 2003.10a. "메디치 가문이 이탈리아를 살리다". ≪라비도르≫, 18쪽.

_____. 2003.10b. "영국 귀족(Never Die)의 문화". ≪라비도르≫, 70~71쪽.

_____. 2006. 『탈식민주의에 대한 성찰』. 살림.

_____. 2007.7. "영국의 부커상에 길을 묻다". ≪문학사상≫, 통권 147호, 249~260쪽.

_____. 2011. 「안토니아 바이어트와 인터뷰: 시가 없는 세상에서 살고 싶습니까?」. ≪문예중앙≫, 통권 128호(겨울), 474~488쪽.

_____. 2014. 「안전 근육을 부탁해: 영국의 사례」. 강경숙 외. 『0416: 세월호 참사 계기 한겨레 <한국 사회의 길을 묻다> 에세이 공모전 선정작 모음집』. 한겨레신문사, 159~161쪽.

_____. 2016. 『영국 문화 길잡이』. 신아사.

_____. 2021. 『영문학 인사이트』. 렛츠북.

_____. 2023a. 『좋은 영어, 문체와 수사』. 살림.

_____. 2023b. 『탈구조주의, 10가지 시각』. 커뮤니케이션북스.

박지향. 2000. 『제국주의: 신화와 현실』. 서울대학교출판부.

_____. 2002. 『슬픈 아일랜드: 역사와 문학 속의 아일랜드』. 새물결.

_____. 2006. 『영국적인, 너무나 영국적인』. 기파랑.

_____. 2018. 『제국의 품격』. 21세기북스.

백승종. 2018. 『신사와 선비』. 사우.

브래그, 멜빈(Melvyn Bragg). 2019. 『영어의 힘: 수많은 경쟁과 위협, 몰락의 순간에서 세계 최고의 히트상품이 되기까지』. 김명숙·문안나 옮김. 사이.

스펙, W. A.(W. A. Speck). 2002. 『진보와 보수의 영국사』. 이내주 옮김. 개마고원.

액설로드, 앨런(Alan Axelrod). 2000. 『위대한 CEO 엘리자베스 1세』. 남경태 옮김. 위즈덤하우스.

이순미. 2012. 『커튼 뒤에서 엿보는 영국신사』. 리수.

이식·전원경. 2000. 『바꾸지 않아도 행복한 나라』. 책읽는 고양이.

이영석. 2003. 『역사가가 그린 근대의 풍경』. 푸른역사.

전원경. 2008. 『런던, 숨어 있는 보석을 찾아서』. 리수.

조민진. 2019. 『모네는 런던의 겨울을 좋아했다는데』. 아트북스.

처칠, 윈스턴(Winston Churchill). 2003. 『폭풍의 한가운데』. 조원영 옮김.

아침이슬.

최인훈. 1976. 『광장』. 문학과 지성사.

테일러, 크레이그(Craig Taylor). 2012. 『런더너』. 최세희 옮김. 오브제.

파먼, 존(John Farman). 2007. 『유머러스 영국역사』. 권경희 옮김. 가람기획.

페이지, 로버트. 2020.7.6. "대처리즘은 마침내 영국에서 퇴조하는가". ≪한겨
레신문≫.

해리스, 알렉산드라(Alexandra Harris). 2018. 『예술가들이 사랑한 날씨』. 강
도은 옮김. 펄북스.

Abrams, M. H. and Stephen Greenblatt. 2001. *The Norton Anthology of English Literature* (Seventh Edition). W. W. Norton & Company Ltd.

Arp, Thomas R. 1997. *Perrine's Sound and Sense* (Ninth Edition). Harcourt Brace & Company.

Breslow, Jason. 2010.3.22. "Weekly Poem: 'Achilles'," *PBS*, https://www.pbs.org/newshour/arts/weekly-poem-achilles.

Carlyle, T. 1966. *On Heroes, Hero-Worship and the Heroic in History*. University of Nebraska Press.

Connor, Steve. 2009.10.8. "Cambridge Laboratory of Molecular Biology: The Nobel Prize factory". *The Independent*.

Conrad, Joseph. 1990. *The Secret Agent.* Penguin Books.

_____. 1995. *Heart of Darkness*. Penguin Books.

Fitzgerald, F. S. 1970. *The Great Gatsby*. Penguin Books.

Herman, A. 2004. *To Rule the Waves*. Harper Perennial.

Hughes, Ted. 1998. *Birthday Letters*. Faber & Faber.

Ishiguro, Kazuo. 1996. *The Remains of the Day*. Faber & Faber.

Jones, Jonathan. 2010.6.29. "Tate is right to take BP's money". *The Guardian*.

Lawrence, D. H. 1988. *The Lost Girl*. Penguin Books.

McEwan, Ian. 1998. *Amsterdam*. Vintage.

_____. 2003. *Atonement*. Anchor Books.

_____. 2014. *The Children Act*. Jonathan Cape.

_____. 2019. *The Cockroach*. Anchor Books.

Naipaul, V. S. 1962. *The Middle Passage*. Penguin Books.

_____. 1980. *A Bend in the River*. Penguin Books.

Ondaatje, Michael. 1992. *The English Patient*. Picador.

Orwell, George. 1988. *Homage to Catalonia*. Penguin Books.

_____. 2004. *Why I Write*. Penguin Books.

Robert, Diyanni. 2002. "George Orwell's Shooting an Elephant". *Fifty Essays*.
    Longman Publishers, pp. 276~284.

Zephaniah, B. 2003.11.27. "Angry Benjamin Zephaniah". *The Guardian*.

찾아보기

인명은 성(last name), 이름(first name)의 순서대로 나열했다.

이렇게 재미있는 영국이라면

영화, TV 프로그램, 그림 등

박종성

朴鍾星

충남대학교 영어영문학과 교수. 충남대학교 영어영문학과를 졸업하고 서강대학교에서 석사 학위, 영국 런던대학교 퀸메리 칼리지에서 박사 학위를 받았다. 한국영어영문학회 회장과 한국근대영미소설학회 회장을 역임했다. 저서로는『탈식민주의에 대한 성찰』(2006),『영문학 인사이트』(2021),『좋은 영어, 문체와 수사』(2023),『탈구조주의, 10가지 시각』(2023)이 있다. 공역서로는『탈식민주의 길잡이』(2003),『문화코드, 어떻게 읽을 것인가?』(2008) 등이 있다. 논문으로는「레비나스 관점에서 가즈오 이시구로의『파묻힌 거인』읽기」(2021) 등이 있다.

런던 아이에서 앨런 튜링까지
이렇게 재미있는 영국이라면
© 박종성, 2024

지은이 박종성
펴낸이 김종수
펴낸곳 한울엠플러스(주)
편집 김우영

초판 1쇄 인쇄 2024년 8월 16일
초판 1쇄 발행 2024년 9월 13일

주소 10881 경기도 파주시 광인사길 153 한울시소빌딩 3층
전화 031-955-0655
팩스 031-955-0656
홈페이지 www.hanulmplus.kr
등록 제406-2015-000143호

Printed in Korea.
ISBN 978-89-460-8327-1 03840

※ 책값은 겉표지에 표시되어 있습니다.
※ 이 책은 충남대학교 대학혁신지원사업의 지원을 받아 출간했습니다.